Bettina Raddatz

Die Staatskanzlei

Kriminalroman

Bettina Raddatz

Die Staatskanzlei

Kriminalroman

braumüller

Bibliografische Information der Deutschen Nationalbibliothek
Die Deutsche Nationalbibliothek verzeichnet diese Publikation in der Deutschen Nationalbibliografie; detaillierte bibliografische Daten sind im Internet über http://dnb.d-nb.de abrufbar.

Printed in Austria

1. Auflage 2012

Servitengasse 5, A-1090 Wien
www.braumueller.at

Covermotiv: istockphoto / © Alex Nikada

Druck: Ferdinand Berger & Söhne Ges.m.b.H., A-3580 Horn
ISBN 978-3-99200-058-6

Handlung und Personen sind frei erfunden, jede Übereinstimmung mit lebenden Personen wird ausgeschlossen.

Prolog

November 2010
Hemmingen bei Hannover

Die Frau in dem schwarzen Golf spürte die klamme Kälte nicht. Ihre ganze Konzentration galt der Eingangstür in dem Haus gegenüber. Wenige Sekunden noch, dann würde die grelle Gartenbeleuchtung angeknipst werden und die korpulente Frau mit dem Gang einer Watschelente in der Haustür erscheinen. Das war jeden Abend so, immer um Viertel nach acht. Ihren übergewichtigen Dackel hinter sich herziehend würde sie den matschigen Fußweg Richtung Sportplatz einschlagen.

Der graue Nerzmantel der Frau wirkte zerschlissen. Der karierte Wollschal des Dackels sah dagegen neu aus. Als Frauchen und Hund aus ihrem Blickfeld verschwunden waren, verließ sie ihr Auto und ging zum Nachbarhaus. Sie schaute sich um. Die Straße war menschenleer. Mit einem großen Schritt zur Seite wich sie dem Hundekot aus, eine unschöne Hinterlassenschaft des Dackels von nebenan. Das schiefe Holztor der Gartenpforte knarrte, es musste geölt werden. Das grelle Licht der Straßenlaterne war zu weit entfernt, um das Grundstück zu beleuchten, das sie in diesem Moment betrat.

Im Vorgarten bot der mannshohe, sperrige Wacholderbusch Schutz. Mit einem Griff in die rechte Manteltasche vergewisserte sie sich. Die Sauer Backup

fühlte sich eisig kalt an. Der Klingelton ihres Handys ließ sie zusammenzucken. Sie drückte ihre Mutter weg. Auch ohne sich zu vergewissern, wusste sie, wer es war. Niemand sonst rief sie an. Sie wollte keine Kontakte, hatte genug mit sich selbst und den nächtlichen Besuchern zu tun.
Inzwischen war fast eine Stunde vergangen und die mollige Nachbarin nebst übergewichtigem Dackel längst wieder in ihrem sicherlich wohlig warmen Haus verschwunden. Die Gartenbeleuchtung hatte die Alte ausgeschaltet. Totale Dunkelheit umhüllte sie. Der Ostwind trieb ihr Tränen in die Augen. Seit Tagen piesackte das Sturmtief Susanne die Bürger der niedersächsischen Tiefebene. Vielleicht hätte sie besser im Auto auf ihn warten sollen. Dann endlich, ihre Füße fühlten sich wie Eisklumpen an und ihre Hände waren trotz der Handschuhe verfroren, kam er die Straße entlanggeschlurft. In Gedanken versunken, die Aktentasche prall gefüllt, betrat er das Grundstück und knipste das Licht an der Gartenpforte an.
Haus und Garten wirkten vernachlässigt. Den Hausbesitzer schien es nicht zu stören, er lebte für seine Arbeit. Auch die Abende verbrachte er fast immer am Schreibtisch. Dass er seit Wochen beobachtet wurde, hatte er nicht bemerkt. Sie lächelte bei dem Gedanken, dass die Arbeit, die er mit nach Hause gebracht hatte, niemals beendet werden würde. Jedenfalls nicht von ihm. Während er den Schlüssel in die Haustür steckte, trat sie leise hinter dem Busch hervor.

Er zuckte zusammen, als er die Pistole in seinem Rücken spürte. Ihre Stimme klang fest. „Kein Wort, sonst knall ich dich ab." Er stammelte ihren Namen. Fragend und dennoch in dem Wissen, dass keine Antwort kommen würde. Sie konnte die Angst förmlich riechen. Ein merkwürdiges Gemisch aus Schweiß und Urin. Er ahnte, was ihm bevorstand. Ihm, dem hochmütigen, kaltschnäuzigen Spitzenbeamten, dem niemand etwas anhaben konnte. So hatte er es zumindest geglaubt. Bis zu diesem Moment. Sie folgte ihm ins Haus, das er zum letzten Mal in seinem Leben betreten sollte.

1

Hannover

Gewaltverbrecher zur Strecke zu bringen, darin war Verena Hauser richtig gut. Selbst ihre größten Neider beim Landeskriminalamt, kurz LKA genannt, stellten das nicht in Abrede. Wenn es allerdings darum ging, den inneren Schweinehund zu überwinden, sah die Sache anders aus. Auch heute wieder. Bis Weihnachten keinen Tropfen Alkohol mehr, hatte sie sich ganz fest vorgenommen. Als sie den Vorsatz gefasst hatte, war das Wetter allerdings nicht annähernd so scheußlich wie an diesem Novemberabend. Sturm und Kälte, eine ungemütliche Mischung. Besonders wenn es niemanden gab, mit dem man kuscheln konnte.

Widerstrebend ging sie zum Wandschrank, in dem die Minibar eingebaut war. Wie zufällig streifte ihr Blick den schmalen Wandspiegel. Die kleinen Falten um die Augen und die Mundwinkel herum waren in den letzten Wochen tiefer geworden, eine unschöne Folge von Überstunden in stickiger Büroluft. Sie sah keinen Tag jünger aus als vierzig. Wenige Monate noch, dann war es so weit. Sie würde ihren Geburtstag nicht feiern. Seitdem ihre Beziehung mit Franz gescheitert war, gab es wenig Grund zum Feiern in ihrem Leben. Franz hätte eine Riesenfete für sie ausgerichtet. Der teuerste Partydienst, musikalische Untermalung, ein Bauchredner, an nichts hätte er gespart. Für den Inhaber einer Wirtschaftsprüfungsgesellschaft mit Steuerberatung spielte Geld keine Rolle. Es gab immer genug.

Ihr Blick fiel aus dem Fenster. Die kahlen Bäume vor ihrem Wohnzimmer bogen sich im Sturm. Ein lausiges Wetter. Winter in der norddeutschen Tiefebene müsste verboten werden. Mit dem gut gefüllten Weinglas fläzte sie sich auf das Sofa, griff nach der Fernbedienung, zappte sich durch das Programm. Nach fünf Minuten gab sie frustriert auf.

Das Glas war schnell leer. Unversehens hatte der Rest der Flasche den Weg ins Glas gefunden. Mit dem zweiten Glas besserte sich ihre Stimmung. Eigentlich hatte sie keinen Grund zur Betrübnis. Als Dezernentin beim LKA hatte sie beruflich mehr erreicht, als viele Frauen von sich sagen konnten. Ein krisenfester Job war in der heutigen Zeit Gold wert. Sie war gesund und konnte eine gemütliche Wohnung ihr Eigen nennen. Alles im grünen Bereich also und dennoch nagte in letzter Zeit das Gefühl an ihr, dass es in ihrem Leben nicht rund lief.

Damals, als Franz sie aus seinem Leben und seiner feudalen Stadtvilla in Isernhagen-Süd, einem Villenvorort von Hannover, katapultiert hatte, hatte sie das tiefe Loch, das sich vor ihr auftat, ignoriert. Eine kurze, heftige Affäre mit einem Kollegen aus der Polizeidirektion hatte sie abgelenkt, ihre Arbeit auch.

Vor einigen Wochen, ein banaler Anlass hatte den Ausschlag gegeben, war sie aus heiterem Himmel in eine Sinnkrise gestürzt. Es war einer jener grässlichen Sonntage, die für Singles jenseits der dreißig eine schwere Prüfung sind. Was tun, wenn es draußen stürmt und regnet und der Gedanke, die warme Wohnung zu verlassen, genauso unerträglich ist wie das Alleinsein? Pest oder Cholera? Sich aufraffen, irgendwohin gehen, verfolgt von mitleidigen Blicken, oder in den eigenen vier Wände bleiben und die ganze Zeit hoffen, dass das Telefon klingelt? Das Telefon hatte nicht geklingelt, sie war den ganzen Tag mit sich und ihrer trübseligen Stimmung allein geblieben. Und sie wusste, dass sich solche Tage häufen würden. Tage, an denen die Angst sie umtrieb. Angst vor dem Alleinsein, Angst vor dem Alter, Angst, das Leben zu verpassen.

Nach der Tagesschau war doch noch Besuch gekommen. Ihr Kollege und Freund Stollmann hatte auf dem Rückweg von einem Wochenendausflug Durst verspürt und sich auf ein Glas Wein bei ihr eingeladen. Warum konnte sie sich nicht in einen wie Stolli verlieben? Es hatte Zeiten gegeben, da war er interessiert, doch damals war sie noch mit Franz liiert gewesen. Zugegeben, an manchen Tagen sah er aus wie ein Penner. Auf Äußerlichkeiten gab er nichts. Ihn küssen, sie konnte es sich nicht vorstellen. Und mehr schon gar nicht.

In ihre Gedanken hinein klingelte das Telefon. Ihre beste, da einzige Freundin Dagmar wollte sich bei ihr ausweinen. Zoff mit ihrem Mann. Danach fühlte Verena sich besser.

Gegen Mitternacht ging sie beschwipst ins Bett. Vor ihr lag ein freier Tag. Ausschlafen war angesagt und nicht in aller Herrgottsfrüh in ihrem ungemütlichen Büro aufschlagen. Auch über das Wetter, über eine Erkältung oder über beides murrende Kollegen blieben ihr erspart.

Nach zwei Stunden war es mit der Nachtruhe vorbei. Sie wachte schweißgebadet auf. Das passierte in letzter Zeit häufiger. Doch nicht etwa die Wechseljahre? War sie nicht zu jung dafür? Tiefe, langsame Atemzüge halfen nicht. Die Grenze zwischen Schlafen und Wachsein war überschritten. Schlaflosigkeit war ein treuer Begleiter ihrer Nächte geworden. Erst gegen Morgengrauen fiel sie schließlich in einen unruhigen Schlaf, der ihr einen unangenehmen Gast bescherte: eine dicke graue Ratte, die in ihr Bett krabbelte und an ihrem Schlafanzug knabberte. Sie kämpfte verzweifelt mit dem Ungeheuer, als ihr Handy sie aus dem Albtraum erlöste. Ein Blick auf den Wecker zeigte ihr, dass es kurz vor halb acht war. Sie vermutete ihre Mutter. Am anderen Ende meldete sich eine männliche Stimme. Ihr Kollege Stollmann. Noch im Halbschlaf dachte sie, den freien Tag kann ich abhaken.

„Na, Verena, noch geträumt, während unsereins Dienst schieben muss?“ Stollmann hatte in dieser Nacht vertretungsweise die Leitung des mobilen Einsatzkommandos 1 (MEK 1) übernommen. Er hatte schlechte Nachrichten.

„Ein Beamter der Staatskanzlei ist erschossen worden, ein hohes Tier. Ministerialdirigent. Er heißt Alexander Heise. Seine Zugehfrau hat ihn um halb sieben tot in seinem Haus aufgefunden. Du sollst sofort zum Tatort kommen. Hemmingen, am Sportfeld, eine kleine Stichstraße, die …“

„Ich weiß, wo das ist“, unterbrach Verena ihn. Ihre Freundin wohnte nur zwei Straßen weiter.

Ihr letzter Mordfall lag gerade erst drei Wochen zurück. Eine junge Frau war von ihrem Freund vergewaltigt und erdrosselt worden. Und ihr Schreibtisch war randvoll mit Routinefällen.

„Wieso ausgerechnet ich?", murrte sie. „Ich hatte den letzten Mordfall im LKA. Warum nicht Hirschmann oder meinetwegen der Leiter des MEK 1?"

„Weil der Direktor es so entschieden hat. Also pronto, pronto, schöne Frau. Setz deinen knackigen Hintern in Bewegung!" Er nannte Verena noch die Hausnummer, bevor er auflegte.

Knackiger Hintern? Das war einmal, dachte Verena, bevor sie sich einer eiligen Katzenwäsche unterzog. Jeans und Pullover vom Vortag lagen noch auf dem Badezimmerstuhl, beides nicht mehr ganz sauber. Tote achten nicht auf den Dresscode, sagte sie sich. Hastig trank sie im Stehen ein viel zu kaltes Glas Orangensaft. Ihr Magen würde es ihr irgendwann heimzahlen. Auf dem Weg zu ihrem Auto, das sie in Ermangelung einer eigenen Garage auf der Straße geparkt hatte, aß sie ein trockenes Knäckebrot. Es schmeckte muffig. Verenas knallroter BMW Z3, ein Geschenk von Franz, fiel unter den anderen Fahrzeugen ins Auge. In der ersten Wut hatte sie ihn zurückgeben wollen. Jetzt freute sie sich, dass sie ihn behalten hatte.

2

Hemmingen

Stopp-and-go auf dem Südschnellweg. Ein liegen gebliebener Lastwagen. Sie brauchte zu der angegebenen Adresse vor den Toren der niedersächsischen Landeshauptstadt länger als erwartet. Die schmale Straße war voller Autos: Polizeifahrzeuge, vor der Garage von Heises Haus eine schwarze Audi-Limousine mit dem Kennzeichen der Landesregierung, dahinter ein Übertragungswagen des Fernsehsenders Niedersachsen TV und mehrere Zivilfahrzeuge, vermutlich von Journalisten. Vergeblich suchte sie nach einer Parklücke und fuhr schließlich genervt ans Ende der Straße. Als Stellplatz musste der Wendeplatz herhalten.

Draußen empfing sie eisig kalter Wind. Wann verdünnisierte sich das Sturmtief endlich? Vor der Absperrung des Hauses standen Menschen, die sie neugierig musterten. Bianca Fröhlich, Journalistin der *Allgemeinen Niedersachsenzeitung* stürzte auf sie zu. Die langen schwarzen Haare waren unter einen Wollmütze versteckt. Trotz des dicken Anoraks sah die junge Redakteurin verfroren aus. „Werden Sie die Ermittlungen leiten, Frau Hauser? Und stimmt es, dass Ministerialdirigent Heise erschossen wurde?"

Verena Hauser war keine Unbekannte in der Landeshauptstadt, Bianca Fröhlich die rechte Hand von Max Hollmann, Redakteur für alles Politische in der Landeshauptstadt. Auch wenn sie an unterschiedlichen Fronten arbeiteten, respektierten die beiden Frauen einander. Jetzt war jedoch nicht der richtige Zeitpunkt für ein Gespräch. Mit den Worten „jetzt nicht“ schlängelte sich die Polizeibeamtin an der Journalistin vorbei.

Zwei missmutig aussehende Polizisten, der Ältere mit Schniefnase und entzündeten Augen, bewachten die Eingangstür des unscheinbaren Bungalows, der einen neuen Anstrich nötig hatte. Der Erkältete erkannte sie und grüßte ehrerbietig. Im Hause war lange nicht gelüftet worden. Stollmann war in ein Gespräch mit einem distinguiert wirkenden weißhaarigen Herrn vertieft. Der Mann war riesig, ihr ein Meter dreiundachtzig langer Kollege musste zu ihm aufschauen. Als er Verena bemerkte, verdrehte er die Augen. Seine Art, ihr zu bedeuten, dass ihm sein Gegenüber „gewaltig auf den Keks ging“, wie Stolli sich bei solchen Gelegenheiten auszudrücken beliebte. Der Riese mit den schlohweißen Haaren stellte sich als Staatssekretär Haders und Leiter der niedersächsischen Staatskanzlei vor. Sein Händedruck war feucht und lasch.

„Die Leute von der KOST sind schon da, sogar Inga höchstpersönlich“, sagte Stollmann an Verena gerichtet und zeigte in das Zimmer am Ende des Flurs. Die Leiterin der KOST, Inga Schulz, war neben Verena die einzige weibliche Führungskraft in der Behörde. Sie konnten gut miteinander. Auch wenn sie nicht immer einer Meinung waren. Ihr Kollege machte sich nicht die Mühe, dem Staatssekretär zu erklären, dass KOST die Abkürzung für die Koordinierungsstelle Kriminaltechnik des LKA war.

Das war typisch für Stolli. Ranghöheren Beamten zeigte er gerne die kalte Schulter. Seine Sympathien galten den Menschen, die das Glück nicht gepachtet hatten und auf der Karriereleiter am unteren Ende standen. Sein Einsatz für Benachteiligte hatte ihm manches Mal Ärger mit der vorgesetzten Dienststelle eingebracht.

Inga, die über der Leiche hockte, war nicht erfreut, sie zu sehen. Ihre Stimme klang gereizt. „Komm ja nicht zu nahe, Verena, wir haben gerade erst angefangen."

Auf dem Parkettboden lag in einer Blutlache ein stattlicher Mann um die fünfzig. Das volle dunkle Haar war akkurat geschnitten, die Gesichtshaut trotz der Blutleere gebräunt. Die schwarzen Augen waren weit geöffnet. Angst, Panik, Entsetzen? Die Leichenstarre war bereits eingetreten. Im Nähertreten bemühte sich Verena, den unangenehmen Geruch zu ignorieren. Vermutlich ohnehin nur Einbildung. Für sie rochen alle Leichen ekelig, selbst wenn es noch nichts zu riechen gab.

„Muench nicht hier?", erkundigte sie sich nach dem Gerichtsmediziner.

Inga schaute genervt zu ihr hoch.

„Der ist schon wieder weg. Er war, wie immer, die Hektik in Person. Sobald wir fertig sind, bekommt er unseren Kunden, um ihn auf Herz und Nieren zu überprüfen. Die Todesursache steht bereits fest. Muench meinte, der Täter hätte sich die zweite Kugel sparen können. Die erste ist in die rechte Herzkammer eingedrungen und hat vermutlich zum sofortigen Tod geführt. Die Projektile konnten wir sicherstellen. Der Mord muss irgendwann gestern Abend passiert sein."

„Die Frau, die ihn gefunden hat. Was ist mit der? Kann ich mit ihr reden?"

„Heises Putze? Die war nicht ansprechbar. Der Notarzt hat sie ins Friederikenstift mitgenommen, vermutlich ein Trauma. Vor morgen kriegst du aus der nichts raus, wenn überhaupt."

„Mann, pass doch auf!", herrschte sie ihren Mitarbeiter an, der Spuren sicherstellte und sie versehentlich geschubst hatte. Verena musste es ausbaden. „Besser, du verziehst dich", wurde sie unwirsch aufgefordert. „Du stehst hier nur im Weg. Den Staatssekretär habe ich auch schon rausgeschmissen. Er wollte sich aufspielen. Aber nicht mit mir."

Ihre Kollegin war nicht nur tüchtig, sondern auch resolut. Beides trug nicht zu ihrer Beliebtheit in der männlichen Kollegenschaft bei. Auch das schweißte sie zusammen. Sie waren beide Außenseiter. Verena warf einen letzten Blick auf den Toten. Er sah nicht wie ein Ministerialbeamter aus, eher wie ein in die Jahre gekommener Fitnesstrainer.

Der Staatssekretär war verschwunden, Stollmann redete in sein Handy. Nichts Angenehmes, wie Verena den Wortfetzen entnahm. Offenbar ging es mal wieder um seine Scheidung. Ein düsteres Kapitel im Leben ihres Kollegen. Nachdem er das Telefonat beendet hatte, wandte er sich Verena zu. „Ätzend, die raffgierige Anwältin meiner Ex. Ganz zu schweigen von dem blasierten Staatssekretär. Ich frag mich immer wieder, wie solche Typen es schaffen, Spitzenpositionen zu ergattern. Stell die vor: B 9! Er verdient doppelt so viel wie wir."

„Wenn du auf Geld und Karriere scharf bist, hättest du beizeiten in eine Partei eintreten sollen. Aber das hätte dir auch nicht gepasst. Du pochst doch bei jeder Gelegenheit auf deine Eigenständigkeit. Was wollte der Staatssekretär überhaupt hier?“

„Sich wichtig tun, von der Journaille wahrgenommen werden. Was weiß ich. Sag, Verena, nimmst du mich mit deinem schnittigen Schlitten mit? Die MEK-Leute bleiben noch. Sie wollen sich in der Nachbarschaft umhören. Vielleicht hat jemand den Schuss gehört.“

„Ja, klar. Im Moment können wir hier nichts beschicken. Du kennst ja Inga. Sie fühlt sich behindert, wenn sich jemand, der nicht der Spusi angehört, der Leiche auf zwanzig Meter nähert.“

Stollmann war schlecht drauf. Während der Fahrt ins Präsidium schimpfte er. Dass er bei seiner Suche nach Süßigkeiten in ihrem Handschuhfach nicht fündig wurde, erhöhte seinen Ärger. „Ich bin vom Pech verfolgt. Erst ein Anruf der beknackten Anwältin meiner Ex, dann der eitle Fatzke von Staatssekretär. Vermutlich steht als Nächstes der Innenminister auf der Matte.“

Abfällige Bemerkungen über Politiker folgten. Verena hörte nur mit halbem Ohr zu. Wenn Stollmann sich in Rage redete, unterbrach man ihn besser nicht. Das forderte seinen Widerspruch heraus und verlängerte die ihr hinlänglich bekannten Tiraden. Auch wenn er in vielem recht hatte, es galt einen Mord aufzuklären. Das musste jetzt im Vordergrund stehen. In Gedanken entwickelte sie ihre Strategie für die nächsten Stunden. Die ersten Stunden nach einem Mord waren entscheidend: die richtigen Weichen stellen, bloß nichts übersehen und vor allem ein Gespür entwickeln.

„Sie sind wie ich, Sie haben eine hoch entwickelte Intuition“, hatte ihr früherer Chef sie auf seiner Abschiedsfeier gelobt. In letzter Zeit zweifelte sie manchmal, ob es mit ihrer Intuition wirklich so weit her war. So viel stand jedenfalls fest: Was das männliche Geschlecht betraf, war das Gegenteil der Fall.

3

Hannover

Der Parkplatz des LKA war wieder einmal brechend voll. Verena parkte ein anderes Auto zu und legte die Parkkarte mit ihrer Telefonnummer gut sichtbar auf die Ablage. An der Fahrstuhltür das obligate „Außer Betrieb“-Schild. Stolli verzog sich grummelnd in Richtung Kantine. Vier Treppen mit achtzig Stufen lagen vor ihr, gut für ihre Figur und für ihre in letzter Zeit bedenklich nachlassende Kondition. Oben angekommen schnappte sie nach Luft. Mehr Sport war dringend angesagt. Kaum hatte sie, noch immer außer Atem, ihr Büro betreten, stürmte Petra Schramm herein. Die Kriminalinspektorin zur Anstellung war vor drei Wochen in Verenas Dezernat für Sonderermittlungen versetzt worden. Der erste Mordfall sorgte für Aufregung.

Seitdem die junge Kollegin zu Verenas Team gehörte, tummelten sich auffällig viele männliche Kollegen in den Büroräumen ihres Dezernats. Ihrer neuen Assistentin, die großen Wert auf ihr Äußeres legte, gefiel das. Ein Grund mochte sein, dass ihre Verehrer ausnahmslos im Dienstrang höher gestellt waren. Verena fand das ständige Kommen und Gehen weniger lustig. Man musste ihrer neuen Mitarbeiterin zugutehalten, dass sie wissbegierig und eifrig war. Sie bot Verena gleich am ersten Tag an, sie zu duzen. Die beiden Frauen trennten fast zwanzig Jahre.

Jetzt sprudelte es aus ihrer Assistentin heraus.

„Das Vorzimmer des Direktors hat schon zweimal nach Ihnen gefragt, Chefin. Herr Ritter will Sie umgehend sprechen. Nach Stollmann hat er auch fragen lassen. Irgendeine Sache mit Europol."

„Herr Stollmann ist in der Kantine. Lauf runter und sag ihm Bescheid. Sein Handy wird ausgeschaltet sein, er wollte frühstücken."

„Und ich soll das tun?" Der hübsche Schmollmund beeindruckte Verena nicht.

„Siehst du noch jemanden im Raum?"

Statt einer Antwort drehte Frau Schramm sich auf dem Absatz um und stürzte davon. Allein gelassen griff Verena nach ihrer Handtasche. Der neue Direktor war ein gut aussehender Mann. Nicht besonders groß, aber stattlich, volles Haar und stahlblaue Augen. Mit seinem zurückhaltenden, bestimmten Auftreten strahlte er Autorität aus, ohne überheblich zu wirken. Sie hatte sich auf Anhieb zu ihm hingezogen gefühlt.

Der Blick in den Taschenspiegel bereitete ihr alles andere als Vergnügen: Die Falten um den Mund herum hatten seit gestern Abend an Schärfe gewonnen, ihre grünen Augen, ihr größtes optisches Plus, wirkten heute mausgrau. Der rote Lippenstift sorgt für Farbe. Vermutlich war ohnehin alles für die Katz. Ein attraktiver Mann wie Jürgen Ritter konnte ganz andere Frauen haben. Jüngere und hübschere. Frauen, die nicht in die Kategorie „entsorgte Lebenspartnerin" gehörten.

Das Lächeln, mit dem der Direktor sie begrüßte, sorgte für vorübergehendes Herzrasen bei Verena. Es kursierten viele Gerüchte über ihn. Eines lautete, dass er beim Hamburger Innensenator in Ungnade gefallen und gezwungen worden sei, die Hansestadt mit Weltstadtflair gegen die von den Hanseaten als miefige Provinzhauptstadt belächelte Landeshauptstadt einzutauschen. Ein anderes besagte, dass er aus privaten Gründen in die Provinz geflüchtet sei. Seine Frau war kürzlich verstorben.

Sie glaubte seine Augen bei ihrem Anblick kurz aufblitzen zu sehen. Vielleicht war es nur Einbildung, vielleicht auch mehr. Sollte ihr Interesse auf Gegenseitigkeit beruhen? Nichts wünschte sie sich mehr.

Er bot ihr mit einer einladenden Geste Platz an. Dann wollte er ihre ersten Eindrücke vom Tatort hören. Viel hatte sie nicht zu berichten. Dass es eine Soko geben und sie die Leiterin sein würde, war bereits entschieden.

Er reichte ihr eine Liste mit zwanzig Namen. „Neben Ihnen und Stollmann soll Kriminaldirektor Hirschmann als Führungskraft der Soko Heise angehören. Der Innenminister höchstpersönlich hat darauf bestanden. Er schließt nicht aus, dass der Mord auf das Konto politischer Terroristen geht. Die Regierung wurde in letzter Zeit von radikalen Tierschützern bedroht. Auch islamistische Fundamentalisten hält er für möglich."

Es hätte der Erklärung nicht bedurft. Dass Kriminaldirektor Hirschmann über beste Kontakte ins Innenministerium verfügte, war allgemein bekannt. Außerdem leitete er das Dezernat für politisch motivierte Ausländerkriminalität und Islamismus. Ihr Vorschlag, dem ranghöheren Kollegen die Leitung der Soko zu übertragen, war dennoch nicht willkommen. Der Direktor hielt an seiner Entscheidung fest.

Die anderen Namen auf der Liste: drei Beamte des gehobenen Dienstes, der Rest mittlerer Dienst, darunter ein Querulant und zwei notorische Arbeitsverweigerer. Sie legten enorme Kreativität an den Tag, wenn es darum ging, sich vor Arbeit zu drücken. Ihre Krankenstandszeiten waren überdurchschnittlich hoch, ihre Arbeitsleistungen tendierten gegen null. In der Privatwirtschaft wären sie längst geflogen, im öffentlichen Dienst mogelten sie sich durch.

Ritters stahlblaue Augen verwirrten Verena. Sie zwang sich, seinem Blick auszuweichen. „Pressekonferenz noch heute? Wir werden kaum etwas sagen können. Frau Schulz und ihre Leute sind noch am Tatort, die Obduktion durch die Gerichtsmedizin steht noch aus“, gab sie zu bedenken.

Ritter widersprach. „Wir können der Presse mitteilen, dass Alexander Heise aus nächster Nähe erschossen wurde. Bisher gehen die Medien vermutlich von Selbstmord aus, denken an Burn-out oder Depressionen. Der Minister möchte vermeiden, dass sich dieser Eindruck festsetzt.“

Sein Ton ließ keinen Zweifel aufkommen. Widerspruch war zwecklos. Verena sagte widerstrebend ihre Teilnahme zu. In ihrem Büro glühte Frau Schramm vor Neugier. Verena gab ihr die Liste. Die erste Sitzung der Soko Heise sollte in einer Stunde stattfinden, genug Zeit für ihre aufgeregte Mitarbeiterin, die Leute zusammenzutrommeln.

4

Das Büro des Pressesprechers der Landesregierung mit Ausblick auf den Innenhof gehörte zu den schönsten in der Staatskanzlei. Die weiß lackierten Designermöbel, ein Geschenk eines niedersächsischen Möbelherstellers im Hochpreissegment, waren ursprünglich für den Regierungschef bestimmt. Als der nach einem Urlaub in der Toskana eine neue Ausstattung im mediterranen Stil verlangt hatte, waren die wertvollen Möbelstücke im Büro des Regierungssprechers gelandet. Die farbenfrohen Ölgemälde in kräftigen Rot- und Gelbtönen, die die Wände schmückten, hatten das gleiche Schicksal erlitten. Der Künstler war ein Freund des Regierungschefs. Dass seine Gemälde dennoch aus seinem Büro verbannt worden waren, war einer Liaison des Ministerpräsidenten mit einer Aquarellmalerin geschuldet. Die Affäre war nach wenigen Wochen beendet. Die Aquarelle, die ein empfindliches Loch in den Etat für Bürobedarf der Staatskanzlei gerissen hatten, eine kostspielige Hinterlassenschaft. Wagner hatte den Verdacht, dass sein Chef die Bilder längst über war, sich aber angesichts der hohen Ausgaben dafür nicht traute, sie entfernen zu lassen.

Der aufreibende Job des Regierungssprechers ließ dem Pressesprecher wenig Zeit, das Ambiente seines luxuriösen Büros zu genießen. Nicht, dass er seinen Job nicht mochte. Das Gegenteil war der Fall. Er verdiente fast doppelt so viel wie zuvor als Politikredakteur der *Friesenzeitung*. Und es war niemals langweilig. In den knapp drei Jahren als Regierungssprecher war Wagner so viel herumgekommen wie vorher in seinem gesamten 34-jährigen Leben nicht. Auf Auslandsreisen war er stets dabei, bei Kabinettsitzungen sowieso und selbst bei den streng geheimen Klausurtagungen der Landesregierung. Und es war immer etwas los. Besonders die Scharmützel, die sich sein Chef mit dem Bundeskanzler lieferte, sorgten für Spannung. Nach Wagners interner Statistik stand es 5 : 4 für den Ministerpräsidenten.

Es gefiel ihm, die Politik der Landesregierung zu verkaufen. Die Bürgerpartei stand ihm politisch nahe und er schätzte den Regierungschef, nicht nur als Politiker. Allerdings erwies sich sein Job in letzter Zeit als schwierig. Es bedurfte erheblicher Kreativität, Erfolgsgeschichten zu inszenieren, obwohl es keine gab. Im achten Jahr ihrer Regierung bestimmten Ideenlosigkeit und Amtsmüdigkeit das Bild. Nur der trotz häufiger Krisensitzungen anhaltende Koalitionsstreit sorgte für ungewollte Abwechslung.

Wagner war der engste Vertraute des Regierungschefs. Ihm gegenüber nahm sich der Chef kein Blatt vor den Mund. Weder das Kabinett noch die Ministerriege blieben von seiner beißenden Kritik verschont. Selbst der Parteivorsitzenden Alfred Bitter, Albi genannt, fand vor seinen Augen wenig Gnade. Ein politisches Fossil wie Albi passe nicht in die heutige Zeit, hatte der Ministerpräsident seinem Regierungssprecher mehr als einmal kundgetan. Keiner kannte die wahren Gedanken des Regierungschefs so gut wie Wagner. Das Vertrauen adelte ihn, stattete ihn mit Macht aus, die für einen Beamten ungewöhnlich war. Wagner wusste damit umzugehen. Dass sein launischer Chef ihm jederzeit das Vertrauen entziehen konnte, war ihm immer gegenwärtig.

Einer der Gründe, weshalb Wagner das uneingeschränkte Wohlwollen seines zu cholerischen Ausbrüchen neigenden Vorgesetzten genoss, war neben seiner uneingeschränkten Loyalität die Tatsache, dass er, obwohl selbst Journalist, die verbalen Attacken gegen die „Wadenbeißer, Schmeißfliegen und Vollblödidioten", wie der Ministerpräsident Journalisten zu bezeichnen pflegte, mit Himmelsgeduld ertrug.

Und dann waren da noch die ständigen Affären seines Chefs. Von Wagner wurde erwartet, dass er Ohren und Augen offen hielt und die Feuerwehr spielte. Niemand sollte davon erfahren. Anfänglich hatte der Regierungssprecher sich darüber amüsiert, dann war Ernüchterung eingetreten. War es Torschlusspanik, die den Endfünfziger antrieb? Die Ehefrau schienen die Eskapaden ihres Mannes nicht zu stören. Die vorbildliche fast dreißigjährige Ehe war ohnehin nur eine Fassade, die für die Öffentlichkeit ihren Sinn erfüllte.

Die Ermordung eines hohen Beamten der Staatskanzlei stellte den Regierungssprecher vor völlig neue Herausforderungen. Und ausgerechnet heute fühlte er sich hundsmiserabel. Kopfschmerzen und Schwindel vernebelten sein Hirn.

Der Absacker am Vorabend mit seinem Freund Max Hollmann von der *Allgemeinen Niedersachsenzeitung* war außer Kontrolle geraten. Erst weit nach Mitternacht war er nach dem Verzehr von Gänsebrust mit Rotkohl und

Klößen, heruntergespült mit anderthalb Flaschen Rotwein und zwei Weizenkorn, nach Hause gewankt. Eigentlich war Wagner auf Diät, er musste abnehmen. Immerhin hatte er dieses Mal drei volle Tage durchgehalten, bis gestern Abend. Jetzt hämmerte sein Kopf, als ob drei Presslufthammer gleichzeitig auf ihn einschlagen würden.

Seinem Freund ging es an diesem Vormittag vermutlich auch nicht besser. Sonst wäre er längst hier aufgeschlagen. Wenn irgendwo im Großraum Hannover etwas los war, das mit Politik zu tun hatte, Hollmann stand auf der Matte. Und die Ermordung eines ranghohen Regierungsbeamten war ein höchst politischer Vorgang. Allein die Tatsache, dass Heise die Politische Abteilung des Regierungschefs geleitet hatte, gab Anlass zu Spekulationen. Spekulationen, die die Regierung gerade jetzt nicht gebrauchen konnte.

Die Arbeitslosenzahlen waren im letzten Halbjahr gegen den Bundestrend gestiegen, das Haushaltsloch auch und die Lehrergewerkschaften spielten verrückt. Von den Frauenverbänden unter Führerschaft der schrillen Peters, die immer lautstärker die Quote auf allen Führungsebenen von Politik und Wirtschaft forderten, ganz zu schweigen.

Das jüngste Techtelmechtel seines Chefs mit der schönen Frau Stigler aus dem Vorzimmer von Alexander Heise gehörte auch nicht gerade zu den Erfolgsmeldungen der Landesregierung. Noch hatte kaum jemand von der Sache Wind bekommen, trotzdem war das Ganze mehr als delikat. Der Vorfall am Rande der vorgezogenen

Nikolausfeier im Gästehaus der Landesregierung war zweifelsohne schlagzeilenträchtig. Sex mit einer Untergebenen, dazu fast dreißig Jahre jünger, die Medien würden sich mit Wonne darauf stürzen.

Der Chef hatte abgewiegelt. „Ich hatte zu viel getrunken und wollte mich kurz hinlegen. Wozu ist das Appartement im Gästehaus gut, wenn nicht für solche Fälle, Wagner? Die Stigler ist eine gestandene Frau und freiwillig mitgekommen. Sie wird wissen, was sie tut. Außerdem geht es niemanden etwas an, außer meine Frau vielleicht, aber die …" Der Satz blieb unvollendet. Wie in solchen Fällen üblich. Um Ausreden war er nie verlegen.

Wagners Erinnerung war eine andere. Von wegen freiwillig. Der Ministerpräsident hatte sich an sie rangemacht und dann vorgeschlagen, sich für eine Weile zurückzuziehen. Eines Tages würden die ständigen Frauengeschichten den Regierungschef in ernsthafte Schwierigkeiten bringen. Wagner fühlte sich verpflichtet, seinen Chef vor sich selbst zu schützen. Aber der wollte es nicht zulassen.

Und jetzt ein Mord in der Staatskanzlei! So etwas hatte es in der Geschichte der Bundesrepublik Deutschland noch nie gegeben. Ohne Rücksprache mit dem Chef würde Wagner keinen Mucks von sich geben. Sollte die Journaille Amok laufen und sein Vorzimmer mit Mails und Telefonaten bombardieren. Kommentare zu Mordfällen waren Neuland für ihn und als Regierungssprecher konnte man sich schnell die Finger verbrennen.

Wo blieb der Ministerpräsident bloß? Von der Bundeshauptstadt nach Hannover mit Blaulicht und Tempo

210 brauchte der Fahrer nicht länger als anderthalb Stunden. Wagner hatte oft genug Blut und Wasser auf der Rückbank des Dienstwagens geschwitzt, während sein Chef ungerührt vom waghalsigen Tempo des Fahrers Akten studierte oder telefonierte.

Er rappelte sich auf, um seine Sekretärin um extra starken Kaffee zu bitten, als die ihren Kopf durch die Tür steckte. Gestern noch platinblond, war sie heute tiefschwarz, was sie älter aussehen ließ. Ihre Schwester verkaufte Perücken, seine Mitarbeiterin diente als Versuchskaninchen. Im Kollegenkreis sorgte das für hämische Bemerkungen. Jetzt brachte sie gute Nachrichten. Der Chef war endlich eingetroffen und hatte sein Zweitbüro im Gästehaus der Landesregierung im Zooviertel bezogen. Sie machte auf Hektik. „Das Vorzimmer des Staatssekretärs hat angerufen. Sie sollen sich sputen. Der Fahrer wartet auf dem Parkplatz."

Das Gästehaus war eine kluge Entscheidung, befand Wagner. Dort würden die Journalisten sie nicht vermuten.

Er griff nach seiner Jacke und eilte zum Hinterausgang. Auf dem Flur standen Beamte und Angestellte in kleinen Gruppen zusammen. Die Nachricht, dass ihr Vorgesetzter erschossen worden war, hatte sie erreicht. Der Rundfunksender Niedersachsen und die privaten Rundfunksender berichteten im Zehnminutentakt und die Internetnachrichtendienste hatten die Meldung auf Platz eins gesetzt.

Trauer vermochte Wagner auf keinem der Gesichter zu entdecken, nur Neugier, bei einigen gepaart mit Entsetzen. Niemand in der Staatskanzlei wollte ihm einfallen, der Heise gemocht hatte. Selbst Heises rechte Hand Gesine Terberg hatte nur so getan. Aber die Terberg war ohnehin eine merkwürdige Person. Es hieß, sie sei nicht ganz klar im Kopf. Für kurze Zeit war sie in seinem Team tätig gewesen. Personalchef Jochen Niemann war seiner Bitte, die Dame zu versetzen, nachgekommen. Nicht wegen der Arbeit wollte Wagner sie loswerden, die war okay. Sie bedrängte ihn, entwickelte Angewohnheiten einer Stalkerin. Die Abschiebung in Heises Abteilung galt als Strafversetzung.

Der Staatssekretär, sein Gesichtsausdruck verdrossen wie immer, hatte sich auf der Rückbank des gepanzerten Dienstwagens ausgebreitet. Sie hatten bereits in aller Früh miteinander gesprochen, sich über den Mordfall ausgetauscht. Auf Wagners Gruß reagierte er daher mit einem unverständlichen Knurren. Der Regierungssprecher versuchte gar nicht erst, ein Gespräch in Gang zu bringen. Haders Fahrer, wie sein Chef Ostfriese und nicht minder wortkarg, murmelte etwas in seinen Bart, das sich wie „moin, moin“ anhörte.

Wagner schloss die Augen und versuchte die Übelkeit zu verdrängen. In seinem Magen rumorte es, sein Schädel brummte und überhaupt war heute ein total beschissener Tag.

5

Das im Zooviertel gelegene Gästehaus der Landesregierung, eine um die Wende vom 19. zum 20. Jahrhundert erbaute Villa im Still der Neorenaissance, umgeben von einem weitläufigen Park, wirkte imposant. Der äußere Eindruck täuschte allerdings, im Inneren herrschte eine düstere, beklemmende Atmosphäre. Die dunkle Holzvertäfelung im Treppenhaus, die schmalen, bleiverglasten Fenster, durch die kaum Licht drang, und der stets muffige Geruch über den Räumen wirkten alles andere als einladend. Auch das Chefbüro versprühte trotz der stets mit üppigem Blumenschmuck gefüllten Bodenvasen allenfalls Fünfzigerjahre-Charme. Der Ministerpräsident saß hinter seinem aktenfreien, ausladenden Schreibtisch, vor sich ein Glas Wasser. Trotz seiner durch regelmäßige Besuche im Sonnenstudio hart erarbeiteten Bräune sah er blass aus. Unter seinen Augen lagen Schatten. Der braune Boss-Anzug, letzte Woche anlässlich einer Dienstreise im Factory-Outlet Wolfsburg erstanden, wobei Wagner kurzzeitig in die Rolle des Modeberaters geschlüpft war, wirkte zerknittert. Auch die obligatorische Fliege saß schief.

Förmlichkeiten waren heute nicht angesagt. Ohne seine Mitarbeiter zu begrüßen, kam der Ministerpräsident sofort zur Sache. „Furchtbar, einfach furchtbar, was unserem Herrn Heise widerfahren ist. Ich kann es gar nicht fassen. Gestern Nachmittag haben wir noch telefoniert und jetzt ist er tot.“

Wieso unser? Mein Herr Heise war er nie, dachte Wagner.

„Der Innenminister hat mich vor ein paar Minuten angerufen. Krause meint, dass Selbstmord ausgeschlossen ist. Heise wurde ermordet."

Selbstmord wäre Wagner lieber gewesen. Die Journaille würde schneller Ruhe geben. Dann schämte er sich. Sein Kollege war tot und er dachte an seinen Vorteil.

Der Ministerpräsident hielt seinen Mitarbeitern ein müdes Gesicht entgegen. Das war nicht sein „Guten Morgen, ich pack es an"-Gesicht. Das war sein Zweiundzwanzig–Uhr-Gesicht. Offenbar war Wagner nicht der Einzige, der an diesem Morgen mit Schlafmangel zu kämpfen hatte.

„Wer in Gottes Namen tut so etwas und erschießt meinen besten Mann? Ausgerechnet so kurz vor der Klausurtagung der Regierungsfraktionen. Ich weiß gar nicht, wie wir die ohne ihn hinbekommen sollen."

Vermutlich besser als mit ihm, lästerte Wagner im Stillen. Die Bezeichnung bester Mann ärgerte ihn. War er nicht der engste Vertraute des Regierungschefs? Ungemütliches Schweigen hing über dem Raum. Jeder hing seinen Gedanken nach. „Wir könnten den Termin verschieben. Jeder hätte Verständnis dafür", schlug Wagner schließlich vor.

Der Ministerpräsident nickte. „Ein guter Vorschlag. Haders kümmern Sie sich darum. Und weiter? Hat einer von Ihnen eine Idee, wer das Schwein gewesen sein könnte?"

Die Rangordnung sah für den Staatssekretär das erste Wort vor. Und die strikte Einhaltung der Hierarchie hatte für Haders höchste Priorität. Er war ein Bürokratiefanatiker. Stundenlang konnte er sich in den Runden der Führungskräfte über Dienstvorschriften auslassen. Sein zweites Lieblingsthema war die Bedeutung der Interpunktion, die im Internetzeitalter viel zu sehr in den Hintergrund gerückt sei. Jetzt zog er es vor, auf einen fiktiven Punkt hinter dem Ministerpräsidenten zu starren.

Der Chef, sichtlich genervt, seufzte. „Ich merke schon, Sie haben keine Idee, Haders. Der Innenminister erwähnte einen terroristischen Hintergrund. Die radikalen Tierschützer kommen nicht infrage. Sie treiben seit Tagen in Meck-Pomm ihr Unwesen. Wenn es nach mir geht, sollen sie dort bleiben und Randale machen. Soll sich mein Kollege aus Schwerin mit denen herumschlagen. Geschieht dem Altkommunisten, der der ‚guten alten DDR' nachtrauert, ganz recht."

Er schaute herausfordernd in die Runde. Hätte Wagner sich nicht so elend gefühlt, hätte er widersprochen. Nach seinem Dafürhalten war der Ministerpräsident von Meck-Pomm ein Pragmatiker, der einen guten Job machte. Der Regierungssprecher war der einzige Mitarbeiter, von dem der Chef Widerspruch duldete, wenn auch nur wohl dosiert.

„Ich denke an muslimische Fanatiker", ließ der Ministerpräsident die Runde wissen. „Die Online-Überwachung radikaler Islamisten ohne richterlichen Beschluss steht im Bundesrat an. Unsere Stimmen sind entscheidend. Vielleicht musste Heise deshalb sterben."

In das erneute Schweigen Haders hinein meldete sich Wagner zu Wort. „Warum dann Heise und nicht Innenminister Krause selbst? Er ist Wortführer im Bundesrat. Außerdem wird Heises Tod am Abstimmungsverhalten des Landes nichts ändern."

„Natürlich nicht, Wagner. Wir lassen uns nicht erpressen, schon gar nicht von feigen Demokratiegegnern." Die Stimme des Chefs klang längst nicht so sicher, wie seine Worte vermuten ließen. Er kratzte sich am Kopf, ein Zeichen, wie übermüdet er war. „Vielleicht steckt ja auch etwas ganz anderes dahinter: Eifersucht zum Beispiel. Heise war ein attraktiver Mann."

Wenn man kalte Klötze anziehend findet, ätzte Wagner in Gedanken. Dann kam ihm ein Einfall. „Hollmann hat mir gestern Abend von einer Rumänenbande erzählt, die seit Wochen ihr Unwesen in der Landeshauptstadt treibt."

Der Ministerpräsident nahm den Ball dankbar auf. „Der Innenminister erwähnte so etwas Ähnliches. Scheinen brutale Kerle zu sein. Nicht ohne Grund hat Niedersachsen gegen den EU-Beitritt von Rumänien votiert. Aber die von der anderen Seite waren mal wieder oberschlau, haben uns Rückständigkeit und Vorurteile vorgeworfen. Jetzt haben die redlichen Bürger im Land das Nachsehen. Aber das interessiert die Kerle von der Opposition nicht. Die haben immer nur die Randgruppen im Fokus, die Langzeitarbeitslosen, die Bildungsfernen, die Zuwanderer aus der Unterschicht. Die lieben sie geradezu fanatisch. Nur die Leistungsträger, die kommen in deren Vokabular nicht vor."

Wagners Magen revoltierte. Er musste dringend eine Toilette aufsuchen. Der Chef hasste es, wenn Mitarbeiter während einer Besprechung den Raum verließen. Er versuchte sein Inneres zu ignorieren. Der Staatssekretär wurde ins Visier genommen. „Und Sie, Haders, was ist Ihre Meinung?"

Der rutschte ganz nach vorne auf die Stuhlkante. Gleich kippt er um, freute sich Wagner. Schadenfreude gehörte zwar nicht zu seinen hervorstechenden Eigenschaften, aber bei Haders schon.

„Ich, nun ja …" Ein unsicheres Zupfen am Kinn. „Ich habe meinen Meinungsbildungsprozess noch nicht abgeschlossen."

Meinungsbildungsprozess noch nicht abgeschlossen, gestelztes Geschwafel, Wagner unterdrückte ein Gähnen. Ein prüfender Blick seines Chefs traf ihn. „Sie sehen hundsmiserabel aus. Geht es Ihnen nicht gut?"

„Kopfschmerzen."

„Kopfschmerzen, ein junger Mann wie Sie? Wie alt sind sie doch gleich?"

Was jetzt kommen würde, war ebenso klar wie unvermeidbar. Der Chef hatte seine helle Freude daran, seine körperliche Fitness, für die er eine Menge tat, dem unsportlichen Regierungssprecher vorzuhalten. Besser, es hinter sich zu bringen, sein Magen meldete sich erneut. „Vierunddreißig."

„Mensch, Wagner, ich bin fast dreißig Jahre älter und habe niemals Kopfschmerzen. Sie sollten mehr auf Ihre Gesundheit achten, Sport treiben zum Beispiel. Täte auch Ihrer Figur gut, wenn ich mir die Bemerkung erlauben darf. Ich strampele jeden Morgen zwanzig Minuten auf dem Hometrainer und am Wochenende gehe ich ins Fitness-Studio oder auf den Golfplatz. Das sollten Sie auch tun."

Wagner lächelte seinen Frust weg. Auch auf dem Gesicht des Ministerpräsidenten machte sich ein verhaltenes Lächeln breit. Die Sympathie zwischen ihnen war fühlbar. Für einen kurzen Moment war der Mord in den Hintergrund getreten.

Dann kündigte der Ministerpräsident an, nach dem Beileidsbesuch bei Heises Familie nach Berlin zurückzufahren. „Der Länderfinanzausgleich steht zur Neuverhandlung an. Im Mordfall kann ich ohnehin nichts tun. Jetzt sind Innenminister Krause und seine Leute gefordert. Die Finanzministerin hingegen, die braucht meine männliche Unterstützung. Wenn es ums liebe Geld geht, vergessen meine Herren Kollegen jegliche Manieren. Sie benehmen sich wie hungrige Wölfe, die sich um einen Tierkadaver streiten", knurrte er.

Alle Welt rätselte, weshalb der Chef an der gnadenlos überforderten Ministerin für Finanzen festhielt. Wagner wusste die Antwort: blond, schlank, lange Beine, genau der Typ Frau, den der Chef mochte. Über ein Verhältnis zwischen den beiden war lange spekuliert worden. Seit Kurzem hatte die Dame allerdings ein Techtelmechtel mit dem Vorsitzenden des Haushaltsausschusses, der der Opposition angehörte. Über das politisch ungleiche Liebespaar kursierten viele Gerüchte in der Landeshauptstadt.

Der Regierungschef hatte ein weiteres Thema in petto. „Das LKA gibt heute Nachmittag eine Pressekonferenz.

Wir selbst geben uns bedeckt. Den Ball flach halten, heißt die Devise. Falls Krause recht behält und ein Terroranschlag vorliegt, ist höchste Wachsamkeit geboten. Die Sache darf sich nicht gegen uns richten, von wegen nachlässige Arbeit des Verfassungsschutzes und so. Keine Kommentare, bevor wir nicht wissen, woher der Wind weht, Wagner."

Der fragte sich, ob der Chef von der skandalträchtigen Sache wusste, in die Heise verstrickt war. Vermutlich nicht, beschloss er für sich. Ob er es ansprechen sollte? Ein Zusammenhang zu dem Mord war nicht auszuschließen. Er entschied sich dagegen. Es erschien ihm ratsam, die Sache unter vier Augen zur Sprache zu bringen. Außerdem musste er dringend zur Toilette, wenn nicht ein schreckliches Malheur passieren sollte.

Der Ministerpräsident war bereits wieder beim politischen Tagesgeschäft angelangt. Als Spitzenpolitiker konnte er es sich nicht leisten, in Trauer zu verharren. Die Politik stand an erster Stelle, selbst wenn einer der engsten Getreuen ermordet worden war.

„Ich werde übrigens gleich in den nächsten Tagen entscheiden, wer Heises Nachfolger wird. Die Arbeit muss weitergehen. Gerade jetzt, wo so viel für uns auf dem Spiel steht. Wenn es nur der Länderfinanzausgleich wäre, die Finanzkrise treibt mich um. Nicht zu vergessen die unsägliche Schulreform. In meinen Augen überflüssig wie ein Kropf, aber der Schlaumeier von Kultusminister weiß ja alles besser. Spielt der Opposition in die Hände und merkt es nicht mal!"

Sein Blick nahm einen sehnsüchtigen Ausdruck an. Dann seufzte er: „Mein Gott wäre das Leben ohne Opposition schön." „Und ohne Medien", fügte er an Wagner gerichtet hinzu.

Jetzt bloß keine Medienschelte, dachte der und erhob sich. Das hält mein Magen nicht aus. Haders war ebenfalls aufgestanden. Der Ministerpräsident hielt ihn zurück. Wagner konnte nur mühsam ein Stöhnen unterdrücken.

„Dass ich es nicht vergesse, Haders. Rufen Sie umgehend eine Personalversammlung ein. Machen Sie unseren Leuten klar, dass ich keine Interviews zum Mordfall wünsche. Wer sich darüber hinwegsetzt, findet sich bei der Landesschulbehörde in Lüneburg oder beim Hafenamt in Aurich wieder. Jedenfalls weit weg von der Landeshauptstadt und der Staatskanzlei. Und die Leute sollen vorsichtig mit Äußerungen gegenüber der Polizei sein. Traue denen nicht über den Weg. Viel zu viele aus der anderen Fraktion darunter."

Haders nickte geflissentlich. Mitarbeiter, die den Oppositionsparteien nahestanden, waren auch ihm ein Dorn im Auge. Den prüfenden Blick des Chefs auf sich gerichtet, wollte Wagner einen Kommentar abgeben. Es ging nicht. Eine heftige Welle von Übelkeit erfasste ihn. Ohne auf seine beiden Vorgesetzten zu achten, rannte er aus dem Büro. Mit Mühe schaffte er es zur Toilette im Kellergeschoss. Nachdem er sich übergeben hatte, ließ die Übelkeit nach, die pochenden Schmerzen hinter seiner Stirn nicht.

Als er kurz darauf nach draußen kam, schnappte er gierig nach Luft. Der Dienstwagen war verschwunden, der Staatssekretär hatte ihn zurückgelassen. Sein Mantel hing im Büro in der Staatskanzlei, er würde trotz der Kälte im Anzug zur Straßenbahnhaltestelle gehen müssen. Einen Moment lang überlegte Wagner, wieder ins Gästehaus zu gehen. Der Cheffahrer könnte ihn in die Staatskanzlei fahren. In diesen Dingen war der Ministerpräsident großzügig. Nein, beschloss er, besser nicht dem Regierungschef in diesem erbärmlichen Zustand unter die Augen treten. Außerdem fühlte er sich außerstande, ihm klarzumachen, was sein „bester Mitarbeiter" hinter seinem Rücken getrieben hatte. Überbringer schlechter Nachrichten hatten kein einfaches Spiel beim Ministerpräsidenten. Und einen der berühmt-berüchtigten cholerischen Ausbrüche wollte er gerade jetzt nicht ertragen müssen. Mit ausladenden Schritten schlurfte er fröstelnd zur Straßenbahnhaltestelle.

6

Magdeburg

Hans Baumgart hielt es für eine Schnapsidee, sich ausgerechnet in Magdeburg zu treffen. „Auf halber Strecke“, hatte der Russe gesagt. Der ICE von Hannover nach Berlin wäre bequemer gewesen als die Fahrt auf der immerzu verstopften Autobahn. Schon auf der Höhe vom Hämelerwald hatte es den ersten Stau gegeben, den zweiten beim Autobahnkreuz Braunschweig. Und obwohl er mit einer halben Stunde Verspätung in Magdeburg eintraf, war Boris Milner noch nicht da.

Im Foyer des Kongresshotels am Stadtrand war um diese Zeit nicht viel los. Nur zwei der Korbsessel waren belegt. Ein südländisch aussehender Geschäftsmann hämmerte mit wild entschlossener Miene auf seinen Laptop ein. Der Kellner näherte sich und nahm Baumgarts Bestellung entgegen: Kamillentee. Sein Magen machte ihm zu schaffen. Er musste dringend zum Arzt, fand einfach nicht die Zeit dazu. Die Geschäfte liefen so gut wie lange nicht mehr und erforderten seine Anwesenheit.

Als der Tee serviert wurde, erschien Boris Milner. „Für mich einen Cappuccino“, bellte er den Kellner an, noch bevor er Baumgart gegenüber Platz nahm. Er schimpfte über die Baustellen und die Laster aus Osteuropa, die die Autobahnen verstopften.

Baumgart verzichtete darauf, ihn daran zu erinnern, dass er Berlin vorgeschlagen und Milner auf einem Treffen auf neutralem Boden bestanden hatte. Neutraler Boden, so ein Quatsch. Der Kerl konnte seine KGB-Vergangenheit nicht ablegen und kapierte nicht, dass in Deutschland andere Spielregeln herrschten als in einem Bolschewikenstaat.

Dann kam der Russe zur Sache. Baumgart hörte ihm aufmerksam zu. Der Kerl mochte ein ungehobelter Banause sein, aber vom Geldverdienen verstand er eine Menge. Und sein Plan war genial, geradezu eine Gelddruckmaschine. Und Geld verdienen war für Baumgart wichtiger als alles andere. Liebe, Familie, Freundschaft oder Sex, für andere Menschen mochte das wichtig sein, für ihn zählte, was unterm Strich auf seinen Konten verbucht wurde.

Baumgart zückte sein Notizbuch, vermerkte in seiner nur für ihn selbst leserlichen Schrift einige Stichworte. Was zu tun war, stellte ihn nicht von Schwierigkeiten. Sein engmaschiges Netzwerk zur Politik zahlte sich immer wieder aus. Aber das würde er dem Russen nicht stecken. Es würde seinen Anteil am Kuchen nur verringern.

Über die nächsten Arbeitsschritte wurden sie sich schnell einig. Das Feilschen um die Aufteilung der Gewinne aus dem Geschäft hingegen zog sich eine ganze Weile hin. Am Ende setzte Baumgart sich durch. Als er nach der Rechnung verlangte, brachte sein Gegenüber den Mordfall Heise ins Spiel. „Weiß man schon Näheres?", wollte er wissen.

Baumgart schüttelte den Kopf. „Der Mord ist ja gerade erst einen Tag alt, so schnell sind die von der Polizei nicht."

„Ich möchte informiert werden, wenn Sie etwas erfahren. Strecken Sie Ihre Fühler in die Politik aus. Es interessiert mich, was im Hintergrund läuft."

„Mich auch, schließlich war Heise auch mein Mann", knurrte Baumgart.

Der Russe atmete schwer, als er sich erhob. „Wir brauchen einen neuen Kontaktmann zur Landesregierung."

„Ich kümmere mich darum", versprach Baumgart. Er verschwieg, dass Heise bei Weitem nicht sein einziger Verbindungsmann zur Politik war. Und schon gar nicht der wichtigste. Sein Netzwerk war wie eine Krake und reichte nicht nur in die Regierungsparteien und Landesministerien hinein. In seinem gut gehüteten Notizblock befanden sich Telefonnummern von Regierungsmitgliedern, Oppositionspolitikern, Landräten und Abgeordneten aus Hannover, Berlin und Brüssel. Sein engster Kontaktmann zur Landespolitik verfügte über weitreichende Beziehungen bis hin zur Regierungsspitze. Den Namen preiszugeben, kam nicht infrage. Auch wenn sie Geschäfte miteinander machten, traute er seinem Partner nicht über den Weg.

7

Hannover

Der Sturm hatte nachgelassen und der Sonne Platz gemacht. Die Wolkendecke war aufgerissen und bescherte den Hannoveranern nach vielen grauen Tagen endlich wieder blauen Himmel. Verena Hauser parkte ihren BMW auf dem Parkplatz vor der zehn Stockwerk hohen heruntergekommenen Wohnanlage in Vahrenheide. Der Stadtteil galt als problematisch. Ein Drittel der Bewohner, darunter viele Migranten, lebten von Hartz IV. Die Jugendgewalt war überdurchschnittlich hoch, die Zahl der Alkoholkranken ebenfalls. In diesem Umfeld hätte sie die Exfrau eines gut verdienenden Ministerialbeamten nicht vermutet.

Im Foyer, auf dem Fußboden leere Dosen, Werbezettel und alte Zeitungen, lümmelten Jugendliche, die eigentlich in der Schule sein müssten. Es schien niemanden zu kümmern, dass sie bereits am Vormittag Alkohol tranken. Warum sorgten ihre Eltern nicht dafür, dass sie zur Schule gingen? Verena wurde mit aggressiven Blicken bedacht und fragte sich, ob ihr Auto Kratzer davontragen würde. Jetzt bedauerte sie, dass sie kein Dienstfahrzeug genommen hatte. Im Fahrstuhl roch es nach Urin, an die Wände hatte jemand „Nazis raus“ geschrieben.

Verena wünschte, sie hätte das vor ihr liegende Gespräch bereits hinter sich gebracht. Die erste Begegnung mit den nächsten Angehörigen eines Mordopfers war der unangenehmste Teil ihrer Arbeit. Die Reaktionen waren nicht vorhersehbar. Von hysterischen Ausbrüchen über Schockreaktionen und Heulkrämpfe bis zur totalen Teilnahmslosigkeit hatte sie alles erlebt.

In diesem Fall war es besonders kompliziert. Irene Heise war seit drei Jahren geschieden. Besonders bei verkorksten Beziehungen spielten sich manchmal Riesendramen ab. Alles kam wieder hoch: Schuldgefühle, unbewältigte Wut und Trauer um vielfach verpasste Chancen, die Ehe doch noch zu retten.

Ihr Klingeln verhallte ungehört. Sie klingelte ein zweites, dann ein drittes Mal. Kein Geräusch drang aus der Wohnung. Stattdessen wurde die Tür zur Nachbarwohnung geöffnet. Ein älterer Mann in ausgeleierten, fleckigen Hosen streckte den Kopf heraus. Seine schlohweißen Haare standen zu Berge. „Die muss da sein, am besten Sie klopfen laut gegen die Tür. Wenn die pennt, hört die nichts", knurrte er, bevor er wieder in seiner Wohnung verschwand.

Und tatsächlich, auf ihr lautstarkes Hämmern hin waren Schritte zu hören. Nach einer Weile wurde endlich die Tür geöffnet. Sie musste Frau Heise aus dem Schlaf gerissen haben. Ihre braunen, mit grauen Strähnen durchsetzten Haare waren zerzaust, das Gesicht zerknautscht. Der Gürtel des Bademantels war nur lose zugezogen und gab den Blick auf ein durchsichtiges Nachthemd frei.

„Was ist denn?", brummelte sie.

„Guten Morgen, Frau Heise. Mein Name ist Verena Hauser, ich komme vom LKA Niedersachsen. Darf ich reinkommen?"

„Polizei? Ist was mit Karla?“ Entsetzte Augen starrten sie an. Die Frau dachte nicht daran, sie hereinzulassen. Verena sah sich genötigt, sich an ihr vorbei in den dunklen, schmalen Hausflur zu zwängen. „Können wir uns nicht setzen, Frau Heise? Ich muss Ihnen leider eine betrübliche Nachricht überbringen.“

„Was ist mit meiner Tochter?“ Die Stimme der Frau überschlug sich. Sie blieb wie angewurzelt stehen.

„Es geht nicht um Ihre Tochter. Aber lassen Sie uns in Ruhe darüber sprechen. Können wir uns nicht irgendwo hinsetzen?“, wiederholte Verena ihre Bitte.

Kein Wunder, dass sie mich nicht hereinlassen wollte, dachte Verena beim Betreten des mit Ikea-Möbeln vollgestopften Wohnzimmers. Überall lagen Hefte, Zeitschriften und Bücher herum, sogar auf dem Fußboden. Auf dem Tisch standen schmutzige Teller und Gläser.

„Karla hatte Besuch, sie wollte hinterher aufräumen. Sie wissen ja, wie das mit Kindern heutzutage ist“, entschuldigte Frau Heise die Unordnung, während sie auf das Sofa deutete. Sie selbst blieb stehen. Die kinderlose Polizeibeamtin hatte keine Ahnung, wie es mit Kindern heutzutage war, nickte aber höflich.

„Und was ist es nun, was Sie hierher geführt hat?“ Frau Heise schaute auf sie herunter. Ihr Gesicht wirkte aufgedunsen. War sie krank und nahm Cortison oder gehörte sie zu den Frauen, die ihren Kummer über eine gescheiterte Ehe in Alkohol ertränkten?

„Es geht um Ihren Exmann. Ministerialdirigent Heise ist heute früh in seiner Wohnung erschossen aufgefunden worden.“

Das Gesicht ihres Gegenübers blieb merkwürdig teilnahmslos, als ob sie das nichts anging. Dann setzte auch sie sich hin. Verena wartete ab. In das Schweigen hinein sagte Frau Heise mehr zu sich selbst als zu Verena: „So, so. Nun also doch."

Eine merkwürdige Reaktion. Ehe Verena nachfragen konnte, erhob sich Frau Heise. „Mein Telefon liegt nebenan. Ich muss im Büro anrufen und Bescheid sagen, dass ich heute nicht komme."

Verena nutzte die Zeit, um die SMS-Nachrichten auf ihrem Handy abzurufen. Ihre Freundin Dagmar informierte sie über Stress in der Golfdamenrunde. Es hatte Zoff gegeben. Banalitäten, die sie in diesem Moment nicht im Geringsten interessierten.

„Tut mir leid, hat länger gedauert. Ich hatte das Telefon verlegt." Frau Heise, die zurückgekommen war, holte sie in die Wirklichkeit zurück. „Schnurlose Geräte haben ihre Tücken. Mein Chef wusste bereits Bescheid. Aus dem Radio. Ich selbst habe geschlafen, bis Sie mich geweckt haben."

„Sie sind berufstätig?"

„Ja, von tausend Euro Unterhalt können wir nicht leben. Vegetieren ja, aber ein menschenwürdiges Leben, das geht nicht. Allein die Wohnung kostet fast vierhundert Euro im Monat. Und die Nebenkosten steigen von Jahr zu Jahr. Dazu die Kosten für mein Auto, Lebensmittel, Schulbücher und Taschengeld für Karla. Sie glauben ja nicht, was eine vierzehnjährige Tochter alles braucht. Den Job hat mein Ex mir besorgt. Die Anwaltskanzlei Altmann & Partner arbeitet für die Staatskanzlei."

Das roch nach Gefälligkeitsdienst. Lukrative Aufträge der Landesregierung gegen einen Job für die geschiedene Ehefrau. Unaufgefordert redete Frau Heise weiter, während sie sich wieder hinsetzte.

„Zu Anfang hat es mir sogar Spaß gemacht. Beim Senior war ich erste Vorzimmerkraft. Seitdem der Junior die Kanzlei übernommen hat, weht ein anderer Wind. Anka hat meine Stelle eingenommen. Eine ordinäre Person, Anfang zwanzig und frech, sehr frech. Natürlich nicht dem Chef gegenüber, den himmelt sie an. Ich bin seither Mädchen für alles. Aktenablage, Botendienste, Kaffee kochen."

Es war unüberhörbar. Sie fand ihren Job erniedrigend. Wut als Mordmotiv? Durchaus möglich.

„Um auf Ihren Exmann zurückzukommen, was haben Sie gemeint mit ‚nun also doch'?"

Hektische Flecken auf dem Gesicht der Frau machten sich breit. Sie druckste eine Weile herum, bevor sie schließlich antwortete. „Vielleicht haben Sie schon mal von der Kraft der Gedanken gehört. Ich beschäftige mich damit. Gedanken haben viel mehr Macht, als die meisten Menschen glauben. Es gibt interessante Untersuchungen, die …" Sie zögerte, warf Verena einen misstrauischen Blick zu. Verena fiel auf, dass die Hände der Frau zitterten. „Ist ja auch egal, es geht nicht um mich. Es geht um ihn, mal wieder. Das war unser ganzes Leben so. Immer ging es um ihn. Mein Mann hat mich vor drei Jahren nach neunzehn Jahren Ehe von heute auf morgen abserviert. Wegen einer Investmentbankerin. Er hat mich auch vorher gelegentlich betrogen, dieses Mal war es ihm ernst. Für mich war das kein Zuckerschlecken. Plötzlich musste ich wieder arbeiten gehen. Und dann der Umzug aus unserem schönen Haus in Hemmingen in diese ungepflegte Multikultiwohnanlage. Als Deutsche bist du hier in gnadenloser Minderheit. Meine Tochter ist sogar einmal von jugendlichen Ausländern als Nazi-Schlampe beschimpft worden. Dabei hat sie mit dem braunen Gesindel nichts am Hut. Zumindest ihr zuliebe hätte er uns mehr Unterhalt zahlen müssen."

Der Blick ihres Gegenübers wanderte unschlüssig durchs Zimmer, blieb dann an Verena hängen. Während sie ihren Bademantelgürtel enger zog, sagte sie: „Man fühlt sich so minderwertig wie ein ausgelatschter Schuh, der in die Altkleidersammlung wandert. Wenn Sie verstehen, was ich meine."

Verena verstand nur zu gut. Sie wollte, es wäre anders. Sie war sich so sicher gewissen, mit Franz zusammen alt zu werden. Für sie war es die große Liebe gewesen. Niemals hätte sie geglaubt, dass er sie wegen einer anderen verlassen würde.

„Er hat Sie schlecht behandelt und Sie haben sich seinen Tod gewünscht?"

Ihr Gegenüber zögerte. „Es war so verdammt ungerecht. Obwohl Großverdiener, hat er uns gezwungen, in dieser armseligen Behausung zu leben und jeden Cent dreimal umzudrehen. Als er noch studiert hat, habe ich für uns beide gearbeitet. Dann war er endlich fertig und prompt kam Karla zur Welt. Ich habe mich um Haus und Familie gekümmert, während er Karriere gemacht hat. Das alte Lied. Und dann kehrte er den Geizhals heraus."

Die Offenheit der Frau erstaunte Verena. Oder steckte Kalkül dahinter? Frau Heise warf einen hektischen Blick auf die Uhr. „Ich muss Karla aus der Schule abholen. Womöglich hat sie es bereits erfahren. Die Kinder haben ja heutzutage alle Handys mit Internetzugang."

Verena wäre gerne zur Toilette gegangen. Schon mit dem ersten Gespräch hatte die Frau sich auf die Liste der Verdächtigen katapultiert. Allerdings zitterten ihre Hände und der Täter hatte zwei gut platzierte Schüsse abgegeben. Aber dafür konnte es eine Erklärung geben. Im Badezimmer gab es tausend Gelegenheiten, DNA-Spuren sicherzustellen. Das hat Zeit bis morgen, nahm sie sich vor.

Verena griff nach ihrer Tasche und stand auf. „Wenn Sie einverstanden sind, komme ich morgen wieder. Wir haben eine Sonderkommission eingerichtet, die ich leite. Für uns sind alle Hinweise wichtig. Denken Sie daher bitte nach, ob Ihnen etwas einfällt, das uns zum Täter führen könnte. Soll ich Sie zur Schule fahren?"

Frau Heise lehnte dankend ab und versprach, gründlich nachzudenken. Als die Wohnungstür hinter ihr ins Schloss fiel, streckte der alte Herr von nebenan seinen noch immer ungekämmten Kopf aus der Tür. „Hab Ihnen doch gesagt, dass die da ist. Die Wohnungen sind hellhörig. Alles Schrott."

Verena unterdrückte ihr Unbehagen, ging auf den Alten zu und stellte sich vor. Der Geruch, der ihr entgegenschlug, raubte ihr den Atem. Es musste Monate her sein, dass sein Körper mit Wasser und Seife in Berührung gekommen war. Dumpfe, rot unterlaufene Augen musterten sie. „Geht es um den Mord, über den im Radio berichtet wird?“

Sie bestätigte das, ging einen Schritt zurück. Der Alte schien nichts zu merken. „Ich habe hier nie Männer gesehen.“

„Ich bin in Eile, morgen komme ich wieder. Dann reden wir“, versprach sie und hoffte im Stillen, dass er sich bis dahin waschen und frische Klamotten anziehen würde.

Ein Umweg über das Institut für Rechtsmedizin an der Medizinischen Hochschule würde hoffentlich mehr Klarheit über das Mordgeschehen schaffen. Der Rechtsmediziner kam ihr auf dem Parkplatz entgegen. Wie immer war Muench in Eile. Er wurde zu Hause erwartet, seine schulpflichtige Tochter litt an einer Magen-Darm-Krankheit und seine Frau war im Büro unabkömmlich. Im gehetzten Tonfall versprach er ihr, seinen Bericht spätestens in zwei Tagen abzuliefern.

8

Das erst kürzlich aufwendig umgebaute, lichtdurchflutete Foyer der Staatskanzlei war voller Menschen. Fast alle der an die zweihundert Mitarbeiter waren der Einladung des Staatssekretärs gefolgt. Trotz der vielen Menschen war der Lärmpegel gering. Anders als auf den Neujahrsempfängen und Personalversammlungen war heute gedämpfte Tonlage angesagt.

Die letzte Zusammenkunft „aus besonderem Anlass" lag fast zwei Jahre zurück. Damals hatte der Bundespräsident Niedersachsen einen Besuch abgestattet. Die Mitarbeiter waren aufgefordert worden, sich im Foyer einzufinden, um dem deutschen Staatsoberhaupt durch „angemessenen, nicht zu lauten, aber deutlich hörbaren Applaus", wie es in der Hausmitteilung hieß, Respekt zu zollen. Diesmal war Mord Anlass der Versammlung.

Erste Spekulationen machten die Runde. Auch wenn Heise als Chef und Kollege gleichermaßen unbeliebt gewesen war, war er einer von ihnen.

Von einem Eifersuchtsdrama war die Rede. Einige meinten erfahren zu haben, dass Heise sich kürzlich von seiner Lebensgefährtin getrennt hatte. Auch seine geschiedene Frau wurde verdächtigt. Eine kleine Minderheit besonders konservativer Beamter gab sich überzeugt, dass islamistische Terroristen für den Mord verantwortlich seien. Gesine Terberg, Heises engste Mitarbeiterin, brachte Ministerialrätin König ins Spiel. Widerspruch blieb aus. Die Ministerialrätin galt als zickig und rücksichtslos. Niemand fühlte sich berufen, sie in Schutz zu nehmen.

Obwohl Bernd Wagner von Haus aus kommunikativ war, stand er heute abseits. Ihm war nicht nach Gesprächen zumute, er sehnte sich nach seinem Bett. Das heute war mehr als ein normaler Kater. Vielleicht hatte der Chef recht und er sollte mehr auf seine Gesundheit achten. Sein Kreislauf spielte in letzter Zeit Jo-Jo und sein Blutdruck führte ein Achterbahndasein, war mal ganz tief, dann wieder zu hoch.

Nicht weit von ihm stand Britta König. Auch sie allein, was bei ihr nicht ungewöhnlich war. Die sonst immer so coole Ministerialrätin wirkte heute derangiert. Die normalerweise akkurat frisierten, blond gesträhnten Haare waren wuschelig, ihr Lippenstift verwischt. Plagte sie ein schlechtes Gewissen, weil sie sich ständig mit Heise gezofft hatte? Oder steckte gar mehr dahinter? Sein Blick wanderte durch den Saal und blieb an Gesine Terberg hängen. Mit Schrecken bemerkte er, dass sie ihn anstarrte. Ging das etwa wieder los? Er verdrängte die unschönen Erinnerungen.

Der ungekrönte König des Small Talks der Staatskanzlei, Ministerialrat Siegbert Meyer, löste sich aus einer Gruppe und kam auf ihn zu. Bloß das nicht, lass wenigstens diesen Kelch an mir vorübergehen, lieber Gott!, betete der Regierungssprecher und drehte sich demonstrativ in die entgegengesetzte Richtung. Meyer beeindruckte das nicht im Geringsten. Er baute sich vor ihm auf.

„Moin, moin, schrecklich, nicht wahr, die Sache mit unserem Kollegen! Gestern noch putzmunter, heute mausetot, eiskalt ermordet. Ich muss immer daran denken, dass es einen selbst hätte treffen können."

Wagner nickte gottergeben. Weshalb redete alle Welt von „unserem" Herrn Heise? Als er noch lebte, war das anders. Die wöchentlichen Kabinettsvorbesprechungen unter Heises Vorsitz wurden als schwere Bürde angesehen. Plötzliches Unwohlsein, dringende Diensttermine außerhalb und unaufschiebbare Arzttermine mussten als Vorwand herhalten, um den Sitzungen fernzubleiben. Heises Gewohnheit, den Mitarbeitern klarzumachen, dass sie Nieten waren, förderte die Fantasie selbst der sonst nicht für Einfallsreichtum bekannten Beamten. Immer neue Ausreden wurden Heises Vorzimmer aufgetischt, um das Fernbleiben zu begründen.

Die nächsten Minuten würde Meyer nicht von seiner Seite weichen, eine Klette war gar nichts gegen den mitteilsamen Kollegen. „Und was halten Sie von dem Mord, Herr Wagner? Als Pressesprecher sind Sie näher am Geschehen als unsereins. Schon gehört, wer der Täter ist?"

Wagner sehnte sich weit weg von Meyer und der Staatskanzlei. Heute war wirklich ein Scheißtag. „Ich weiß auch nicht mehr als alle anderen. Die Polizei wird in Kürze eine Pressekonferenz geben."

Meyer wäre nicht Meyer, wenn ihn Wagners genervte Stimme beeindruckt hätte. Er hakte nach. „Und der Ministerpräsident, was sagt der? Heise war doch sein Liebling. War das der Grund, weshalb Heise und Sie nicht miteinander konnten?"

Boshafte Augen schauten ihn an. Wagner verspürte das Verlangen, dem Kollegen ein paar bissige Worte an den Kopf zu werfen. Seine übliche Schlagfertigkeit war ihm jedoch vorübergehend abhandengekommen.

Meyer verfiel in einen Flüsterton. „Ganz unter uns, Herr Kollege: Das Arbeitsklima in der Politischen Abteilung ist unter Heise auf antarktische Temperaturen gesunken. Ich kann mir gut vorstellen, dass es den einen oder anderen gibt, der ein Hühnchen mit ihm zu rupfen hatte."

Wagner verdrehte die Augen. „Es geht nicht um Scharmützel unter Kollegen, es geht um Mord."

„Ja klar, was sonst. Ich habe auch nicht behauptet, dass es einer von uns war. Obwohl, ehrlich gesagt und ganz unter uns …"

„Ganz unter uns" stand ganz oben in Meyers Wortschatz. Gemeint war das Gegenteil, je vertraulicher, desto schneller verbreiteten sich die Neuigkeiten. Der geschwätzige Kollege kalkulierte das ein. Auch jetzt schaute er Wagner erwartungsvoll an. Der tat ihm jedoch nicht den Gefallen und schwieg beharrlich. Meyer trat noch näher an ihn heran, sein Atem roch nach Pfefferminzschokolade. Eine neue Welle von Übelkeit erfasste Wagner. Er schluckte sie herunter.

„Britta König zum Beispiel, also die und Heise, die haben sich gehasst wie die Pest. Wenn Sie meine Meinung hören wollen: Sie sind aus demselben Holz geschnitzt – karrieregeil, skrupellos und nur auf sich selbst fixiert. Fast schon Autisten. Wussten Sie, dass Heise zuletzt versucht hat, die König in die allseits verhasste Schulbehörde abzuschieben?"

Natürlich hatte Wagner davon gehört, der Flurfunk der Staatskanzlei funktionierte tadellos. Und es gab viele

Zuträger unter den Beamten. Sie wussten um Wagners Einfluss beim Ministerpräsidenten und wollten mit Informationen bei ihm punkten. Er nickte schwach. Wann ließ sich Staatssekretär Haders endlich blicken?

Meyer rückte so nahe an ihn heran, dass kein Blatt Papier mehr zwischen sie passte. Wagner presste sich an die Wand, die angenehm kühl war. Nicht zum ersten Mal fragte er sich, ob das Gerücht stimmte und Meyer, obwohl verheirateter Familienvater, schwul war. „Gestern Nachmittag war es besonders heftig. Der Krach war über den ganzen Flur zu hören. Ich habe gedacht, gleich erschlagen sie sich. Und dann ist er tatsächlich tot und ich frage mich …" Der Personalratsvorsitzende der Staatskanzlei, Regierungsrat Ballauf, erlöste Wagner. Er hatte dringend etwas mit Meyer zu besprechen. Tuschelnd entfernten sich die beiden. Wagner glaubte, den Namen Heise zu hören.

9

Endlich näherte sich gemessenen Schrittes Staatssekretär Haders. In seinem Schlepptau befand sich Jochen Niemann, Personalchef der Staatskanzlei und fast zwei Köpfe kürzer geraten. Das Gespann, der Lange und der Kurze genannt, stellte sich auf die oberste Stufe der Marmortreppe, die in die erste Etage führte. Niemann reichte seinem Vorgesetzten mit einer angedeuteten Verbeugung das schnurlose Mikrofon.

Der Staatssekretär schaute sich prüfend um. Die unabänderliche Kontrolle, ob auch alle Mitarbeiter seiner Einladung gefolgt waren. Wer fehlte, handelte sich Minuspunkten bei künftigen Beförderungen ein. Seine Stimme klang rau.

„Danke, liebe Mitarbeiterinnen und Mitarbeiter, dass Sie gekommen sind. Der Anlass, der uns heute zusammenführt, ist ein denkbar trauriger. Unser geschätzter Kollege und für viele von Ihnen Vorgesetzter Alexander Heise ist gestern Abend in seinem Haus erschossen worden. Der Ministerpräsident, der wegen dringender Finanzverhandlungen nach Berlin musste, ist tief betroffen. Ich möchte Sie nun alle um eine Schweigeminute im Gedenken an unseren geschätzten Mitarbeiter, Vorgesetzten und Kollegen bitten."

In das Schweigen hinein war lautes Schluchzen vernehmbar. Gesine Terberg. Wagner wusste, dass ihre Trauer nur gespielt war. Die Blicke, mit denen sie ihren früheren Chef auf den wöchentlichen Konferenzen bedacht hatte, hatten eine andere Sprache gesprochen: Antipathie und unterdrückte Wut.

Die Schweigeminute kam Wagner endlos lange vor. In die Stille hinein grummelte sein Magen. Nie wieder Gans und nie wieder Rotwein, schwor er sich. Dann endlich strich der Staatssekretär über seine Krawatte. „Wir beenden die Schweigeminute für unseren geschätzten Kollegen." Seine Stimme hörte sich krächzend an. Seit Wagner in der Staatskanzlei arbeitete, gab es mit der Mikrofonanlage Probleme. Für eine neue Anlage fehlte das Geld. Die häufigen Umgestaltungen in der Chefetage verschlangen den Großteil des für Anschaffungen und Sanierungen vorgesehenen Etats der Staatskanzlei.

„Das LKA hat die Ermittlungen aufgenommen. Kriminalrätin Verena Hauser wird die Soko Heise leiten und auch in der Staatskanzlei Befragungen durchführen. Ich habe ihr zu diesem Zweck den Roten Salon zur Verfügung gestellt." Er zupfte sich am Kinn. „Was den Mord angeht, können wir im Moment nichts ausschließen. Politische Motive sind ebenso möglich wie private. Die Polizei steht ganz am Anfang und ermittelt in alle Richtungen."

Wieder einmal nichts als Plattitüden. Der Mann war von der Partei hochgespült worden. Die Ostfriesen-Gang in der Bürgerpartei hatte das Vorschlagsrecht für den Leiter der Staatskanzlei gehabt und ausgerechnet den drögen Haders ins Spiel gebracht. Wagners Freund Hollmann hatte von der späten Rache der Friesen gesprochen. Seit den Zeiten der Germanen hatten diese wenig Bereitschaft gezeigt, fremde Regierungen zu akzeptieren. Und die

Hannoveraner waren ihnen auch mehr als sechzig Jahre nach der Gründung des Bundeslandes fremd geblieben. Deshalb, so Hollmann, hätten sie die größte Pfeife, die das Land der Friesen zu bieten hätte, in die Landeshauptstadt entsandt.

Man hätte eine Stecknadel fallen hören. Gespannt starrten mehr als hundertfünfzig Augenpaare auf den Staatssekretär. Haders räusperte sich, bevor er fortfuhr. „Wenn einer von Ihnen etwas weiß, das zur Aufklärung des Mordes beitragen könnte, kommen Sie zuerst zu mir und Herrn Niemann. Besser, Sie sprechen erst mit uns, bevor Sie mit der Polizei das Gespräch führen. Nur zu Ihrer eigenen Sicherheit. Sie alle sind im besonderen Maße dem Verschwiegenheitsgebot verpflichtet. Deshalb wünscht der Herr Ministerpräsident auch keine Gespräche mit der Presse. Zurückhaltung ist das Gebot der Stunde!“

Die erneute Pause sollte die Bedeutung seiner Worte unterstreichen. Einige tuschelten miteinander. Haders hatte noch immer nicht das Ende seiner Ansprache erreicht, was Wagner aus tiefstem Herzen bedauerte. „Herr Heise war an wichtigen politischen Entscheidungen beteiligt. Es ist nicht auszuschließen, dass es Ärger mit einem Bürger gegeben hat. Vielleicht ist da etwas völlig aus dem Ruder gelaufen.“

„Ärger mit Bürgern haben wir doch ständig“, brummelte Meyer halblaut.

Die Bemerkung sorgte trotz der angespannten Atmosphäre für verhaltenes Kichern. Haders, der nichts mitbekommen hatte, sprach noch eine ganze Weile, für Wagners Geschmack deutlich zu lang: über die großartige Arbeit Heises für das Land, über seinen unermüdlichen Einsatz zum Wohle der Bürger und die Lücke, die er hinterlassen würde. Während er redete, wurden die Gesichter der Beamten immer länger. Dass ausgerechnet der Stinkstiefel Heise posthum zur vorbildlichen Führungsfigur stilisiert wurde, empfanden viele als schlechten Witz.

Dann spannte Haders den Bogen vom Ermordeten zur Verantwortung jedes Einzelnen für das Gelingen des „großen Ganzen", wobei offen blieb, was mit dem „großen Ganzen" gemeint war. Wagner fragte sich, für wen Haders die Show abzog. Der Ministerpräsident konnte nicht zuhören, da er sich zur Stunde in Berlin heftige Auseinandersetzungen mit seinen Kollegen aus den süddeutschen Bundesländern lieferte. Medienvertreter waren auch nicht anwesend. Vermutlich konnte Haders nicht anders. Das seit Jahren kultivierte salbungsvolle Gehabe war ihm in Fleisch und Blut übergegangen. Würde er eines Tages auch so werden und nur noch Müll von sich geben? Eine grauenhafte Vorstellung.

Erneut hob Haders die Bedeutung der dienstlich gebotenen Verschwiegenheitspflicht der Beamten hervor. Was für die katholische Kirche das Zölibat und für die Taliban die Scharia war, war für Haders die lückenlose Einhaltung der Dienstvorschriften. Wobei es nicht die geringste Rolle spielte, ob Letztere irgendeinen Sinn machten.

Jetzt redete er davon, dass der Mord die Boulevardpresse auf den Plan rufen würde. Beim Wort Boulevardpresse verzog er angewidert sein Gesicht. Bis vor wenigen

Wochen war das anders gewesen. Jahrelang hatte das führende Boulevardblatt, die *Deutschlandzeitung*, mit einer Auflage von 3 Millionen die unumstrittene Nummer 1, die Regierung mit positiven Kommentaren beglückt. Dann war der Chefredakteur geschasst worden. Der Nachfolger, ein gestandener Bayer, konnte die Niedersachsen, in seinen Augen eine eher unterentwickelte Spezies der Gattung Mensch, nicht leiden. Er ließ keine Gelegenheit aus, gegen sie und ihre Landesregierung zu sticheln.

„Kein Wort über interne Vorgänge darf nach außen dringen", wiederholte Haders. „Und schon gar nichts über Konflikte, sofern es solche gegeben haben sollte."

Das Gesülze tat Wagner fast körperlich weh. Dann kam der Staatssekretär endlich zum Ende und stieg die Stufen ins Allerheiligste hinauf, wie die Büroetage des Ministerpräsidenten genannt wurde. Niemann folgte ihm, noch weiter nach vorne gebeugt als üblich. Sein sonst meist freundliches Gesicht war voller Sorgenfalten.

Auch Niemann war wie Wagner zufällig Zeuge des heiklen Telefonats geworden, dass Heise kurz vor seinem Tod geführt hatte. Vermutlich zerbrach er sich den Kopf, wie er mit dem unfreiwillig erworbenen Wissen umgehen sollte und ob der Mord damit zu tun hatte. Wagner nahm sich vor, seinen Kollegen darauf anzusprechen. Vielleicht könnten sie dann gemeinsam zum Ministerpräsidenten gehen, um ihn über Heises Machenschaften zu informieren. Geteiltes Leid war halbes Leid und der Zorn des Chefs würde ihn nicht allein treffen.

10

Zur ersten Sitzung der Soko Heise kam Verena zu spät. Dagmar hatte sie aufgehalten. Ein Anruf zur Unzeit, den sie nicht abwimmeln wollte. Es gab nur noch wenige Menschen, die ihr nahestanden. Bis vor zwei Jahren war das anders gewesen. Als Lebensgefährtin eines prominenten Steuerberaters, zu dessen Klientel die Wirtschaftsgrößen der Landeshauptstadt gehörten, war sie überall gern gesehen. Nach der Trennung hatte sich das schlagartig geändert. Einige ihrer früheren Bekannten wechselten sogar die Straßenseite, um der Begegnung mit ihr aus dem Weg zu gehen.

Als Verena den Besprechungsraum betrat, verbannte sie die bitteren Gedanken. Jetzt war ihre ganze Kraft als Polizeibeamtin gefordert. Ihre Kollegen warteten schon. Die meisten beschäftigten sich mit ihrem iPhon oder Black Berry, andere tuschelten leise miteinander. Die Luft war schneidend, die Stimmung angespannt. Der Platz am Kopfende zwischen Stollmann und Hirschmann war für sie frei gehalten. Beinahe wäre sie über eine achtlos hingeworfene Aktentasche gestürzt. Das Kichern im Raum ärgerte sie.

„Wenn Sie sich ausgekichert haben, können wir anfangen."

Der Pünktlichkeitsfanatiker Hirschmann war verärgert. Dass Verena ihm im Dienstrang unterlegen war, machte ihr Zuspätkommen in seinen Augen noch schlimmer. Demonstrativ schaute er auf seine Uhr.

„Ohne Sie wollten wir nicht anfangen, werte Kollegin. Sie leiten die Soko."

Verena verzichtete auf einen Kommentar und wandte sich Inga zu. „Willst du anfangen?" Ihre Kollegin lächelte verständnisvoll. Sie wussten, was sie aneinander hatten.

„Viel können wir im Moment noch nicht sagen. Bei der Tatwaffe handelt es sich um eine Sig Sauer Backup 290 Der erste Schuss hat die rechte Herzkammer zerstört. Der zweite dürfte überflüssig gewesen sein, da war er vermutlich bereits tot. Beide Schüsse sind von vorne eingedrungen, aus ca. drei Metern. Der Täter muss Heise frontal ins Visier genommen haben. Die Tatzeit war vermutlich zwischen 21 und 22 Uhr. Das Ergebnis der Obduktion steht noch aus."

„Gibt es Einbruchsspuren?" Eine naheliegende Frage, die sich nicht nur Verena aufdrängte.

„Nee, wir haben absolut nichts gefunden, das auf einen Einbruch schließen lässt. Es scheint auch nichts zu fehlen, in seiner Brieftasche befanden sich 600 Euro und in einer Geldkassette in seinem Schreibtisch waren sogar 3400 Euro. Auch sein Schmuck, zwei hochwertige Armbanduhren und eine Krawattennadel mit Diamant, sind nicht entwendet worden. Die Rumänenbande scheidet somit aus. Dafür spricht auch, dass Heise seinem Mörder die Tür geöffnet hat. Es wäre auch möglich, dass Mörder und Opfer zusammen das Haus betreten haben."

„Jemand aus der Nachbarschaft muss doch den Schuss gehört haben", schaltete Hirschmann sich ein.

Verenas Kollegin ließ sich nicht gerne unterbrechen. „Später", sagte sie. „Die Leute vom MEK 1 haben sein

Notebook mitgenommen, sein Handy natürlich auch und diverse Aktenordner, Bankauszüge, Privatkorrespondenz und so weiter. Handy und Notebook befinden sich noch in der Kriminaltechnik. Die Ordner liegen in meinem Büro und warten darauf, ausgewertet zu werden."

Sie unterbrach ihre Ausführungen, um sich die Nase zu putzen. Verena nutzte die Gelegenheit, schaute in die Runde und beauftragte zwei erfahrene Beamte, die Ordner nach der Besprechung abzuholen und sie auszuwerten.

„Mit der Spurensicherung am Tatort sind wir noch nicht endgültig fertig. Bislang haben wir nichts Außergewöhnliches gefunden. Ich kann vermutlich morgen mehr sagen", schloss Inga ihren Bericht.

Die unvermeidbare Frage nach DNA-Material folgte. Die Kleidungsstücke Heises wurden zur Stunde darauf hin untersucht. Das sichergestellte Material würde mit der DNA-Datenbank abgeglichen werden. Von heute auf morgen ging das nicht. Inga sprach von einer Woche.

Sie erwähnte noch die Befragungen in der Nachbarschaft. Die direkten Nachbarn zur Rechten seien länger vereist, die ältere Dame zur Linken hatte nichts gehört.

Verena schaute sich um. „Wer will als Nächstes?" Assistentin Schramm meldete sich. Auch heute war sie wieder modisch gestylt und sorgfältig geschminkt, was Verena daran erinnerte, dass sie dringend neue Klamotten brauchte und noch dringender einen Termin beim Friseur.

„Ich habe eine Kopie von Heises Personalakte. Keine einfache Sache übrigens, der Personalchef der Staatskanzlei hat sich quergelegt. Erst als ich ihm mit unserem Direktor gedroht habe, hat er mir die Unterlagen gefaxt."

Hirschmann gab eine anerkennende Bemerkung von sich. Er neigte sonst nicht zu Lobesbekundungen, bei Petra Schramm aber machte er eine Ausnahme. Mit leuchtenden Augen fuhr die fort. „Das meiste betrifft seinen beruflichen Werdegang: Abiturzeugnis, Studiennachweise, Zeugnisse vom ersten Arbeitgeber. Bevor er in die Staatskanzlei gegangen ist, war er Justitiar bei der Handwerkskammer Lüneburg. Dort war er …"

Verena wollte das gar nicht so genau wissen. „Das bringt uns jetzt nicht weiter, Petra. Was ist mit seinem familiären Hintergrund und Hobbys? Gibt sein Lebenslauf dazu etwas her?" Ihre Mitarbeiterin setzte ein beleidigtes Gesicht auf, fasste sich aber schnell wieder. „Nicht viel. Er ist 51 Jahre alt, seit drei Jahren geschieden und hinterlässt eine vierzehnjährige Tochter, die bei ihrer Mutter lebt. Unter Hobbys sind Musik und Lesen angegeben, das war's. Seine Eltern sind tot und seine einzige Schwester lebt in Australien."

Verena schaute von ihren Notizen hoch. „Mit seiner Exfrau habe ich bereits gesprochen. Ich möchte mehr über sie wissen. Irene Heise arbeitet in der Anwaltskanzlei Altmann & Partner. Sprich mit ihren Arbeitskollegen. Ihre Nachbarn übernehme ich."

Sie nahm Stollmann ins Visier. „Bist du morgen in der Staatskanzle im Roten Salon mit von der Partie?"

Der grinste bereit. „Der Name beflügelt mich. Roter Salon als Name für einen Besprechungsraum, darauf kann nur eine obere Landesbehörde kommen. Ich bin in den nächsten Tagen in Sachen Albanerbande eingespannt, werde der Soko nur stundenweise zur Verfügung stehen. Nächste Woche schlagen wir zu. Europol ist mit an Bord, sieht nach einem Riesencoup aus."

Hirschmann verzog sein Gesicht. Erfolge, die auf Stollmanns Konto gingen, betrachtete er als persönliche Niederlage. Und die Zerschlagung der international agierenden Menschenhändlerbande brachte alle Zutaten für einen spektakulären Erfolg mit sich.

Dann meldete auch er sich zu Wort. „Ich hatte einen Anruf aus dem Innenministerium. Niedersachsen ist neben Bayern im Bundesrat Wortführer für eine Verlängerung des Mandats in Afghanistan. Es ist denkbar, dass die Taliban Druck ausüben wollen. Die Bundespolizei und der Bundesnachrichtendienst haben sich bereits eingeschaltet."

Stollmann war entsetzt. „Um Gottes Willen. Das letzte Mal, als die Bundespolizei sich eingeschaltet hat, endete das in einem Desaster", knurrte er. „Gibt es überhaupt ein Bekennerschreiben?"

Erneut verzog Hirschmann sein Gesicht. Genauso wenig wie er Stollmann Erfolge gönnte, schätzte er Fragen von ihm. „Bislang nicht. Das will aber nichts heißen. Ich sehe das genauso wie der Herr Innenminister. Deutschland, und damit auch Niedersachsen, steht im Fokus islamistischer Fundamentalisten."

Eine Bemerkung, die erneut Widerspruch bei Stollmann hervorrief. „Einen Beamten in seiner Wohnung zu erschießen, ist nicht ihre Handschrift. Wir sollten uns auf erfolgversprechendere Spuren konzentrieren."

Hirschmann schnaufte und verdrehte seine Augen. Bevor sich einer der vielfach erlebten verbissenen Dispute zwischen ihren beiden Kollegen entwickeln konnte, schaltete sich Verena ein. „Selbstverständlich ermitteln wir in alle Richtungen. Bekennerschreiben kommen manchmal erst Tage später."

Sie griff nach ihren Notizen. „Fassen wir zusammen: Bislang wissen wir, dass der Täter gut mit der Waffe umgehen kann und Heise ihn vermutlich kannte. Er kann allerdings auch dazu gezwungen worden sein, dem Täter Einlass zu gewähren. Falls Täter und Opfer einander kannten, liegt ein Mord aus Hass oder Eifersucht nahe. Ein rachsüchtiger Bürger, der sich von der Staatskanzlei gemobbt fühlte, wäre auch denkbar. Wenn es anders war und die beiden sich nicht kannten, sind politische Motive naheliegend und ein terroristischer Hintergrund kann nicht ausgeschlossen werden."

Zustimmendes Raunen ging durch den Raum. Nur Hirschmann schaute aus der Wäsche, als ob ihm eine Laus über die Leber gelaufen wäre. Stollmann lächelte und ermunterte Verena fortzufahren. Das war für Hirschmann zu viel.

Er kehrte seinen Dienstrang heraus und ging dazwischen. „Dieser Fall sprengt den üblichen Rahmen. Ministerialdirigent Heise war hochrangiger Landesbeamter und Berater des Regierungschefs. Wir haben es weder mit dem Rotlichtmilieu zu tun noch mit der Klientel, die sonst zu unseren Kunden zählt. Will sagen, keine Unterschicht, keine kriminellen Banden, keine Clans aus dem Migrantenmilieu."

Er redete sich in Fahrt. „Wir ermitteln in einer Umgebung, die nur die wenigsten Menschen in diesem Land aus eigenem Erleben kennen. Die Staatskanzlei spielt in einer anderen Liga. Politische Sensibilität ist geboten."

Verena bemerkte, dass Stollmann unruhig wurde. Sein rotes Gesicht sprach Bände. „Was soll das, Kollege Hirschmann?", brach es aus ihm heraus. „Heise ist erschossen worden. Tot ist tot, da hilft ihm seine elitäre Position auch nicht. Unser Job ist es, den Mord aufzuklären. Wir werden nicht dafür bezahlt, irgendwelchen Beamten oder Politikern in den Allerwertesten zu kriechen. So ein Stuss!"

Jetzt lief auch Hirschmann rot vor Zorn an. „Passen Sie auf, was Sie sagen. An Ihrer Stelle wäre ich vorsichtig. Außerdem …"

„Stopp", rief Verena. „Lasst uns lieber über die Aufgabenverteilung reden. Wir waren noch nicht fertig damit."

Hirschmann grummelte unverständliche Worte in sich hinein. Dann ging es an die Verteilung der Aufgaben. Ein Team würde die Befragungen in Heises Nachbarschaft fortsetzen. Ein anderes Team sollte sich eingehender mit seinem Privatleben beschäftigen. Auch galt es die Hinweise aus der Bevölkerung auszuwerten. Mit Heises Notebook und seinem Handy würde sich die Soko befassen, sobald die Techniker beides freigaben. Verena bekräftigte, dass sie gleich morgen noch einmal mit der Witwe und ihrem übel riechenden Nachbarn sprechen wolle.

Hirschmann sagte zu, die Telefonate mit der Bundespolizei und dem Verfassungsschutz zu übernehmen, was niemanden im Raum wunderte, da er bekanntermaßen großen Wert auf Kontakte zu diensthöheren Stellen legte. Als Verena vorschlug, einander am nächsten Tag erneut gegen 17 Uhr zu treffen, gab es Protest. Einer der beiden notorischen Arbeitsverweigerer schob einen unaufschiebbaren Arzttermin vor und bestand auf einem früheren Besprechungstermin.

Verena lag eine scharfe Bemerkung auf der Zunge. Sie schluckte sie herunter. Da war nichts zu machen, der Mann war Beamter. „Dann eben 16 Uhr."

11

Es war noch nicht einmal sechs Uhr und weit und breit niemand auf der Straße zu sehen. Der knorrige, kahle Baum vor ihrem Fenster wirkte in der Dunkelheit bedrohlich. Und doch mochte sie die frühen Morgenstunden, wenn die Stadt bis auf einige wenige Frühaufsteher noch schlief. In einer Stunde würde geschäftiges Treiben einsetzen und Verkehrslärm die Ruhe verdrängen. Ein Auto kam näher und hielt vor ihrem Haus. Der Zeitungszusteller, er kam jeden Morgen um Punkt halb sechs. Sie hätte die Uhr danach stellen können.

Wenn es kalt war, wie heute, und sie nicht auf dem Balkon sitzen konnte, verbrachte sie ihre schlaflosen Nächte in der Küche, blätterte in Zeitschriften oder schaute einfach nur aus dem Fenster. Oder sie hing ihren Gedanken nach, die sich fast immer um den Auftrag drehten. Noch war er nicht erfüllt.

Langweilig wurde ihr nie. Die Nacht war voller Geheimnisse. Und es waren die Nächte, wenn sie in ihrer Nähe waren. Tagsüber schliefen sie. Nur selten sprachen sie auch tagsüber zu ihr, meistens kamen sie nachts.

Sie stand auf, verließ die wohlig warme Küche und ging die Treppe hinunter in den zugigen Hausflur. Ihr Briefkasten quoll über, neben der Tageszeitung lagen Reklameblätter, die sie achtlos auf den Boden warf. Sollte der Reinigungsdienst sich damit befassen, dafür wurde er schließlich bezahlt.

Zurück in der Küche studierte sie die Zeitung. Auf der ersten Seite ein ausführlicher Bericht über den Mord. Tötungsdelikte wurden sonst im Lokalteil behandelt. Ministerialdirigent Heise hatte es auf Seite 1 geschafft. Es hätte ihn gefreut, arrogant und selbstverliebt, wie er gewesen war. Wie lächerlich, Fundamentalisten zu verdächtigen. Die Islamisten mussten für alles herhalten.

Sie stellte Teewasser auf. Der Tee schmeckte giftig. Sie zwang sich, eine halbe Scheibe Brot mit Marmelade zu essen. Seitdem sie die Tabletten abgesetzt hatte, hatte sie fünf Kilo abgenommen. Ihre Mutter hatte ihr letzte Woche einen großen Topf Linseneintopf gebracht. Der Eintopf war in der Toilettenschüssel gelandet. Warum konnte ihre Mutter sie nicht in Ruhe lassen? Sie wollte allein sein, das Zusammensein mit anderen war ihr lästig.

Das Anziehen strengte sie an. Sie brauchte mehr Zeit als sonst, ihre Bewegungen waren fahrig. Als sie fertig gewaschen und gekämmt vor dem Badezimmerspiegel stand und Puder auftrug, wusste sie nicht mehr, ob sie die Zähne geputzt hatte. Vorsichtshalber putzte sie sie noch mal.

Um kurz nach sieben verließ sie ihre Wohnung. Draußen empfing sie dichter Nebel. Es würde wieder einer dieser scheußlichen grauen Tage werden. Zu ihrer Arbeitsstelle hatte sie es nicht weit. Im Sommer nahm sie das Fahrrad, jetzt ärgerte sie sich über die qualvolle Enge in der Straßenbahn. Ein Jugendlicher rempelte sie an. Ihr Herz klopfte heftig und sie spürte, wie sich Schweiß unter ihren Achselhöhlen bildete. Was, wenn er einer von ihnen war, ein Abgesandter? Sie musterte ihn unauffällig von der Seite. Er wich ihren Blicken aus und schaute angestrengt aus dem Fenster.

Ihr derzeitiger Vorgesetzter war vor ihr da, was selten vorkam. Er trug seine schlechte Laune vor sich her wie ein Messdiener den Weinkelch, raunzte sie an, weil die Zusammenstellung mit den letzten Datensätzen noch nicht fertig war. Ihr Arbeitstempo lasse zu wünschen übrig. Sie schwieg zu seinen Vorwürfen.

Als sie ihm am späten Vormittag die Aufstellung brachte, besserte sich seine Laune. Jetzt gab er sich von seiner leutseligen Seite, philosophierte über den Mordfall. Es geschah nicht alle Tage, dass ein hochstehender Landesbeamter erschossen wurde. Genau genommen war es das erste Mal, seit er Beamter war, und das waren immerhin 28 Jahre, betonte er.

Für ihn stand fest, wer die Täter waren. „Die Brutalität der osteuropäischen Banden wird immer schlimmer. Für die zählt ein Menschenleben nicht. Wenn Sie mich fragen, es war ein großer Fehler, die Grenzen zu öffnen und Kriminelle aus aller Welt einzuladen, nach Deutschland zu kommen. Als die Mauer noch stand, hatten wir unsere Ruhe vor dem Gesocks."

Sie nickte. Ein armseliger Spießer, dessen verquere Ansichten kaum zu ertragen waren. Ihr war es egal. Hauptsache, er ließ sie in Ruhe. Dann klingelte sein Telefon. Seine Frau war am Apparat. Mit einer Geste gab er ihr zu verstehen, dass sie sein Büro verlassen sollte. Gut so, sie wollte allein sein mit sich und ihren Gedanken.

12

In der Presselandschaft war der Mord dominierendes Thema. Die Ermordung eines engen Vertrauten eines deutschen Regierungschefs bot Nährboden für viele Spekulationen. Die Klaviatur, auf der die Journaille spielte, war weit gefasst: islamistische Terroristen, gewalttätige Neo-Nazis, rachsüchtige Wutbürger.

„Hat die zunehmende Radikalisierung in Deutschland ein erstes Todesopfer in einer Regierungszentrale gefordert?", fragte die *Allgemeine Niedersachsenzeitung* und die links orientierte *Niedersachsenpresse* titelte: „Beamtenmord in der niedersächsischen Staatskanzlei – hat der braune Terror zugeschlagen?"

Die Einrichtung einer Sonderkommission unter Leitung von Verena Hauser wurde von der Presse einhellig begrüßt. Die Polizeibeamtin hatte sich in den vergangenen Jahren einen Namen als erfolgreiche Ermittlerin gemacht. Verena selbst interessierten die Kommentare nicht, hatte sie doch die Medien mehr als einmal als launische Diva erlebt.

Am Tag zwei nach dem Mord wartete ein Mammutprogramm auf sie. Auf dem Weg zu ihrer Arbeitsstelle machte sie einen Umweg über Vahrenheide. Dieses Mal hielt sich niemand im Eingangsfoyer auf. Halb neun war den Jugendlichen offenbar zu früh. Aus der Wohnung von Irene Heise war das Geräusch eines Staubsaugers zu hören. Auch eine Art, sich abzulenken, dachte Verena, während sie das zweite Mal anhaltend den Klingelknopf drückte. Drinnen wurde der Staubsauger ausgeschaltet.

Heute war Frau Heise nicht so zerknautscht wie am Vortag, das schmale Gesicht war dezent geschminkt, die Haare frisch frisiert. Zu den Jeans trug sie einen giftgrünen Pullover und pinkfarbene Schuhe.

„Ach Sie schon wieder." Begeisterung hörte sich anders an. Immerhin ließ sie Verena nicht wieder an der Tür stehen. Die Polizeibeamtin wurde in die Küche geführt. Der schmale Küchentisch bot gerade Platz für zwei Personen, vorausgesetzt, sie waren schlank. Den angebotenen Kaffee lehnte Verena ab und bat um Mineralwasser.

„Es steht jetzt zweifelsfrei fest, dass Ihr Exmann ermordet wurde, Frau Heise. Ich muss Ihnen daher einige Fragen stellen", eröffnete sie das Gespräch, nachdem Frau Heise ein Glas Wasser vor sie hingestellt hatte. „Wenn ich Sie gestern richtig verstanden habe, hatten Sie kaum noch Kontakt zu ihm."

Irene Heise bestätigte das. „Es gab zu viel schmutzige Wäsche bei der Scheidung. Nicht nur, dass er knausrig war, er war gemein. Hundsgemein."

Verena wartete ab, Frau Heise ließ es jedoch dabei bewenden.

„Und Ihre Tochter. Die hatte doch bestimmt Kontakt zu ihrem Vater?"

„Nur spärlich, Karla mochte die Neue meines Exmanns nicht. Irgendwann hatte sie keinen Bock mehr, ihren Vater zu besuchen. Diese Gabi Eggers, so heißt die Frau, war immer dabei."

„Ich würde das gerne von Ihrer Tochter selber hören", erwiderte Verena.

Die Antwort kam prompt und fiel heftig aus. „Auf keinen Fall. Meine Tochter hat in den letzten Tagen genug durchgemacht. Außerdem kann sie über den Mörder, wer immer es war, nichts sagen."

„Woher wollen Sie das wissen? Es ist nicht auszuschließen, dass ihr Vater seiner Tochter gegenüber Andeutungen gemacht hat oder sie zufällig etwas mitbekommen hat, das uns zum Täter führt. Wenn Sie Wert darauf legen, können wir das Gespräch in Ihrem Beisein führen."

„Sie ist minderjährig, ich will das nicht. Wenn Sie unbedingt wollen, werde ich sie danach fragen und Ihnen Bescheid geben. Warum sprechen Sie nicht mit dieser Eggers? Die hat mit meinem Exmann zusammengelebt und kann mehr dazu sagen."

Verena unterdrückte ein Seufzen. Die Frau entpuppte sich als harter Brocken. Heute wirkte sie weder verschlafen noch verwirrt. „Hatte Ihr Mann Feinde? Immerhin waren Sie fast zwanzig Jahre mit ihm verheiratet. Da bekommt man so etwas mit."

Die Frage löste bei ihrem Gegenüber heftiges Nicken aus. „Wenn es um sein berufliches Fortkommen ging, ist Alexander über Leichen gegangen. Als wir noch zusammen waren, gab es häufig Streit mit Kollegen. Mein Exmann war überzeugt, dass sie nachlässig waren und bei der Arbeit schluderten. Er war sehr penibel, hat auch kleinste Fehler seiner Mitarbeiter nicht durchgehen lassen, konnte dann sehr ungehalten werden. Manchmal hatte ich den Verdacht, dass es ihm Vergnügen bereitete, seine Leute zu schikanieren."

„Hat er Namen genannt?", fasste Verena nach.

„Bestimmt, aber daran kann ich mich nicht mehr erinnern. Es liegt einige Jahre zurück."

Sie stockte, runzelte die Stirn. „Ich erinnere mich an einen Fall … Wie hieß er doch gleich? Ein Mann? Aber das liegt schon lange zurück. Mit dem Mord wird das nichts zu tun haben."

Sie fasste sich an den Kopf. „Moment, ein Name fällt mir doch ein. Die Frau heißt König. Britta König, wenn ich mich recht erinnere. Sie ist Referatsleiterin in seiner Abteilung. Ich hätte nicht in ihrer Haut stecken mögen. Sie stand auf seiner Abschussliste. So wie ich seinerzeit. Bei der Scheidung hat er mir übel mitgespielt."

Verena speicherte in Gedanken den Namen Britta König. Ihre nächste Frage löste einen zynischen Kommentar bei der Geschiedenen aus. „Alexander hatte keine Freunde. Das Wort Freundschaft kam in seinem Sprachschatz nicht vor. Für meinen Ex ging es immer nur um Beruf und Karriere."

Ein weiterer Name fiel ihr nicht ein. „Er hat sich gelegentlich mit einem Anwalt namens Willm Hackmann getroffen. Ein Kollege aus Studienzeiten." Verena stellte das Glas beiseite. Das Wasser schmeckte abgestanden. Sie notierte in Gedanken den zweiten Namen. „Und sonst? Hatte Ihr Exmann Feinde in der Familie, gab es Erbstreitigkeiten oder dergleichen?", fragte sie nach.

Irene Heise schüttelte den Kopf. Ihr rechtes Augenlid zuckte. „Nicht, dass ich wüsste. Er hat, äh hatte, eine ältere Schwester, die in Sydney lebt. Der Kontakt beschränkte sich auf Weihnachtskarten. Und seine Eltern sind tot, ein Verkehrsunfall. Die einzige Verwandte, für die sich mein Exmann je interessiert hat, war eine kinderlose Tante. Sie hat ihm ein beträchtliches Vermögen vererbt. Ohne das Geld hätte sie ihn nicht die Bohne interessiert. Alexander verwendete seine Energie ausschließlich für Menschen, die ihm nützlich waren."

Verena fragte sich, weshalb sie einen solchen Stinkstiefel überhaupt geheiratet hatte. Vermutlich übertrieb sie. Sie holte eine silberne Schachtel aus ihrer Handtasche, entnahm ihr eine Visitenkarte, die sie Frau Heise mit den Worten reichte: „Wenn Ihnen noch etwas einfällt, rufen Sie mich an. Auch wenn es Ihnen noch so unbedeutend vorkommt."

Als sie gehen wollte, wurde sie von Frau Heise aufgehalten. Sie wollte noch eine Frage loswerden. „Die Polizei hat Alexanders Haus doch durchsucht, oder?"

Verena antwortete mit einer Gegenfrage. „Sie ist noch dabei, warum fragen Sie?"

Frau Heise zögerte. Dann gab sie sich einen Ruck. „Haben Ihre Leute ein Testament gefunden? Ich frage wegen Karla. Sie ist seine einzige Tochter. Und Alexander war ein vermögender Mann. Sie hat Anspruch auf ihren Pflichtteil."

Verena beruhigte die Frau. „Meine Kollegen haben von einem Testament nichts gesagt. Was seine Freundin angeht, glaube ich nicht, dass sie etwas erbt. Die beiden haben sich vor Kurzem getrennt."

Der Blick der Frau flackerte. „Sie haben sich getrennt? Das ist mir neu. Hat sie Alexander zu guter Letzt doch durchschaut? Wenn sie im Streit auseinandergegangen sind, hatte sie ein Motiv, oder?"

Verena verzichtete auf eine Antwort. Sie nahm sich vor, sich eingehend mit den Vermögensverhältnissen des Ermordeten zu befassen. Vielleicht lag dort der Schlüssel zu der Tat und es ging mal wieder nur ums Geld.

13

Heises Zugehfrau wohnte in einem ansehnlichen Mehrfamilienhaus aus Klinkerstein aus dem vorigen Jahrhundert in Hannover-Linden, einem Stadtteil mit engen Straßen und Altbaubestand, einem sehenswerten Marktplatz und einem Berg, der mit schattigen Bäumen und Wiesen der Naherholung diente. Viele der Gebäude aus Anfang des vorigen Jahrhunderts waren renoviert und boten mit rosa und gelben Farben ein buntes Bild. Aufgrund der vergleichsweise niedrigen Mieten war der Anteil an Studenten und Migranten überdurchschnittlich hoch. An den Klingelschildern machte Verena ausschließlich türkische Namen aus.

Die Frau, die sie an der Wohnungstür begrüßte, trug ein Kopftuch, das sie weit in die Stirn gezogen hatte und sie älter als Ende vierzig aussehen ließ. Sie führte Verena in ein gemütliches, mit Blümchentapete und hellen Möbeln ausgestattetes Wohnzimmer, in dem ein gleichaltriger Mann saß, der Tee trank. Sie stellte ihn im holprigen Deutsch als ihren Ehemann vor. Der gedrungene Mann musterte Verena neugierig, bevor er ihr zögernd einen Platz anbot. Er machte keine Anstalten, das Zimmer zu verlassen.

Seine Frau war wie jeden Mittwoch nach der Frühschicht in der Staatskanzlei mit dem Bus zu Heise gefahren, um die Hemden zu bügeln und sauber zu machen.

„Mir sofort aufgefallen ist, dass etwas nicht stimmen tut. Aktentasche auf Fußboden im Flur. Hat es noch nie gegeben. Hat immer im Arbeitszimmer neben Schreibtisch gestanden. Herr Heise war ordentlicher Mann, besonders in Arbeitszimmer. Habe ich nichts verändern dürfen. Er verboten hat. Nur saugen und im Regal Staub wischen, niemals an Schreibtisch gehen, er gesagt hat."

Ihr Mann gab einen grunzenden Laut von sich. Nach einem unsicheren Blick auf ihn fuhr die Frau fort: „Tür vom Wohnzimmer stand auf und er auf Boden. Alles voll Blut. Furchtbar, ganz schlimm, habe 112 angerufen. Unser Chef gesagt, wenn was passiert, immer 112 anrufen. Manchmal Drohungen auf Straße. Wegen Kopftuch und so. Sagen Scheißtürken, haut ab. Kollegin von mir letzte Woche bedroht. Zwei junge Männer sie angeschrien, dass gehen soll, wo hergekommen."

Seit zwei Jahren hielt sie Heises Haus sauber, hatte jedoch in all der Zeit kaum ein Wort mit ihm gewechselt. Das Geld hatte er immer passend hingelegt und Weihnachten einen Fünfziger oben drauf.

Der Ehemann, der bis auf das Grunzen schweigend zugehört hatte, sagte etwas in türkischer Sprache zu seiner Frau. Seiner düsteren Miene nach zu urteilen, nichts Freundliches. Danach war es mit der Redseligkeit der Frau vorbei. Ihr Blick wanderte unsicher zwischen ihrem Mann und der Polizeibeamtin hin und her und sie gab sich einsilbig. Verena blieb nichts anderes übrig, als sich zu verabschieden. Ihre Visitenkarte wurde achtlos auf den Wohnzimmertisch gelegt und würde vermutlich im Papierkorb landen.

Während sie zur Staatskanzlei fuhr, fasste sie noch einmal in Gedanken zusammen, was sie über Alexander

Heise bisher herausgefunden hatte. Er war ein Einzelgänger, als Chef verschrien, als Nachbar auch. Seine Geliebte hatte sich von ihm getrennt, die Kontakte zu seiner Tochter waren oberflächlich gewesen, zu seiner einzigen Schwester beschränkten sie sich auf nichtssagende Weihnachtskarten. Mit seiner Putzfrau hatte er erst gar nicht gesprochen. Bis auf diesen Anwalt hatte er keinen einzigen Freund gehabt. Wie hatte seine Exfrau gesagt? „Sein Beruf war sein Lebensmittelpunkt."

Letzteres ist bei mir nicht viel anders, ging es Verena plötzlich durch den Kopf. Der Gedanke stimmte sie traurig. Wenigstens habe ich mit Dagmar und Stolli zwei gute Freunde und ein enges Verhältnis zu meiner Mutter, sprach sie sich Mut zu. Und was die Kommunikation mit ihrer Zugehfrau betraf: Wochenlang hatte sie deren larmoyante Erzählungen über eine total verkorkste Ehe über sich ergehen lassen und dafür auch noch bezahlt. Zwei Stunden am Samstag von 9 bis 11. Dass sie ihre ehestressgebeutelte Zugehfrau in dieser schweren Lebensphase nicht mit so banalen Dingen wie Putzen behelligen konnte, lag auf der Hand. Gedankt worden war es ihr, indem ihre Hilfe von heute auf morgen gekündigt hatte. Das Internet hatte ihr einen neuen Partner beschert. Seither hielt Verena ihre Wohnung mehr schlecht als recht selbst sauber.

Was machte sie da eigentlich, verglich ihr Privatleben mit dem des Ermordeten? Nicht besonders professionell für eine Kriminalbeamtin, schalt sie sich.

14

Gegen Mittag fing es an zu regnen, erst nur wenige Tropfen, die immer mehr wurden und in kräftigen Landregen übergingen. Die tief hängenden Wolken verhießen auch für die nächsten Tage nichts Gutes. Verena parkte ihr Auto direkt vor der Staatskanzlei. Ein Schild machte darauf aufmerksam, dass dieser Platz für den Ministerpräsidenten frei zu halten war. Sie legte die Parkscheibe des LKA hinter die Frontschutzscheibe.

Der Pförtner nickte devot, als sie ihren Ausweis vorlegte. Der Herr Staatssekretär erwarte sie bereits. Er erklärte ihr den Weg. Im Foyer und auf dem Flur war niemand zu sehen. Kein Laut war zu vernehmen. Waren die Beamten ausgeflogen oder schwiegen sie sich über ihren Akten aus? Keine Stimmen, kein Telefon, kein Türeschlagen. Im Olymp der Macht herrschte himmlische Ruhe. Dagegen ging es im LKA wie in einem Taubenschlag zu.

Das Vorzimmer des Staatssekretärs war nicht besetzt, die Tür zu seinem Büro stand offen. Haders, dessen weiße Haare ungekämmt wirkten, beugte sich zu ihr herunter, um sie zu begrüßen. Auf dem Besuchertisch war für zwei Personen gedeckt. Die Kaffeetassen mit bunten Pferdemotiven passten nicht zu der nüchternen Büroatmosphäre. Während der Staatssekretär unaufgefordert Kaffee einschenkte, schaute Verena sich um. Die schwarzen Ledermöbel wirkten teuer. Bilder mit Motiven aus Ostfriesland dekorierten die Wände. Neben dem Schreibtisch stand eine verkümmerte Palme. Bis auf eine dünne Mappe und mehrere Fotorahmen, vermutlich Familienfotos, einen Flachbildcomputer und eine aufwendige Telefonanlage war der Schreibtisch leer. Das Zeitalter der papierlosen Kommunikation war auch in die oberste Landesbehörde eingezogen.

Bevor sie etwas sagen konnte, ergriff Haders das Wort.

„Wir sind alle fassungslos. Der Herr Ministerpräsident hätte gerne auch selbst mit Ihnen gesprochen, sein enger Terminplan lässt das bedauerlicherweise aber nicht zu. Sie müssen mit mir vorliebnehmen. Als Leiter der Staatskanzlei bin ich ohnehin der Behördenchef."

Übergangslos kam er auf Heise zu sprechen. Der Mann sei eine Kapazität in seinem Fach gewesen, niemand in der Landesverwaltung hätte ihm das Wasser reichen können. Verena registrierte, dass seine Miene nicht zum Lob passte.

„Deshalb hat der Ministerpräsident entschieden, dass ich vorerst seine Aufgaben übernehmen soll. Bis ein würdiger Nachfolger gefunden wird. Keine leichte Sache angesichts meiner hohen Arbeitsbelastung", klärte er sie auf.

Verena ging das zu schnell. Er sprach von Heises Nachfolger, sie wollte einen Mord aufklären. Als Haders sich einen Keks in den Mund steckte und genüsslich kaute, nutzte sie die Gelegenheit. „Was genau waren eigentlich Heises Aufgaben, Herr Staatssekretär?"

Der reichte ihr die Keksschale. „Nehmen Sie, sehr lecker. Ein neues Produkt aus dem Haus Dahlsen. Sozusagen unser Hoflieferant."

Sie lehnte dankend ab. Er selbst griff erneut zu. Schon wieder kauend sagte er: „Heise oblag die Koordinierung der Politik der Landesregierung. Bei ihm liefen alle Fäden zusammen. Sämtliche Gesetzesvorlagen und wichtigen Vorhaben der Ministerien gingen über seinen Schreibtisch. Nichts erreichte mich und den Ministerpräsidenten, was er nicht zuvor geprüft und für gut befunden hatte."

Es gefiel ihm, der Polizeibeamtin einen Nachhilfekurs im Politikmanagement zu geben. „Sie müssen sich das so vorstellen: Für jedes Ministerium des Landes, Wirtschaft, Kultus, Inneres, Soziales und Finanzen, gibt es in der Staatskanzlei sogenannte Spiegelreferate, die die Arbeit der Ministerien für den Ministerpräsidenten kontrollieren. Wir sagen übrigens koordinieren, das klingt weniger streng. Heise war der Chef dieser Referate. Wie Sie sich denken können, gibt es gelegentlich Streit zwischen den Ministerien, Umwelt und Wirtschaft zum Beispiel oder Familien und Finanzen. Die liegen ständig im Clinch, hängt mit der Aufgabenstellung zusammen. Es lag an Heise, einen Kompromiss herbeizuführen, notfalls zu erzwingen."

Er stoppte, schaute sie nachdenklich an und korrigierte sich. „Ehrlich gesagt, ist Erzwingen die Normalität im politischen Geschäft. Die Fachministerien sind nicht scharf auf Kompromisse, jeder Minister will sich profilieren. Es gilt in der Öffentlichkeit zu punkten. Querelen sind vorprogrammiert. Letztlich lag es an Heise, dem Ministerpräsidenten einen Entscheidungsvorschlag zu unterbreiten."

„Heise hatte also mehr Einfluss als die Minister selbst?", wunderte Verena sich.

Haders zupfte an seinem Kinn und schüttelte bedächtig den Kopf. „Manchmal ja, manchmal nein. Nicht alle Entscheidungen der Ministerien landen im Kabinett, will sagen auf dem Schreibtisch des Ministerpräsidenten. Wenn es allerdings um Fragen von grundlegender Bedeutung oder um Konflikte zwischen den Ministerien geht, dann hat der Ministerpräsident das letzte Wort. Und davor in der Kette sind meine Wenigkeit und der Leiter der Politischen Abteilung, bis vor zwei Tagen Alexander Heise."

Die Minister wurden demokratisch gewählt, die Beamten nicht. Trotzdem hatten sie in strittigen Fällen mehr politischen Einfluss. Verena fand das merkwürdig. Demokratiedefizite waren nicht ihr Thema. Ihr Job war ein anderer. Sie brachte einen neuen Gesichtspunkt ins Feld. „Der Innenminister hält es für möglich, dass der Mord von Islamisten begangen wurde, die Druck auf die Landesregierung ausüben wollen. Was sagen Sie dazu?"

Der Staatssekretär zögerte. „Ich weiß nicht recht. Klar, als großes Flächenland spielt Niedersachsen im Bundesrat eine wichtige Rolle. Aber letztlich sind wir eines von sechzehn Bundesländern. Wir sollten die Kirche im Dorf lassen."

Verena nahm nun doch einen Keks. Er schmeckte wirklich köstlich. Haders freute sich über das Lob, als ob er sie eigenhändig gebacken hätte. Er strahlte übers ganze Gesicht.

„Wenn Herr Heise so viel Einfluss hatte, wie Sie sagen, hatte er vermutlich Feinde. Viel Ehr, viel Feind. Können Sie sich vorstellen, dass einer darunter war, der zu einem Mord fähig ist?“

Das Strahlen verschwand. Er musterte sie skeptisch. Erneutes Zupfen am Kinn. „Auseinandersetzungen in der Sache gehören zum politischen Alltag in einer Demokratie, deshalb wird man nicht gleich zum Feind.“

„Vielleicht nicht unter Kollegen. Wie sieht es mit Außenstehenden aus, Verbandsvertreter, Unternehmer, Lobbyisten? Haben nicht erst kürzlich wütende Bauern kübelweise Milch vor der Staatskanzlei ausgeschüttet?“

Haders tippte mit dem Zeigefinger an seine Stirn. „Mein Gott, die Milchbauern. Ein schwieriges Völkchen. Die gehen doch immer gleich auf die Barrikaden. Blödsinnige Aktion. Besser wäre es gewesen, sie hätten sich mit ihren Treckern auf den Weg nach Brüssel gemacht und die Milch vor dem Kommissionsgebäude ausgeschüttet. Die EU setzt die Milchquoten fest, nicht das Land. Trotzdem, die Bauern mögen dämlich sein, aber Mord, nie und nimmer. Das halte ich für ausgeschlossen.“

Verena blieb hartnäckig. „Sie haben also keine Idee, wer Ihren engsten Mitarbeiter erschossen haben könnte?“

„Nein, habe ich nicht. Politische Motive sind natürlich möglich, Terrorgruppen zum Beispiel. Wir setzen darauf, dass Sie das bald herausfinden. Der Ministerpräsident möchte nicht, dass der Mord ein Dauerbrenner wird. Das wäre dem Ansehen der Landesregierung abträglich.“

So weit war es mit dem Ansehen nicht her, lästerte Verena im Stillen. Die Umfragen kannten seit Wochen nur noch eine Richtung: steil nach unten. Sie stellte die leer getrunkene Tasse beiseite. „Ein hübsches Geschirr haben Sie." Erneutes Strahlen des Staatssekretärs war die Folge. Der Mann war leicht zu beglücken. Die Porzellanmanufaktur Fürstenstein wurde gelobt, auf die großzügige Förderung durch das Land hingewiesen.

Sie kehrte zum Grund ihres Besuchs zurück. „Ich möchte den Computer von Herrn Heise überprüfen, seine Datensätze und vor allem seine elektronische Post. Vielleicht wurde er ja doch bedroht und hat Ihnen nichts gesagt."

Das Strahlen wurde ausgeknipst und die Gesichtszüge ihres Gegenübers nahmen einen missmutigen Ausdruck an. In dem Gesicht dieses Mannes konnte man lesen wie in einem offenen Buch.

„Also das geht gar nicht. Völlig undenkbar! Das sind alles streng vertrauliche Dokumente. Entscheidungen in brisanten politischen Fragen, interne Aktenvermerke, Kabinettsvorlagen."

Der Ton macht die Musik, und der ärgerte Verena. „Wir ermitteln in einem Mordfall, Herr Haders. Außerdem bin ich Landesbeamtin, der Umgang mit vertraulichen Unterlagen ist nichts Neues für mich. Also veranlassen Sie bitte, dass ich Zugang zum Computer von Ministerialdirigent Heise bekomme. Jetzt gleich."

Ein bitterböser Blick traf sie, dann erhob Haders sich widerwillig, ging an die Tür, riss sie auf und brüllte ins offenbar nicht mehr verwaiste Vorzimmer: „Rufen Sie Holzapfel an. Soll sofort kommen."

An Verena gewandt erklärte er: „Das ist unser IuK-Beauftragter. Der wird sie begleiten. Hoffen wir, dass es ihm gelingt, Heises Password zu knacken, sonst müssen wir die Zentralstelle für das Computernetz des Landes einschalten. Unschön, sehr unschön." Erneutes Zupfen am Kinn. Irgendwann fängt es an, zu bluten, befürchtete Verena.

„Ein Mord ist immer unschön", konterte sie. „Wenn ich mit dem Computer fertig bin, fange ich mit den Vernehmungen an. Dafür benötige ich eine Aufstellung der Beamten und Angestellten, mit denen Herr Heise besonders eng zusammengearbeitet hat."

Der Staatssekretär erhob sich seufzend. „Haben meine Leute schon vorbereitet."

Er ging zum Schreibtisch und nahm die dünne Mappe an sich. „Darin finden Sie alles, die meisten Kollegen dürften Sie antreffen. Einer der Referatsleiter ist allerdings längerfristig erkrankt. Der Leiter der Abteilung für Internationales übrigens auch."

Verena nahm die Akte an sich. Gerne hätte sie noch einen Keks gegessen. Sie verkniff sich den Wunsch, ihre Kalorienbilanz war für heute bereits im roten Bereich.

Im Vorzimmer saß eine elegant gekleidete ältere Frau. Sie schaute von ihrem Computer hoch und grüßte freundlich. Haders verabschiedete sich von ihr. Die sympathische Sekretärin wurde aufgefordert, mit Kugelschreiber und Block nachzukommen. Sekunden später erschien ein übergewichtiger Beamter. Er wurde als Regierungsrat Holzapfel vorgestellt.

Während er neben Verena her den Flur entlang watschelte, fragte er sie aus. Ob die Polizei schon einen konkreten Verdacht habe, wollte er wissen. Verena gab sich zugeknöpft.

15

In Heises Vorzimmer erwartete sie eine Überraschung: Vor ihr stand eine Aspirantin für die Fernsehshow „Germany's next Topmodel". Endlos lange Beine, sehr schlank, halblange blonde Haare, eine Haut wie Porzellan, breiter Mund und große blaue Augen mit langen schwarzen Wimpern.

Holzapfel machte sie bekannt. „Frau Stigler, die Sekretärin von Herrn Ministerialdirigent Heise."

Das Model musterte sie von oben herab und Verena kam sich hässlich und unförmig vor. Der einen Kopf kleinere Holzapfel schmachtete die Schöne an. Die ignorierte die bewundernden Blicke und schloss die Tür zu Heises Büro auf. Eigentlich dürfte sie dort niemanden hineinlassen, der Staatssekretär habe das verboten, sagte sie.

„Ich leite die Ermittlungen, ich darf alles." Normalerweise war Verena nicht patzig. So viel geballte Schönheit gepaart mit Überheblichkeit ließ ihre schlechten Seiten hervorkommen. Frau Stigler zog die Augenbrauen hoch. Mit den Worten „Ich geh dann mal zu Tisch. Sie kennen sich ja aus, Herr Holzapfel" stolzierte sie davon.

Holzapfel kannte sich tatsächlich aus. Nicht einmal eine Minute und Heises Password war geknackt. Verena bedankte sich für seine Hilfe und wünschte ihm noch einen schönen Tag. Er wäre gerne geblieben, setzte ein enttäuschtes Gesicht auf.

In Heises Postfach warteten 32 E-Mails darauf, gelesen zu werden: Kurzberichte über den Bearbeitungsstand von Redeentwürfen für den Ministerpräsidenten, Vermerke, Anfragen von Beamten aus anderen Ministerien. In der letzten Kabinettssitzung war es augenscheinlich hoch hergegangen. Die Frage, welcher Minister sich durchgesetzt hatte, interessierte ihre Fachbeamten und Heise hätte Auskunft geben können. Wenn er noch leben würde. Auch einige Einladungen waren eingegangen. Die Landtagsfraktion der Bürgerpartei lud den Abteilungsleiter zur Nikolausfeier ein. Der Großinvestor Baumgart wollte ihn als Ehrengast auf einem Wohltätigkeitskonzert, außerdem kündigte er eine Karte für die VIP-Lounge von Hannover 96 für das nächste Heimspiel an. Als Nächstes waren die noch nicht gelöschten Mails der letzten Woche dran. Neben mehreren Arbeitsaufträgen von Staatssekretär Haders und zwei Nachfragen wegen einer geplanten Presseinformation eines Kollegen namens Bernd Wagner handelte es sich um Berichte von Mitarbeitern. Einige informierten über Dienstgeschäfte in Berlin, andere über den Bearbeitungsstand von Ministervorlagen. Routine einer Regierungszentrale, nichts, was auf ein Mordmotiv schließen ließ.

Sie wunderte sich über den ruppigen Ton in Heises Mails an seine Mitarbeiter. Dagegen war der Ton im LKA ausgesucht höflich. Hatte Hirschmann nicht von der Elite der Beamtenschaft gesprochen? Wenn das die Gepflogenheiten der Elite in diesem Land waren, blieb sie mit Vergnügen Mitglied der Mittelschicht.

Besonders fielen ihr zwei Vermerke an Ministerialrätin König auf. Jeder Arbeitsrichter in diesem Land würde sie als Mobbing bewerten. Sie druckte die Schreiben aus.

Sie war gespannt, was Frau König dazu zu sagen hatte. Als Letztes nahm sie sich die Festplatte vor: Redeentwürfe für den Ministerpräsidenten, Berichte zu politischen Themen und geplanten Auslandsreisen des Ministerpräsidenten, Stellungnahmen aus den Fachministerien und den Dependancen der Staatskanzlei in Brüssel und Berlin. Sie verzichtete darauf, die Unterlagen zu lesen, öffnete stattdessen Heises Privatordner. Ein Schreiben an die Beihilfestelle und Korrespondenz mit seiner Bank, sonst nichts. Offenbar war Heise dick im Aktiengeschäft. Stollmann würde jetzt eine seiner anklagenden Statements zum sozialen Ungleichgewicht und dem Auseinanderdriften von Dividendenzahlungen und Arbeitseinkommen in Deutschland vom Stapel lassen.

Geräusche aus dem Vorzimmer kündigten die Rückkehr der schönen Frau Stigler an. Verenas Magen meldete sich. Er brauchte dringend etwas zu essen, etwas Herzhaftes. Sie fuhr den Computer herunter und stopfte die Ausdrucke in ihre Handtasche, ihren treuen Wegbegleiter, die auch als Aktentasche durchgehen konnte.

Frau Stigler reagierte auf ihre Frage nach einem preiswerten Restaurant in der Nähe schnippisch. „Woher soll ich das wissen? Ich gehe immer in die Kantine ins Funkhaus. Aber die ist für die Öffentlichkeit nicht zugänglich."

Eine reizende Person, dachte Verena. Da passte der Topf zum Deckel. Heise war bestimmt fantastisch mit ihr ausgekommen. Im Hinausgehen sagte sie: „Kommen Sie in einer Stunde in den Roten Salon. Ich möchte mit Ihnen über Ihren Chef sprechen."

Der hübsche Mund verzog sich. „Das geht nicht. In einer Stunde muss ich nach Hause. Mein Mann hat frei, wir wollen Weihnachtseinkäufe erledigen."

„Schön für Ihren Mann, dass er frei hat, meine ich. Interessiert mich aber im Moment ganz und gar nicht. Die Ermittlungen gehen vor. Also Punkt drei im Roten Salon." Hoch erhobenen Hauptes verließ Verena das Büro.

16

Bernd Wagner war zwar der einzige Mitarbeiter der Staatskanzlei, dem der Ministerpräsident freundschaftliche Gefühle entgegenbrachte, aber rein optisch passte er nicht in das Anforderungsprofil. Der Regierungschef hielt es wie Friedrich der Große und bevorzugte lang gewachsene Mitarbeiter. Seine handverlesen, ausgesuchten Bodyguards waren alle um einen Meter neunzig, auch Heise und Staatssekretär Haders erreichten das Gardemaß. Mit einem Meter fünfundsiebzig konnte Wagner nicht mithalten. Die zweite Ausnahme in der Führungsriege stellte der Personalchef dar. Jochen Niemann war noch kleiner als Wagner.

Seit dem Mord war Wagner hin und her gerissen. Sollte er mit Niemann sprechen oder besser nicht? Sollte er lieber gleich zum Ministerpräsidenten gehen und ihm reinen Wein einschenken? Die Reaktion war absehbar. Der Chef würde fuchsteufelswild werden. Andererseits war ein Zusammenhang zum Mord nicht von der Hand zu weisen. Dann wieder dachte er: Besser, ich behalte die Sache für mich. Schweigen hatte sich nicht selten in seiner Berufslaufbahn als die klügste Form der Kommunikation erwiesen.

Hinzu kam, dass es um seine Nerven nicht zum Besten stand. Er kam sich vor wie im Hamsterrad. Die nie enden wollende Flut von Anrufen und SMS auf seinem Handy, die Mails in seinem Computer und ein unaufhörlich klingelndes Telefon stellten den routinierten Regierungssprecher auf eine harte Probe. Sein bisher unverkrampftes Verhältnis zu den Journalisten erlitt Blessuren. Selbst vor seiner Wohnung lauerten sie ihm auf.

Die Fragen, mit denen er sich nach dem Mord herumschlagen musste, empfand er als Zumutung. Ob Heise im Rotlichtmilieu verkehrt, eine heimliche Geliebte gehabt und ein Doppelleben geführt hatte? Wagner verspürte nicht die geringste Lust, Nabelschau zu betreiben und sich mit dem Sexleben eines früheren Kollegen zu beschäftigen.

Als es an seiner Bürotür klopfte, erwartete er nichts Gutes und wurde angenehm überrascht. Im Türrahmen stand Sybille Becker, Mitte zwanzig und Persönliche Referentin des Ministerpräsidenten. Ihre roten, lockigen Haare, ihre großen braunen Augen, die wohlgeratenen Rundungen ihres Körpers, alles an ihr gefiel ihm. Am meisten faszinierte ihn ihr Lächeln. In ihrer Gegenwart entwickelten seine Schlagfertigkeit und sein Witz ungeahnte Kräfte, nur weil er sie lächeln sehen wollte.

Für sie hätte er sogar seine Lebensplanung, in der baldige Heirat nicht vorgesehen war, überdacht. Leider war sie an einen stinklangweiligen Kerl namens Jakob aus Hameln vergeben. Für Wagner stand fest, der Mann war ein Nachkomme des Rattenfängers. Wie sonst ließ sich erklären, dass Sybille auf einen solchen Stiesel scharf war?

Die beiden Männer hatten sich ein einziges Mal auf dem Hoffest der Staatskanzlei getroffen, Maß genommen und beschlossen, sich nicht zu mögen. Als der Kerl Sybille auch noch vor seinen Augen geküsst hatte, hatte Bernd sich in die Steinzeit zurück gewünscht. Der Stein, mit dem er Jakobs Visage gerne poliert hätte, war dicker als die prächtigsten Exemplare aus der Sammlung im Historischen Museum.

Sybille setzte sich auf seine Schreibtischkante. Niemand außer ihr durfte das. Mit ihrem kariertem Rock, der grünen Bluse und farblich abgestimmten Pumps strahlte sie wohltuende Frische aus.

„Hallöchen, Bernd. Ich wollte sehen, wie es bei dir läuft. Ist das nicht hammerhart mit Heise? Der Chef war völlig fertig, hätte nicht geglaubt, dass er so emotional reagiert. Mir gegenüber gibt er immer den Beinharten, niemals ein privates Wort, immer streng dienstlich. Aber ich heiße ja auch nicht Stigler und bin weder blond noch langbeinig.“

Gottlob nicht. Wagner bevorzugte die kurvige Variante und rote oder braune Haare. Sie seufzte. Bevor er sie darauf hinweisen konnte, dass nicht alle Männer auf blond standen, fuhr sie fort. „Eine heiße Nummer, die da während der Nikolausfeier gelaufen ist. Wirklich krass. Der Chef höchstpersönlich hat den Nikolaus gespielt und … ach lassen wir das.“

Sie lachte, um Sekunden später unversehens wieder ernst zu werden. „Der Ministerpräsident ist auch aus anderem Grund nicht gut drauf. Sein Ranking macht ihm zu schaffen, der Abstand zum Oppositionsführer schmilzt wie die Gletscher in der Antarktis. Er hat mit einem Konsul aus München Kontakt aufgenommen, der angeblich Wunder vollbringt, wenn es um die Wiederherstellung eines ramponierten Images geht.“

Wagner wusste davon, ein Termin war bereits ins Auge gefasst. Seine Kollegin kam erneut auf den Mord zu sprechen. „Was glaubst du, wer der Täter war?"

So war sie immer, sprang in Windeseile von einem Thema zum nächsten. Den Chef nervte das, er fand es erfrischend. Die Frage nach dem Täter hatte er ungefähr tausend Mal in den letzten vierundzwanzig Stunden gehört. Bei jedem anderen wäre ihm der Kragen geplatzt. Jetzt strahlte er die Frau auf seinem Schreibtisch an. „Keine Ahnung. Ein Bekennerschreiben gibt es bislang nicht und die Polizei scheint im Dunkeln zu tappen."

Er versuchte den Ausschnitt ihrer Bluse zu ignorieren und sich ausschließlich auf ihre Worte zu konzentrieren. „Nach drei Tagen kann man keine Wunder erwarten. Ich habe von Frau Hauser einen positiven Eindruck. Sie war bei mir, wollte wissen, wie Heise so war. Sein Verhältnis zum Chef interessierte sie besonders. Scheint 'ne taffe Frau zu sein."

Heises Verhältnis zum Chef? Eine merkwürdige Frage. Die Polizei würde doch nicht den Ministerpräsidenten verdächtigen? Ein absurder Gedanke, ging es Wagner durch den Kopf.

Seine Antwort war ausweichend. „Ich lerne sie erst noch kennen. Viel werde ich ihr nicht sagen können. Du weißt ja, Heise und ich, das war das Gegenteil einer Liebesbeziehung."

Die ich mit dir liebend gerne hätte, fügte Wagner in Gedanken hinzu. „Möchtest du Kaffee?", flüchtete er sich ins Sachliche.

„Nee, lass mal. Herzflattern kann ich nicht gebrauchen. Bin ohnehin aufgeregt, die vielen Anrufer, die dem Chef kondolieren wollen, landen zu neunzig Prozent bei mir. Und die übrige Arbeit löst sich auch nicht in Luft auf."

Sie beugte sich zu ihm herunter, warf einen Blick auf die Unterlagen auf seinem Schreibtisch. „Ach, du liest die Pressemitteilung der Bürgerpartei zum Mordfall. Steht vermutlich nicht viel Gescheites drin. Blablabla." Sie roch anders als seine Sekretärin. Ihr Parfüm war nicht so aufdringlich. Jetzt bemerkte er, dass sie einen mit Spitzen besetzten BH trug.

Sie schien seine Blicke nicht zu bemerken. „Der Chef ist schon wieder auf dem Weg nach Berlin. Es ist gestern Abend beim Kamingespräch der Regierungschefs hoch hergegangen. Riesenzoff mit den Bayern und den Hessen. Niedersachsen soll mehr in den Finanzausgleich einzahlen."

„Ich weiß, der Ministerpräsident hat mich auf der Morgenlage ins Bild gesetzt. Ich konnte ihn nur mit Mühe davon abhalten, eine Pressemitteilung zu veröffentlichen, die mit Sicherheit Beleidigungsklagen nach sich gezogen hätte."

„Lenk nicht vom Mord ab, spuck es aus, Bernd. Was glaubst du? Eine Beziehungstat, Extremisten, Terroristen?"

Er rettete sich in Allgemeinplätze, erwähnte, dass Heise ein Kotzbrocken war, der vermutlich nicht nur in der Landesverwaltung Feinde hatte.

„Findest du? Ich für meinen Teil konnte ganz gut mit ihm. Termine für Vorlagen an den Ministerpräsidenten hat er immer eingehalten. Kann man von seinem Kollegen Niemann nicht sagen. Er lässt seinen Leuten zu viel durchgehen. Nie kannst du einen in seiner Abteilung fassen, weil nie jemand wirklich verantwortlich war."

Ihre Stimme wurde leiser. „Der Ministerpräsident stand übrigens kurz davor, Haders zu entlassen und Heise zu seinem Staatssekretär zu machen. Aber das wusstest du sicher. Dir erzählt der Chef ja mehr als jedem von uns."

„Willst du andeuten, dass Haders der Täter war? Das halte ich für ausgeschlossen. Der Mann ist über sechzig und fällt weich, wenn er entlassen wird. Sechstausend Euro Pension im Monat sind ein komfortables Polster."

Braune, erwartungsvolle Augen starrten ihn an. Wagner wurde warm und er fingerte nach einem Taschentuch, um sich den Schweiß von der Stirn zu wischen.

Seine Kollegin war anderer Meinung. „Ausschließen möchte ich es nicht. Ich traue ihm nicht über den Weg."

„Nie und nimmer, für einen Mord ist der viel zu dröge", widersprach Wagner.

„Und Britta König, traust du der zu, dass sie mit dem Mord zu tun hat?", fragte Sybille unvermittelt.

Auf der Liste der Verdächtigen des Flurfunks stand die Ministerialrätin ganz oben.

„Nun ja", sagt er, „Heise und sie waren sich spinnefeind. Ihr drohte die Abschiebung in die Schulbehörde. Für eine ehrgeizige Frau mutet das so ähnlich an wie seinerzeit Sibirien für Stalins Gegner. Eine Frau wie die König will sich im Zentrum der Macht aufhalten."

„Das heißt, ja?" Sie beugte sich noch weiter zu ihm herunter. Ihr Busen kam seinem Gesicht bedenklich nahe. Angestrengt schaute er auf ihre Hände. Den Ring an ihrer linken Hand sah er zum ersten Mal. Hatte sie sich etwa mit dem Stiesel verlobt?

„Wenn es Haders nicht war, war es eine Beziehungstat", mutmaßte seine Kollegin. „Heise war ein gut aussehender Mann. Wusstest du übrigens, dass Hass eine stärkere Triebfeder als Liebe ist? Erst neulich habe ich gelesen, dass …" Nach einem Blick auf ihre Armbanduhr unterbrach sie sich und rutschte von der Schreibtischkante.

„Ich muss. Habe mich schon viel zu lange festgequatscht. Willst du zum Essen mitkommen?"

„Gerne, aber in die Kantine im Funkhaus kriegst du mich nicht. Die Journalisten werden über mich herfallen wie ein Rudel ausgehungerter Wölfe über einen Tierkadaver. Lass uns zu Mario gehen. Mir ist nach Pizza."

Sybille lachte. „Pizza? Bist du nicht auf Diät?"

„Das war vor dem Mord. Jetzt brauchen meine Nerven Nahrung."

Wenn du wüsstest, was ich über Heise weiß, würdest du es verstehen, fügte er in Gedanken hinzu, während er seiner Kollegin folgte.

17

Von der Mittagspause zurück im Büro, hatte sich Besuch eingefunden. Max Hollmann sah übernächtigt aus. Angeblich war eine Erkältung im Anflug, Wagner vermutete einen Kater. Nachdem sein Freund den angebotenen Espresso mit einem einzigen Schluck heruntergestürzt hatte, sagte er: „Deine skurrile Sekretärin mag verboten aussehen, aber niemand macht so guten Espresso – in ganz Hannover nicht. Übrigens, du wirkst mitgenommen. Der Mord ist dir wohl an die Nieren gegangen. Obwohl, du konntest nicht gut mit Heise, oder?"

Wagner ließ sich Zeit mit der Antwort. Sie waren befreundet, gehörten aber unterschiedlichen Lagern an. Und Hollmann war als Journalist gefürchtet.

„Ich weine ihm nicht nach. Trotzdem denke ich, das hat selbst einer wie Heise nicht verdient. Außerdem, was hier seit dem Mord abgeht, ist Chaos pur. Wenn das so weitergeht, lande ich in der Klapsmühle."

Hollmann grinste schief. „Ich versteh schon, du hast keine Zeit für deinen alten Spezi. Das wird sich gleich ändern, ich bringe Neuigkeiten. Wusstest du, dass Heise beste Beziehungen zu Hans Baumgart nachgesagt werden? Es heißt, dass er mehrfach an dessen schnieken Partys teilgenommen hat. Bis zu hunderttausend Euro soll Baumgart für seine Feten auf den Tisch legen."

Wagner stutzte. „Zu dem Baumgart?"

„Geil, nicht wahr? Es wird übrigens gemunkelt, dass der Name Baumgart sich auf der CD befindet, die das

Finanzministerium kürzlich von diesem Schweizer Bankenfuzzi gekauft hat."

„Das verbindet ihn mit anderen Wirtschaftsgrößen. Die Steuereinnahmen des Landes werden demnächst in die Höhe schnellen. Die Gespräche der Finanzbehörden mit den Steuersündern, besser gesagt mit ihren Anwälten, laufen auf Hochtouren. Keiner wird ins Gefängnis wandern, auch Baumgart nicht. Gefängnisplätze kosten Geld, Bußgeldzahlungen bringen Geld."

Hollmann lachte höhnisch. „Du sagst es. Baumgarts Connection wird wie immer tadellos funktionieren. Der Parteivorsitzende der Bürgerpartei, Alfred Bitter, Fritz Krause, seines Zeichen Innenminister, und diverse andere Politiker. Alle nehmen regelmäßig an Baumgarts Partys teil. Und Wahlkämpfe kosten viel Geld, sehr viel Geld. Da drückt man schon mal ein Auge zu. Ein Anruf des Ministers und der Staatsanwalt schließt die Akten, der Mann muss schließlich an seine Karriere denken."

Er rülpste, entschuldigte sich und schimpfte auf den neuen Pächter seines Lieblingsstandes in der Markthalle. „Bei Kleindealern und Schwarzfahrern ist die Justiz nicht so milde. Es heißt, Baumgart hat die halbe Milliarde geknackt. So viel Geld stimmt Politik und Justiz milde."

Wagner schielte auf die Schreibtischuhr, fünf Minuten noch bis zum Meeting beim Staatssekretär.

„Was hat das mit dem Mord zu tun? Oder willst du behaupten, dass Baumgart Heise erschossen hat? Dass seine Unternehmungen sich am Rande der Legalität bewegen, ist nichts Neues, aber Mord? Ich bitte dich. Die Grauzonen zwischen Legalität und Kriminalität sind nun mal fließend. In der Politik wie in der Wirtschaft." Hollmann lachte, kein frohes Lachen. „Klaro, für Politiker bedeutet viel Geld im Hintergrund viel Macht. Keine deutsche Landeshauptstadt hat so viele Politiker an die Spitze der Bundespolitik gespült wie Hannover. Du solltest mal in einer ruhigen Minute darüber nachdenken, wie viele den Sprung von der Leine an die Spree geschafft haben. Mich interessiert die Rolle Baumgarts in dem Spiel brennend."

„Ruhige Minute? Nachdenken? Kannst du vergessen. Um auf Heise und seine Kontakte zu Baumgart zurückzukommen: Mord halte ich für undenkbar. Spitzenbeamte werden vielleicht geschmiert, aber nicht abgeknallt. Jedenfalls nicht in Deutschland."

„Du gibst also zu, dass Heise korrupt war?" Die Frage kam wie aus der Pistole geschossen.

Wagner zuckte zusammen, dann stand er auf. „Ich muss zum Staatssekretär. Kabinettsnachbesprechung. Mir bleibt auch nichts erspart. Tu mir einen Gefallen, Max, lass uns ein anderes Mal darüber reden. Und behalt die Sache für dich. Mit einem Bericht, dass Heise einen guten Draht zu Baumgart hatte, lockst du niemanden hinterm Ofen hervor. Jedes Kind in diesem Land weiß von der Allianz zwischen Politik und Kapital."

Hollmann stand jetzt ebenfalls auf und zuckte die Achseln. „Dir zuliebe und weil wir Freunde sind. Dafür erwarte ich aber, als Erster zu erfahren, wenn es Neuigkeiten im Mordfall gibt. Was die Beziehungen Heises zu Baumgart angeht, bin ich eh noch nicht so weit. Gut

Ding will Weile haben und die Sache, an der ich dran bin, ist verdammt gut."

Auf dem Weg zum Büro des Staatssekretärs gingen Wagner Hollmanns Andeutungen durch den Kopf. Einer vom Kaliber eines Hans Baumgart würde sich doch niemals die Finger schmutzig machen, oder etwa doch?

18

Hans Baumgart stand am Fenster seines luxuriösen Büros im vierten Stock eines modernen Glaspalastes in der Baumschulenallee und blickte auf die Straße unter sich. Die düstere Stimmung, die der graue Himmel verbreitete, störte ihn nicht. Der Anruf seines Büros in Brüssel hatte ihn in gute Laune versetzt. Die Gespräche mit dem stellvertretenden Vorsitzenden der Bürgerpartei Europa waren ganz in seinem Sinne gelaufen. Die Investition in die Repräsentanz der Baumgart Holding in Brüssel zahlte sich aus.

Baumgart war mit sich und seinem Leben zufrieden. Seine Geschäfte liefen hervorragend. Die im Alter von 28 Jahren von ihm gegründete Baumgart Holding hatte den Sprung an die Spitze der größten Privatinvestoren in Deutschland geschafft. Lange schon beschäftigte die Holding sich nicht mehr nur damit, heruntergekommene Immobilien zu Spottpreisen zu erwerben, aufzupäppeln und mit ansehnlichem Gewinn zu verkaufen. Neue Geschäftsfelder waren erschlossen worden: Investments in Umwelttechnologien und moderne Dienstleistungen.

Die meisten Gewinne warfen jedoch nach wie vor die Grundstücksgeschäfte ab. Ob ein marodes Gebäude in die obere Liga aufstieg oder auf Dauer der Bedeutungslosigkeit und dem Verfall anheimfiel, hing maßgeblich von der Grundstückslage und den Politikern ab. Sie entschieden, wo was gebaut wurde und wo nicht. Bereits als junger Mann während seiner Ausbildung zum Bankberater hatte er erkannt, wie der Hase lief, und sich selbstständig gemacht. Heute verfügte er über ein Privatvermögen von 590 Millionen Euro, größtenteils in Aktien und Fonds angelegt, das meiste auf Schweizer Konten. Ihm würde die Eurokrise nicht viel anhaben können.

Auch eine zehn Millionen teure Ferienvilla oberhalb von St. Tropez und ein Haus in Kampen gehörten zu seinem Besitz. Im Vergleich zu seinen luxuriösen Ferienhäusern machte sich sein Privathaus in Hannover-Kirchrode geradezu bescheiden aus. Seine Frau hatte mehrfach gedrängt, sich nach einem größeren Grundstück umzusehen. Er wollte nicht. Er hing an dem Haus. Mit neunundzwanzig Jahren hatte er sich einen Traum erfüllt und die Villa aus den Fünfzigerjahren für seine Mutter und sich gekauft. Inzwischen bewohnte seine Tochter die Einliegerwohnung. Für seine Mutter hatte er zum stolzen Preis von vierhunderttausend Euro eine Wohnung im Eilenriedestift, der ersten Adresse für Senioren in der Landeshauptstadt, erworben. Er hatte es gerne gezahlt. Als Alleinerzieherin und Krankenschwester hatte seine Mutter auf vieles verzichtet, damit ihr Sohn mit den anderen Kindern im Gymnasium mithalten konnte.

Seine Frau war aus anderem Holz geschnitzt. Da machte er sich nichts vor. Die Worte Verzicht und uneigennützige Liebe kamen in ihrer Welt nicht vor. Aber sie war schön, bildschön. Die richtige Frau an der Seite eines erfolgreichen Unternehmers und ein ideales Fotomotiv in Hochglanzmagazinen.

Eigentlich hätte er es nicht nötig gehabt, sich mit Kriminellen wie diesem ungehobelten Russen und dem aufgetakelten Italiener einzulassen. Luciano spielte gerne den Wohltäter und Grandseigneur. Hinter der verbindlichen Fassade verbarg sich ein brutaler, beinharter Geschäftsmann, der Kopf der Cosa Nostra in Deutschland.

Baumgart half ihnen, Geld zu waschen. Die Rendite war phänomenal. Manchmal wunderte es ihn, dass niemals jemand danach fragte, woher er das Geld für die riesigen Bürotürme, Einkaufszentren und Luxuswohnanlagen nahm. Dass Mafiabanden und kriminelle Geschäftemacher sich den deutschen Markt als Spielwiese ausgesucht hatten, war scheinbar selbstverständlich geworden.

Ohne diese Geschäfte wäre Baumgart kein Hungerleider, aber eben nur ein einfacher Millionär. Ihm reichte das nicht. Er wollte in der Topliga spielen. Dazu musste er die Milliarde knacken. Ein lohnenswertes Ziel, mit dem er sich an seinem 60. Geburtstag selbst beschenken wollte. Ihm blieben also noch vier Jahre. Das geplante Klinikprojekt würde ihm dem Ziel ein riesiges Stück näher bringen.

Es klopfte. Seine Sekretärin steckte den Kopf durch die in Gelbgold gestrichene Tür. „Ihr Besucher ist eingetroffen, das Essen steht auch bereit."

Der Politiker hatte im Vorzimmer Platz genommen und spielte mit seinem iPhone. Baumgart komplimentierte ihn in den angrenzenden Konferenzraum, in dem für zwei Personen gedeckt war. Er liebte das Zimmer, das viele als kitschig empfunden hätten. Die goldfarbene Tapete, das vergoldete Service und das dazu passende Besteck, die Kerzenleuchter aus Gold. Alles strahlte Reichtum aus.

Die beiden saßen kaum, als der Butler erschien und Wein einschenkte. Baumgart prostete seinem Besucher zu. „Es gibt Rehbraten“, sagte er. „Habe ich eigenhändig am Sonntag erlegt.“

„Hast du die Jagd in Steinhorst noch immer?“

Baumgart nickte. „Habe den Pachtvertrag gerade erst verlängert. Die Banausen wollten natürlich mehr Geld. Dreißig Prozent Pachterhöhung ist ein Wort in Gottes Ohr. Geldgierige Bande, die Heidjer.“

Sein Gegenüber lachte schadenfroh. „Ja, ja, sie wollen immer nur unser Bestes.“

Die richtige Überleitung war gefunden. Der Grund ihrer Besprechung war Geld, viel Geld, das Baumgart mit dem Bau eines modernen Büro-, Wohn- und Einkaufszentrums für gehobene Ansprüche verdienen wollte. Lucianos Millionen wollten investiert werden. Doch dazu wurde das Gelände einer Kleingartenkolonie in bevorzugter Lage in Ricklingen gebraucht. In Hannover ein schwieriges Thema. Kleingartenkolonien waren in der niedersächsischen Landeshauptstadt heilige Kühe. Kein Politiker traute sich, sie anzutasten. Selbst die in vielen Regierungsjahren von der Macht besoffene Bürgerpartei nicht. Baumgarts Gegenüber tischte Bedenken auf. Nur widerwillig und mit der Aussicht auf eine erhebliche Geldzahlung erklärte er sich schließlich bereit, mit dem Parteivorsitzenden darüber zu sprechen.

Baumgart brachte den Ministerpräsidenten ins Spiel. Der Politiker winkte ab. „Kannst du vergessen. Der kommt selbst aus kleinen Verhältnissen und wird die Kleingärtner niemals im Stich lassen.“

„Mist“, brummelte Baumgart.

„Nicht unbedingt. Es geht das Gerücht um, dass er amtsmüde ist. Vielleicht haben wir nach der nächsten Landtagswahl einen neuen Regierungschef. Und so lange ist das nicht mehr hin.“

„Alfred Bitter?“

„So sieht es aus. Er ist Parteivorsitzender, ihm steht das Vorschlagsrecht zu. Und ich bin einer seiner engsten Vertrauten. Es sieht also gut für uns aus.“

Baumgart sagte nichts. Es würde den Preis erhöhen. Der Politiker würde noch mehr Geld haben wollen. Der Butler näherte sich mit einem Servierwagen. Während er die Männer bediente, tauschten sie Belanglosigkeiten aus. Das Wetter in Hannover gab immer Gesprächsstoff her. Im Winter ganz besonders. Der Politiker schimpfte über das graue Einerlei, die Stürme der letzten Wochen, die herumliegenden Äste und das viele Papier auf den Straßen. Der Oberbürgermeister wurde erwähnt. Er habe die Stadtverwaltung nicht im Griff. Es bestand Einigkeit, dass die Zeit reif sei, ihn in die Wüste zu schicken.

Nachdem der Butler ebenso lautlos wie beim Eintreten wieder verschwunden war, machten sie sich über das Essen her. Genüsslich kauend erkundigte sich Baumgart nach dem Mordfall Heise. Der Politiker wusste nichts. Es schien ihn auch nicht besonders zu interessieren.

„Ich brauche einen neuen Informanten in der Staatskanzlei, kannst du jemanden empfehlen?“

„Im Moment nicht. Niemann halte ich für ungeeignet. Das ist einer von denen, die die Beamtenehre hochhalten.“

„Was ist mit Bernd Wagner?“

„Vorsicht, Vorsicht. Der Mann ist gnadenlos loyal, rennt auf der Stelle zum Ministerpräsidenten und weiht den ein. Und der hat für unsere Geschäfte nichts übrig. Mit zunehmendem Alter wird er immer moralischer, trägt ständig das Wort vom Werteverfall und der Gefährdung der sozialen Marktwirtschaft auf den Lippen. Warte lieber einige Wochen, bis der Mord aufgeklärt ist und sich die Lage beruhigt hat. Es wird einen Nachfolger für Heise geben.“

„Ich wüsste zu gerne, wer Heise umgebracht hat.“

„Das wüssten wir alle gerne. Ich persönlich tippe auf eine Beziehungskiste. Heise hatte es faustdick hinter den Ohren. Aber lass uns zum Geschäftlichen zurückkommen. Mein nächster Termin wartet. Wie steht es um das Klinikprojekt?“

Baumgart informierte seinen Besucher in knappen Worten.

„Was genau soll in der Klinik eigentlich passieren?“

„Behandlung von gestressten Spitzenmanagern, Entspannungstechniken, Stressabbau, Bewegungstraining et cetera, et cetera.“ Baumgart ging die Lüge leicht von den Lippen.

„Und damit kann man Geld machen?“

„Sonst würde ich mich nicht engagieren.“ Er schob die Schüssel mit dem Braten über den Tisch. „Nimm doch noch, wie gesagt, ganz frisch erlegt.“

„Danke, ich kann leider nicht mehr, war köstlich.“

Der Politiker griff nach der blütenweißen Serviette und wischte sich sorgfältig den Mund ab. „Ich muss leider. Sobald ich Näheres in Sachen Kleingartenkolonie weiß, melde ich mich. Und wegen eines geeigneten Gebäudes für die Klinik höre ich mich um. Im Kreise meiner Kollegen aus der Landtagsfraktion findet sich immer jemand, der einer stillgelegten Kurklinik in seinem Wahlkreis zu neuer Blüte verhelfen will."

„Sie muss abgelegen sein, möglichst im Wald."

„Klar, die gestressten Manager brauchen Ruhe und frische Luft. Schon verstanden."

Gar nichts hast du verstanden, dachte Baumgart und lächelte seine Verachtung weg. Wenn du wüsstest, worum es wirklich geht, würdest du meinen schönen weißen Teppichboden vollkotzen. Immer noch lächelnd brachte er den Politiker zur Tür.

19

Verena wunderte sich. Der Rote Salon, der zentrale Besprechungsraum der Staatskanzlei, war mit gelben Lederstühlen, einem schwarzen Besprechungstisch und Beistelltischen ausgestattet. Die Wände waren weiß gestrichen. Nicht einmal auf den Wandbildern war die Farbe Rot zu sehen. Irgendwann würde sie sich erkundigen, wie es ausgerechnet zu dem Namen gekommen war, nahm sie sich vor.

Noch niemals zuvor hatte sie Vernehmungen in einer Regierungszentrale durchgeführt. Der Mordfall Heise stellte nicht nur an ihre kriminalistischen Fähigkeiten besondere Anforderungen. Die Beamten, die sie zu vernehmen hatte, hatten es weit gebracht. Über ihren Tisch liefen wichtige Gesetzes- und Entscheidungsvorlagen. Vermutlich fühlten sie sich als etwas Besseres. Forsches Auftreten, im kriminellen Milieu unabdingbar, war hier fehl am Platz.

Als Erstes stand die Vernehmung von Frau Stigler an. Ihre Arroganz hatte sie in ihrem Büro zurückgelassen. Bereitwillig erteilte sie Auskunft. „Einen engen Draht zu ihm hatte ich nicht. Ministerialdirigent Heise war nicht zugänglich, wortkarg, an manchen Tagen bärbeißig. Wenn etwas nicht nach seiner Mütze gelaufen ist, hat er schnell die Nerven verloren und die vermeintlich Schuldigen zur Schnecke gemacht. Dabei spielte es keine Rolle, ob sie tatsächlich für den Fehler verantwortlich waren oder nicht.“

Von Drohungen gegen ihren Chef wusste sie nichts. „Feinde? Das ist zu viel gesagt, aber er war unbeliebt“, gab sie zu Protokoll. „Allen voran bei Britta König. Was zwischen denen lief, war Krieg. Jede einzelne ihrer Vorlagen hat er so lange seziert, bis er etwas gefunden hat, um sie zurückzugeben, zumeist mit hämischen Bemerkungen versehen. Wenn man unbedingt will, findet man immer etwas.“

Mit schwarzem Kajalstift umrandete Augen schauten Verena erwartungsvoll an. Vorgesetzte dieser Kategorie waren ihr, Gott sei's gedankt, fremd. Trotzdem nickte sie verständnisvoll. Ermutigt fuhr Frau Stigler mit ihrem Bericht fort. „Mit den übrigen Referatsleitern ist er auch nicht zimperlich umgesprungen, eigentlich mit niemandem in der Abteilung. Bis auf Siegbert Meyer, der genoss Narrenfreiheit. Die wandelnde Nachrichtenbörse verbringt kaum Zeit am Schreibtisch, ist aber über alles zu jeder Zeit bestens informiert. Es heißt, dass er den Wasserträger gespielt hat, nicht nur für Heise, auch für den Staatssekretär.“

Einen Ratschlag hatte sie auch parat. „Sie sollten mit Heises rechter Hand, Gesine Terberg, sprechen. Wenn einer über Heises Angelegenheiten Bescheid weiß, dann sie.“

Nach der schönen Sekretärin war Ministerialrätin Britta König an der Reihe. Verena war bei ihrem Anblick überrascht. Sie hatte mit einer Frau von herbem Äußeren gerechnet, verbittert von jahrelangen Auseinandersetzungen mit ihrem Vorgesetzten. Ihr gegenüber saß eine gut aussehende Frau von Anfang fünfzig. Eine gepflegte

Erscheinung, zierlich, das ansprechende Gesicht dezent geschminkt, der kurze Haarschnitt modisch. Der rote Hosenanzug musste ein Vermögen gekostet haben.

Den Streit mit ihrem ehemaligen Chef spielte sie herunter. „Es ging immer um die Arbeit, nichts Persönliches“, erklärte sie. „Zugegeben, wir mochten uns nicht, aber von Hass zu sprechen, ist übertrieben.“

Verena sprach die angedrohte Versetzung an. „Ach die, das hätte er nicht durchbekommen. Der Ministerpräsident hat meine Arbeit geschätzt“, wiegelte die Beamtin ab. Auch die zynischen, herabsetzenden Mails ihres früheren Vorgesetzten tat sie als Bagatelle ab.

Verena fragte sich, weshalb sie die im ganzen Haus bekannten Auseinandersetzungen nicht zugeben wollte. War es Loyalität gegenüber ihrem Arbeitgeber oder steckte etwas anderes dahinter? Schlechtes Gewissen?

Nach ihrem Alibi für die Tatzeit befragt, erklärte sie, dass sie den Abend vor dem Fernsehgerät verbracht habe. „Mein Mann arbeitet als Ingenieur in Dubai, ich bin viel allein. Und meistens bin ich zu müde, um abends noch wegzugehen.“

An das Programm konnte sie sich nicht erinnern. „Ich muss wohl eingeschlafen sein. Das passiert mir in letzter Zeit öfter. Bei dem saumäßigen Programmangebot und den ständigen Wiederholungen kein Wunder, oder?“

Verena lächelte verständnisvoll. Auch sie schlief gelegentlich vor dem Fernseher ein. Während des Gesprächs knabberte die Ministerialrätin an ihrem Kugelschreiber. Ihre Antworten waren wohlüberlegt. Sie ließ sich nicht aus der Reserve locken. Verena war zu sehr Profi, um nicht zu erkennen, dass es im Inneren ihres Gegenübers brodelte. Die Ministerialbeamtin gab sich überlegen und kühl. In Wirklichkeit war sie hochgradig nervös. Neben der Exfrau gehörte auch sie auf die Liste der Verdächtigen.

Nach der spröden Referatsleiterin stand die Vernehmung der anderen Referatsleiter aus Heises Abteilung an. Neben ihrer ausgesucht guten Kleidung – auf Hochglanz geputzte Schuhe, hochwertige Anzüge mit Krawatte – fiel Verena die gewählte Ausdrucksweise der Beamten auf. Hirschmann hatte mit seiner Einschätzung nicht danebengelegen. Vor ihr saßen Elitebeamte. Sie bestätigten hinlänglich Bekanntes. Auch wenn sie es nur andeuteten, war klar: Der Ermordete war kein angenehmer Vorgesetzter gewesen. Auch der Krach mit seiner Mitarbeiterin König wurde immer wieder erwähnt. Siegbert Meyer, laut Wagner die Klatschtante der Abteilung und Letzter im Bunde der Führungskräfte, war nicht auffindbar. Niemand konnte sagen, wo er war und ob und wann er heute wiederkommen würde.

Als die Polizeibeamtin in ihr Büro zurückfuhr, war die Temperatur auf ein Grad gefallen. Im Radio wurde vor Eisregen gewarnt, lästige Vorboten des nahenden Winters.

20

Im Besprechungsraum des LKA war es lausig kalt. Nicht zum ersten Mal in diesem Jahr war die Heizung kaputt. Der Hausmeister war nicht erreichbar, so mussten sie frieren. Einige der Polizeibeamten hatten ihre Mäntel angezogen. Der Unterschied zu dem wohlig temperierten, hochwertig ausgestatteten Sitzungsraum in der Staatskanzlei war eklatant und in Verenas Augen ein Ärgernis. Die Unterscheidung in Beamte erster und zweiter Klasse entsprach nicht ihrem Demokratieverständnis.

Sie informierte die Runde über ihre Gespräche und fasste die gewonnenen Eindrücke über Heise zusammen. „Weder als Chef noch als Ehemann und Vater hat er sich Trophäen verdient. Ob es für einen Mord gereicht hat, lässt sich aufgrund der dünnen Beweislage noch nicht sagen. Zwei Frauen haben zumindest ein Motiv: seine Exfrau und Ministerialrätin Britta König. Heise hat ihr das Leben zur Hölle gemacht. Und seine Exfrau hat sich keine Mühe gegeben, ihre lange aufgestaute Wut über ihn zu kaschieren."

Stollmann sah sich genötigt, einen Kommentar zum Berufsleben in Deutschland abzugeben. „Der gnadenlose Konkurrenzkampf in den deutschen Büros treibt die Leute zu Kurzschlusshandlungen. Ein Vorgesetzter, der einen Mitarbeiter jahrelang schikaniert, darf sich nicht wundern, wenn er mit einer Kugel in der Herzkammer endet."

Heftiger Protest folgte. Wurden sie nicht alle hin und wieder von ihren Vorgesetzten schikaniert? Doch niemand würde auf die Idee kommen, zur Mordwaffe zu greifen. Schon gar nicht im Kreise der Beamtenschaft, wo niemand eine Kündigung befürchten musste. Verena verkniff sich die Frage, wo Stollmann den ganzen Tag gewesen war. Hirschmann stellte sie an ihrer Stelle. „Wo schon? Däumchen habe ich nicht gedreht, Herr Kollege. Ich war in Sachen Schleuserbande unterwegs. Nächste Woche wird eine neue Busladung mit Frauen aus Albanien und Bulgarien erwartet. Der Zugriff erfolgt direkt am Übergabeort."

„Der da wäre?", wollte Hirschmann wissen.

„Eine stillgelegte Zuckerfabrik in Algermissen. Wer das Kaff nicht kennt – muss man auch nicht, es liegt rund dreißig Kilometer südöstlich von hier. Der Kopf der Bande ist eine Frau. Eine deutsche Staatsbürgerin albanischer Herkunft. Der Rest der Crew: drei Albaner, ein Bulgare und ein Deutscher. Zeitgleich zum Zugriff werden die Wohnungen der Bandenmitglieder durchsucht. Sechzig Beamte werden im Einsatz sein. Das ist kein Pappenstiel und erfordert gründliche Planung im Vorfeld."

Hirschmann verdrehte die Augen. Er verabscheute Belehrungen, wenn sie von seinem Intimfeind kamen ganz besonders. Dass die beiden Polizeibeamten tiefe Abneigung verband, wunderte Verena nicht. Sie waren einfach zu verschieden. Stollmann, der sein Herz auf der Zunge trug und vor Kritik an Vorgesetzten und Politikern keine Scheu hatte, ein begabter Ermittler mit einem chaotischen Arbeitsstil, was sich auch in seiner nachlässigen Kleidung ausdrückte. Auf der anderen Seite der vorsichtige, stets akkurat gekleidete Hirschmann, dem es niemals in den Sinn gekommen wäre, einen Vorgesetzten, geschweige denn den Innenminister, zu kritisieren; dessen Qualitäten als Ermittler eher bescheiden waren, der dafür aber sorgfältig formulierte Berichte erstellte, bevorzugt an die vorgesetzte Dienststelle und sich in Dienstvorschriften bestens auskannte.

Eine lebhafte, wenn auch ergebnislose Diskussion pro und contra Irene Heise und Britta König als Täterin entwickelte sich. Am Ende wurde Petra Schramm beauftragt, sich eingehender mit dem privaten und beruflichen Umfeld der beiden Damen zu beschäftigen. Verena selbst kündigte an, mit dem einzigen Freund Heises, Rechtsanwalt Hackmann, über die beiden Frauen zu sprechen.

Zum Stand der Befragungen in Heises Nachbarschaft meldete sich ein älterer Beamter zu Wort. „Die Nachbarn haben ihn als wortkarg und unfreundlich beschrieben. Angeblich hat er einmal sogar den Dackel seiner Nachbarin getreten. Unter uns gesagt, verstehen kann ich es. Ein übergewichtiger Köter, der sich an meinem Hosenbein zu schaffen gemacht hat. Erst hat er daran gezogen und dann hat er seine Duftmarke gesetzt. Widerlich! Fest steht jedenfalls: Heise hat die Nachbarn gemieden, hat sich als etwas Besseres gefühlt. Selbst beim alljährlichen Nachbarschaftsgrillen hat er regelmäßig gefehlt. Bis vor Kurzem hat eine junge Frau bei ihm gewohnt, die ebenfalls mundfaul gewesen sein soll."

Verena blickte von ihren Notizen hoch. „Gabi Eggers, seine vorübergehende Lebensgefährtin und vermutlich der Scheidungsgrund. Mit ihr werden wir auch noch sprechen müssen. Sonst noch was?"

Erneut meldete sich der Beamte zu Wort. „Die Dicke von nebenan, die Dackelbesitzerin, hat eine interessante Beobachtung gemacht. Beim Gassigehen nach der Tagesschau hat sie in letzter Zeit wiederholt einen schwarzen Golf gesehen. Es kann auch ein Polo gewesen sein, sie kann die Marken nicht auseinanderhalten. Das Fahrzeug hat in der Nähe ihres Grundstücks gestanden. Sie meint, jemanden auf dem Fahrersitz gesehen zu haben, konnte aber nichts Genaues sagen. Es war dunkel und ihre Augen sind nicht die besten. Sie hat Diabetes, ihre Linsen sind getrübt. Grauer Star. Wenn jemand diesbezüglich Aufklärungsbedarf hat, ich kann Auskunft geben. Über die Krankheit weiß ich jetzt alles, die alte Dame war nicht mehr zu stoppen."

„Dennoch ein interessanter Hinweis", brummelte Verena und wandte sich einer jungen Beamtin zu, die gerade erst ihre Ausbildung beendet hatte. „Seid ihr mit der Auswertung der sichergestellten Ordner weiter gekommen?"

Die Angesprochene wurde rot und schaute unsicher um sich, bevor sie antwortete. „Wir sind noch dabei. Es handelt sich zum überwiegenden Teil um Unterlagen zu Versicherungen, Krankenversicherung, Hausrat, Haftpflicht und so weiter. Auch eine Lebensversicherung hat er abgeschlossen, auf seine Tochter. Hunderttausend Euro."

„War ein Testament bei den sichergestellten Unterlagen?", fasste Verena nach. Kopfschütteln war die Reaktion.

Zum Thema Geld konnte ein anderer Kollege Bemerkenswertes beitragen. „Die Bankkonten weisen Heise als vermögenden Mann aus. Er besaß Aktien und Sparbriefe im Wert von 550 000 Euro. Sein Sparkonto weist ein Guthaben von 125 000 Euro aus, auf seinem Gehaltskonto befinden sich 38 900 Euro. Und dann hat er ja noch den Bungalow."

„Irgendwas mache ich falsch. Auf meinem Konto ist immer Ebbe, obwohl ich Tag und Nacht arbeite", beschwerte sich Stollmann und löste damit vorübergehend Heiterkeit aus.

Nur Hirschmann verzog angewidert das Gesicht. „Verschonen Sie uns mit Ihren finanziellen Problemen, Kollege. Demnach hinterlässt Heise seiner Tochter fast eine Millionen Euro, und bis seine Tochter volljährig ist, kann die Mutter darüber verfügen. Wenn das kein Motiv ist!"

Verena erwähnte, dass sie sogar nach dem Testament gefragt habe. Für viele im Raum war der Fall damit klar. Heises Ex hatte ihn auf dem Gewissen. Hirschmann war nicht glücklich darüber. Er wollte den vom Minister geäußerten Verdacht, dass Terroristen die Täter waren, zu diesem Zeitpunkt nicht fallen lassen. Auch Verena hielt es für verfrüht, die Ermittlungen in nur eine Richtung zu lenken. Sie brachte erneut die Ministerialrätin ins Spiel. Dann räumte sie ein, dass Irene Heise kein Hehl aus ihrem Hass gemacht habe. Stollmann, selbst scheidungserfahren, sah sich zu einem Kommentar genötigt. „Hass ist Liebe, an der man gescheitert ist. Man kann es auch verschmähte Liebe nennen. Manche Frau verliert dann völlig die Kontrolle, sieht nur noch rot. Denkt an diese Frau aus Anderten, die ihren Mann im Schlaf mit einem Hammer erschlagen hat und …"

Während er den spektakulären Mordfall aus besseren Kreisen der Landeshauptstadt Revue passieren ließ, erschien vor Verenas Augen das Gesicht von Franz. Auch ihre Liebe war vorübergehend in Hass umgeschlagen. Zweifel und das Gefühl, versagt zu haben, hatten später die Oberhand gewonnen. Noch später war Angst hinzugekommen. Auch wenn bis zu ihrer Pensionierung noch eine lange Wegstrecke vor ihr lag, ertappte sie sich in letzter Zeit immer wieder bei trübsinnigen Gedankenspielen über ihre Zukunft: Einsamkeit, öde Wochenenden, finanzielle Einschränkungen. Als sie die abwartenden Blicke ihrer Kollegen auf sich ruhen spürte, wurde Assistentin Petra Schramm beauftragt, festzustellen, ob Frau Heise einen dunklen Polo oder Golf fährt.

„Bleibt noch Heises vorübergehende Lebenspartnerin, diese Frau Eggers. Wenn sich die beiden vor Kurzem im Streit getrennt haben, hatte auch sie ein Motiv", meldete sich, überraschend für alle im Raum, ein Beamter des gehobenen Dienstes zu Wort. Sonst tat er sich nur hervor, wenn es um seinen Feierabend und die Einhaltung der Kernarbeitszeit ging. Stollmann bot an, sich darum zu kümmern. Das lasse die Albanersache noch zu.

Erneut ergriff der Beamte, der die Finanzlage des Ermordeten überprüft hatte, das Wort. „Es gibt weitere Auffälligkeiten. Herr Heise hat regelmäßig Bareinzahlungen auf seinem Konto vorgenommen. Alle zwei bis drei Wochen, immer 2000 oder 3000 Euro, einmal sogar 4000."

Allgemeines Raunen im Raum war die Reaktion. Stollmann übernahm es, die Schlussfolgerung zu ziehen.

„Das riecht nach Erpressung. Ja, so wird ein Schuh draus. Heise hat jemanden erpresst. Suchen wir den Kerl und wir haben den Mörder."

Hirschmann war anderer Meinung, was niemanden im Raum wirklich überraschte. „Langsam, langsam, so schnell schießen die Preußen nicht. Noch haben wir zwei, möglicherweise sogar drei verdächtige Frauen. Und über den Grund der Geldzahlungen wissen wir bislang gar nichts. Er kann das Geld auch aus anderen Gründen erhalten haben. Immer Bareinzahlungen, sagten Sie?"

Der Beamte nickte.

„Über welchen Zeitraum ging das?"

Der Befragte musste passen. „Die Ordner umfassen nur das letzte Jahr, davor habe ich nichts."

Verena schaltete sich ein. „Dann gehen Sie gleich morgen früh zu seiner Bank. Ich muss wissen, ab wann die Bargeldeinzahlungen erfolgt sind. Ich will jede einzelne Zahlung dokumentiert haben."

Der Beamte machte ein verdrossenes Gesicht. Er gehörte zu der Sorte Männer, die sich durch weibliche Vorgesetzte in ihrer männlichen Ehre gekränkt fühlen. Verena beeindruckte das nicht im Geringsten. Sie wandte sich Hirschmann zu. „Gibt es Neuigkeiten vom Verfassungsschutz?"

„Ja, gibt es. Der Bruder des Hausmeisters der Staatskanzlei, Mehmed Hamad heißt der Mann, soll ein gefährlicher Fundamentalist sein. Er ist ebenso wie sein Bruder Ali, so heißt der Hausmeister mit Vornamen, in der Türkei geboren. So abwegig, wie mancher im Raum hier Glauben machen will, ist meine Theorie demnach nicht."

„Und Ali selbst, was ist mit dem?“, wollte Verena wissen.

„Über den liegt nichts vor. Er führt ein unauffälliges Leben. Die Frau arbeitet halbtags an der Kasse in einem Supermarkt, die einzige Tochter steckt mitten in den Abiturvorbereitungen. Ein unauffälliger Lebensstil will aber nichts heißen. Terroristen steht die Mordlust nicht im Gesicht geschrieben. Das war bei den Hamburger Attentätern so und bei den Nazi-Mördern aus Zwickau.“

„Ich möchte bei der Befragung dabei sein“, entschied Verena. Es fiel Hirschmann erkennbar schwer, seinen Ärger herunterzuschlucken. Trotz seines höheren Dienstgrades musste er sich fügen. Als Leiterin der Soko hatte sie das letzte Wort.

Es gab noch mehr zu berichten. Im Großraum Hannover waren neunzehn Zivilpersonen im Besitz einer Sauer Backup mit derselben Seriennummer, die der Täter benutzt hatte. Die Liste mit den Namen würde morgen vorliegen. Jede einzelne Person musste auf mögliche Verbindungen zu Heise überprüft werden. Kriminalinspektor Kleinsorge, ein besonders glühender Verehrer von Assistentin Petra Schramm, wurde damit beauftragt. Auch die rund zweihundert Anrufe aus der Bevölkerung mussten ernst genommen werden. Es war wie immer, Recherchen und Schreibtischtätigkeiten machten den Großteil der Ermittlungen aus.

Nachdem auch die restlichen Aufgaben verteilt waren, liefen alle auseinander, die meisten Richtung Ausgang und nach Hause, Verena in ihr Büro. Auch hier war es ungemütlich kalt. Die maroden, zugigen Fenster mussten dringend erneuert werden. Der Antrag ihrer Dienststelle schmorte seit Jahren bei der Landesbauverwaltung. Passiert war nichts. Das Geld für Sanierungen in Landesbehörden floss bevorzugt in die Ministerien. Sie hatte sich in der Staatskanzlei ein Bild davon machen können. Sie druckte ihre Maileingänge aus und stopfte sie in ihre Tasche. Besser, alles mit nach Hause zu nehmen. Dort war es wenigstens warm.

Später, im Bett, ging sie in Gedanken noch einmal den Mordfall durch. Führungskräfte, die Untergebene piesackten, waren in diesem Land keine Seltenheit. Die Untergebenen pflegten üblicherweise mit Krankheiten oder Flucht in die innere Immigration zu reagieren und nicht zur Waffe zu greifen. Sollte Britta König eine Ausnahme sein? Dann wieder ging ihr die Exfrau durch den Kopf. Sie hatte sich hochgradig nervös gegeben.

Erst lange nach Mitternacht fand sie endlich Schlaf. Im Traum begegnete ihr Heise, der ihr etwas sagen wollte. Doch so sehr sie sich auch bemühte, sie konnte ihn nicht verstehen.

21

Mit dem ungemütlich nasskalten Wetter hatte die erste Grippewelle des Winters Hannover erreicht. Assistentin Schramm überbrachte die Hiobsbotschaft: Die Zahl der Mitarbeiter der Soko war über Nacht auf dreizehn geschrumpft. Verena saß mit Hirschmann und zwei Kollegen vom Verfassungsschutz zusammen. Der Hausmeister der Staatskanzlei sollte vernommen werden. Sein Bruder hatte sich im letzten Jahr den Talufisten angeschlossen. Sie standen seit Langem unter Beobachtung des Verfassungsschutzes. Verena ließ sich von den Verfassungsschutzbeamten erklären, dass die Talufisten sich an den Lehren des Islams der Frühzeit orientierten. Sie galten als radikal und verfassungsfeindlich. Seitdem Mehmed zu ihnen gehörte, verließ seine tief verschleierte Frau die Wohnung nur noch in Begleitung ihres Mannes. Die beiden Töchter mieden jeglichen Kontakt zu den Klassenkameradinnen. Seinen Job bei den Stadtwerken Braunschweig hatte Mehmed gekündigt und lebte mit seiner Familie von Hartz IV. Er gehörte zu den rund hundert in Niedersachsen lebenden Islamisten, die vom Verfassungsschutz als potenzielle Terroristen eingestuft wurden.

Hirschmann reagierte seinen Frust ab. „Diese Kerle verachten den deutschen Staat, aber unser Geld nehmen sie. Kann mir einer sagen, weshalb wir uns das bieten lassen?“

„Weil wir bescheuert sind“, meinte der ältere der Verfassungsschutzbeamten. Dann lästerte er ordentlich ab, ließ sich über Migranten aus islamischen Ländern aus. Von Sozialschmarotzern und Analphabeten war die Rede.

Verena verspürte Ärger und große Lust zu widersprechen, besann sich aber auf ihre Aufgabe und brachte das Gespräch auf den Mordfall zurück. „Und es ist sicher, dass Mehmed sich nach Pakistan abgesetzt hat, um sich in einem Terrorcamp zum Terroristen ausbilden zu lassen?“

„Hundertpro. Auf Informationen des Auswärtigen Amtes können wir uns verlassen, sie erhalten sie direkt von den Amis“, meinte der Ältere.

Verena lag die ketzerische Bemerkung auf den Lippen, dass die USA sich in den letzten Jahren nicht gerade als kompetente Informationsquelle hervorgetan hatten. Sie könnte den Irakkrieg ins Feld führen. Hirschmann kam ihr zuvor.

„Um sich nach seiner Ausbildung in Deutschland auszutoben. Vielleicht hat er ja bereits zugeschlagen und der Mord geht auf sein Konto.“

„Selbst wenn es so wäre, wofür es nicht den Hauch eines Beweises gibt, was hat Ali Hamad damit zu tun?“, widersprach Verena.

Hirschmann wäre nicht Hirschmann, wenn er das auf sich sitzen ließe. „Ich sagte es bereits. Es steht den Leuten nicht ins Gesicht geschrieben, wie sie wirklich denken. Die Attentäter vom 11. September haben auch jahrelang unerkannt als sogenannte harmlose Studenten unter uns gelebt.“

Verena reichte es. Hirschmann war schon immer auf dem rechten Auge blind gewesen. „Das stimmt, genauso wie die rechte Terrorgruppe, die unten den Augen des

Verfassungsschutzes eine blutige Spur durch Deutschland …“

„Was soll das denn jetzt?“, fiel der ältere Verfassungsschutzbeamte ihr ins Wort. „Können wir vielleicht zum Mordfall Heise zurückkommen?“

„Selbstverständlich“, versicherte Hirschmann, nachdem er seine Kollegin mit einem strafenden Blick bedacht hatte.

Als er auf seine Uhr schaute, verzogen sich seine Mundwinkel nach unten. „Ali Hamad müsste längst hier sein. Ich sage es ja immer: Pünktlichkeit und Südländer sind zwei unüberbrückbare Gegensätze.“

Kaum hatte er die Worte ausgesprochen, klopfte es und der Vermisste stand vor ihnen. Er war um die fünfzig, vielleicht etwas jünger, ziemlich klein und schlank. Verena übernahm die Gesprächsführung, nannte ihm den Grund für seine Vernehmung.

Hamad reagierte, ohne lange nachzudenken. „Ich kann zu den Verbindungen meines Bruders zu den Talufisten nichts sagen. Wir haben kaum noch Kontakt. Das letzte Mal haben wir ihn Ostern besucht, und auch da nur kurz. Meine Frau empfand die Atmosphäre als bedrückend. Mehmeds Frau traute sich kaum noch, den Mund aufzumachen. Und seine Tiraden über den moralischen Verfall in Deutschland wollten wir uns nicht anhören.“

Sein Deutsch war akzentfrei, sein Gesichtsausdruck offen. Verena mochte ihn. Hirschmann hingegen gab den Skeptiker. Seine Stimme war schneidend. „Sie können also nicht sagen, wo sich Ihr Bruder derzeit aufhält?“

Ali Hamad sah überrascht aus. „Wieso, ist er nicht in Braunschweig?“ Der bedeutungsvolle Blickwechsel zwischen den Beamten vom Verfassungsschutz entging ihm, da er Verena anschaute.

Der Jüngere ergriff das Wort. „Sie behaupten also, nicht zu wissen, dass Ihr Bruder vor zwei Wochen nach Pakistan geflogen ist."

Verena fand die Schärfe unangebracht. Als sie eingreifen wollte, spürte sie ein unangenehmes Kribbeln in der Nase. Das Niesen ließ sich nicht unterdrücken. Der ältere Verfassungsschützer verzog angewidert das Gesicht und rückte ein Stück von ihr weg.

„Nein, von Pakistan weiß ich nichts", antwortete der Hausmeister.

Hirschmann gab sich mit der Antwort nicht zufrieden. „Sie behaupten also, nichts von den verfassungsfeindlichen Umtrieben Ihres Bruders zu wissen."

Ali Hamads Gesicht nahm eine verdächtig rote Farbe an. Er reagierte aufgebracht. „Wieso behaupten? Ich sage die Wahrheit. Ich habe doch schon gesagt, dass ich meinen Bruder …"

„Nun regen Sie sich mal nicht gleich auf, guter Mann. Wir ermitteln in einem Mordfall, übertriebene Empfindlichkeiten sind fehl am Platz", unterbrach ihn Hirschmann. „Sogar an der Schule Ihrer Nichten ist bekannt, dass Ihr Bruder die deutsche Kultur ablehnt. Sie haben sich vom Sportunterricht befreien lassen und an Klassenfahrten auch nicht mehr teilgenommen."

„Das macht meinen Bruder noch lange nicht zu einem Mörder. Außerdem kannte er Herrn Ministerialdirigent Heise gar nicht. Weshalb sollte er ihn umbringen?"

„Woher wollen Sie das wissen, Sie hatten doch angeblich kaum Kontakt zu ihm", konterte der ältere Verfassungsschutzbeamte. Der jüngere grinste breit.

Hamad war jetzt endgültig sauer. „Selbst wenn Sie Mehmed verdächtigen, was habe ich damit zu tun? Ich arbeite seit zwanzig Jahren in diesem Land, zahle Steuern und bin nie straffällig geworden. Mein einziges Vergehen sind zwei Punkte in Flensburg wegen zu schnellen Fahrens. Oder gilt in diesem Land die Sippenhaft?", empörte er sich.

Hirschmann verbat sich den Ton und „überhaupt", sagte er, „ist das mal wieder typisch. Die muslimischen Zuwanderer gehen bei jeder Kleinigkeit unter die Decke. Ständig sind sie beleidigt. Nur beim Austeilen geht ihre Sensibilität baden."

Der Streit schaukelte sich hoch. Verena versuchte die aufgeheizte Stimmung zu entkrampfen, machte klar, dass auch politische Hintergründe überprüft werden müssten. Hirschmann hingegen schnaubte wie ein Walross. Verenas Beschwichtigungsversuch missfiel ihm.

Die Vernehmung zog sich noch eine Weile hin, was vor allem Hirschmanns insistierenden Fragen geschuldet war. Der Mann weiß wirklich nichts, beschloss Verena nach einer Weile und beendete schließlich das Gespräch.

„Und, sagt der Kerl die Wahrheit?", wollte der ältere der beiden Verfassungsschutzbeamten wissen, nachdem Ali Hamad gegangen war.

„Ich habe nicht den Eindruck, dass er uns etwas verschweigt oder lügt", meinte der andere. „Die Vernehmung hat mich darin bestärkt, dass kein staatsfeindlicher

Hintergrund vorliegt. Ich war von Anfang an skeptisch. In eine Wohnung einzudringen und einen Beamten kaltzumachen, das ist nicht ihre Handschrift. Der Fall ist Ihrer“, stellte er an die LKA-Beamten gerichtet fest.

Hirschmann seufzte hörbar. Seiner Miene war abzulesen, was er von den Ansichten seines Kollegen hielt. Kaum hatten sich die beiden Beamten verabschiedet, verschaffte er sich Luft. „Das sieht den Bleistiftanspitzern vom Verfassungsschutz ähnlich, treten den Rückzug an, bevor die Beute erlegt ist. Falls sich später herausstellt, dass sie sich geirrt haben, kommen sie wie die Ratten aus ihren Löchern hervorgekrochen, um sie sich zu schnappen. Aber ohne mich, dieses Mal lass ich mir nicht die Butter vom Brot nehmen.“

Verena konnte sich an keinen einzigen Fall erinnern, bei dem ihr Kollege sich die Butter hatte vom Brot nehmen lassen. Im Gegenteil, wenn es darum ging, Lorbeeren zu ernten, war er gerne vorne weg. Ob sie den Mörder jemals schnappen würden, wusste sie nicht. Aber eins stand fest: Hirschmann würde in einem spektakulären Mordfall wie diesem alles dransetzen, um sich am Ende den Lorbeerkranz aufzusetzen.

22

Die Mail, die ein Unbekannter auf ihren vorübergehenden Arbeitsplatz im Roten Salon gelegt hatte, ärgerte Verena. Darüber würde noch ein Wörtchen mit dem Staatssekretär zu reden sein. Der Maulkorberlass war eine Frechheit. Die Verfügung an die Mitarbeiter unter Hinweis auf die Hausmitteilung Nummer 8 zur Regelung der Verschwiegenheitspflicht suggerierte, dass die Polizei erpicht darauf war, interne Dienstvorgänge in die Öffentlichkeit zu bringen. Wer wohl die Mail auf ihren Platz gelegt hatte? Wer immer es gewesen war, er konnte den Staatssekretär nicht leiden. In diesem Haus waren Antipathien anscheinend deutlich ausgeprägter als Sympathien.

Sie schenkte sich Kaffee ein. Noch nicht einmal elf Uhr und die vierte Tasse. Es würde nicht die letzte sein. Während sie den viel zu starken Kaffee schlürfte, klopfte es. Der schick gekleidete Mann mittleren Alters schien guter Dinge zu sein. Er schenkte ihr ein strahlendes Lächeln, während er sich vorstellte.

Sie stellte die Tasse beiseite. „Guten Morgen, Herr Meyer, schön, dass es endlich mit uns klappt. Gestern waren Sie nicht auffindbar."

Er ignorierte den sarkastischen Unterton, schüttelte mit einer leicht angedeuteten Verbeugung ihre Hand, bevor er ihr gegenüber Platz nahm. „Ich war im Wirtschaftsministerium, Besprechungen mit Kollegen, aber jetzt stehe ich voll und ganz zu Ihrer Verfügung, Frau Kriminalrätin."

Besprechungen? Verena dachte sich ihren Teil. „Ich möchte mit Ihnen über Ihren früheren Chef sprechen. Es heißt, dass Sie einen guten Draht zu ihm hatten.“

Meyer lächelte geschmeichelt. „Heise gehörte nicht zu der Sorte Vorgesetzte, die einen guten Draht zu Mitarbeitern pflegen. Er war ein harter Hund, hat eine Menge von seinen Leuten verlangt, reagierte schnell ungehalten. Hat sogar mit Aktendeckeln nach Mitarbeitern geworfen, einmal sogar mit einem Kaffeebecher.“

„Wer war die Zielscheibe?“

„Ministerialrätin Britta König. Die hatte nicht viel zu lachen. Kaum war eine Vorlage fertig, wollte er sie anders haben, als noch kurz zuvor besprochen. Frei nach der Devise: Rein in die Kartoffeln, raus aus den Kartoffeln. Politik ist ein schnelllebiges Geschäft und Heise war mehr Politiker als Beamter.“

„Und Sie hatten trotzdem keine Probleme mit ihm?“

„Nein, mich mochte er.“ Sein breites Lächeln signalisierte: Wer mag mich nicht?

„Außerdem hat mein Aufgabenbereich ihn nicht interessiert. Das hat mein Dasein in seiner Abteilung ungemein erleichtert.“

„Ihre Aufgabe ist …?“

„Entwicklungszusammenarbeit des Landes. Viel Geld haben wir nicht, ich kann deshalb nur zwei Projekte im Jahr fördern. Im Moment engagieren wir uns im Jemen, davor in Namibia.“

Daher wehte also der Wind. Meyer, der einen durchaus intelligenten Eindruck machte, spielte aus Langeweile den Hofnarren. Konnte es sein, dass er mehr über Heise wusste als die anderen und mehr, als er sie wissen ließ?

„Wissen Sie Näheres über den Streit mit Frau König? Es soll am Nachmittag vor Heises Tod eine heftige Auseinandersetzung gegeben haben."

Meyer lachte lauthals. „Hat einer der Kollegen sie angeschwärzt? Frau König ist nicht sonderlich beliebt. Aber es trifft zu. Die beiden haben sich so laut gezofft, dass alle auf der Etage es mitbekommen haben."

Worum es gegangen sei. „Um ihre drohende Versetzung an die Landesschulbehörde Lüneburg. Die Kollegin hat sich heftig dagegen gewährt. Sie klebt an ihrem Stuhl wie Kleister", fuhr er fort. „Ich an ihrer Stelle hätte längst das Weite gesucht, wäre sogar in die Diaspora gegangen, selbst nach Lüneburg, meinethalben auch in die niedersächsische Strafkolonie für besonders schwere Fälle. Obwohl ich, ehrlich gesagt, Ostfriesland super finde. Ich mag Land und Leute, könnte mir gut vorstellen, dort zu leben. Wir verbringen unseren Sommerurlaub immer in der Nähe von Aurich. Wirklich schön dort und nicht so teuer wie die Inseln."

Er verstieg sich in einen peinlich genauen Bericht über seinen letzten Sommerurlaub, nannte empfehlenswerte Fischrestaurants und besonders abgeschiedene Küstenstrände. Dann geriet er ins Schwärmen über Wattwanderungen und Fahrradtouren entlang der Deiche. Die Reize der Ferienorte Esens, Jever und Dornum wurden hervorgehoben. Irgendwann wurde es Verena zu bunt. Sie brachte das Gespräch erneut auf Frau König. „Was glauben Sie: Könnte es sein, dass Ihre Kollegin mit dem Tod Heises zu tun hat?"

Falls er über ihre unverblümte Frage überrascht war, ließ er sich nichts anmerken. Er schielte auf die mit bunten Pferdeköpfen bemalte Thermoskanne. „Kann ich einen Kaffee haben?" Ohne ihre Antwort abzuwarten, schenkte er sich ein und lästerte über den bitteren Geschmack, den er als typisch für das geizige Hauptbüro ausmachte. Die Kollegen wurden als Pfennigfuchser bezeichnet. Dann kam er endlich zum Wesentlichen.

„Nicht auszuschließen, dass sie die Nerven verloren hat. Obwohl ich natürlich keiner Kollegin etwas anhängen möchte. Das entspricht nicht meiner Art."

Er beförderte ein Taschentuch aus seiner Hosentasche und putzte sich umständlich die Nase. „Die Kollegin ist hart bis zur Rücksichtslosigkeit, gegen sich selbst und gegen andere. Und rechthaberisch. Immer will sie das letzte Wort haben. Das kommt nicht gut an."

Das hörte sich an, als ob er über Heise redete. Zwei wesensgleiche Persönlichkeiten waren aufeinandergeprallt. Aber Mord? Während sie Meyer zuhörte, der sich jetzt ebenso ausführlich wie über seine Ostfrieslandurlaube über seine Kollegin ausließ und dabei Attribute wie „unweiblich, nicht zugänglich und harsch" ins Spiel brachte, fragte sich Verena, wie ihre männlichen Kollegen wohl über sie urteilten. Viel Schmeichelhaftes würde dabei vermutlich auch nicht herauskommen. Eigenschaften, die bei Männern gelobt wurden, wurden bei Frauen gerne auf dem Negativkonto verbucht. Aus dynamisch wurde hektisch, aus energisch zickig, aus selbstbewusst eingebildet.

„Sie ist fachlich kompetent, aber es fehlt ihr an Führungsqualitäten", hörte sie Meyer sagen. Abfällige Bemerkungen über die mangelnde Führungsqualität von Frauen bekam Verena seit zwanzig Jahren zu hören. Irgendwann hatte sie beschlossen, sich darüber nicht mehr zu ärgern. Sie schob eine Frage nach. „Hat Herr Heise Ihnen gegenüber erwähnt, dass er sich bedroht fühlt?"

Ein überraschter Blick traf sie. „Der Abteilungsleiter bedroht? Nee, das hat er nie erwähnt. Ich kann es mir auch nicht vorstellen. Wer sollte ihn bedrohen und weshalb? Der Mann war das reinste Arbeitstier, sein Job war sein Leben."

Das Verhältnis Heises zum großen Chef sei gut gewesen, zum kleinen, dem in Wirklichkeit zwei Meter langen Staatssekretär, hingegen ein konfliktbeladenes Minenfeld. Heise hatte gegen Haders intrigiert. Das Ziel sei jedermann klar gewesen: die Leitung der Staatskanzlei. Die Chancen hatten zuletzt nicht schlecht gestanden. Der Staatssekretär sei kürzlich in Ungnade gefallen. Eine wichtige Rede des Ministerpräsidenten im Landtagsplenum, für die er verantwortlich zeichnete, sei voll „in die Grütze gegangen". Sehr peinlich das Ganze. Die Opposition hätte gejohlt. Es sei eine Stimmung auf den Landtagsbänken gewesen wie sonst nur auf dem Schützenfest. Allerdings auf den Oppositionsbänken, die Abgeordneten der Regierungsfraktionen seien vor Schreck erstarrt. Der anschließende Tobsuchtsanfall des Ministerpräsidenten war tagelang Gesprächsstoff.

Selbst wenn es zutraf und Haders' Entlassung unmittelbar bevorgestanden hatte, aber dass er ein Mörder sein sollte, schien Verena Hauser nicht plausibel.

Meyer kannte noch weitere unterhaltsame Geschichten aus dem Dienstbetrieb der Staatskanzlei. Zum Mordfall selbst hatte er wenig Neues beizutragen. Als er sich von Verena mit einer angedeuteten Verbeugung verabschiedete, hielt er plötzlich inne. „Etwas fällt mir noch ein. Obwohl … ich glaube nicht, dass es mit dem Mord etwas zu tun hat. Es ist auch nur ein Gerücht." Abwartend taxierte er Verena.

„Erzählen Sie es mir trotzdem. Auch Gerüchte können hilfreich sein."

Meyer ließ sich nicht lange bitten und setzte sich wieder hin. „Es geht um Heises 50. Geburtstag im letzten Jahr. Er hat 'ne Riesenfete geschmissen, die ganze Abteilung war eingeladen, die Abteilungsleiterkollegen und die Hausspitze ebenfalls. Alles vom Feinsten, 4-Gang-Menü im Clichy. Ausgezeichnete Küche, ein ziemlich teurer Schuppen. Der Abend hat einige tausend Euro gekostet."

„Herr Heise war ein vermögender Mann."

„Und ein Geizhals ersten Ranges. Hinter vorgehaltener Hand hieß es, dass Heise seine Geburtstagsfeier nicht selbst bezahlt hat. Angeblich soll Baumgart der Zahlmeister gewesen sein. Ist aber nur ein Gerücht, halten Sie mich da raus. Sie haben vielleicht von Baumgart gehört. Er besitzt etliche Immobilien und ist Mehrheitsgesellschafter der Baumgart Holding. Es heißt …"

„Sie werden es nicht glauben, Herr Meyer, ich lese Zeitung“, unterbrach ihn Verena. „Wer hat Ihnen das mit der Geburtstagsfeier erzählt?“

Meyer kratzte sich am Ohr. „Sorry, kann mich nicht erinnern. Kann ein Kollege gewesen sein, kann aber auch jemand im Saunaclub erzählt haben.“

„Und was bringt sie auf den Gedanken, dass das mit dem Mord zusammenhängt?“

Meyer zögerte, strich sich erneut über seine Nase. „Nun ja, es heißt, dass sich in Baumgarts Partykeller obskure Gestalten treffen, Typen aus dem Rotlichtmilieu und so. Falls Heise da reingeraten ist, kann es doch sein, dass ...“

Er beendete den Satz nicht, gab sich auf einmal hektisch, erwähnte einen dringenden Diensttermin, der seine Gegenwart erforderte. Sein Abgang glich einer Flucht.

Verena stand auf und schlenderte zum Fenster hinüber. Der Innenhof stand voller Autos, darunter zwei schwarze Dienstlimousinen. Der Hausmeister fegte den Hof, schaute zu ihr hoch, nickte kurz und machte weiter. Dann erschienen plötzlich Haders, in seinem Schlepptau ein älterer Mann, vermutlich sein Fahrer, und eine junge, mollige, mit Akten beladene Frau. Die drei stiegen in einen der beiden Dienstwagen und brausten davon.

Selbst wenn Baumgart die Geburtstagsfeier bezahlt hatte und für die Bargeldeinzahlungen auf Heises Konto verantwortlich war, für ihn waren das Peanuts. Sie war auf Stollmanns Reaktion gespannt. Ihr Kollege war wieder einmal nicht zu erreichen. Sein Telefon hatte er auf Frau Schramm umgestellt. Die war sauer.

„Abgemeldet hat er sich nicht, keine Ahnung, wo er ist. Dass er mich als sein Vorzimmer missbraucht, ist die Höhe. Ich bin Kriminalinspektorin, keine Sekretärin", beschwerte sie sich.

„Sag Sie ihm das bitte selber." Verena verspürte nicht die geringste Lust, in einen Streit unter Kollegen hineingezogen zu werden. Sie wählte Stollis Handynummer. Am anderen Ende ertönte jedoch nur die schnarrende Stimme der Telekom mit seiner Nummernansage und der Aufforderung, eine Nachricht zu hinterlassen.

23

Auf den mitteilsamen Ministerialrat Siegbert Meyer folgte die Verwaltungsangestellte Gesine Terberg. Die Frau sah älter aus als 58. Ihr verkniffener Gesichtsausdruck, das mausgraue Haar, dazu dunkle Kleidung, alles an ihr wirkte farblos. Auf den ersten Blick war Verena klar: Vor ihr saß eine vom Leben enttäuschte Frau.

Als Heises Mädchen für alles hatte sie den termingerechten Eingang der Vorlagen aus den Referaten überwacht, Auslandsreisen organisiert und Besprechungen protokolliert. Wollte man ihr glauben, wäre Heise ohne sie aufgeschmissen gewesen. Als einzige der bisher Befragten ließ sie Anzeichen von Trauer erkennen. Obwohl Verena nicht überzeugt war, dass die Trauer von Herzen kam. Der weitere Verlauf des Gesprächs sollte ihr recht geben. Die Frau triefte vor Selbstmitleid. Was würde nun aus ihr werden? Der Nachfolger, der in Kürze ernannt werden sollte, würde bestimmt seine eigene Assistentin mitbringen.

Aus ihren Schilderungen klang nicht nur Verbitterung durch. Das hörte sich nach jahrelang unterdrückter Wut an. Gesine Terberg war mit sich und der Welt nicht im Reinen.

Es gibt zu viele unzufriedene Menschen in diesem Land, dachte Verena, während sie den larmoyanten Ausführungen der Frau zuhörte. Deutschland war eines der reichsten Länder der Welt und doch stieß sie bei ihren Ermittlungen immer wieder auf unglückliche, mit ihrem

Schicksal hadernde Menschen. Menschen, die Verletzungen nicht überwunden hatten. Menschen, bei denen Missgunst und Neid das Denken bestimmten, die sich an nichts mehr erfreuen konnten. Menschen, an denen das Gefühl nagte, im Leben zu kurz gekommen zu sein.

Bei Gesine Terberg kam noch mehr hinzu. Gestik und Mimik passten nicht zu ihren Worten. Verena konnte das Gefühl nicht loswerden, dass ihr Gegenüber eine Rolle spielte. Und noch etwas machte sie stutzig. Der Ausdruck ihrer ständig umherwandernden Augen, die Unruhe, die von ihr ausging. Unentwegt presste sie ihre Finger ineinander, um sie dann wieder zur Faust zu ballen, zwischendurch die Arme zu verschränkten, bevor das Ganze von vorne losging. Sie war nicht nur nervös wie Irene Heise, ihre Unruhe war krankhaft.

Im Fokus der Unterhaltung stand Ministerialrätin König. Gesine Terberg musste nicht gefragt werden, ob sie die Referatsleiterin für verdächtig hielt. Unaufgefordert gab sie zu Protokoll, dass sie der Kollegin einen Mord zutraute.

Verena war erleichtert, als das Gespräch vorbei war. Die Frau hatte Unbehagen bei ihr ausgelöst, ein beklemmendes Gefühl, das sie nicht näher beschreiben konnte. Und trotzdem: Als Täterin kam sie vermutlich nicht infrage. Es fehlte das Motiv. Im Gegenteil, sie würde durch den Tod ihres Vorgesetzten womöglich berufliche Nachteile hinnehmen müssen.

Umgänglicher gab sich der Personalratsvorsitzende. Regierungsrat Ballauf hatte die Statur eines tapsigen Bären. Dazu krause Haare, ein offenes, rundes Gesicht, große braune Augen. Ein Mann zum Knuddeln. Anders als Meyer beherzigte er den Maulkorberlass, beantwortete ihre Fragen nur zögernd, jedes Wort abwägend.

„Ja, es hat gelegentlich Streit zwischen Herrn Heise und Frau König gegeben. In einer obersten Landesbehörde, wo tagtäglich komplexe Entscheidungen anstehen, ist das nichts Ungewöhnliches“, räumte er ein.

Auf ihre Frage, ob er seiner Kollegin den Mord zutraue, reagierte er empört. „Auf keinen Fall. In der Staatskanzlei werden Sie den Täter nicht finden. Niemals. Suchen Sie in Heises privatem Umfeld, von uns war es niemand.“

„Vielleicht ein ehemaliger Mitarbeiter? Eine Strafversetzung oder Kündigung?“, hakte Verena nach.

Auch davon wollte ihr Gegenüber nichts wissen. Staatssekretär Haders würde seine helle Freude am Personalratsvorsitzenden haben. Jochen Niemann, Leiter der Personalabteilung, äußerte sich ähnlich. Er war ein zurückhaltender, höflicher Mann mit ausnehmend guten Umgangsformen. Auf seiner Stirn hatten sich tiefe Sorgenfalten eingegraben. Trotz seiner hohen Position trat er bescheiden auf. Es wunderte Verena nicht, dass er sich mit Heise gut verstanden hatte. Sich mit einem Mann wie Niemann zu überwerfen, war kaum möglich.

„Befreundet waren wir nicht, das wäre zu viel gesagt. Aber wir haben uns gut verstanden, sind gelegentlich zusammen essen gegangen. Und was das schlechte Arbeitsklima in Heises Abteilung angeht, da habe ich mich rausgehalten. Ging mich nichts an.“

Nach Britta König befragt, räumte Niemann ein, dass sein Kollege mit Nachdruck ihre Versetzung betrieben habe. Noch sei nichts entschieden gewesen. Der Ministerpräsident hatte das letzte Wort und der habe Frau König geschätzt und sich Bedenkzeit erbeten. „Besondere Vorkommnisse in der zurückliegenden Zeit? Nicht, dass ich wüsste. Ganz bestimmt keine, die ein Mordmotiv hergeben", stellte Niemann fest, bevor er Einbrecher als Täter ins Spiel brachte. Europol einzuschalten, sei ratsam. Das Letzte, was die erfahrene Ermittlungsbeamtin brauchte, waren Ratschläge eines Schreibtischbeamten. Als er ging, hatte sie das ungute Gefühl, dass er etwas vor ihr verbarg.

Gegen sieben Uhr hatte Verena die Nase voll. Sie war müde und ausgebrannt. Der heutige Tag hatte sie kein Stück weitergebracht. Nichts war frustrierender als Ermittlungen, die auf der Stelle traten. Auf dem Weg zum schneebedeckten Parkplatz erinnerte Magenknurren sie daran, dass in ihrem Eisschrank gähnende Leere herrschte.

Im Lebensmittelmarkt des Kaufhofs war es brechend voll. Während sie ihren Einkaufswagen an gehetzt wirkenden Kunden vorbei durch die viel zu engen Gänge zwischen voll bepackten Regalen schob, wünschte sie sich, sie könnte endlich einmal in Ruhe am Vormittag einkaufen. Ohne Gedränge und ohne Stress. Bis es so weit wäre, warteten noch mehr als zwanzig Berufsjahre auf sie. Mit Franz an ihrer Seite, hätte sie auf Teilzeit gehen können, jetzt brauchte sie das Geld.

Plötzlich stand er vor ihr. Gedankenübertragung. Sein gut gefüllter Einkaufswagen stand im Wege. Ausweichen war nicht möglich. Es war erst die zweite Begegnung seit ihrer Trennung. Selbst in einer Provinzhauptstadt wie Hannover musste man sich nicht über den Weg laufen, wenn man nicht wollte. Beim ersten Mal hatte sie ihn ignoriert, jetzt ging das nicht. Mit Genugtuung registrierte sie, dass Franz gealtert war und abgespannt aussah. Ihr strahlender Held hatte an Glanz verloren. Die Beziehung zu seiner fast zwanzig Jahre jüngeren Lebensgefährtin schien ihn anzustrengen. Die Schadenfreude tat gut.

Er schien peinlich berührt. Dann fasste er sich und erkundigte sich nach dem Ermittlungsstand. Der Mordfall hatte unter der hannoverschen Prominenz für Aufsehen gesorgt. Sie wich seinen Fragen aus, erwähnte den frühen Stand der Ermittlungen. Kein einziges Wort von ihm zu ihrem Privatleben und wie und ob sie mit der Situation klargekommen war. Eine überhastete Verabschiedung und weg war er. Eine fassungslose Verena blieb zurück. Sieben Jahre ihres Lebens hatte sie an der Seite eines Mannes verbracht, dem sie gleichgültig war. Ihr war zum Heulen zumute, als sie sich in die lange Schlange vor der Kasse einreihte. Sie schwor sich, den Kerl ab heute endgültig aus ihrem Herzen zu verbannen.

24

Assistentin Schramm war zur allgemeinen Überraschung nicht da. Verena hatte die Lagebesprechung der Soko Heise bereits begonnen, als sie mit hochrotem Kopf erschien. „Schon wieder neue Baustellen in der Hildesheimer Straße, Baustellen, die überflüssig sind wie ein Kropf", schimpfte sie. Hirschmann, sonst Pünktlichkeitsfanatiker, gab sich verständnisvoll und tätschelte ihren Rücken, als sie sich neben ihn setzte. Nicht zum ersten Mal fragte sich Verena, ob zwischen den beiden was lief.

Die Heizung im Besprechungsraum war endlich repariert worden. Jetzt ließ sie sich nicht mehr herunterdrehen. Brüllende Hitze war die Folge. Beim vergeblichen Versuch, das seit Jahren kaputte Fenster zu öffnen, verstauchte sich einer der Beamten den Arm und fluchte lautstark. Einige guckten demonstrativ auf ihre Uhr. Bloß keine Überstunden am Freitag.

Verena machte den Anfang, berichtete über die Vernehmungen im Roten Salon, der gelb war. Die angeblich von Baumgart gesponserte Geburtstagsfeier ließ sie aus. Sie wollte erst mit Stollmann unter vier Augen darüber sprechen.

Petra Schramm, noch immer außer Atem, hatte einiges über Ministerialrätin König in Erfahrung gebracht: einundfünfzig Jahre alt, seit vierzehn Jahren verheiratet, keine Kinder, keine Geschwister, die Eltern tot. Ihr Mann Peter arbeitete im Ausland, momentan in Dubai.

„Sie wohnen in einer Etagenwohnung in einer Altbauvilla im Zooviertel. Ihnen gehört die erste Etage, die Wohnung darüber steht leer, das Erdgeschoss ist an eine Ingenieurgesellschaft vermietet. Die Nachbarn links von ihr sind zum Überwintern in Spanien. Ihre Nachbarin zur Rechten, eine ältere Dame, war recht gesprächig. Frau König bekommt fast nie Besuch, geht aber häufig abends weg. Die gehbehinderte Frau verlässt kaum ihre Wohnung. Sie verbringt ihre Tage damit, aus dem Fenster zu gucken. So auch am Tatabend."

„Schlecht für sie, gut für uns", kommentierte Hirschmann. „Weiß sie, wann Frau König zurückgekommen ist?"

„Das muss nach zweiundzwanzig Uhr gewesen sein. Sie geht um diese Zeit ins Bett. Bis dahin war Frau König nicht zurück. Die parkt ihren Golf nämlich immer direkt vor dem Küchenfenster ihrer Nachbarin. Das Verhältnis der beiden ist gelinde gesagt mies. Sie hatte kein gutes Wort für die Ministerialrätin übrig. Der Ehemann sei nett, grüße immer höflich, die Frau hingegen arrogant und wortkarg."

„Interessant. Über Alexander Heise haben die Nachbarn ähnlich geredet. Frau König fährt also einen Golf?", vergewisserte sich Verena.

„Ja, einen dunkelblauen."

„Dann sind wir einen gehörigen Schritt weiter. Sie hat ein Motiv, aber kein Alibi und sie hat gelogen. Von wegen Fernsehabend."

Verenas Schlussfolgerung fand allgemeine Zustimmung. Nur Stollmann äußerte Zweifel. Er brachte erneut die ungeklärten Geldzahlungen und das Stichwort Erpressung ins Spiel.

Verena räumte ein, dass die Beamtin kühle Rationalität ausgestrahlt hatte. „Zu einem Mord gehören jedoch Emotionen, außer bei Mord auf Bestellung. Und eine Berufskillerin ist sie definitiv nicht."

Ihre Assistentin monierte die Unterbrechung. „Ich war noch nicht fertig. Britta König ist Mitglied in der Bürgerpartei, engagiert sich im Landesfachausschuss für Gleichstellung und Frauenfragen. Am Wochenende joggt sie gelegentlich, weitere Hobbys sind nicht bekannt. In der Staatskanzlei arbeitet sie seit fünfzehn Jahren, seit sieben Jahren im Rang einer Ministerialrätin B 2."

„Die muss in Geld schwimmen, Doppelverdiener, keine Kinder und die gleiche Gehaltsgruppe wie unser Vize." Der Beamte des gehobenen Dienstes, der seit Jahren vergeblich um eine Höhergruppierung nach A 11 kämpfte, konnte seinen Unmut nicht verbergen. Stollmann wäre nicht er selbst, wenn er diese Bemerkung nicht aufgegriffen hätte. „Wir sitzen nicht im Olymp der Macht oder, anders gesagt, am Schweinetrog wie die Kollegen der Staatskanzlei."

Einige schmunzelten, andere goutierten den Schweinetrog mit beifälligem Gemurmel. Hirschmann wollte die despektierliche Bemerkung nicht stehen lassen, setzte zu einer Rüge an. Verena kam ihm zuvor. „Lass gut sein, Stolli. Das Thema hatten wir schon."

Hirschmann übernahm es, die Gruppe über die Vernehmung des türkischstämmigen Hausmeisters, dessen Bruder sich in Pakistan aufhielt, zu unterrichten. „Ein

Bekennerschreiben gibt es nach wie vor nicht. Aber vorschnell will ich die Spur nicht aufgeben. Ich habe sowohl bei der Bundespolizei als auch im Auswärtigen Amt nachgefragt, ob es nähere Informationen zum Aufenthaltsort dieses Mehmed gibt. Man kann ja nie wissen, vielleicht ist er längst wieder in Deutschland." Dass der Verfassungsschutz sich ausgeklinkt hatte, behielt er für sich. Stollmann flüsterte Verena ins Ohr: „Er ist und bleibt ein Arsch mit Ohren."

Ein Testament war bislang nicht gefunden worden. „Bleibt es dabei, ist Karla Alleinerbin und Irene Heise verfügt bis zur Volljährigkeit ihrer Tochter über ein Vermögen von einer Millionen Euro. Sie hatte also ein Motiv", meinte Verena. „Außerdem ist sie Besitzerin eines neun Jahre alten Polos, nicht schwarz zwar, aber immerhin von dunkler Farbe. Heises Nachbarin hat das Fahrzeug immer nur nach Anbruch der Dunkelheit gesehen, kann sich also hinsichtlich Farbe und Modell geirrt haben."

Einer der älteren Beamten, ein notorischer Frauenhasser, sah sich zu der Bemerkung genötigt, dass die meisten Frauen einen Golf nicht einmal von einem Mercedes unterscheiden können, geschweige denn von einem Polo. Inga Schulz und Petra Schramm protestierten lautstark. Stollmann stellte sich auf ihre Seite.

„Wäre nett, wenn wir zum Mordfall zurückkommen", beendete Verena das Scharmützel.

Stollmann brachte sein Gespräch mit Gabi Eggers zur Sprache, verwies auf seinen schriftlichen Bericht, der auf Verenas Schreibtisch lag.

Assistentin Schramm hatte weitere Informationen für die Runde. „Irene Heise war bei ihren Kolleginnen nicht gut angesehen. Sie behaupten, dass ihre Arbeitsleistungen unter aller Sau waren. Mit Altmann selbst habe ich auch gesprochen. Tat furchtbar beschäftigt. Auch aus seinem Mund kein gutes Wort über Frau Heise. Wenn sie nicht von sich aus gekündigt hätte, was sie gleich am ersten Tag nach dem Mord getan hat, hätte Altmann sie entlassen."

„Sie brauchte demnach Geld, die Entlassung wird schon länger im Raum gestanden haben. So etwas bleibt in einer kleinen Kanzlei doch nicht verborgen", vermutete Hirschmann. Es bestand Einigkeit, dass ihre Tochter befragt werden müsse, notfalls unter Hinzuziehung des Jugendamtes.

Die Auswertung von Notebook und Handy lief noch. Im Adressenverzeichnis von Heises Handy waren nur sieben Nummern gespeichert, fünf davon aus der Staatskanzlei, die anderen beiden gehörten seiner Tochter und seinem Freund Hackmann. Die Nummer seiner vorübergehenden Lebensgefährtin Gabi Eggers musste er gleich nach der Trennung gelöscht haben.

Verena brachte das Gespräch auf die Bankunterlagen zu den Geldeinzahlungen. „Sobald sie vorliegen, müssen Heises Telefonlisten auf Auffälligkeiten überprüft werden. Vielleicht hat er in den Tagen davor immer dieselbe Nummer angerufen", schlug sie vor. Frau Schramm und Kriminalinspektor Kleinsorge würden sich darum kümmern.

„Was ist mit der Aufstellung der Männer und Frauen aus der Region, die eine Sauer Backup besitzen?", brachte

Verena ein weiteres Thema zur Sprache. Kleinsorge, damit beauftragt, wurde unruhig. Sein Gesicht nahm eine rosarote Farbe an. „Es handelt sich überwiegend um Jäger, einige Sportschützen sind dabei, aber keiner, der Kontakte zu Heise gehabt hat. Jedenfalls haben sie das behauptet."

Verena wollte die Liste mit den Namen sehen. Aus den Augenwinkeln registrierte sie, dass einer der Beamten zum wiederholten Mal provokant auf seine Armbanduhr schaute. Es war noch nicht einmal zwei Uhr. „Haben Sie noch etwas vor, Herr Kollege?"

Seine Antwort fiel ebenso kurz wie patzig aus. „Ja, ich habe sechzig Überstunden und wollte heute früher Schluss machen."

Bleib ruhig, ermahnte sich Verena. Dann setzte sie an, lauter als beabsichtigt: „Wir haben einen in mehrfacher Hinsicht brisanten Mordfall aufzuklären. Einigen scheint der Ernst der Lage nicht bewusst zu sein. Der Innenminister erwartet schnelle Resultate, die Öffentlichkeit auch. Soll ich denen sagen: Gedulden Sie sich, meine Leute haben mittags den Griffel fallen lassen und sind nach Hause gegangen?"

Betretene Mienen waren die Folge. Viele der Anwesenden gehörten den unteren Diensträngen an. Die Bezahlung war lausig und Aufstiegschancen weniger wahrscheinlich als ein Sechser im Lotto. Alles in allem keine guten Voraussetzungen für unbezahlte Überstunden. Hirschmann schwieg aus Prinzip. Kollegen zur Seite zu springen, war nicht sein Ding. Stollmann spielte mit seinem Handy. Seine zum Verdruss der vorgesetzten

Dienststelle immer wieder vorgebrachte Kritik am Besoldungssystem im Polizeidienst lag im Widerstreit mit seinen freundschaftlichen Gefühlen für Verena.

Verena ließ sich mehr Zeit als sonst mit der Sitzungsleitung. Als sie auseinandergingen, war es halb drei und Verena fühlte sich beschwingt. Sich Luft zu verschaffen, hatte gutgetan.

In ihrem Büro warteten diverse Berichte darauf, gelesen zu werden. Als Erstes nahm sie sich Stollmanns Vermerk über sein Gespräch mit Gabi Eggers vor. Seine Art zu schreiben, war gewöhnungsbedürftig. Er schrieb, wie er dachte, kreativ und eigenwillig. Sehr eigenwillig. Hauptsätze kamen in seinen Berichten nicht vor, stattdessen wimmelte es von Halbsätzen. Mit Fragezeichen versehene Vermutungen, garniert mit Klammerzusätzen und Abkürzungen, machten jeden Bericht zu einer Denksportaufgabe.

Zwei Dinge waren es, die ihre Aufmerksamkeit besonders erregten. Gabi Eggers behauptete, dass es ein Testament geben müsse. Der Bungalow sei ihr zugedacht gewesen, von einer Änderung sei ihr nichts bekannt. Bemerkenswert auch ihre Erklärung, dass sie Frau Heise über die Trennung informiert habe. Sie selbst habe seine Ex angerufen und ihr gesagt, dass sie ihn zurückhaben könne. Die Frau habe sich schließlich oft genug vor Alexanders Haus herumgetrieben. Manche Frauen hätten einfach keinen Stolz.

Stollmanns Bericht endete mit der Feststellung, dass Frau Eggers Alexander Heise als Narzisst bezeichnet hätte. Abgesehen von seiner Karriere sei ihm alles andere am Arsch vorbeigegangen, genau diese Worte hätte sie gebraucht. Verena musste schmunzeln. Für eine Investmentbankerin hatte die Dame eine drastische Ausdrucksweise. Frau Heise hatte kein Wort darüber verlauten lassen, dass sie über die Trennung informiert gewesen war. Auch dass sie ihrem Exmann vor seinem Haus aufgelauert hatte, hatte sie verschwiegen. Was hatte sie von ihm gewollt? Ihm ein schlechtes Gewissen einreden, mehr Unterhalt?

Nachdenklich legte Verena den Bericht beiseite. Nach Britta König hatte sie auch Irene Heise angelogen. Ihr Verdacht bekam dadurch neue Nahrung. Warum sollten sie lügen, wenn sie nichts vor ihr zu verbergen hatten? Sie würde sich beide Frauen noch einmal vorknöpfen.

Muenchs Obduktionsbericht war das Gegenteil von Stollmanns unstrukturierten Ergüssen: jeder Satz geschliffen formuliert. Inhaltlich hatte er seinem mündlichen Bericht allerdings nichts Bemerkenswertes hinzugefügt.

Eine kurze Notiz aus Ingas Dezernat lag ebenfalls vor. Es ging um DNA-taugliche Spuren, die auf Heises Jackett sichergestellt worden waren und jetzt mit der Datenbank abgeglichen wurden. Vielleicht würde der Täter auf diese Weise überführt und der Mordfall schneller als erwartet aufgeklärt.

25

Dieses Mal öffnete Frau Heise sofort. Was ihr Äußeres betraf, bot die Frau ein Kontrastprogramm. Gestern noch top gepflegt, waren ihre Haare heute ungekämmt und strähnig. Der Rock war ungebügelt und der viel zu weite Pullover schlabberte an ihr herum. Unaufgefordert führte sie Verena ins Wohnzimmer. Jemand hatte aufgeräumt, auch wenn immer noch viel Kleinkram herumlag: Zeitschriften, Prospekte, Bücher und zwei angeknabberte Stück Kuchen.

Verena kam gleich zur Sache und konfrontierte sie mit den Aussagen von Gabi Eggers.

„Ja, ich bin manchmal zu seinem Haus gefahren, es war schließlich fast mein halbes Leben lang auch mein Zuhause", räumte Frau Heise ein. „Wenigstens ein schlechtes Gewissen sollte er haben."

Verena legte nach. Ob Frau Eggers sie angerufen und von der Trennung berichtet habe. Auch das gab ihr Gegenüber zu. Es klang glaubhaft, als sie behauptete, den Anruf vergessen zu haben. „In letzter Zeit habe ich Probleme mit dem Gedächtnis und der Konzentration. Vermutlich handelt es sich um Nebenwirkungen der Tabletten, die ich seit der Scheidung nehme."

Was für Tabletten? Die Antwort kam prompt. „Psychopharmaka gegen meine Depressionen. Ich habe schon versucht, sie abzusetzen. Ich schaffe es nicht. Ohne die Tabletten …" Ihre Stimme verlor sich.

Für Verena wurde vieles klar: die zitternden Hände, der fahrige Blick, die angestrengte, langsame Sprechweise. Auch für die Vergesslichkeit gab es jetzt eine Erklärung.

„Ich muss Sie fragen, wo Sie am Tatabend waren, Frau Heise."

Stirnrunzeln war die Reaktion. Sie gab vor, sich nicht zu erinnern. Und das war vermutlich nicht einmal gelogen.

„Vielleicht kann Ihre Tochter behilflich sein, sie war doch sicher zu Hause?"

Irene Heise zögerte nur kurz, dann willigte sie zu Verenas Überraschung ein. „Karla macht Schulaufgaben in ihrem Zimmer, gleich neben der Küche. Vergessen Sie nicht, anzuklopfen. In dieser Hinsicht ist meine Tochter eigen. Mich entschuldigen Sie bitte." Sie stand auf, stakste vor Verena her ins Badezimmer. Ihr Gang war unsicher, zwischendurch hielt sie sich an Möbelstücken fest.

Vorgestern noch war sie strikt dagegen, dass ich mit ihrer Tochter spreche. Jetzt ist es plötzlich okay, wunderte sich Verena. Karla antwortete nicht auf ihr Klopfen, nahm nicht einmal ihren Kopf von den Büchern hoch. Anders als das Wohnzimmer war ihr Zimmer aufgeräumt, die Bettdecke glatt gezogen und die Bücher waren auf dem Regal der Größe nach sortiert. Auf dem Nachttisch lag ein aufgeschlagenes Buch, daneben ein Teddybär.

Das Mädchen gab sich keine Mühe, seinen Unmut über die ungebetene Besucherin zu verbergen. Sie musterte Verena mit zusammengekniffenen Lippen und strengem Blick. Der schmale Mund, die gerade Nase, das volle dunkle Haar, die fast schwarzen Augen erinnerten an ihren Vater. Sie würde keine Schönheit werden, war aber durchaus apart. Die Reaktion auf Verenas Frage fiel brüsk aus. „Ob meine Mutter Dienstagabend zu Hause war? Warum fragen Sie sie nicht selbst?"

„Sie erinnert sich nicht."

Das Mädchen verdrehte die Augen. „Ich frage mich, ob sie an Demenz leidet. Mit Anfang 50 ziemlich krass, oder?"

Verena schluckte. Dieser Blick, durchdringend und gleichzeitig überheblich. Nach allem, was sie über Heise erfahren hatte, war sie ganz die Tochter ihres Vaters. „Deine Mutter leidet nicht an Demenz. Sie hat lediglich ein Problem, sich zu konzentrieren. Beantworte bitte meine Frage."

Überraschte Augen starrten sie an. Offenbar war sie Widerspruch nicht gewohnt. Erst jetzt fiel Verena auf, wie dünn das Mädchen war.

„Ich bin um halb sieben zu meiner Freundin gegangen. Rosemarie Klaus, hab ihr bei den Hausaufgaben geholfen. Sie ist nicht so gut in der Schule. Danach haben wir im Internet gesurft und Videos geguckt. Als ich gegen zehn Uhr nach Hause gekommen bin, bin ich sofort ins Bett gegangen. Am nächsten Morgen stand eine Mathearbeit an. Keine Ahnung, ob meine Mutter zu Hause war."

„Kein Licht im Wohnzimmer, kein Fernseher oder Radio, das lief?"

Das Mädchen zuckte die Schultern. „Hab nicht drauf geachtet. Vielleicht war sie bereits im Bett. Meine Mutter entzieht sich dem Leben, indem sie schläft." Eine überraschende Feststellung für eine Vierzehnjährige. „Und wenn sie nicht schläft, fährt sie mit ihrem alten Polo ziellos durch die Gegend", fügte sie hinzu. Karlas Augen waren wie Steine, unergründlich und abweisend, ihre Stimme klang verächtlich.

„Hast du deinen Vater oft besucht?"

Karla schüttelte den Kopf. „Ich mochte seine Neue nicht. Ein affektiertes Weibsbild! War immer um ihn herum. Ein Wachhund ist nichts dagegen. Der letzte Besuch liegt mehr als zwei Monate zurück."

Sie legte das Schulheft beiseite, stützte ihren Kopf auf ihre Arme und starrte nachdenklich an die Wand. Verena musste an ihren eigenen Vater denken. Für ihn war sie immer die wichtigste Person gewesen, zumindest hatte er ihr das Gefühl gegeben. Sie verspürte Mitleid mit dem jungen Mädchen.

„Du hast dir doch bestimmt Gedanken gemacht wegen des Mordes. Hast du irgendeine Idee?", setzte sie nach.

Statt einer Antwort gab es nur ein stummes Kopfschütteln. Jetzt sah Verena es: In Karlas Augen glitzerten Tränen. Also war da doch mehr gewesen. Gerne hätte sie etwas Tröstliches gesagt, etwas in der Art wie „Du hast ja noch deine Mutter". Sie scheute davor zurück. Das Verhältnis zwischen Mutter und Tochter schien ein Minenfeld zu sein.

Sie fingerte in ihrer Handtasche nach dem silbernen Etui, eines von vielen Geschenken, mit denen Franz sie beglückt hatte. Damals hatte sie seine Großzügigkeit geschätzt, jetzt gab sie immer wieder Anlass für schmerzhafte Erinnerungen. Das teure Stück wegzuwerfen, ließ ihr Hang zur Sparsamkeit nicht zu. Mit den Worten „Wenn du mit jemandem sprechen willst, egal über was, ruf mich an“ reichte sie dem Mädchen ihre Visitenkarte. „Wenn du mich nicht erreichst, hinterlass eine Nachricht, ich ruf dann zurück“, versprach sie. Karla machte nicht den Eindruck, als ob sie das Angebot annehmen oder auch nur darüber nachdenken würde. Sie machte sich wieder über ihre Schulaufgaben her.

Bevor Verena ins Wohnzimmer zurückging, suchte sie das Badezimmer auf. Sie hätte Irene Heise auch offiziell um eine DNA-Probe bitten können, aber so war es ihr lieber. Die Haarbürste enthielt mehr Haare als nötig. Gut, dass die Natur Mutter und Tochter mit unterschiedlichen Haarfarben ausgestattet hatte.

Im Wohnzimmer stand Irene Heise am Fenster und kehrte ihr den Rücken zu. Als sie sich zu Verena umdrehte, wirkte sie merkwürdig abwesend. „Und was hat Karla gesagt?“, wollte sie wissen.

„Dass sie bei ihrer Freundin war und erst gegen zweiundzwanzig Uhr zurückgekommen ist. Sie ist dann gleich in ihr Zimmer gegangen. Sie kann nicht bestätigen, dass Sie zu Hause waren.“

Ein Achselzucken war die Folge. Die Frau war abwesend, vermutlich hatte sie ihre Tabletten genommen und nahm ihr Umfeld nun durch eine rosarote Brille wahr. Verena versuchte erst gar nicht, das Gespräch fortzusetzen, und verabschiedete sich. Sie war gespannt, was der ungepflegte Nachbar zu sagen hatte. Der hatte ein grantiges Gesicht aufgesetzt. Seine blutunterlaufenen Augen deuteten auf Alkoholgenuss hin. Die Ausdünstungen seines Körpers waren noch schlimmer als beim letzten Mal, obwohl Verena eine Steigerung nicht für möglich gehalten hätte.

„Ob meine Nachbarin vor drei Tagen abends zu Hause war? Nee, war sie nicht. Sie ist weggegangen, so gegen neunzehn Uhr muss das gewesen sein. Sie ist oft abends weggegangen, weiß der Kuckuck wohin. Auf Walze ja wohl nicht, dazu ist sie zu alt. Obwohl, bei manchen Frauen gilt, ‚je oller, desto doller'. Können den Hals nicht voll kriegen, stellen uns Männern nach."

Dir bestimmt nicht, dachte Verena und versuchte die Bilder, die sich ihr aufdrängten, zu unterdrücken. Allein die Vorstellung, von diesem schmierigen Kerl umarmt zu werden oder gar … Einfach ekelhaft.

Wann die Alte von nebenan zurückgekommen sei? Das könne er nicht sagen. Er habe sich um halb zehn schlafen gelegt. „Und wenn ich schlafe, schlafe ich. Dann kann eine Bombe einschlagen, ich würde nichts mitbekommen." Verena reichte ihm ihre Karte und bat ihn, im Präsidium vorbeizukommen. Seine Aussage sollte protokolliert werden. Er sagte ohne zu zögern zu. Vermutlich war es das erste Mal seit Jahren, dass jemand etwas von ihm wollte. Sein erwartungsvoller Gesichtsausdruck sprach Bände. Verena fand das noch deprimierender als den düstergrauen Winterhimmel, der sie draußen empfing.

26

Zurück in ihrem Büro weihte sie Stollmann in die Gerüchte über Heises Verbindungen zu Baumgart ein. Ihr Kollege war sofort Feuer und Flamme.

„Das ist mehr als ein Gerücht. Genauso arbeitet der Oberbanause. Was sind schon ein paar Tausender Bestechungsgeld, wenn du Millionen machen kannst. Trotzdem frage ich mich, wie der Kerl, der als ein Niemand sein Unternehmen begonnen hat, in zwei Jahrzehnten eine halbe Milliarde machen konnte."

Die Antwort lieferte er gleich hinterher. „Kollege Meißner vom Dezernat für organisierte Wirtschaftskriminalität vermutet, dass er im großen Stil Mafiagelder wäscht. Für die Mafia ist die Rendite zweitrangig. Hauptsache, ihr dreckiges Geld ist im legalen Geldkreislauf. Ganz zu schweigen davon, dass vermutlich in jedem größeren Bauamt dieses Landes Leute sitzen, die er besticht. Und nicht wenige Politiker fressen ihm ebenfalls aus der Hand."

„Das weißt du oder vermutest es?"

„Sei nicht so kleinlich, der Kerl hat es faustdick hinter den Ohren."

„Wenn es nur Vermutungen sind, solltest du sie nicht herausposaunen. Das kann mächtig in die Hose gehen. Schon mal was von Verleumdungsklagen gehört? Aber selbst wenn: Weshalb sollte Baumgart Heise abknallen? Das macht doch keinen Sinn."

„Diese Herren ticken anders als unsereins. Die denken in anderen Kategorien. Weißt du, was sich hinter den

Kulissen abgespielt hat? Vielleicht geht es um Subventionsbetrug im großen Stil. Liest man doch ständig, dass EU-Gelder veruntreut werden. Dabei geht es fast immer um Millionen. Da kann selbst ein Kaliber wie Baumgart ins Grübeln kommen. Gut möglich, dass Heise involviert war und sich für sein Wissen hat bezahlen lassen. Nach allem, was man über ihn hört, war er mächtig hinterm Geld her. Die Eggers hat das auch gesagt. Wenn er den Hals nicht voll kriegen konnte, ist es Baumgart womöglich zu bunt geworden und er hat jemanden auf ihn angesetzt."

„Stolli, du bewegst dich im Reich der Fabeln."

Ihr Kollege wurde plötzlich hektisch. „Oh Scheiße, schon vier Uhr. Ich habe 'ne Verabredung." Eiligen Schrittes verließ er ihr Büro.

Mit seinem Job hatte die Verabredung bestimmt nicht zu tun, eher mit einer Frau. Der traut sich was, dachte Verena. In seinem Zustand und mit den Klamotten zu einem Date zu gehen. Aber egal, sie war es nicht, die er mit seiner körperlichen Nähe beehren wollte. Wenigstens hatte er ein Date. Ganz im Unterschied zu ihr. Auf sie wartete wieder einmal nur Arbeit. Sie wollte, es wäre anders. Ihre Gedanken schweiften ab.

Als ihr Telefon klingelte, hoffte sie auf einen Anruf von dem Mann, an den sie in diesem Moment denken musste. Nicht Jürgen Ritter meldete sich, sondern Hirschmann. Er behelligte sie mit einem endlos langen Bericht über ein belangloses Telefonat mit dem Polizeidirektor des Innenministeriums. Nach zehn Minuten verlor sie die Geduld. Unter dem Vorwand dringender Termine in der Staatskanzlei beendete sie seinen Monolog.

Der Pförtner der Staatskanzlei begrüßte sie wie eine alte Bekannte. Nein, heute wollte sie zunächst nicht in den Roten Salon, der gelb war. Heute wollte sie zuerst zu Ministerialrätin König. Ob die noch im Büro sei? Selbstverständlich, vor sieben Uhr abends verlasse sie das Haus nicht. Die umständliche Wegbeschreibung trug zur Verwirrung bei. Unterwegs lief ihr Gesine Terberg über den Weg. Sie war in Gedanken versunken und zuckte erschreckt zusammen, als Verena sie ansprach. Es dauerte eine Weile, bis sie sich gefasst hatte und Verena den Weg zum Büro von Frau König erklärte. Verena sah sich bestätigt. Die Frau war neben der Spur. So ähnlich hatte ihre inzwischen verstorbene Patentante sich benommen, bevor sie in eine Psychiatrische Klinik eingewiesen werden musste.

Auf ihr mehrmaliges Klopfen wurde nicht reagiert. Vielleicht war die Ministerialrätin doch schon nach Hause gegangen. Als Verena die Tür öffnete, wurde sie eines Besseren belehrt. Die Referatsleiterin thronte hinter einem mit Aktenbergen und Schriftstücken beladenen Schreibtisch. Auch auf dem Beistelltisch und den beiden Besucherstühlen lagen Akten, selbst auf dem Fußboden. Entweder hatte die Beamtin sehr viel zu tun oder ihr Arbeitsstil war chaotisch. Bei Verenas Anblick verzog sie missmutig ihren dunkelrot geschminkten Mund. Ermittlungen in einem Mordfall sorgten nie für gute Laune. Im Fall Heise schien die Unlust der Beteiligten, zur Aufklärung beizutragen, noch ausgeprägter als sonst zu sein.

Auf Verenas Gruß reagierte die Beamtin nicht. Alles in ihr strahlte Abwehr aus. Bevor sie den Grund ihres

Kommens erklären konnte, wurde Verena rüde abgefertigt. „Das ist ein denkbar schlechter Zeitpunkt für ein Gespräch. Ich stecke bis über beide Ohren in Arbeit. Die Kabinettsvorlagen müssen in einer Stunde fertig sein."

Sie bot der Polizeibeamtin keinen Platz an. Die ignorierte das unhöfliche Benehmen und räumte einen der beiden Stühle frei, um sich hinzusetzen. „Es dauert nicht lange. Hätten Sie von Anfang an die Wahrheit gesagt, wäre mein Besuch nicht nötig gewesen. Ihre Angaben zum Tatabend sind falsch, Frau König. Ihre Nachbarin hat sie weggehen sehen, gegen Viertel nach acht."

Die Beamtin stöhnte. „Oh Gott, die alte Schachtel nun wieder. Sie hat nichts Besseres zu tun, als anderen Menschen nachzuspionieren. Bei der Stasi hätte sie einen hervorragenden Job gemacht."

„Gut möglich, steht aber nicht zur Debatte. Ich muss einen Mordfall aufklären. Einen Mord, mit dessen Opfer Sie im ständigen Streit lagen. Sie haben mich angelogen, Frau König. Sie haben ausgesagt, dass Sie am Tatabend zu Hause waren. Das war falsch, wo waren Sie tatsächlich?"

Die Angesprochene klopfte ungeduldig mit ihrem Kugelschreiber auf die Schreibtischplatte. „Muss das jetzt sein? Der Staatssekretär bekommt die Krise, wenn die Kabinettsvorlagen nicht rechtzeitig fertig sind. Können wir das nicht später klären, morgen zum Beispiel?"

„Sagen Sie einfach, wo Sie waren, und ich verschwinde. Das dauert nicht länger als eine Minute."

Britta König, auch heute wieder in einen sündhaft teuer wirkenden Hosenanzug gekleidet, warf ihr einen bitterbösen Blick zu. „Mein Gott, sind Sie hartnäckig! Ich war bei einem Freund. Und falls Sie den Namen wissen wollen, den sage ich nicht. Mein Freund ist verheiratet."

Ausgerechnet die unterkühlt wirkende Karrierefrau und eine Affäre? Wer hätte das gedacht. „Ich kann Sie beruhigen, Frau König. Ich ermittle in einem Mordfall, Ihre Liebesbeziehungen interessieren mich nicht."

Auf dem Gesicht der Ministerialbeamtin erschien ein verkrampftes Lächeln. Das typische Politikerlächeln, aufgesetzt und unecht. „Ich muss trotzdem erst mit meinem Bekannten sprechen. Geben Sie mir bis heute Abend, dann melde ich mich bei Ihnen. Wenn Sie mich jetzt bitte allein lassen."

Verena lag eine scharfe Bemerkung auf der Zunge. Es gefiel ihr ganz und gar nicht, so schnoddrig und von oben herab abgefertigt zu werden. Sie entschied sich, die Klügere zu spielen. Es wäre nicht das erste Mal, dass Nachgeben sich im Laufe der Ermittlungen auszahlte. Im Hinausgehen drehte sie sich um. „Sagen wir bis zur Tagesschau. Falls ich bis dahin nichts von Ihnen höre …"

„Sie können sich jedes weitere Wort sparen", wurde sie unterbrochen. „Ich halte Verabredungen ein. Und jetzt, auf Wiedersehen."

Kein Wunder, dass sie unbeliebt ist, ärgerte sich Verena, während sie in den Roten Salon ging. Dort wartete eine Überraschung auf sie. Ein dienstbarer Geist hatte eine Thermoskanne mit Kaffee und eine Schale mit Keksen für sie bereitgestellt. Daneben lag die Visitenkarte von Jochen Niemann mit einem handschriftlichen Gruß.

Verena sah sich in ihrem ersten Eindruck über Niemann bestätigt. Sie schenkte sich Kaffee ein und vertilgte zwei Kekse, bevor sie zum Telefonhörer griff. Inzwischen war es fast fünf Uhr und die meisten Beamten schienen gegangen zu sein. Nur einer der Beamten, der auf ihrer Liste stand, ein junger Regierungsrat, war noch am Arbeitsplatz. Das Gespräch mit ihm brachte sie jedoch keinen Schritt weiter. Der Maulkorberlass des Staatssekretärs zeigte Wirkung. Nur mühsam unterdrückte Verena ihre Wut. Die Beamten traf keine Schuld, sie taten, was von ihnen verlangt wurde.

So konnte das nicht weitergehen. Sie rief im Vorzimmer des Staatssekretärs an, bestand auf einem kurzfristigen Termin. Die Sekretärin bedauerte. Der Herr Staatssekretär sei zu einem Diensttermin in Bad Pyrmont, es gehe um ein Klinikprojekt. Notgedrungen vereinbarte Verena ein Gespräch für den nächsten Tag.

27

Sie wäre gerne nach Hause gefahren. Sie war müde und fröstelte. Sie sehnte sich nach ihrer Badewanne. Der Job ging vor, mal wieder. Rechtsanwalt Hackmann hatte sich für sieben Uhr im LKA angesagt. Sein voller Terminkalender lasse kein früheres Treffen zu, hatte seine gestresste Sekretärin am Telefon behauptet.

Zu ihrer Überraschung wartete Stollmann in ihrem Büro auf sie. Er hatte sich über die Müsliriegel in ihrer Schreibtischschublade hergemacht, ihre Notration für ausgefallene Mittagessen. Er mümmelte gut gelaunt vor sich hin. Das Date musste in seinem Sinne gelaufen sein und hatte ersichtlich sein Bedürfnis nach Nahrung geweckt.

Es gab Neuigkeiten, gute Neuigkeiten. Ein Mitbewohner des Hochhauses, in dem Irene Heise mit ihrer Tochter wohnte, hatte sich vor einer halben Stunde telefonisch gemeldet. Irene Heise war am Tatabend um Viertel nach sieben mit ihrem Wagen weggefahren. Daran konnte der Mann sich genau erinnern, weil er immer um diese Zeit von der Arbeit nach Hause kam. Jetzt fragte er nach der Belohnung von fünftausend Euro, die der Ministerpräsident ausgesetzt hatte. Stollmann hatte ihn vertröstet. Endlich eine heiße Spur.

„Ein Durchsuchungsbeschluss für die Wohnung von Frau Heise ist überfällig“, stellte Stollmann, noch immer kauend, fest. „Sie hat kein Alibi, dafür aber ein Motiv. Wenn eine Millionen Euro kein Motiv sind, was dann?

Und sie hat gelogen. Das wird sie nicht ohne Grund getan haben. Sogar unser Reichsbedenkenträger vom Dienst, der Herr von und zu Staatsanwalt, wird bei dieser Sachlage mitmachen", fügte er grinsend hinzu.

Verena hielt es für klüger, erst den Abgleich der DNA-Spuren abzuwarten. „Außerdem, was ist mit den Bargeldeinzahlungen auf Heises Konto? Wir haben den Grund noch nicht aufgeklärt. Stell dir vor, es kommt im Gerichtsverfahren heraus, dass Heise ein Erpresser war. Schlampigkeit bei den Ermittlungen ist noch der geringste Vorwurf, den die Strafverteidiger uns um die Ohren hauen werden. Habe ich null Bock drauf. Du selbst warst heiß darauf, die Sache aufzuklären. Allein schon wegen Baumgart."

Der letzte Müsliriegel musste dran glauben. Ihr Kollege stimmte ihr zu.

„Da will ich nicht widersprechen. Schlagen wir zwei Fliegen mit einer Klappe. Knöpfen wir uns Baumgart vor und besorgen uns gleichzeitig einen …" Er kam nicht mehr dazu, den Satz zu beenden, weil in diesem Moment eine aufgelöste Frau Schramm in Verenas Büro stürmte. Erst jetzt fiel Verena das schicke Kleid auf. Sie fragte sich schon länger, woher die A-9-Beamtin das Geld für ihre ständig wechselnde exklusive Garderobe nahm. Ließ sie sich aushalten? Hirschmann kam nicht infrage, der war gnadenlos geizig.

„Wir sind mit der Auswertung der Telefonlisten fertig, es war keine Nummer darunter, die Heise vor den Bargeldeinzahlungen regelmäßig angerufen hat."

„Also keine Erpressung“, knurrte Stollmann. „Alles läuft auf seine Ex hinaus. Sag ich doch.“

„Nicht so schnell. Es gibt eine überaus interessante Telefonnummer, die er nicht jedes Mal, aber wiederholt angewählt hat.“ Sie schaute ihre Vorgesetzte erwartungsvoll an. Geduld gehörte nicht zu Stollmanns Stärken. „Mein Gott, Kollegin. Wir sind hier nicht bei Günther Jauch. Spuck es aus!“

„Hans Baumgart heißt der Mann, ihm gehört eine Immobilienfirma.“

Stollmann gab einen zischenden Laut von sich. „Schon wieder dieser Oberbanause! Wie ich bereits sagte, wir sollten uns den Kerl vorknöpfen. Ich übernehme das, bin gerade super drauf.“

Verena war weniger euphorisch. „Baumgart ist nicht irgendwer. Er hat Kontakte in höchste politische Kreise. Und sämtliche Ermittlungen gegen ihn haben sich letztlich immer wieder in Wohlgefallen aufgelöst.“

„Wundert dich das? Baumgart ist erfolgreich, sehr erfolgreich. Erfolg wirkt anziehend, vor allem auf Politiker. Im Schatten kapitalstarker Erfolgsmenschen segelt es sich gut. Ob es sich um Banausen handelt, spielt keine Rolle.“

Frau Schramm, sonst selten einer Meinung mit Stollmann, sprang ihm bei. „Außerdem gibt er gerne den Wohltäter. Erst kürzlich hat er bei der Spendengala der Landeshauptstadt für traumatisierte Kinder in Kriegsgebieten 100 000 Euro springen lassen.“

Ihre Mitarbeiterin hatte noch mehr Neuigkeiten auf Lager und nahm den Faden wieder auf. „Aber Kleinsorge und mir ist noch etwas anderes aufgefallen. Vor den Bargeldeinzahlungen hat Heise regelmäßig über sein Privathandy Unternehmen angerufen. Dreimal diesen Baumgart, sonst immer andere Firmen, alle mit Sitz in Niedersachsen."

Stollmann gab erneut ein pfeifendes Geräusch von sich. „Das stinkt meilenweit gegen Himmel. Der piekfeine Elitebeamte hat sich nicht nur seine Geburtstagsfeier von Baumgart bezahlen lassen, er hat auch von anderen Unternehmen Kohle bekommen. Jetzt müssen wir nur noch herausfinden, wofür."

„Nur noch, ist gut." Dann versuchte Verena sich an einer Erklärung. „Lukrative Bauaufträge hat seine Abteilung nicht zu vergeben. Es muss um andere Vorteile gehen. Subventionsbetrug ist auch unwahrscheinlich. Soweit ich weiß, werden die EU-Gelder über eine Förderbank abgewickelt, nicht über die Staatskanzlei. Mal sehen, was der Herr Staatssekretär dazu zu sagen hat. Mit dem muss ich ohnehin ein Hühnchen rupfen. Sein Maulkorberlass behindert unsere Ermittlungen."

Stollmann kratzte sich am Kopf. Eine Haarwäsche täte ihm gut, ein neuer Schnitt auch, dachte Verena. Seit seiner Scheidung vernachlässigte ihr Kollege sein Äußeres auf geradezu sträfliche Art und Weise.

„Falls Korruption im Spiel ist, wirst du von Haders nichts erfahren. Wenn an die Öffentlichkeit dringt, dass Heise bestechlich war, gibt es einen Riesenskandal. Die Regierung wird alles tun, um das zu vertuschen. Ihre Umfragewerte sind ohnehin im Keller."

Verena widersprach. „Mich interessieren Umfragewerte nicht. Ich will einen Mord aufklären. Daran wird Staatssekretär Haders mich nicht hindern. Also lass mich mal, ich werde mir ganz bestimmt keinen Bären aufbinden lassen", stellte sie klar. Sie schaute auf die Uhr. „Ich erwarte Wilm Hackmann. Er war Heises einziger Freund. Er müsste jeden Augenblick eintreffen."

Ihr Kollege verabschiedete sich in den Feierabend. Das Abendessen konnte für ihn ausfallen. Fünf Müsliriegel hatte er vertilgt. Wenigstens einen hätte er für sie übrig lassen können. Frau Schramm bot Verena an, ihren Besucher mit ihrem nagelneuen Kaffeeautomaten zu beglücken. Nach einem langen Arbeitstag sei der Anwalt bestimmt dankbar, einen starken Kaffee vorgesetzt zu bekommen.

„Kekse dazu, wären nicht schlecht", gab Verena ihr mit auf den Weg.

28

„Nehmen Sie bitte Platz, Herr Hackmann. Schön, dass Sie vorbeikommen konnten."

Der schwergewichtige Anwalt für Steuerstrafsachen war außer Atem, sein Gesicht verdächtig rot. Die vier Treppen hatten ihm zu schaffen gemacht. Der Fahrstuhl war wieder einmal kaputt, was selbst sportliche Menschen vor eine Herausforderung stellte. Dem Aussehen nach fiel Hackmann allerdings unter die Kategorie Sportmuffel. Der zierliche Bürostuhl drohte unter seinem Gewicht zusammenzubrechen. Verena ließ ihm Zeit, zu verschnaufen. Kaffee wollte er nicht, auch das angebotene Mineralwasser lehnte er ab.

„Ich wäre schon einige Tage früher gekommen, es ging aber nicht. Ich war geschäftlich unterwegs. Ich habe übers Autoradio von Alexanders Tod erfahren. Kurz vor dem Frankfurter Kreuz, fast wäre ich ins Schleudern geraten."

Er schnappte erneut nach Luft. „Wenn ich nicht diesen Termin im Finanzministerium in Wiesbaden gehabt hätte, wäre ich auf der Stelle umgekehrt. Aber ich habe Verpflichtungen gegenüber meinen Klienten. Es ging um eine CD mit Steuerdaten einer Züricher Bank. Einer meiner Mandanten, der auch in Hessen ein Unternehmen hat, war betroffen. Ich hatte ihm versprochen, persönlich mit dem Ministerium zu verhandeln. Schadensbegrenzung, wenn Sie verstehen."

Verena verstand sehr gut. Hackmann hatte dem Ministerium im Auftrag seines geständigen Mandanten Geld angeboten. Nicht nur die Nachzahlung der hinterzogenen Steuern, auch einen Betrag obendrauf. Als Gegenleistung würde die Sache klammheimlich eingestellt und der Steuersünder ging ohne Strafverfahren und Imageschaden aus der Angelegenheit hervor.

„Mein Mandant hat einen untadeligen Ruf, müssen Sie wissen, er ist sehr großzügig, wenn es um das Sponsoring von Sportvereinen geht, und auch sonst. Beim Ost-West-Dialog der Staatskanzlei hat er sich besonders spendabel gezeigt, war Hauptsponsor."

So genau wollte Verena das gar nicht wissen. Sie konnte den Deals hinter den Kulissen, die nur Menschen mit viel Geld zugutekamen, nichts abgewinnen. Ihr Gerechtigkeitsempfinden kam damit nicht klar.

„Lassen Sie uns über den Mordfall und Alexander Heise sprechen. Nach allem, was man hört, war ihr Freund kein einfacher Zeitgenosse und bei seinen Kollegen und Mitarbeitern gelinde gesagt ziemlich unbeliebt. Auch in der Nachbarschaft hatte er augenscheinlich mehr Feinde als Freunde. Wie es scheint, waren Sie sein einziger Freund. Haben Sie irgendeine Idee, wer ihn erschossen haben könnte?"

Hackmann hatte keine und schob eine Erklärung nach. „Nach der Scheidung von seiner Frau, eine patente Person übrigens, haben wir uns nur noch sporadisch getroffen. Meine Frau war nicht gut auf ihn zu sprechen. Sie war der Meinung, dass Alexander sich bei der Scheidung schäbig verhalten hat."

Er strich sich über die Stirn. Sein Blick wurde plötzlich düster. „Nach dem Tod meiner Frau haben Alexander und ich wieder häufiger miteinander telefoniert. Gesehen haben wir uns nicht sehr oft. Wir sind, äh … waren beide beruflich sehr eingespannt, für private Treffen blieb nicht viel Zeit. Trotzdem vermisse ich ihn. Eine jahrzehntelange Freundschaft ist heutzutage alles andere als selbstverständlich. In den schlimmen Monaten nach dem Unfall meiner Frau war Alexander für mich da. Man merkte es ihm nicht an, aber er hatte eine sensible Seite."

Die er allerdings wie einen wertvollen Schatz gehütet hat, ging es Verena durch den Kopf. Hackmann hatte sie offenbar als Einziger kennengelernt. Verena überlegte, ob sie dem Anwalt noch ihr Beileid zum Tod seiner Frau aussprechen sollte. Der tödliche Unfall an der Autobahn-Anschlussstelle Anderten war durch die Presse gegangen. Sie entschied sich dagegen. Was brachte es, alte Wunden aufzuwühlen?

Der Anwalt kam ungefragt auf das Testament seines ermordeten Freundes zu sprechen. Er hatte es zeitweise in seiner Kanzlei aufbewahrt. Wenige Tage vor seinem Tod war Alexander vorbeigekommen und hatte es an sich genommen. Er wollte es ändern. Seine Tochter sollte Alleinerbin werden. Ob es noch dazu gekommen war, wusste er nicht. Das sei aber letztlich egal. Wenn kein Testament gefunden würde, wäre Karla ohnehin die einzige Erbin. Er brachte die notwendigen Formalitäten zur Sprache: Erbschein beantragen, Bankgespräche führen,

Erbschaftsteuererklärung abgeben, Lebensversicherung einfordern und so weiter.

„Und falls er es nicht geändert hat und es gefunden wird, bekommt Gabi Eggers den Bungalow?"

Der Anwalt nickte. Verena notierte in Gedanken, dass die Exgeliebte in diesem Fall ein Motiv hätte. Ihr Besucher bat nun doch um ein Glas Wasser. Während sie es ihm einschenkte, fuhr er mit seinem Bericht fort.

„Ich habe Irene gestern besucht. Ehrlich gesagt war ich entsetzt über die Behausung, in der Karla und sie leben. Ich versteh nicht, wie Alexander das zulassen konnte."

„Hat Ihr Freund jemals erwähnt, dass er sich bedroht fühlte?", brachte Verena das Gespräch erneut auf den Mordfall. Hackmann überlegte nur kurz. „Nicht, dass ich wüsste. Er hat mir gelegentlich von Streitereien in der Kollegenschaft erzählt, aber von Drohungen, nein, ganz bestimmt nicht."

„Hat er den Namen Britta König erwähnt?", hakte Verena nach.

„Ja, wiederholt. Er konnte die Frau nicht leiden, wollte sie in eine nachgeordnete Landesbehörde abschieben. Kündigen geht im öffentlichen Dienst ja nicht."

Verena ging auf die Feststellung des Anwalts nicht weiter ein. „Können Sie sich vorstellen, dass Frau König mit dem Mord etwas zu tun hat?" Ein nachdenklicher Ausdruck machte sich auf dem Gesicht ihres Gegenübers breit. „Vorstellen kann ich mir vieles. Aber ich kenne die Dame nur vom Hörensagen. Bei unserem letzten Treffen, das muss zwei oder drei Wochen her sein, war er wie immer, ging voll in der Planung seiner nächsten Karriereschritte auf. Er sollte Leiter der Staatskanzlei werden. Das war es, was ihn umgetrieben hat. Von Bedrohungen war keine Rede."

Interessant, dachte Verena. Meyer hatte zwar Gerüchte erwähnt, aber dass Haders offenbar kurz vor seiner Entlassung gestanden hatte, hörte sie in dieser Deutlichkeit zum ersten Mal. Sie wandte sich erneut ihrem Gegenüber zu. „Und seine engste Mitarbeiterin, Gesine Terberg, hat Ihr Freund die erwähnt?"

Auf dem Gesicht des Anwalts erschien ein nachdenklicher Ausdruck. „Ach die. Die Frau ist nicht ganz richtig im Kopf. Vorher war sie in der Pressestelle. Der Regierungssprecher wollte sie loswerden. Von Stalking war die Rede. So hat Alexander es mir jedenfalls erzählt. Sie wurde ihm aufs Auge gedrückt. Die Frau hat sich ungemein wichtig genommen, aber alles für ihn getan. Sie ist wie ein Hund, hat Alexander gemeint. Er hat sich über sie lustig gemacht. Weshalb fragen Sie?"

„Das dürfte doch wohl klar sein. Ich suche nach Motiven und möglichen Tätern in Heises Umfeld."

„Alexander hat sie nicht für voll genommen. Mehr kann ich dazu nicht sagen."

Verena war noch nicht fertig. „Sie kennen seine Exfrau. Halten Sie es für möglich, dass sie mit dem Mord zu tun hat?"

Hackmann reagierte empört. „Wie kommen Sie denn darauf? Irene mag wütend auf ihn gewesen sein, aber umgebracht hätte sie ihn niemals. Eher hätte sie sich selbst etwas angetan."

Es sprach einiges dafür, dass der Anwalt recht hatte. Depressive Menschen richten ihre Wut gegen sich selbst. Jedes Jahr brachten sich mehr als zehntausend Depressive in Deutschland um. Depressive Mörder hingegen waren eine Ausnahme. Und doch gab es sie. Die Exfrau und die Ministerialrätin waren für sie nach wie vor die Hauptverdächtigen.

Als Verena den Namen Baumgart ins Spiel brachte, reagierte der Anwalt abweisend. Sein Freund habe ihm gegenüber den Unternehmer niemals erwähnt. Von Kontakten wisse er nichts. Dann hatte er es auf einmal eilig und verwies auf einen wichtigen Termin. Zurück blieb eine frustrierte Kriminalbeamtin, die sich über die Maileingänge der letzten Stunden hermachte. Um kurz nach acht erlöste ihre Freundin Dagmar sie von der Schreibtischarbeit. Sie hatte ein neues Glühweinrezept ausprobiert. Verena sollte als Versuchskaninchen herhalten.

29

Mitten in der Nacht wachte sie auf. Ihr Herz schlug schnell und unregelmäßig. Sie spürte, dass sie nicht allein war. Auch wenn sie sie nicht sehen konnte, sie waren da.

In Gedanken ging sie den Plan durch. Dass Heise der Erste sein würde, hatte von Anfang an festgestanden. Der Mann war ein Sadist, sie hatte ihn gehasst. Niemann war das Gegenteil, er konnte keiner Fliege etwas zuleide tun. Aber er war ein Feigling, hatte sich Heises Willen gebeugt, obwohl es in seiner Hand gelegen hatte, anders zu entscheiden. Und Wagner? Ihr wollte nichts einfallen, was gegen ihn sprach. Außer vielleicht, dass er weggesehen hatte. Sterben musste er trotzdem. Sie wollten es so.

Sie hatte damit gerechnet, dass sie ihr sagen würden, wer der Nächste sein sollte. Bislang hatten sie dazu geschwiegen. Letztlich war es auch egal. Was machten einige Tage mehr oder weniger in einem ganzen Leben schon aus?

Sie stand auf und ging zum Fenster, zog die Gardinen auf. Das grelle Licht der Straßenlaterne ließ die Straße vor ihr weiß aussehen. Dann erkannte sie, dass es nicht nur das Licht war. Es hatte geschneit. Kein Schneeregen wie in den Tagen zuvor, sondern richtiger Schnee, der liegen blieb.

Der Schnee löste Erinnerungen an ihre Kindheit aus. Vor ihren Augen erschien das Bild ihres Vaters. Er zog sie mit dem Schlitten durch eine hügelige weiße Winterlandschaft. Später hatten sie zusammen im Vorgarten einen Schneemann mit Augen aus Kartoffeln und einer Mohrrübennase gebaut. Sie hatte ihren Vater mehr geliebt als ihre

Mutter. Eigentlich hatte sie ihre Mutter überhaupt nicht geliebt. Sie war keine gute Mutter und eine lausige Ehefrau. Kein Wunder, dass ihr Vater abgehauen war. Wenn er sie damals nicht verlassen hätte, vielleicht wäre alles anders gekommen und sie nicht krank geworden. Aber sicher wusste man das nicht. Die Krankheit war erblich, ihre Großmutter hatte sie auch gehabt.

Weshalb sie den Schnee gerade heute geschickt hatten, war ihr ein Rätsel. Sie taten häufig Dinge, die sie nicht verstand. Die Ungewissheit empfand sie als Bedrohung. Dabei gab es auch ohne die Stimmen genug Bedrohliches in ihrem Leben. Ihr Vorgesetzter und die Kollegen zum Beispiel und die Nachbarn. Ihre Mutter, die sie mit Anrufen tyrannisierte. Erst gestern Abend wieder. Weshalb begriff sie nicht, dass sie in Ruhe gelassen werden wollte?

Sie ging zurück zu ihrem Bett, knipste die Nachttischlampe an und holte die schmale Kassette unter ihrem Bett hervor. Sanft fuhr sie mit den Fingern über den Schaft der Sauer Backup. Jetzt spürte sie es ganz deutlich. Sie beobachteten sie. Die großen schwarzen Augen, die sie fixierten, der Atem in ihrem Nacken. Es waren mehrere, einer redete, die Stimme wurde lauter und fordernder. Sie hielt sich die Ohren zu, die Stimme verschwand nicht. Für einen kurzen Moment schloss sie die Augen. Ein Name fiel – die Botschaft, auf die sie so lange gewartet hatte.

30

Nach einer wenig ergiebigen Sitzung der Soko am Vormittag fuhr Verena erneut in die Staatskanzlei. Staatssekretär Haders wirkte gestresst. Der bei ihrem ersten Besuch leere Schreibtisch war heute mit Umlaufmappen und Akten voll bepackt und in seinem Vorzimmer klingelte unaufhörlich das Telefon.

Entsprechend knapp, fast unfreundlich fiel seine Begrüßung aus. „Es passt ganz schlecht", sagte er. „Anfang nächster Woche ist Landtagsplenum. Die Opposition spielt verrückt und hat Unmengen von Entschließungen und mündlichen Anfragen eingebracht. Jede für sich überflüssig, in der Gesamtheit eine Beleidigung für den gesunden Menschenverstand. Und wir von der Regierung dürfen den Unfug ausbaden. Demokratie ist manchmal sehr anstrengend. Ich hoffe, es geht schnell bei Ihnen, Frau Hauser."

Er bot ihr keinen Kaffee an wie beim letzten Mal, nicht einmal einen Stuhl. Höflichkeit gehörte erkennbar nicht zu den hervorstechenden Eigenschaften der Führungskräfte der Staatskanzlei. Verena reichte ihm die Aufstellung mit den Namen der Unternehmen, mit denen Heise vor den Geldeinzahlungen telefoniert hatte. „Ich würde gerne wissen, was es mit den Unternehmen auf sich hat. Standen oder stehen sie in Verbindung zur Staatskanzlei?"

Haders nahm stirnrunzelnd die Liste an sich, prüfte sie kurz und gab sie der Polizeibeamtin zurück. „Durchaus möglich. Könnte sein, dass Vertreter dieser Firmen an Auslandsreisen des Ministerpräsidenten teilgenommen haben, vielleicht auch aus anderem Grund vorstellig geworden sind. Es gehört zu den Aufgaben des Regierungschefs, sich um die Wirtschaft im Land zu kümmern."

„Was ist mit Herrn Baumgart? Er ist eine schillernde Persönlichkeit und bei meinen Kollegen für die Bekämpfung von Wirtschaftsdelikten kein Unbekannter. In welcher Verbindung stand Herr Heise zu ihm?"

Haders zupfte ausgiebig am Kinn. Er ließ sich viel Zeit mit der Antwort, obwohl er angeblich doch keine hatte. „Das kann ich Ihnen nicht sagen. Vielleicht waren die Verbindungen privater Natur. Hannover ist nicht London oder Paris, nicht einmal Berlin oder Hamburg. In Hannover kennt jeder jeden und man läuft sich schnell über den Weg, auf Empfängen zum Beispiel."

„War Herr Heise für die Vorbereitung der Auslandsreisen des Ministerpräsidenten zuständig?"

Haders warf ihr einen überraschten Blick zu, erneutes Zupfen. „Nicht direkt. Das macht die Protokollabteilung und die untersteht Ministerialdirigent Niemann."

Verena hätte sich gerne hingesetzt, ihr Nacken schmerzte. „Wie erklären Sie es sich, dass Herr Heise mit all diesen Unternehmen von seinem Privathandy aus telefoniert hat?"

Mit einer unwilligen Geste zeigte der Staatssekretär auf die Besucherecke. Aus seiner Stimme klang Ärger. „Das scheint länger zu dauern. Setzen Sie sich." Er selbst blieb stehen. Für Verena eine unangenehme Situation, musste sie doch jetzt zu dem fast zwei Meter langen Mann aufschauen, für ihren Nacken eine Qual.

Haders nahm ihre Frage auf. „Hat er das? Merkwürdig. Keine Ahnung, was er mit denen zu besprechen hatte. Manchmal hat Herr Heise an Auslandsreisen teilgenommen. Vielleicht wollte er noch was klären. Als Berater des Ministerpräsidenten hatte er ein Mitspracherecht, wer mitfahren durfte und wer nicht."

„Und weshalb dann das Privathandy?"

„Woher soll ich das wissen? Vielleicht hat er sie von unterwegs angerufen. Er war oft auf Dienstreise."

Verena fingerte in ihrer Handtasche nach der Pillendose. Der Glühwein von gestern machte sich bemerkbar. Sie hätte gleich nach dem Aufstehen eine Kopfschmerztablette nehmen sollen, jetzt würde sie mit einer nicht auskommen. Sie schenkte sich ungefragt ein Glas Wasser ein. Der bittere Geschmack der Pillen blieb trotzdem. Sie lenkte das Gespräch erneut auf die Auslandsreisen. „Ich muss wissen, ob Vertreter der Unternehmen tatsächlich an Auslandsreisen teilgenommen haben, und wenn ja, wann genau das war."

Mit einem demonstrativen Blick auf seine Armbanduhr signalisierte der Staatssekretär, wie lästig ihm das Ganze war. „Bestimmt nicht mehr heute. Die Kernarbeitszeit geht in einer halben Stunde zu Ende. Weihnachten steht vor der Tür. Viele haben Familie und wollen Einkäufe erledigen. Ich frage mich ohnehin, was das mit dem Mord zu tun hat. Wenn es unbedingt sein muss, lassen Sie mir in Gottes Namen die Liste da. Ich werde das checken lassen. Sonst noch was?"

„Ja, Ihr Maulkorberlass war nicht besonders witzig. Behinderung der Polizeiarbeit. Weiß der Innenminister davon?"

„Was reden Sie da? Maulkorberlass? So etwas gibt es bei uns nicht."

Verena erhob sich. „Nicht? Dann ist es ja gut. Wegen der Liste mit den Unternehmen werde ich mich am Montag melden."

„Melden Sie sich bei meiner Sekretärin, nicht bei mir. Ich habe im Landtag zu tun, erwähnte ich bereits. Wenn Ihnen so viel daran liegt, wird Frau Hollmeyer sich darum kümmern. Obwohl ich beim besten Willen keinen Bezug zum Mord sehe. Ich hoffe nur, dass Sie sich nicht verrennen."

Er riss die Tür auf und brüllte: „Hollmeyer!" Sekunden später stand die freundliche Frau aus dem Vorzimmer vor ihnen. Ihre mollige Figur machte sie mit ihrem ansprechenden Gesicht wett, das Verena anlächelte. Sie versprach, sich um die erbetenen Informationen zu kümmern und im Persönlichen Büro und in der Protokollabteilung nachzuforschen. Haders reichte Verena seine rechte Hand, das unmissverständliche Zeichen, dass sie gehen sollte. Die Polizeibeamtin ignorierte die Geste. Eine Frage lag ihr noch auf dem Herzen.

„Haben Sie davon gehört, Herr Haders, dass Baumgart Heises Geburtsfeier bezahlt haben soll?"

Der Staatssekretär reagierte schockiert „Wie bitte? Wer hat Ihnen denn diesen Unsinn erzählt?"

„Das tut nichts zur Sache. Beantworten Sie einfach meine Frage."

„Das ist die Höhe, Rufmord an einem Mann, der sich nicht mehr wehren kann. Ich werde mit dem Innenminister darüber sprechen müssen, Frau Hauser. Wenn Sie mir hingegen sagen, wer üble Verleumdungen dieser Art verbreitet, würde ich es mir noch mal überlegen und …"

„Ich habe eine Frage gestellt. Das gehört zu meinem Job. Keine Fragen, keine Antworten und kein Täter. Aber es bleibt Ihnen natürlich unbenommen, den Innenminister anzusprechen."

Haders Telefon beendete den Disput. Er ließ seine Wut an seinem Gesprächspartner aus. Für sein Gegenüber kein angenehmes Gespräch, es hagelte Vorwürfe.

Das Vorzimmer war verwaist. Vielleicht war Frau Hollmeyer bereits mit der Liste unterwegs.

Zurück im LKA, war Stollmann bereits gegangen, Bratwurstessen im Glöckle am Steintor, wie Frau Schramm zu berichten wusste. Auch ihre Assistentin war auf dem Sprung. Ihr Freund aus Köln würde in zwanzig Minuten am Bahnhof eintreffen. Ein Kurzbesuch über ein verlängertes Wochenende.

Kleinsorge war mit zwei Kollegen auf dem Weihnachtsmarkt. Immerhin hatte er einen Bericht hinterlassen. Die Befragung der Sportschützen und Jäger, die im Besitz einer Sauer Backup waren, war abgeschlossen. Keiner hatte jemals etwas mit der Staatskanzlei oder Heise zu tun gehabt. Einige hatten Telefonate mit dem Landwirtschaftsministerium erwähnt. Staatsjagden waren in der Jägerschaft begehrt.

Es war ungewöhnlich ruhig. Die meisten Kollegen schienen gegangen zu sein. Jedes Jahr dasselbe: Vor Weihnachten brach die große Einkaufshektik aus und am Heiligabend waren die meisten erholungsreif. Verena las die Berichte auf ihrem Schreibtisch durch: Vermerke über Befragungen in der Nachbarschaft und Anrufe von Bürgern. Es war nichts darunter, was sie weiterbrachte.

Spannender war der noch ausstehende Abgleich der DNA-Spuren. Falls er Übereinstimmungen mit der DNA von Irene Heise ergab, dürfte der Fall so gut wie gelöst sein. In der Spusi ging keiner als Telefon. Scheinbar hatte sich alle Welt in den frühzeitigen Feierabend aufgemacht. Nur sie nicht. Unschlüssig griff sie zum Telefonhörer. In Baumgarts Firma war vielleicht noch jemand zu erreichen, mit dem sie einen Termin für ein Gespräch mit dem Firmeninhaber vereinbaren konnte. Nach mehrmaligem Läuten entschied sie sich, ihren Vorstoß zu verschieben und nach Hause zu fahren.

Auf dem Weg zum Parkplatz nahm sie bewusst den Umweg vorbei am Büro des Direktors. Eigentlich blöd von ihr. Wenn es um einen Mann wie Jürgen Ritter ging, durfte auch eine Kriminalrätin sich blöd verhalten, sagte sie sich dann. Aus seinem Büro drang kein Lichtschimmer nach außen. Sie schluckte ihre Enttäuschung herunter und lenkte sich mit der Abfrage ihres Handys ab. Eine Sprachnachricht von Dagmar. Es gab Neuigkeiten aus dem Golfclub. Die Spielführerin habe ein Verhältnis mit dem neuen Trainer, berichtete ihre Freundin. Der Mann war zwanzig Jahre jünger. Eine Tatsache, die für erhebliche Aufregung unter den Damen sorgte. Während sie dem Geplänkel ihrer Freundin lauschte, fiel ihr Britta König ein. Der versprochene Anruf war ausgeblieben. Sie würde sich die Ministerialrätin vorknöpfen.

Auf dem Parkplatz standen nur noch wenige Autos. Als sie die Fahrertür öffnete, klingelt ihr Handy. Ein Anruf der Spusi. Es gab Neuigkeiten. Sensationelle Neuigkeiten, die dem Fall eine entscheidende Wende gaben. Die DNA-Spuren auf Heises Jackett stammten von seiner Exfrau.

Verena machte auf dem Absatz kehrt. Auf dem Weg in ihr Büro verständigte sie ihre Assistentin übers Handy. Im Hintergrund war Lärm zu hören. Ein Kneipenbesuch mit dem Freund aus Köln? Verena kümmerte es nicht. Sie bat ihre Mitarbeiterin, umgehend ins LKA zu kommen und die Kollegen der Soko zu einer Sondersitzung einzubestellen.

31

Hildesheim

Das kann nicht wahr sein, dachte Wagner. Zehnmal in kurzer Zeit das Wort *sozusagen*. Die Wirtschaftslage in Niedersachsen war *sozusagen* katastrophal, die Schulreform *sozusagen* ein Desaster, die Europapolitik *sozusagen* ein Totalausfall.

Es war *sozusagen* eine Strafe, dem Mann zuzuhören. Eigentlich gehörte die Feindbeobachtung zu den Aufgaben einer jungen Referentin seines Teams, die war jedoch an Grippe erkrankt. So hatte er selbst dran glauben müssen. Normalerweise ging er gerne zu Handwerksveranstaltungen, ganz besonders wenn sie bei der Kammer in Hildesheim stattfanden. Der Koch machte die beste Currywurst weit und breit. Auch die Klientel der Handwerksmeister lag ihm. Sie standen mit beiden Beinen auf der Erde, lebten im Hier und Heute, eine willkommene Abwechslung zum abgehobenen Politikbetrieb der Staatskanzlei. Wenn allerdings der Oppositionsführer als Festredner auftrat, artete der Besuch in eine Strafaktion aus.

„Ist es wirklich nötig, dass ich dorthin gehe?“, hatte er den Ministerpräsidenten gefragt. „Die langweiligen Reden des Herrn Oppositionsführers sind eine Zumutung und auf meinem Schreibtisch stapelt sich die Arbeit.“

Der Chef hatte sich unerbittlich gezeigt. Seit die Umfragewerte der Regierung im freien Fall waren, zeigte er ein auffallend großes Interesse an allem, was der Oppositionsführer in der Öffentlichkeit von sich gab.

Der Mann neben ihm, Inhaber eines florierenden Sanitärbetriebs und Wagner aus Handwerkstreffen mit dem Ministerpräsidenten bekannt, schnarchte leise. In der Reihe hinter ihm spielten Handwerker mit ihren iPhones, andere starrten gelangweilt vor sich hin oder tuschelten leise miteinander. Außer ihm schien keiner zuzuhören, was Wagner niemandem verdenken konnte. Seit einer geschlagenen Stunde redete der Politiker, sprach von Synergie, Konvergenz und Subsidiarität, Worte, mit denen vermutlich keiner der Anwesenden etwas anfangen konnte. Verzweifelt kämpfte Wagner gegen seine Müdigkeit an. So sehr er sich auch bemühte, es gelang ihm nicht, herauszufinden, was der Politiker den Anwesenden eigentlich sagen wollte. Dass die amtierende Regierung summa summarum ein Totalausfall war? Dafür brauchte man doch keine sechzig Minuten. Das hätte man in zwei oder drei Sätzen abhandeln können.

Seitdem Wagner sich in der Politik tummelte, fragte er sich, weshalb so viele Politiker Phantomdebatten zu Phantomthemen führten. Mit keinem Wort ging der Redner auf die Probleme ein, die den anwesenden Handwerkern unter den Nägeln brannten: die Angst vor einem Absturz des Euro ins Bodenlose, die zu befürchtende Inflation, die Sorge, von den Schulden der südeuropäischen Länder aufgefressen zu werden, und vor einer Rezession.

Dann war der Spuk endlich vorbei. Der Beifall war mau, sehr mau. Der Kammerpräsident bedankte sich artig für die interessante Rede und lud zum Buffet ein. Die Ankündigung brachte Bewegung in den lustlosen Haufen. Erleichterte Menschen strömten ins Foyer, wo ein Bratwurststand und eine provisorische Biertheke auf sie warteten. Wagners inzwischen wieder munter gewordener Sitznachbar aus der Sanitärbranche verwickelte ihn in ein Gespräch. Nachdem er abenteuerliche Theorien über den Mord von sich gegeben hatte, lobte er Heise in höchsten Tönen, hob sein Engagement für den Mittelstand und seine Kompetenz hervor. Keine Frage, der Mann meinte es ernst.

Wagner wurde eingeladen, mit zum Currywurststand zu kommen. Er wäre gern geblieben. Ein kühles Pils vom Fass, dazu eine knackige Currywurst, was konnte es Schöneres geben? Nichts, fand Wagner. Zu ärgerlich, dass der Ministerpräsident für 17 Uhr eine Besprechung in seinem Büro angesetzt hatte. Er musste sich auf den Weg machen. Notgedrungen verabschiedete er sich von dem gesprächigen Handwerksmeister, der sich seinerseits in die Schlange vor dem Bratwurststand einreihte.

Der Oppositionsführer grüßte freundlich, sein Referent grinste schadenfroh, als Wagner an ihm vorbei Richtung Ausgang eilte. Er durfte bleiben, Wagner nicht. Der verführerische Bratenduft ließ seinen Magen knurren. Manchmal, so wie jetzt, brachte sein Job mehr Frust als Lust mit sich. Wagner ignorierte seinen Kollegen. „Armleuchter“, brummelte er im Hinausgehen.

Auf dem Parkplatz zupfte plötzlich jemand an seinem Ärmel. Ein riesiger Mann mittleren Alters sprach ihn an.

Wagner war sich sicher, ihn schon mal gesehen zu haben. Wo, wollte ihm nicht einfallen.

Ob es neue Erkenntnisse im Mordfall Heise gäbe, wollte der Mann wissen. Er stellte sich nicht vor, sagte nur, dass er Heise gut gekannt hätte und sein plötzlicher Tod ihm furchtbar leidtäte. „Tüchtige Beamte wie Heise, engagiert und aufgeschlossen für die Belange des Mittelstands, gibt es viel zu wenige in diesem Land", ließ er den Regierungssprecher wissen.

Wagner verwies ihn ans LKA. Als er in sein Auto stieg, stand der Mann noch immer auf dem Parkplatz und schaute hinter ihm her. Erst als der Regierungssprecher außer Sichtweite war, holte er sein Handy hervor und telefonierte. Der Mann am anderen Ende nahm die Information begierig auf. Wagner selbst überlegte während der gesamten Rückfahrt, woher er den Mann kannte. Es fiel ihn nicht ein.

Zurück in seinem Büro entschloss sich der Regierungssprecher, vor seinem Termin beim Ministerpräsidenten das überfällige Telefonat mit seinem Kollegen Niemann zu führen. Er hatte bereits mehrere vergebliche Anläufe unternommen. Dieses Mal meldete sich Niemann.

Er stellte sich dumm. „Wovon reden Sie? Ich weiß von keinem Vorfall. Falls Sie auf das Telefonat neulich anspielen, ich habe davon nichts mitbekommen. Wie Sie wissen, habe ich Heises Büro sofort wieder verlassen. Lassen Sie mich da raus", sagte er.

Dann eben nicht, dachte Wagner und beendete das Gespräch. Nichts sehen, nichts hören, Augen zu und durch, war die Devise vieler seiner Kollegen. Sich aus allem heraushalten, was irgendwie nach Unannehmlichkeiten roch. Sich wegducken, keine Stellung beziehen, wie oft hatte er das erlebt. Blöd von ihm, anzunehmen, dass ausgerechnet Niemann Farbe bekennen würde. Und noch blöder war es, sich in die Arbeit der Polizei einzumischen. Hatte er nicht genug Ärger am Hals? Auf der anderen Seite war die Angst. Er hatte es zunächst nicht wahrhaben wollten, aber sein Bauchgefühl sagte ihm, dass er in Gefahr war. Er war Zeuge des brisanten Telefonats geworden und kurz darauf war der Mord passiert. In Gedanken versunken stand der Pressesprecher auf, ging zum Besuchertisch und steckte sich ein Stück Stollen in den Mund. Es war vom Vortag und steinhart. Ein Mandelhörnchen wäre besser und genau das, was ihm jetzt guttäte. Hätte er doch bloß auf dem Weg ins Büro bei der Konditorei angehalten. Aber da hatte er die Hänseleien seines Chefs wegen seiner korpulenten Figur im Ohr gehabt.

Vielleicht wäre heute der passende Zeitpunkt, den Ministerpräsidenten einzuweihen. Selbst wenn seine Enthüllungen dem Chef ganz und gar nicht gefallen würden. Ein lautes Bellen riss Wagner aus seinen Gedanken. Der neue Handy-Klingelton war albern, er würde ihn wieder ändern. Der Ministerpräsident höchstpersönlich. Wo er denn bliebe, sie warteten auf ihn. Sie? Das klang nicht gut. Also kein Vieraugengespräch und keine Gelegenheit, die heikle Sache zur Sprache zu bringen.

Innenminister Krause und die Persönliche Referentin Sybille Becker hatten auf der ausladenden Besuchercoach im Büro des Regierungschefs Platz genommen. Zwangsläufig mussten sie zum Ministerpräsidenten aufschauen. Der Stuhl des Regierungschefs war um fünf Zentimeter erhöht worden. Wie so oft waren es die Kleinigkeiten, die den Unterschied ausmachten.

Der Chef machte einen aufgeräumten Eindruck. Auch die anderen wirkten entspannt. Gab es endlich einen Durchbruch im Mordfall Heise? Wagners Hoffnung sollte sich bewahrheiten.

„Es gibt gute Nachrichten, Wagner, die Mörderin ist überführt. Es war die Exfrau. Ein Eifersuchtsdrama. Schrecklich, dass es so weit kommen musste." Der erleichterte Gesichtsausdruck entlarvte die Worte des Ministerpräsidenten als Lüge.

„Wir haben es mit einem stinknormalen Beziehungsdelikt zu tun, keine politischen Motive, kein terroristischer Hintergrund."

Dann besann er sich. „Obwohl das Wort ‚normal' im Zusammenhang mit einem Mord zugegeben problematisch ist", fügte er hastig hinzu.

Innenminister Krause sah sich zu einem Kommentar genötigt. „Kriminaldirektor Hirschmann hat mich vor einer halben Stunde angerufen. Es wurden DNA-Spuren von Frau Heise auf dem Jackett der Leiche sichergestellt. Und das Schönste daran ist, dass das Jackett gerade erst vier Wochen alt war. Seine Exgeliebte hat es bestätigt. Ein Alibi hat Frau Heise auch nicht. Ihr Nachbar hat ausgesagt, dass sie am Mordabend nicht zu Hause war. Und ein Motiv hat sie auch."

Er unterdrückte nur mühsam ein Rülpsen. Der Innenminister war kein Kind von Traurigkeit und, wie Wagner vermutete, beim geselligen Umtrunk zur Einleitung des Wochenendes gestört worden. Jetzt roch man es auch. Seine Fahne war stärker als die Pfefferminzdrops, die er lutschte. „Heise hinterlässt seiner minderjährigen Tochter eine Millionen Euro. Geld, das bis zu ihrer Volljährigkeit von der Exfrau verwaltet wird."

Nach seiner Erklärung erhob er sich, um sich zu verabschieden. Ein dringender Termin in der Parteizentrale, es gehe um die Polizeireform. Im Hinausgehen zwinkerte er Sybille zu. Die lächelte zurück. Der Innenminister war ein väterlicher Freund und gewichtiger Fürsprecher der Berufsanfängerin. Er war es, der sie dem Ministerpräsidenten empfohlen hatte.

Obwohl ihm Frau Heise leidtat, überwog auch bei Wagner die Erleichterung. Nicht nur, weil der Spuk ein Ende hatte. Er musste ab sofort keine Angst mehr haben, Mitwisser eines Korruptionsskandals geworden zu sein, an dessen Ende womöglich ein brutaler Mord gestanden hatte. Der Mord hatte damit nichts zu tun. Da Heise nicht mehr unter den Lebenden weilte, konnte er den Korruptionsskandal ad acta legen. Außer Niemann und ihm schien niemand etwas mitbekommen zu haben. Und die beteiligten Unternehmen würden schweigen.

„Die Polizei wird morgen Vormittag zu einer Pressekonferenz einladen, die Journaille will bedient werden. Bis dahin möchte ich von Ihnen eine Presseerklärung", sagte der Ministerpräsident an Wagner gerichtet. Der griff nach Kugelschreiber und Block. Der Chef wäre nicht er selbst, wenn er seinem Regierungssprecher nicht griffige Formulierungen mit auf den Weg gegeben hätte, die er genau so und nicht anders in der Presse lesen wollte. Dann wandte er sich Sybille Becker zu. Der Chef war wieder ganz der Alte und lief zur Hochform auf. Seine Persönliche Referentin hatte Mühe, die vielen Arbeitsaufträge zu Papier zu bringen.

Zum Ende der Besprechung hatte der Ministerpräsident noch eine Überraschung parat. „Jetzt, wo der Mord aufgeklärt ist, möchte ich Heises Nachfolger benennen. Mein Entschluss steht fest. Ich werde das Kabinett auf der Sitzung am kommenden Dienstag unterrichten."

Wagner rechnete mit einem Namen aus der Regierungspartei, einem Vertrauten von Albi, dem langjährigen Parteivorsitzenden. Es kam anders.

„Ich habe mich für Ministerialrätin Britta König entschieden", teilte der Ministerpräsident zur Überraschung seiner Mitarbeiter mit. „Sie leistet gute Arbeit, kennt die Themen und die Staatskanzlei und last, not least tue ich was für die Frauenquote", begründete er seine Entscheidung. „Die Quoten-Peters und ihre streitbaren Geschlechtsgenossinnen werden begeistert sein."

Bislang hatte der Chef auf die Meinung der Vorsitzenden der Frauenorganisation der Bürgerpartei nichts gegeben. Seine Äußerungen über die Quoten-Peters waren sarkastisch, gelegentlich verletzend. Worte wie überkandidelt und schrill gehörten noch zu den freundlichen Umschreibungen. Dass er den überzeugten Frauenpolitiker gab und zudem Heises ärgste Widersacherin seinen

Posten übernehmen sollte, entbehrte nicht einer gewissen Pikanterie.

In der Staatskanzlei würde die Entscheidung für Entsetzen sorgen. Bei ihr kam erschwerend hinzu, dass sie eine Frau war. Für viele ältere Beamte ein kaum zu ertragendes Ärgernis. Aber das mochte sein Chef: Entscheidungen treffen, mit denen er sein Umfeld schockierte.

Im Hinausgehen lud Wagner Sybille zu Kaffee und Kuchen in die Kakaostube ein. Er rechnete damit, dass sie absagen würde. Ihr heiß geliebter Jakob würde bestimmt sehnsüchtig auf sie warten. Es kam anders. Die derzeitige Favoritin seines Herzens sagte zu. Wegen der Presseerklärung machte er sich keine Gedanken, die würde er zwischen Tür und Angel erledigen, reine Routine für ihn.

32

Hannover und Osnabrück

Die Übereinstimmung der DNA-Spuren, die am späten Freitagnachmittag von der Spusi bekannt gegeben worden war, sorgte für Erleichterung im Soko-Team. In erstaunlich kurzer Zeit tauchten alle wieder auf, die bereits ins Wochenende aufgebrochen waren: Hirschmann, Stolli, Kleinsorge, auch die meisten anderen Mitarbeiter der Soko. Ein spektakulärer Mordfall war innerhalb kurzer Zeit gelöst, mit Lob der Medien und der Öffentlichkeit war zu rechnen. Hirschmann wusste zu berichten, dass der Herr Innenminister sich sehr zufrieden über ihre Arbeit geäußert habe. Eine Pressekonferenz war anberaumt worden, der Minister selbst würde vor die Presse treten.

Die letzte Sitzung der Soko Heise verlief komplikations- und schmerzlos. Die Täterin war überführt, es fehlten nur noch das Geständnis und die Tatwaffe. Hirschmann sprach von reiner Routine und die meisten Polizeibeamten teilten seine optimistische Einschätzung.

Verena selbst war weniger euphorisch. Trotz der DNA-Spuren und der Indizien, die gegen die Frau sprachen, fiel es ihr schwer, sie sich als Mörderin vorzustellen. Mit ihren Zweifeln war sie allein. Selbst der umgehend informierte Staatsanwalt Engelbrecht, als übervorsichtig bekannt, gab sich überzeugt, dass die Mörderin überführt war. Die Maschinerie wurde in Gang gesetzt, Haftbefehl, Durchsuchung der Wohnung und Festnahme der Verdächtigten. Frau Heise leistete keinen Widerstand. Sie gab sich teilnahmslos, als ob sie das alles nichts anging. Verena vermutete die Wunderpillen als Ursache für ihr ungewöhnliches Verhalten.

Als sie gegen Mitternacht nach Hause kam, ließ der Fall ihr trotz des Ermittlungserfolges keine Ruhe. Erst in den frühen Morgenstunden fand sie Schlaf, wachte jedoch bald wieder auf. Obwohl Samstag war, fuhr sie ins Büro und setzte sich an den Abschlussbericht. Am späten Vormittag war er bis auf Kleinigkeiten fertig.

Gegen Mittag fuhr sie zum Klagesmarkt. Auf dem ältesten Wochenmarkt der Landeshauptstadt hatten vor langer Zeit öffentliche Hinrichtungen stattgefunden. Jetzt bot sich ein buntes Bild mit dekorativen Obst- und Gemüseständen, dazwischen Stände mit Blumen und Produkten vom Land. Ihr Gemüsehändler, ein gebürtiger Türke, hatte von der Festnahme im Mordfall Heise gehört. Sein Mitteilungsbedürfnis war noch ausgeprägter als sonst. In Deutschland würden Mörder zu lasch behandelt und überhaupt seien Gefängnisstrafen nicht wirklich abschreckend, verkündete er. In seiner Heimat sei das anders. Im Nu bildete sich eine Menschentraube am Stand. Jeder hatte etwas beizutragen. Egal, ob Deutsche, Türken oder Polen, in einem waren sich alle einig: Mörder gehörten weggesperrt. Verena drängte aufs Bezahlen, sie wollte noch nach Osnabrück zu ihrer Mutter. Der Besuch war überfällig.

Auf der Autobahn kam sie gut voran und nach zweitstündiger Fahrt erreichte sie die in Nähe des Doms

St. Peter gelegene elterliche Wohnung. Seit dem Tod des Vaters lebte ihre Mutter allein hier. Beim Anblick ihrer Tochter vergoss die alte Frau vor Freude ein paar Tränen, was Verenas schlechtes Gewissen steigerte. Das Gefühl, nicht genügend für ihre Mutter zu tun, nagte schon lange an ihr. Doch was konnte sie tun? Es gab kaum Möglichkeiten, den Krankheitsverlauf aufzuhalten. Und für regelmäßige Fahrten nach Osnabrück fehlte ihr einfach die Zeit.

„Gegen Demenz ist kein Kraut gewachsen. Das Hirn entwickelt sich unaufhaltsam zurück und wir können dagegen wenig ausrichten." Die Worte der Ärztin hatten Panik bei Verena ausgelöst. Die Unterbringung in einem auf Demenzkranke spezialisierten Seniorenstift wurde angeraten. Verena scheute sich davor, den entscheidenden Schritt zu tun. Noch überwogen die klaren Momente bei ihrer Mutter.

Ihre Mutter zu sich nach Hannover zu holen, war keine Lösung. Verena würde ihre Arbeit aufgeben müssen, ein finanziell nicht verkraftbares Unterfangen. Sie wollte es auch aus anderen Gründen nicht. Ihr Job als Kriminalrätin verschaffte ihrem Leben Struktur und Bedeutung. Ohne ihren Beruf hätte sie die privaten Rückschläge der vergangenen Jahre nicht weggesteckt. Vermutlich hätte sie, die für ihr Leben gerne Rotwein trank, ohne ihren Beruf zu trinken begonnen und würde jetzt das armselige Leben einer alkoholkranken Hartz-IV-Empfängerin führen.

Anders als bei ihrem letzten Besuch, war ihre Mutter dieses Mal nicht verwirrt, sie erkundigte sich sogar nach ihrer Arbeit. Das hatte sie schon lange nicht mehr getan. Verena berichtete in knappen Worten über den Mordfall, der einen erfolgreichen Abschluss gefunden hatte. Dann wurde zu Abend gegessen, es gab belegte Brote mit Leberwurst und Käse. Noch während des Essens wurde ihre Mutter plötzlich müde, ihre Augen fielen zu und sie schlief am Tisch ein. Verena weckte sie und half ihr beim Ausziehen. Der dünne, faltige Körper, die mit Altersflecken übersäte Haut ihrer Mutter lösten Bestürzung bei ihr aus. Sie verspürte Mitleid mit der alten Frau, deren Leben in die letzte Phase eingetreten war. Der Tag, an dem sie Abschied von ihrer Mutter nehmen musste, rückte näher. Nachdem ihre Mutter im Bett lag, schlief sie sofort ein und Verena machte sich auf den Heimweg. Auf der Rückfahrt zerbrach sie sich den Kopf, wie es weitergehen sollte. Die Entscheidung, wo ihre Mutter künftig leben sollte, ob in einem Pflegeheim oder unterstützt von häuslicher Pflege, konnte nicht mehr lange vertagt werden.

33

Hannover

Verenas Wunsch, endlich einmal auszuschlafen, erfüllte sich auch am Sonntag nicht. Bereits um fünf Uhr wachte sie auf und sofort gingen ihr die vielen noch immer ungeklärten Fragen durch den Kopf: das befremdliche Verhalten der kühlen Ministerialrätin, die merkwürdigen Bargeldeinzahlungen auf Heises Konto, die nebulöse Rolle Baumgarts. Selbst Stolli hatte ihr ihre Zweifel nicht nehmen können.

Sie entschloss sich zu einem Kirchenbesuch. Ab und zu brauchte sie das. Sie machte kein Aufhebens davon, im Büro sprach sie nie darüber, nicht mal zu Stolli. Es war ihre Privatsache.

Nach der Messe ging sie im Tiergarten spazieren. Die frische Luft war wohltuend. Am Wildschweingatter blieb sie stehen, beobachtete zwei kleine Mädchen, die Brotstücke durch das Gatter warfen, die die Tiere allerdings achtlos liegen ließen.

Nachmittags war sie bei Dagmar zum Adventskaffee eingeladen. Schon beim Eintreffen war die angespannte Atmosphäre zu spüren. Um die Ehe ihrer Freundin stand es nicht zum Besten. Dagmars Mann gab sich wortkarg, gratulierte ihr schlecht gelaunt zum Ermittlungserfolg im Mordfall Heise. Die Radiosender berichteten im Stundentakt, dass der Ministerialbeamte Opfer einer Beziehungstat geworden war. In Windeseile stopfte Dagmars

Mann ein Stück Baumkuchen in sich hinein, das er mit einer Tasse Tee herunterspülte, bevor er grummelnd verschwand. Wohin es ihn zog, ließ er offen. Die beiden Söhne waren beim Fußballtraining. So hatten die beiden Frauen den Nachmittag für sich allein. Verena hätte ihrer Freundin gerne von ihrer zufälligen Begegnung mit Franz erzählt. Sie kam nicht dazu, Dagmar war bis oben voll mit Ehefrust, den sie loswerden musste. Verena erwies sich als geduldige Zuhörerin. Dann kamen die Söhne zurück. Sie hatten Hunger und verlangten nach dem Abendessen. Auch ihr noch immer schlecht gelaunter Mann ließ sich wieder blicken. Vielleicht ist das Singledasein doch nicht das Schlechteste, dachte Verena, als sie in ihre Wohnung fuhr. Bei Glühwein mit Weihnachtskeksen und dem Weihnachts-Oratorium machte sie es sich auf dem Sofa gemütlich. Für einen Abend gelang es ihr sogar, den Mordfall zu vergessen.

Am Montagmorgen lief ihr Kriminaldirektor Hirschmann über den Weg. Er war für die frühe Zeit ungewöhnlich gut gelaunt und gratulierte ihr überschwänglich, dass der Mordfall aufgeklärt war und die Täterin hinter Schloss und Riegel saß. Die Suche nach Mehmed werde er dennoch weiter verfolgen. Man wisse nie, was Terroristen im Schilde führten, verriet er Verena.

Um halb neun rief sie in Baumgarts Büro an. Auch wenn er mit dem Mord nichts zu tun hatte, ließ die Polizistin in ihr nicht zu, den Korruptionsverdacht im Sande verlaufen zu lassen. Sein Vorzimmer weigerte sich, sie durchzustellen. Er sei in einer dringenden Sitzung, man versprach, zurückzurufen. Eine Stunde später meldete sich ein bundesweit bekannter Staranwalt aus Berlin bei Verena. Mit schnarrender Stimme erkundigte er sich, worum es ginge und weshalb sie ihre Fragen nicht schriftlich stellte. Herr Baumgart sei ein viel beschäftigter Mann.

„Ich leite die Ermittlungen im Mordfall Alexander Heise. Es geht um den Verdacht von Korruption. Ihr Mandant soll die Geburtstagsfeier von Herrn Heise bezahlt haben. Ich möchte gerne von Ihrem Mandanten persönlich hören, was er dazu zu sagen hat."

„Was soll das? Der Mord ist aufgeklärt. Oder sind die Presseverlautbarungen falsch?"

„Natürlich nicht. Dennoch würde ich gerne wissen, was es mit der Geburtstagsfeier auf sich hat. Ich möchte im Gerichtssaal keine Überraschungen erleben."

Der Anwalt gab sich kühl und von oben herab. „Es muss sich um ein Missverständnis handeln. Ich werde mit Herrn Baumgart darüber sprechen. Sie hören wieder von uns."

Ehe Verena noch etwas sagen konnte, wurde am anderen Ende aufgelegt. „Arroganter Blödmann", brummelte sie vor sich hin und machte sich wieder an die Endfassung des Abschlussberichts. Es gab zu viele Ungereimtheiten. Die Tatwaffe war immer noch nicht gefunden, ein Geständnis gab es auch nicht. Zu allem Überfluss war der renommierte Strafverteidiger Janssen als Frau Heises Anwalt auf der Bildfläche erschienen. Ausgerechnet Janssen, der Schrecken jedes Staatsanwalts und Ermittlungsbeamten. So wie es momentan aussah, würde sich die

Anklage im Wesentlichen auf Indizien stützen müssen. Der Anwalt würde sich mit Wonne auf jedes noch so kleine Detail stürzen, es auseinandernehmen und Nebenkriegsschauplätze eröffnen. Möglichst viel Verwirrung zu stiften, war ein probates Mittel, um Strafprozesse in die Länge zu ziehen. Am Ende war fast immer eine mildere Strafe der Lohn des anwaltlichen Treibens. Auch wenn die Mörderin hinter Schloss und Riegel saß, lag noch viel Arbeit vor ihr.

Sie grübelte über eine Formulierung, als Frau Hollmeyer aus der Staatskanzlei anrief. Ihre Stimme klang gehetzt. „Ich melde mich wegen der Unternehmen auf der Liste, die sie mir letzte Woche gegeben haben. Oder hat sich das erledigt, da die Exfrau verhaftet wurde?"

„Durchaus nicht. Was haben Sie herausgefunden?" Auch Nebensachen konnten am Ende für das Strafmaß wichtig sein.

„Es handelt sich um Unternehmen, die an Auslandsreisen des Ministerpräsidenten teilgenommen haben oder von ihm besucht wurden. Meistens ging es um Firmenjubiläen, manchmal auch um andere Anlässe. Wenn Sie möchten, faxe ich Ihnen die Aufstellung mit den genauen Daten."

Verena unterdrückte ein Zischen. Den Regierungschef als Jubiläumsgast zu präsentieren, dafür waren vermutlich viele Unternehmen bereit, einen Obolus zu entrichten. Und Haders hatte erwähnt, dass die Plätze bei den Auslandsreisen begehrt waren und Heise ein Vorschlagsrecht hatte. Der Grund für die Bargeldeinzahlungen war damit geklärt.

„Vielen Dank für ihre Mühe, faxen Sie mir die Liste“, bat sie die Anruferin. Sie musste die unappetitliche Korruptionsaffäre in ihren Abschlussbericht aufnehmen Dass das Mordopfer straffällig geworden war, konnte sie nicht unter den Tisch fallen lassen. Staatsanwalt Engelbrecht würde alles andere als begeistert sein, wenn er von der Korruption erfuhr. Um seine Nerven war es ohnehin nicht zum Besten bestellt. Verlief etwas nicht reibungslos, verlor er schnell die Contenance. Hinzu kam, dass Strafrichter Indizienprozesse ums Verrecken nicht leiden konnten. Sie wollten Geständnisse, mindestens aber handfeste Beweisstücke wie die Tatwaffe mit Fingerabdrücken. Und an beidem fehlte es bisher. Zwar hatte Frau Heise bei der Festnahme nicht bestritten, ihren Mann erschossen zu haben, von einem Geständnis waren sie aber meilenweit entfernt. „Ich kann mich nicht mehr erinnern, was ich an dem Abend gemacht habe“, hatte sie erklärt und noch verwirrter als sonst gewirkt.

Drei Minuten später kam das Fax. Verena nahm es an sich. Der Name Hans Baumgart fiel ihr ins Auge. Er hatte an allen Auslandsreisen teilgenommen. Sie fügte ihrem Bericht eine Kopie bei. Das Original nahm sie an sich. Mal sehen, was Stolli dazu sagen würde.

34

Hannover und Burgdorf

Sie kam nicht dazu, ihren Kollegen aufzusuchen. Als sie die Tür aufmachte, stand der Direktor vor ihr. Er sah besorgt aus.

„Ich wollte gerade zu Ihnen. Es gibt einen weiteren Mord", brach es aus ihm heraus. „Jochen Niemann ist erschossen worden. Wie es aussieht, ist es gestern Abend passiert. Seine Frau hat ihn heute Morgen tot in ihrem Wohnzimmer aufgefunden. Sie war übers Wochenende verreist."

Verena ging zurück in ihr Büro, setzte sich auf die Schreibtischkante. Fassungslos starrte sie ihren Vorgesetzten an. Ihr Bauchgefühl hatte sie demnach nicht getäuscht. Mit Irene Heise hatten sie die Falsche festgenommen. Oder gab es einen zweiten Mörder, einen Nachahmungstäter?

Der Direktor ließ sich auf der Schreibtischkante nieder. Obwohl sie ihn als Mann ungemein attraktiv fand, spürte sie seine Nähe nicht.

„Die Spusi ist bereits unterwegs. Wäre gut, wenn Sie sich ebenfalls auf den Weg machten."

Er griff in seine Jackentasche, gab ihr einen Zettel mit der Adresse von Niemanns Haus in Burgdorf, einer ländlichen Gemeinde unweit der Landeshauptstadt.

Ritter ergriff erneut das Wort. „Nach dem, was ich bisher gehört habe, ist es ähnlich wie bei Heise gelaufen.

Auch er ist in seinem Haus erschossen worden. Ob mit derselben Waffe, werden wir in Kürze wissen."

„Dann säße jetzt die Falsche in Untersuchungshaft."

„So sieht es aus." Auch wenn seine Stimme nicht vorwurfsvoll klang, für sie hörte es sich wie ein Vorwurf an.

Sie stand auf, griff nach ihrer ramponierten Tasche. Sie brachte es nicht übers Herz, sich von ihr zu trennen. Ihr Herz klopfte wie wild. „Okay, ich fahre sofort los."

Er folgte ihr. „Für 12 Uhr habe ich eine Besprechung anberaumt. Hirschmann, Stollmann und Sie, in meinem Büro."

„Bis dahin bin ich zurück", sagte sie, bevor sie davoneilte.

Es hatte erneut angefangen zu schneien und die Fahrt nach Burgdorf, in den Sommermonaten ein Vergnügen, entwickelte sich zu einer rutschigen Angelegenheit. Selbst auf der Moorautobahn waren keine Streufahrzeuge im Einsatz. Der plötzliche Wintereinbruch hatte alle überrascht. Die Autos vor ihr fuhren im Schneckentempo. Sie überholte sie, nach einer dreiviertel Stunde erreichte sie das in einem gutbürgerlichen, gepflegten Wohnviertel von Burgdorf gelegene Einfamilienhaus. Die Polizeifahrzeuge und Übertragungswagen des Fernsehens passten nicht in die Kleinstadtidylle. Sie hatte Glück, ein Krankenwagen machte eine Parklücke direkt vor dem Haus frei. Als sie sich ihren Weg durch die frierenden Journalisten bahnte, wurde sie mit Fragen bestürmt. Sie spielte die Gehörlose.

Das rote Backsteinhaus mit dem weit heruntergezogenen Dach, den schmucken weiß angestrichenen Fensterläden und dem weißen Holzzaun sah anheimelnd aus. Der mit roten Bändern geschmückte Kranz aus Tannenzweigen an der Haustür versetzte ihr einen Stich. Hier wohnte eine Familie, die sich auf das Weihnachtsfest gefreut hatte. Nun würde es ein Ereignis voller Trauer und Schmerz.

Muench kam ihr an der Haustür entgegen, wie immer war er die Hektik in Person. Im Vorbeigehen rief er ihr zu: „Morgen früh mehr. Habe heute eigentlich Urlaub, mein Vater feiert seinen Achtzigsten."

Als Verena den Flur betrat, klingelte ihr Handy. Stollmann war dran. „Schöner Mist, ich dachte, wir hätten den Fall gelöst, und jetzt das. Ich sitze übrigens auf der Autobahn bei Walsrode fest. Hier ist Schritttempo angesagt. Es ist arschglatt und kein Räumfahrzeug weit und breit in Sicht. Falls ich es nicht rechtzeitig schaffe, entschuldige mich beim Direktor." Ehe sie etwas sagen konnte, hatte er aufgelegt.

Alles in dem Haus roch nach Sauberkeit. Unter der Garderobe standen drei Paar blitzblank geputzte Schuhe. Auf der weiß gestrichenen Kommode standen Engel aus Porzellan und Rauchermännchen neben einer Vase mit Tannenzweigen. Die Tür zur Küche stand offen. Niemanns Frau saß auf einem Stuhl und wurde von zwei Sanitätern umsorgt. Als sich Verena der Gruppe näherte, wurde sie von dem Älteren der beiden ungalant zurückwiesen. Die Frau sei nicht gesprächsfähig.

Vorsichtig klopfte sie an der Wohnzimmertür. Ihre Kollegin Inga bedeutete ihr, im Flur zu warten. Warten kann sehr unangenehm sein. Man verfällt ins Grübeln und gerade jetzt wollte Verena nicht nachdenken. Sie wollte etwas tun, ihren Fehler wiedergutmachen. Eigentlich waren ihre Kollegen mindestens ebenso schuld. Sie hatte von Anfang an Bedenken gehabt. Bedenken, von denen keiner etwas wissen wollte. Aber, das spielte keine Rolle. Als Leiterin der Soko war sie verantwortlich, niemand sonst.

Endlich wurde die Leiche zur Inaugenscheinnahme freigegeben. Niemanns Gesicht war verzerrt, als ob er im Kampf gestorben war. Wer hatte den so bescheiden auftretenden, sympathischen Beamten so sehr gehasst? Oder ging es gar nicht um Hass, gab es doch politische Gründe für die Morde? War der zuvorkommende Herr Niemann womöglich auch in die Korruptionsfälle verstrickt? Lief hier eine ganz große Nummer ab und die Korruption war nur die Spitze des Eisbergs?

Ihre Kollegin Inga trat neben sie. „Die Leichenstarre ist voll ausgeprägt. Es gibt bereits Todesflecken, der Mord dürfte zwölf Stunden zurückliegen. Die Kugeln, mit denen Niemann erschossen worden ist, stammen mit hoher Wahrscheinlichkeit aus derselben Waffe wie im Mordfall Heise. Es sind auch dieses Mal zwei Schüsse abgegeben worden, direkt ins Herz und wieder von vorne. Wie eine Hinrichtung und wieder keine Einbruchsspuren. Niemann muss seinen Täter ins Haus gelassen haben, alles genauso wie bei Heise. Tut mir leid, dass ich keine bessere Nachricht für dich habe. Irene Heise als Täterin könnt ihr wuppen."

Ihre Kollegin strich ihr kurz über den Arm. Der Versuch, ihr zu bedeuten, dass es ihr wirklich leidtat. Sie wusste, was auf Verena zukommen würde. Frauen in Führungspositionen durften sich keine Fehler leisten.

Mit den Worten „alles weitere heute Nachmittag bei der Lagebesprechung, meine Leute bleiben noch“ verschwand sie.

Der Supergau war eingetreten. Jetzt war es amtlich. Nach mehr als einer Woche intensiver Ermittlungen hatte sie nicht nur die Falsche festgenommen, sondern stand mit leeren Händen da. Und das ausgerechnet im ersten großen Fall, den Direktor Ritter ihr übertragen hatte.

Ein letzter kurzer Blick auf die Leiche, einige unverbindliche Worte an die Mitarbeiter der Spusi, bevor sie das Haus verließ. Auf dem Weg zu ihrem Auto spielte sie erneut den Hasen. Die Journaille reagierte aggressiv. Die Warterei in der Kälte hatte ihren Adrenalinspiegel ansteigen lassen. Verena ließ die Fragen und Anwürfe an sich abprallen.

Die Wolkendecke war aufgerissen und brachte blauen Himmel zutage. Die weiß bedeckten Felder, die mit Schnee bedeckten Birken und Tannen am Straßenrand, dazu die roten Backsteinhäuser mit weiß gepuderten Dächern, eine zauberhafte Winterlandschaft tat sich Verena auf der Rückfahrt nach Hannover auf. Sie hatte kein Auge dafür, vor ihr lagen schwere Stunden.

35

Hannover

Im Büro des Direktors war es stickig, oder kam es ihr nur so vor? Stollmann, der es doch noch vor ihr geschafft hatte, zwinkerte ihr zu. Hirschmanns Gesicht war maskenhaft, die gute Laune vom frühen Morgen war wie weggeblasen. Er sah es als seine Aufgabe an, die Dinge beim Namen zu nennen. „Uns stehen schwere Zeiten ins Haus: Kübelweise Hohn und Spott, Häme und Medienschelte werden über uns ausgeschüttet werden. Ein Gebräu, das ganz und gar nicht nach dem Geschmack des Ministers sein wird."

Es war typisch für ihn, dass seine erste Sorge dem Innenminister und nicht dem Mordopfer und seiner Familie galt. Bevor Stollmann ihn anmachen konnte, ergriff der Direktor das Wort. Er wusste von einigen höchst unerfreulichen Telefongesprächen zu berichten: mit dem Innenminister, dem Leiter der Staatskanzlei und Strafverteidiger Janssen. Letzterer hatte ein Donnerwetter losgelassen und eine umfassende Rehabilitierung seiner rufgeschädigten Mandantin verlangt.

Hirschmann warf Verena überstürztes Handeln vor. Vor wenigen Stunden noch hatte er ihr gratuliert. Jetzt schwafelte er davon, dass Gründlichkeit vor Schnelligkeit gehen müsse. Nicht Ritter, Stollmann kam ihr zu Hilfe. „Ich kann mich nicht daran erinnern, dass Sie zu irgendeinem Zeitpunkt Bedenken gegen die Festnahme von

Frau Heise geäußert hätten. Ganz im Gegenteil, als die Kollegin auf Schwachpunkte hingewiesen hat, wollten Sie davon nichts hören. Und jetzt wollen Sie unsere Kollegin zum Bauernopfer machen. Nichts anderes habe ich von Ihnen erwartet, Kollege Hirschmann."

Bevor sich der Streit zwischen den beiden hochschaukeln konnte, ging der Direktor dazwischen. Verena habe korrekt gehandelt. Alles sei mit ihm abgestimmt gewesen, erklärte er. Verena wurde es warm ums Herz. Er hielt zu ihr, alles kam ihr nur noch halb so dramatisch vor.

„Da beide Opfer zur Führungscrew der Staatskanzlei gehören, müssen wir davon ausgehen, dass der Mord mit der Staatskanzlei zu tun hat. Ein Beziehungsdelikt ist unter den gegebenen Umständen unwahrscheinlich", kehrte der Direktor zur Sachlichkeit zurück.

Hirschmann nahm den Faden auf. „Womit wir wieder beim Ausgangspunkt wären. Ich habe von Anfang an auf islamistische Fundamentalisten getippt. Wo sich der Bruder dieses türkischen Hausmeisters herumtreibt, wissen wir immer noch nicht."

Ritter war skeptisch, verwies auf den Verfassungsschutz, der eine andere Meinung vertrat. Hirschmann sah sich zu einem gehässigen Kommentar genötigt, sprach von Erbsenzählern beim Verfassungsschutz.

Dass ausgerechnet er von Erbsenzählern spricht, ist der Witz des Jahrhunderts, dachte Verena. Wäre die Situation nicht so ernst gewesen, hätte sie lauthals gelacht. Zu ihrer Überraschung pflichtete Stollmann seinem Erzfeind bei.

„Von Polizeiarbeit verstehen die so viel wie Erstklässler von der Relativitätstheorie. In meinen Augen sind das Schnarchnasen. Und immerhin haben Heise und Niemann den Staat repräsentiert. An den rund um die Uhr bewachten Ministerpräsidenten heranzukommen, ist fast nicht möglich. Für Beamte gilt hingegen: kein Personenschutz, kein gepanzertes Fahrzeug, keine Wachposten vor der Haustür. Gut möglich, dass die Täter das ausgenutzt haben."

Ritter runzelte die Stirn. „Es gibt kein Bekennerschreiben, nicht von Autonomen, nicht von Islamisten und nicht aus der Nazi-Ecke. Und kommen Sie mir jetzt nicht wieder mit Ihrer Häme über die Verfassungsschützer. Die Leute dort tun ihr Bestes – so wie wir", fügte er an Stollmann und Hirschmann gerichtet hinzu.

Stollmann widersprach. Worte wie Drömelsäcke, Schlafmützen und Vorschriftenfanatiker fielen. Ausnahmsweise gab Hirschmann ihm recht. Direktor Ritter nahm die Kollegen in Schutz, das ging eine Weile hin und her. Verena lenkte die Aufmerksamkeit auf ein anderes Thema und erwähnte die von Baumgart bezahlte Geburtstagsfete und die Bargeldeinzahlungen. Stollmann fühlte sich in seiner Theorie über Erpressung als Mordmotiv bestätigt. Nun war es an Hirschmann, zu widersprechen. „Was soll denn der Mord an Niemann? Dass ausgerechnet der sozial engagierte Vorzeigebeamte in Erpressungen verstrickt war, ist kaum vorstellbar. Nicht nach allem, was wir über ihn wissen."

„Da ist was dran", pflichtete Ritter ihm bei und legte die nächsten Schritte fest: Niemanns Familie und Nachbarn befragen, sein Haus nach verdächtigen Hinweisen durchsuchen, vor allem nach Drohbriefen. Laptop, Bürocomputer und Handy mussten überprüft und Niemanns Kollegen und Mitarbeiter vernommen werden. Das ganze Spiel ging von vorne los.

Verena rechnete damit, dass der Direktor etwas zur künftigen Leitung der Soko sagen würde. Er tat es nicht. Man räumte ihr eine Galgenfrist ein. Sie nahm sich vor, sie zu nutzen. Ein zweites Mal durfte sie nicht versagen. Die Vernehmungen im Roten Salon würde sie umgehend wieder aufnehmen. Kaffee und Kekse, serviert in dekorativem Porzellan mit Pferdemotiv, würde es nicht mehr geben. Es ärgerte sie, dass ihr angesichts Niemanns Ermordung ausgerechnet eine solche Lappalie durch den Kopf ging. Was war bloß mit ihr los?

Als sie auseinandergehen wollten, hielt der Direktor Verena zurück. „Bleiben Sie noch einen Moment, Frau Hauser."

Stollmann grinste breit, bevor er hinter Hirschmann her trottete. Er hätte sich das süffisante Lächeln sparen können. Es ging um dienstliche Belange, konkret um den Korruptionsverdacht. Der Direktor wollte Einzelheiten über ihr Telefonat mit Frau Hollmeyer aus der Staatskanzlei erfahren. Sein Gesicht wurde im Verlauf ihres Berichts immer länger.

„Wir sollten das nicht weiter verfolgen", entschied er, als sie fertig war. „Heise ist tot, es bringt nichts, in den alten Geschichten herumzuwühlen. Mit dem Mord hat das ohnehin nichts zu tun. Wegen ein paar Tausend Euro bringt kein Unternehmer einen Beamten um. Die geben ganz andere Beträge für Öffentlichkeitsarbeit aus."

Verena war anderer Meinung. Dass Heise korrupt war, gehörte zum Opferprofil und war für die Beurteilung des Sachverhalts wichtig. Ritter widersprach. „Warum wollen Sie die Sache hochspielen? Das bringt uns dem Mörder nicht näher. Wenn es auch nur den Hauch eines Verdachts gäbe, dass die Geldzahlungen mit dem Mord zu tun haben, könnten Sie mich umstimmen. Aber den sehe ich nicht. Wir haben es mit zwei ermordeten Beamten zu tun."

„Was ist, wenn es auf Niemanns Konten ähnliche Auffälligkeiten gibt?", wollte Verena wissen.

„Wenn, wenn, ich höre immer wenn. Ich will Fakten, keine Vermutungen." Ritters Augen blitzten. Er klopfte ungeduldig mit seinem Kugelschreiber auf die Tischplatte. „Ich gebe Ihnen einen guten Rat: Konzentrieren Sie sich darauf, den Mörder zu finden, und lassen Sie Nebensächlichkeiten beiseite, Frau Hauser."

Der Blick aus seinen stahlblauen Augen war alles andere als wohlwollend. Verena spürte, wie die Enttäuschung ihr die Kehle zuschnürte. War ihr gut aussehender Held etwa obrigkeitshörig? Sie nickte. Ihr fehlte die Kraft, sich weiter zu streiten. Das Lächeln, das er ihr zum Abschied schenkte, entschädigte sie. Zumindest für den Augenblick. Er kann nicht anders, er steht unter enormem Druck, entschuldigte sie ihn, während sie in ihr Büro ging. Unterwegs liefen ihr zwei missmutig ausschauende Beamte über den Weg. Auch sie waren sauer, dass alles wieder von vorne losging.

36

Das Wochenende hatte Wagner Auftrieb gegeben. Eine Last war von seinen Schultern genommen. Der Stress wegen des Mordes gehörte der Vergangenheit an, die latente Angst auch. Die Täterin war gefasst.

Jetzt, am Montagmorgen, freute er sich auf die vor ihm liegende Arbeitswoche. Er ging in Gedanken die anstehenden Termine durch. Als Erstes ein Frühstück im Gästehaus mit Repräsentanten des Mittelstands. Abends ein Meeting des Ministerpräsidenten mit dem niederländischen Regierungschef. Am Dienstag würde eine Delegation der Woiwodschaft Niederschlesien der Landesregierung einen Besuch abstatten. Niedersachsen und Niederschlesien unterhielten eine Partnerschaft, die gegenseitige Besuche umfasste. Wagner freute sich auf seinen Kollegen aus Breslau. Der Mann sprach exzellent deutsch und war ein humorvoller, überaus angenehmer Gesprächspartner. Und trinkfest war er auch.

Im Gästehaus war alles vorbereitet. Die Hausdame hatte reichlich aufgetischt: Lachs, Ammerländer Schinken, verschiedene Sorten Käse, Marmeladen, Honig aus der niedersächsischen Heide, dazu selbst gebackene Brötchen, Kaffee und Friesentee. Obwohl es noch vor der Zeit war, waren die meisten Gäste bereits eingetroffen. Ihren Gesichtern sah man an, dass sie sich auf das Treffen mit dem Regierungschef freuten. Anders als viele Politiker bekundete der seine Sympathie für den Mittelstand nicht nur mit Lippenbekenntnissen, sondern ließ seinen Worten auch Taten folgen. Die Handwerker und Händler honorierten das mit ihrer uneingeschränkten Wertschätzung.

Eigentlich hätte Heise hier sein müssen, Wagner war nur eingesprungen. Er stellte sich den Besuchern vor, die meisten kannten ihn aus den Medien. Thema Nummer eins war der Mord, der nun aufgeklärt war und dem zur allgemeinen Erleichterung kein politisches Motiv zugrunde lag. Dann erschien der Ministerpräsident, jovial, gut gelaunt und voller Tatendrang. Er schüttelte jedem die Hand, hatte für jeden ein persönliches Wort. Die wechselseitige Sympathie war spürbar.

„Nehmen Sie Platz, meine Herren. Einige haben einen weiten Weg hinter sich. Bedienen Sie sich. Ich selbst muss passen, eine leichte Magenverstimmung. Hat für Sie den Vorteil, dass ich reden kann, während Sie es sich schmecken lassen. Wünsche guten Appetit allerseits."

Gelächter im Raum. Es wurde kräftig zugelangt.

Nach den anschließenden Begrüßungsworten des Regierungschefs, in denen er nicht versäumte, die mittelstandspolitischen Errungenschaften der Landesregierung hervorzuheben, meldete sich der Präsident der Mittelstandsvereinigung zu Wort. Im Namen aller Anwesenden brachte er sein Bedauern über den Tod Heises zum Ausdruck. „Ministerialdirigent Heise hatte stets ein offenes Ohr für die Belange des Mittelstands. In ihm hatten wir einen überaus kompetenten Gesprächspartner. Sein Tod ist ein schwerer Verlust für die mittelständischen Unternehmen in Niedersachsen."

Der Ministerpräsident war gerührt. „Ja, Heise war ein ausgezeichneter Mitarbeiter. Sein Verlust wiegt schwer. Schlimme Sache, die eigene Ehefrau."

Nur Wagner wusste, wie erleichtert der Chef auf die Mitteilung reagiert hatte, dass es sich um eine Beziehungstat handelte und politische Motive keine Rolle spielten.

Dann leitete der Gastgeber zum Grund des Treffens über, ging auf die Themen ein, die die Mittelstandsverbände in Vorbereitung des Treffens genannt hatten. Er war wieder ganz der Alte, souverän, gut informiert und locker. Die Gesichter der Anwesenden strahlten.

Plötzlich wurde die Tür aufgerissen, die Hausdame erschien. Das tat sie sonst nie, in ein Arbeitsfrühstück hereinplatzen. Es musste etwas passiert sein. Sie steuerte den Ministerpräsidenten an und flüsterte ihm etwas ins Ohr. Der wurde leichenblass. Dann erhob er sich, wobei eine Tasse Kaffee umkippte und einen hässlichen Fleck auf der schneeweißen Tischdecke hinterließ. „Entschuldigen Sie mich, meine Herren. Ich höre gerade, dass etwas Schreckliches passiert sein soll. Ich muss sofort mit Innenminister Krause telefonieren."

Wagner wurde mit einer Geste aufgefordert, ihm zu folgen. Der beäugte bedauernd das Brötchen auf seinem Teller. Niemand kochte so leckere Kirschmarmelade wie die Hausdame. Ohne ihn zu beachten, stürzte der Chef die Treppe hinauf in sein Büro. Wagner hatte seine liebe Not, mit ihm Schritt zu halten. Die Neuigkeit, die der Ministerpräsident oben angekommen in petto hatte, war brutal. Erst allmählich drang sie in Wagners Inneres vor.

Sein Kollege Niemann war erschossen worden. Seine Frau, die übers Wochenende verreist gewesen war, hatte ihn am Morgen tot aufgefunden.

Der Schock saß tief. Frau Heise befand sich doch in Untersuchungshaft. Man hatte die Falsche festgenommen. Der Mörder war noch immer auf freiem Fuß. Kein beruhigendes Gefühl für Wagner. Zwei seiner Kollegen tot und beide hatten mit der Korruptionssache zu tun gehabt. Heise unmittelbar als Nutznießer und Niemann als unfreiwilliger Mitwisser. Niemann war kurz nach ihm in Heises Büro gekommen, als der Geld von der TAWES AG verlangt hatte. Auch wenn er es geleugnet hatte, war er wie Wagner zum Mitwisser geworden.

Wagner konnte die Angst förmlich spüren. Es konnte doch nicht sein, dass wegen einiger Tausend Euro zwei Beamte erschossen wurden. Steckte in Wirklichkeit viel mehr dahinter? Ging es um Machenschaften, von denen er nichts wusste, was aber der Mörder wiederum nicht wusste? War auch er in Gefahr?

„Es hat Ihnen wohl die Sprache verschlagen, Wagner? Ein sprachloser Regierungssprecher. Großartig, den habe ich mir immer gewünscht." Die Stimme des Ministerpräsidenten klang eisig.

„Ja, das hat es", stammelte Wagner. Erwartete sein Chef eine geschliffene, druckreife Erklärung?

Innenminister Krause und Staatssekretär Haders wurden per Telefon herbeizitiert. Wagner wurde beauftragt, die Mittelständler zu informieren, dass ein neuer Mord passiert war. Das Arbeitsfrühstück musste abgebrochen werden.

Die Gäste aus der Wirtschaft reagierten entsetzt. Aufgeregt durcheinanderredend verließen sie das Gästehaus. Wagner ging zurück ins Chefbüro. Der Ministerpräsident telefonierte mit dem Parteivorsitzenden. Als er auflegte, sagte er: „Krause und Haders müssten jeden Moment eintreffen. Was, verdammt noch mal, hat das alles zu bedeuten, Wagner? Will der Mörder mich fertigmachen, indem er meine Leute erschießt?"

Wagner dachte, ich muss es ihm sagen. Jetzt auf der Stelle. Als er noch überlegte, wie er dem Chef die unangenehme Wahrheit möglichst schonend beibringen sollte, wurde die Tür aufgerissen und Innenminister Krause stürmte herein.

37

Das hochrote Gesicht des Innenministers ließ auf einen bedenklich hohen Blutdruck schließen. Der inzwischen ebenfalls eingetroffene leichenblasse Haders neben ihm bot das Kontrastprogramm. Zwischen beiden thronte der Ministerpräsident. Wagner hatte ihm gegenüber Platz genommen. Sein Chef wirkte derangiert, die Haare standen wirr um seinen Kopf herum und sein Gesicht verriet ungläubiges Entsetzen.

Der Innenminister musste harsche Kritik über sich ergehen lassen. Seine Leute hätten Mist verzapft und eine unschuldige Person festgenommen. Der Eindruck in der Öffentlichkeit sei verheerend, schimpfte der Chef. Der so Gescholtene widersprach nicht, was einem Schuldanerkenntnis gleichkam. Fritz Krause war sonst nicht dafür bekannt, dass er unberechtigte Kritik einsteckte, selbst vom Regierungschef nicht.

Wagner, der neben Krause saß, roch die Bierfahne. In Insiderkreisen war bekannt, dass der Minister dem Alkohol mehr zusprach, als gut für ihn war. Seiner Beliebtheit in den ländlichen Regionen des Landes tat das keinen Abbruch. Er war eben ein ganzer Kerl, hieß es. Und wenn es sein musste, konnte er stocknüchtern sein. Auf den Innenministerkonferenzen galt er als Hardliner, aber als kluger Kopf.

Der Minister lieferte einen kurzen Abriss zum Sachstand der Ermittlungen. Viel war es nicht. Der Chef reagierte ungehalten. „Das ist weniger als nichts."

Krause ließ die Schelte an sich abprallen und brachte eine neue Theorie ins Spiel. „Vielleicht geht es um Rache. Ein ehemaliger Mitarbeiter, dem gekündigt wurde."

Der Ministerpräsident war nicht überzeugt. „Gekündigt? In der Staatskanzlei kündigt man nicht. Sie als Innenminister sollten das wissen. Strafversetzung ja, aber Kündigung niemals. Außer, einer klaut silberne Löffel."

Haders zupfte sich am Kinn, ein untrügliches Zeichen, dass er sich nicht wohl fühlte in seiner Haut. „Was ist, Haders, hat doch jemand silberne Löffel geklaut?"

Der druckste herum. „Nicht, dass ich wüsste", stammelte er schließlich. „Und Niemann war überall beliebt, als Chef, als Kollege und als Mitarbeiter. Auch bei den Abgeordneten und Verbänden, er war ja auch ganz anders als Heise, nicht so hart und von oben herab. Er war …"

Er stockte. Wagner dachte: Er verschweigt uns was. Auch den Ministerpräsidenten hatten seine Worte nicht überzeugt. „Wenn es so ist und er überall beliebt war, frage ich Sie: Wer hat ihn erschossen? Zumindest einen Menschen muss es geben, der ihn nicht gemocht hat, sonst wäre er jetzt nicht tot."

Wagner fand, es sei an der Zeit, mit der Wahrheit rauszurücken. Die Umstände zwangen ihn dazu. Er hatte schon zu lange gewartet. „Herr Heise war korrupt", platzte es aus ihm heraus. „Er hat sich dafür bezahlen lassen, dass er Sie für Firmenjubiläen vermittelt hat. Und die begehrten Plätze bei Ihren Auslandsreisen hat er sich auch bezahlen lassen."

Der Ministerpräsident starrte ihn ungläubig an. Dann polterte er los. „Was erzählen Sie da für einen Bockmist!

Heise korrupt, wie kommen Sie nur darauf? Er soll mich an Firmen verkuppelt haben, wie ein Zuhälter? Sind Sie denn völlig verrückt geworden, Wagner!"

„Leider nein, Chef. Ich war selbst dabei, als Heise mit einem Unternehmer verhandelt hat. Er hat nicht mitbekommen, dass ich unfreiwillig Zeuge des Telefongesprächs geworden bin. Heises Vorzimmer war verwaist, ich habe geklopft, er hat es wohl überhört. Ich bin dann in sein Büro gegangen, es ging um eine brandeilige Sache wegen der Sondermülldeponie in Asse. Die Presse …"

„Erzählen Sie mir nichts über Asse, kommen Sie endlich zur Sache. Welche Beweise haben Sie für Ihre ungeheuerlichen Anschuldigungen?"

„Heise stand mit dem Rücken zur Tür am Fenster. Wie gesagt, er hat mich nicht gehört. Dafür habe ich ihn gehört. Sehr gut sogar. Seine Worte ließen an Deutlichkeit nichts zu wünschen übrig. Er fragte nach den 3000 Euro, die ihm zugesagt worden waren, nannte dem Anrufer seine Kontonummer. Es ging um Ihre Teilnahme am 40-jähigen Jubiläum der TAWES AG."

Dem Ministerpräsident hatte es vorübergehend die Sprache verschlagen. Man spürte förmlich, wie es in seinem Kopf arbeitete. Neuer Ärger drohte. Haders übernahm es, die unangenehme Tatsache auszusprechen. „Sie haben Ihre Teilnahme beim Jubiläum der TAWES AG tatsächlich zugesagt. Soweit ich mich erinnere, lief die Terminanfrage über Heise. Die Festansprache ist fertig, sie liegt auf meinem Schreibtisch, ich will sie noch kürzen. Einige Interpunktionsfehler habe ich auch entdeckt."

Oh Gott, dachte Wagner. Zwei unserer Kollegen wurden ermordet und er redet von Interpunktion!

Wagners Chef hatte sich wieder gefasst und hielt dagegen. „Ja und? Die TAWES AG ist einer der größten Arbeitgeber in der Region. Dass ich mich auf deren Jubiläumsfeier blicken lasse, ist die natürlichste Sache der Welt."

Der Innenminister, der sichtlich schockiert war, mischte sich ein. „Ihre Teilnahme ist ein stinknormaler Vorgang. Dass Heise Geld dafür kassiert hat, allerdings nicht. Korruption in der Staatskanzlei, das hat uns noch gefehlt."

Der Ministerpräsident straffte seine Schultern und richtete seinen Rücken auf. Alles an ihm strahlte jetzt Souveränität und Entschlossenheit aus. „Nehmen wir mal an, Sie haben recht, Wagner, und es war so. Wen kümmert das heute noch? Heise ist tot und die beteiligten Unternehmer und Manager werden einen Teufel tun und die Sache an die große Glocke hängen. Also, Schwamm drüber, meine Herren."

Den Regierungschef konnte nichts so schnell umhauen. Das hatte er immer wieder bewiesen. Auch jetzt wieder. Krause und Haders nickten zustimmend. Wagner selbst konnte nicht anders und goss Öl ins Feuer. „Was ist, wenn die Morde mit der Korruption zu tun haben? Niemann ist kurz nach mir ins Büro gekommen, ohne anzuklopfen. Heise und er haben sich häufiger besucht. Auch wenn er schnell wieder gegangen ist, muss er einiges mitbekommen haben. Als ich ihn vorgestern auf den Vorfall angesprochen habe, redete er sich raus, spielte den Gehörlosen. Und jetzt ist er tot. Mir gibt das zu denken."

Innenminister Krause war nachdenklich geworden, der Ministerpräsident jedoch wollte davon nichts hören. Mit einer wegwerfenden Geste drückte er seinen Unwillen aus. „Kein Unternehmen bringt Beamte wegen einiger Tausend Euro um. Ihre Vermutung ist an den Haaren herbeigezogen", knurrte er. Dann nahm er Haders ins Visier. „Sagen Sie auch mal was! Soweit ich mich erinnere, sind Sie Chef der Staatskanzlei."

Haders fasste sich erneut ans Kinn, und rieb es. Wagner dachte schon, dass er wieder mal abtauchen und sich ausschweigen würde, als er sich doch noch äußerte.

„Nun ja, es gibt da eine Sache, die mich nachdenklich stimmt. Diese Frau Hauser war Freitag bei mir, hat mir eine Liste mit Telefonnummern von Unternehmen überreicht. Unternehmen, mit denen Heise von seinem Privathandy aus telefoniert hat."

Er zögerte, bevor er sich an den Ministerpräsidenten wandte. „Frau Hollmeyer hat die Namen überprüfen lassen. Es sind ausnahmslos Unternehmen, die Sie im letzten Jahr besucht haben oder die bei Ihren Reisen mit von der Partie waren."

Ein stöhnendes Geräusch aus dem Mund des Innenministers war die Folge. „Sie haben das hoffentlich für sich behalten!", blaffte der Ministerpräsident seinen Staatssekretär an.

Der sah verlegen aus und stammelte: „Frau Hollmeyer hat Frau Hauser heute Morgen unterrichtet. Sie hatte darum gebeten."

Das Eingeständnis des Staatssekretärs provozierte einen Wutausbruch des Ministerpräsidenten. „Habe ich das richtig verstanden? Ihre Sekretärin hat diese Polizeibeamtin informiert, dass es in meiner Behörde Korruption gab? Sind Sie denn von allen guten Geistern verlassen, Haders? Mein Gott, bin ich denn nur von Idioten umgeben!"

Nur Krause grinste. An ihm prallten die Wutausbrüche des Regierungschefs ab. Haders versuchte sich klein zu machen, für einen Zweimetermann ein schwieriges Unterfangen.

Der Regierungschef war noch nicht fertig mit ihm. „Wie kommen Sie dazu, hochsensible Informationen an eine Polizeibeamtin einer unteren Dienststelle weiterzugeben? Vermutlich hat sie inzwischen die Presse informiert, vielleicht sogar diesen unsäglichen Hollmann von der *Allgemeinen Niedersachsenzeitung*. Alle Welt kann dann morgen in der Zeitung lesen, dass es Korruption in meiner Behörde gegeben hat. Die Opposition wird ein Freudenfest veranstalten. Aber zur Erbauung der Damen und Herren von der Opposition beizutragen, ist ja Ihre Spezialität, Haders. Haben Sie uns ja erst neulich im Landtag eindrucksvoll vorgeführt."

Der so Gescholtene starrte verlegen vor sich hin. Wagner lag es auf der Zunge, die Finanzministerin ins Spiel zu bringen. Unbestritten trug die Dame noch weit mehr zur besonderen Erbauung der Opposition bei, allen voran des stellvertretenden Oppositionsführers, bei. Ein Blick in das vor Wut verzerrte Gesicht des Ministerpräsidenten ließ ihn innehalten.

Der Innenminister wollte die Kritik an seiner Beamtin nicht auf sich sitzen lassen und meldete sich zu Wort. „Frau Hauser lassen Sie mal meine Sorge sein, ich werde höchstpersönlich dafür sorgen, dass sie die Angelegenheit vertraulich behandelt. Und was Ihre Befürchtungen wegen der Presse angeht: Ich leite das Ministerium für Innere Sicherheit. Meine Beamten sind mit der Verfolgung von Straftaten beschäftigt und quatschen nicht den lieben langen Tag dummes Zeug. Ganz im Gegensatz zu den Damen und Herren Lehrern übrigens. Aber die haben ja auch unendlich viel Freizeit. Polizeibeamte müssen fast doppelt so viele Stunden abreißen. Wäre schön, wenn das bei den Gehältern berücksichtigt würde. Wird es leider nicht. Auch nicht, dass die Herrschaften im Schuldienst eine ruhige Kugel schieben und monatelang Urlaub haben, während meine Leute sich den Arsch aufreißen und ständigen Angriffen und Pöbeleien ausgesetzt sind: von Autonomen, wild gewordenen Demonstranten und diesen Gutmenschen, die jede Abschiebung von illegalen Zuwanderern zu einem Drama hochstilisieren."

Der Ministerpräsident reagierte genervt. „Dadurch, dass Sie Ihre Litanei über die angeblich schlecht bezahlten Polizisten ständig wiederholen, wird sie nicht interessanter. Kümmern Sie sich lieber um die Ermittlungsleiterin. Legen Sie ihr bei der Gelegenheit nahe, sich etwas mehr Mühe zu geben. Die Falsche festzunehmen, macht keinen guten Eindruck. Einen zweiten Fehler darf sich die Dame nicht erlauben. Machen Sie ihr das klar."

Dann wandte er sich Haders und Wagner zu. „Und an Ihre Adresse: Ich will kein Wort mehr über die sogenannte Korruptionsaffäre hören. Das ist Schnee von gestern. Den Termin bei der TAWES AG nehme ich selbstverständlich wahr. Sonst kommen die vom Vorstand noch auf die Idee, dass ich von der Schmierenkomödie erfahren habe und deshalb absage. Niemand von uns hat jemals etwas von der Sache gehört. Damit das klar ist. Die Termine mit dem Regierungschef der Niederlande und unseren polnischen Freunden verschieben Sie aufs nächste Jahr, Haders. Und rufen Sie eine Personalversammlung ein. Dieses Mal will ich selbst zu den Leuten sprechen."

Haders hatte Kugelschreiber und Block gezückt und kritzelte eifrig mit. „Und von Ihnen, Krause, möchte ich ab sofort täglich über den Fortgang der Ermittlungen unterrichtet werden. Machen Sie Ihren Leuten Feuer unterm Hintern. Ich will, dass der Täter endlich gefasst wird. Vielleicht war es keine gute Entscheidung, eine Frau mit der Leitung der Ermittlungen zu beauftragen. Das sollten Sie noch einmal überdenken, Krause. Frauen sind so emotional, verlieren schnell die Nerven, reagieren dann immer gleich schrill. Wenn ich an die Szene denke, die die Quoten-Peters neulich bei der Vorstandssitzung vom Stapel gelassen hat. Mann oh Mann! Dabei haben wir doch zwei Frauen im Kabinett, ich weiß gar nicht, was die will! Zwei von zehn, das kann sich doch sehen lassen, oder etwa nicht? Unter Adenauer hat es das nicht gegeben. Und der ist schließlich zum beliebtesten Deutschen gewählt worden."

Er erhob sich. „So, meine Herren, Sie wissen, was zu tun ist."

Wagner hatte noch eine Frage. „Was ist mit dem Termin beim Konsul von Holzhausen in München, soll ich den auch verschieben?"

Statt einer Antwort wurde er mit einem wütenden Blick bedacht. „Nicht jetzt, Wagner."

Mist, dachte der. Der Termin war topsecret und er hatte ihn ausgeplaudert. Der Chef würde ihm die Hölle heißen machen. Er hatte Glück, ein dringender Anruf rettete ihn. Der Bundeskanzler höchstpersönlich, der Ministerpräsident komplimentierte sie aus seinem Büro und sprach mit säuselnder Stimme ins Telefon. So war es immer, die beiden begegneten sich mit ausgesuchter Höflichkeit. Hinter dem Rücken schossen sie dafür umso heftiger Giftpfeile ab.

Zu Wagners Überraschung folgte ihm der Innenminister. Er erkundigte sich eingehend nach dem ihm zu Ohren gekommenen Gerücht über die von Baumgart gesponserte Geburtstagsfeier. Dann meinte er: „Es gibt nichts, was ich dem Mann nicht zutraue. Aber das darf man nicht laut sagen. Schließlich ist Baumgart der wichtigste Sponsor der Bürgerpartei. Und jedermann weiß, dass der Spruch ‚Geld regiert die Welt' heute mehr Gültigkeit hat als jemals zuvor." Wagner wunderte sich über die offenen Worte des Innenministers, gehörte der doch zu den Stammgästen in Baumgarts Partykeller.

38

Berlin

Boris Milner saß im Operncafé und frühstückte. Nachdem er eine doppelte Portion Rührei mit Schinken, dazu zwei Scheiben Vollkornbrot vertilgt hatte, goss er sich Kaffee ein und nahm sich die Tageszeitung vor. Der Artikel auf Seite zwei erweckte seine Aufmerksamkeit. Die geschiedene Frau war als Mörderin überführt worden. Er hatte bereits am Samstagabend davon erfahren. Baumgart hatte ihn angerufen und sich erleichtert gezeigt. Erleichtert war auch er. Die unsäglichen Ermittlungen dieser LKA-Tante, das Herumstochern in Vorgängen, das womöglich auch Licht auf seine Geschäfte warf, hatten ein Ende. Nichts hasste Milner mehr als schnüffelnde Polizeibeamte. Und es gab vieles auf dieser Welt, das er hasste.

Den Bericht aus dem Radio, das im Hintergrund lief, nahm er zunächst nicht wahr. Der Name Heise erweckte seine Aufmerksamkeit. Eine brandaktuelle Meldung aus der Niedersächsischen Staatskanzlei. Ein weiterer Beamter war erschossen worden. Die Nachricht sorgte für Aufregung unten den Gästen. Zwei Herren neben ihm, wie sich herausstellte Bundestagsabgeordnete, gaben Unmutsäußerungen von sich: „Wie furchtbar, entsetzlich und mein Gott, was ist da nur los?“ Das fragte sich Milner auch. Wie konnte es sein, dass ausgerechnet in dem nördlichen Bundesland, dessen Bewohner sich gern als sturmfest und erdverbunden bezeichneten, zwei politische Beamte erschossen wurden? Nicht ohne Grund hatte Milner sich bei seinen Investments für Niedersachsen entschieden. Land und Menschen galten als fleißig, aber dröge, die Wirtschaft im Vergleich zu Bayern und Hessen als eher unterentwickelt. Es gab etliche Unternehmen, die sich über eine Finanzspritze freuten und nicht groß fragten, woher das Geld kam. Und anders als in Berlin, wo sich bereits etliche ehemalige Mafiagrößen aus den ehemaligen GUS-Staaten tummelten, herrschte in dem Land zwischen Harz, Heide und Nordsee eine vergleichsweise heile Welt. Gut, in der Region Hannover gab es einige kurdische und libanesische Familienclans, die sich im Heroinhandel betätigten. Und in einigen norddeutschen Mittelstädten hatten Mitglieder der italienischen Mafia eine zweite Heimat gefunden. Sie betrieben Imbissketten und Restaurants, in denen Geld gewaschen wurde. Aber eine Bananenrepublik wie seine Heimat war das Land keineswegs. Hatte er bis heute geglaubt. Jetzt geriet sein Weltbild ins Wanken.

Er griff nach seiner Jacke, die er über den Stuhl gehängt hatte, warf einen Geldschein auf den Tisch und fingerte noch im Hinausgehen nach seinem Handy. Baumgart meldete sich nicht. Wo trieb der Kerl sich herum? Man sollte doch meinen, dass er an einem Montagmorgen erreichbar war.

Es mochten ein oder zwei Minuten vergangen sein, als das Handy klingelte. Baumgart rief zurück. Er spielte mal wieder den Ahnungslosen, hatte angeblich keinen blassen Schimmer, wer hinter den Morden steckte. Milner traute dem Braten nicht. Baumgart war ein Schlawiner, kochte sein eigenes Süppchen und behielt wichtige Informationen für sich. Der Kerl hielt sich für oberschlau, machte ein Geheimnis um die Namen der Politiker, die auf seiner Gehaltsliste standen. Milner kannte sie alle, auch die Beträge, die ihnen regelmäßig zuflossen.

„Was ist das für eine Scheiße bei euch!", fauchte Milner ins Telefon. „Zwei Morde in zehn Tagen in der Regierungszentrale. Das hat es in meiner Heimat selbst in Zeiten nicht gegeben, in denen wir von einem Alkoholiker regiert wurden."

„Wir können uns keinen Reim darauf machen. Die Regierung nicht, die Partei nicht, die Polizei nicht. Es gibt natürlich Gerüchte. Vielleicht stecken die Talufisten dahinter."

„Wer?" Ein Gast, der in diesem Moment das Café verließ, drehte sich zu ihm um. Ein indignierter Blick in seine Richtung folgte. Milner war ungebührlich laut geworden.

„Die Talufisten."

Beknackte Deutsche, dachte Milner und verfiel wieder in Flüsterton. „Nie gehört. Eine neue Mafiaorganisation?"

„Das Gegenteil, streng religiös. In Braunschweig gibt es eine Enklave. Ihr Ziel ist eine Gesellschaft, die nach den Gesetzen der Scharia lebt. Ein gottgefälliges Leben, Frauen verschleiert und harte Strafen: Hand abhacken, Auspeitschungen, das ganze Programm."

Milner wurde sarkastisch. „Und das sieht auch die Ermordung von Beamten im Regierungsapparat vor?"

„Öffentlich schwören sie der Gewalt ab, aber wer weiß.“

„Warum sollten sie zwei Beamte einer deutschen Regierungszentrale umlegen? Ihnen geht es gut in Deutschland, sie können sich frei entfalten. Die wären doch bescheuert, wenn sie das aufs Spiel setzten.“

Als keine Antwort kam, verdrehte Milner die Augen. Der Schlawiner schien tatsächlich keine Ahnung zu haben. „Halt mich auf dem Laufenden, ich muss wissen, was da abgeht“, knurrte er. „Und was unser Projekt angeht, das sollten wir erst einmal auf Eis legen und abwarten, bis die Morde aufgeklärt sind.“

Baumgart war anderer Meinung. „Warum? Gerade jetzt sind wir an einem interessanten Objekt in der Nähe von Bad Pyrmont dran. Ein Tipp aus der Politik. Wir stehen bereits in Verkaufsverhandlungen.“

„Meinetwegen, bleib am Ball. Aber seid vorsichtig. Ich will keinen Ärger, nicht jetzt, wo bei euch alle nasenlang Beamte umgenietet werden.“

Baumgart hielt es für unter seine Würde, darauf zu antworten. Manchmal behandelte der Russe ihn wie einen dummen Jungen. Er beendete das Telefonat und verwünschte im Stillen den Mauerfall, der plumpe Verbrecher wie diesen Milner zu Milliardären gemacht hatte.

39

Hannover

Das Medienspektakel war riesig. Ein weiterer Spitzenbeamter der niedersächsischen Landesregierung erschossen, die Exfrau des ersten Opfers fälschlich festgenommen und der Täter noch immer auf freiem Fuß. Fast alle überregionalen deutschen Radio- und Fernsehsender schickten Kamerateams in die niedersächsische Landeshauptstadt.

Das Niedersachsenfernsehen strahlte nach der Tagesschau einen Brennpunkt aus. Ein offensichtlich nicht mehr nüchterner Innenminister erklärte mit hochrotem Kopf, dass die Ermittlungen auf Hochtouren liefen. Ein Feature über Niemann folgte. Ein enger Vertrauter des Ministerpräsidenten sei er gewesen, von Kollegen und Vorgesetzten gleichermaßen geschätzt. Nachbarn und Freunde kamen zu Wort, alle äußerten sich lobend. Auf sein hilfsbereites, freundliches Wesen, sein soziales Engagement und sein ausgeprägtes Verständnis für die Belange der sogenannten kleinen Leute wurde hingewiesen. Dazu flimmerten Bilder mit Irene Heise über die Bildschirme, wie sie in Begleitung ihres Anwalts das Untersuchungsgefängnis verließ. Strafverteidiger Janssen ließ sich in scharfen Worten über die Inkompetenz von Polizei und Staatsanwaltschaft aus, die „in diesem Land zu höchster Besorgnis Anlass gebe".

Auch das LKA kam nicht gut weg. Von grob nachlässigen Ermittlungen war die Rede. Mutmaßungen über

Mordmotive folgten. Der Bogen wurde einmal mehr weit gespannt, von islamistischen Terrorgruppen, die Angst und Schrecken in Deutschland verbreiten wollten, über einen Psychopathen, der Beamte hasst, bis hin zur Mafia. Selbst ernannte Mafiaexperten malten ein Bild in düsteren Farben. Wollte man den Experten glauben, entwickelte sich das biedere Niedersachsen zu einer Hochburg krimineller Mafiaorganisationen.

Auch Psychotherapeuten kamen zu Wort. Der Begriff vom „Beamtenkiller" wurde geboren.

Niedersächsische Politiker aus allen Parteien nutzten die Gelegenheit, sich ins Rampenlicht zu stellen. Hinterbänkler stürzten sich auf jede Kamera, die sich ihnen in den Weg stellte.

Unter diesen Gegebenheiten wunderte es niemand, dass Direktor Ritter höchstpersönlich an der ersten Lagebesprechung der Soko Heise nach dem Mordfall Niemann teilnahm. Er gab sich betont kühl, hatte auch für Verena kein Lächeln übrig. Ab jetzt sollten sich die Ermittlungen schwerpunktmäßig auf Personen im Umfeld der Staatskanzlei konzentrieren. Auf Mitarbeiter, die Groll auf ihren Arbeitgeber hegten, auf gescheiterte Existenzen, die die Regierung für ihr Schicksal verantwortlich machten, auf Wutbürger, die die Landesregierung im Visier hatten.

Stollmann brachte die praktische Seite ins Spiel. „Wie sollen wir vorgehen? Sämtliche Akten der Staatskanzlei durchforsten? Wie viele sind das, tausend oder fünftausend? Das kann Monate dauern. Außerdem, Tatsache ist doch, dass viele Bürger wütend sind, weil sie politische

Entscheidungen für beschissen halten. Womit sie häufig recht haben, wenn ich das mal sagen darf. Sollen wir die alle unter Generalverdacht stellten?“

Dass er sich die Spitze nicht verkneifen konnte, überraschte niemanden im Raum. Politikerschelte und Stollmann gehörten wie der Topf zum Deckel. Ritter war nicht begeistert. „Hier geht es nicht um Politikverdruss. Es geht um zweifachen Mord. Möglicherweise gibt es Drohbriefe, empörte Mails, hausinterne Notizen über pöbelnde Anrufer und Besucher. Hören Sie sich in der Staatskanzlei um und achten Sie auf die Zwischentöne. Auf die besonders.“

Zwischentöne waren Verenas Spezialität. Jetzt fragte sie sich, ob der Direktor andeuten wollte, dass sie das Einmaleins der Vernehmungstechnik nicht beherrschte. Sie setzte an, etwas zu sagen, dann schluckte sie die unausgesprochenen Worte herunter. Empfindlichkeiten konnte sie sich nicht leisten. Nicht nach dem, was geschehen war.

Weitere Aufgaben wurden verteilt. Hirschmann würde mit Niemanns Witwe und dem Sohn, der in Münster studierte, sprechen. Zwei Beamte würden sich in der Nachbarschaft umhören. Die Auswertung von Niemanns Telefonlisten würde das inzwischen bewährte Team Schramm/Kleinsorge übernehmen. Der Beamte errötete bei der Ankündigung. Seine Schwärmerei für die Kollegin nahm bedenkliche Ausmaße an. Dann beendete Ritter die Besprechung. Verena hoffte auf einen verständnisvollen Blick, vielleicht sogar ein verstecktes Lächeln. Es blieb aus.

Vor ihrem Büro wartete Willm Hackmann auf sie. Eigentlich hätte Janssen kommen wollen. Der hatte jedoch einen wichtigen Gerichtstermin. Totschlag im Affekt, ein Krieg unter Rockerbanden.

Der Anwalt kam ohne Umschweife zum Grund seines Besuches. „Jetzt, wo feststeht, dass Frau Heise nicht die Täterin sein kann, bestehen wir auf einer offiziellen Entschuldigung. Der Ruf der Witwe ist ramponiert, etwas bleibt ja immer hängen. Da hat das LKA einiges wiedergutzumachen, auch mit Rücksicht auf die minderjährige Tochter. Oder glauben Sie, es ist ein Zuckerschlecken, wenn die eigene Mutter als Mörderin verdächtigt wird?"

„Natürlich nicht. Ich werde heute Abend bei Frau Heise vorbeifahren und mich persönlich bei ihr entschuldigen", versprach Verena. „Ein böser Irrtum, keine Frage, allerdings bei der Indizienlage bis hin zu DNA-Spuren am Jackett des Ermordeten irgendwie nachvollziehbar", fügte sie hinzu.

Hackmann reagierte verschnupft. „Sie hat mit ihm gesprochen, muss ihn dabei berührt haben. Was ist dabei, wenn eine geschiedene Frau ihren Exmann wegen der Unterhaltungszahlungen aufsucht? So einfach kommen Sie nicht davon. Ich verlange eine offizielle Mitteilung Ihrer Behörde, in der die Festnahme meiner Mandantin bedauert und klargestellt wird, dass keinerlei Verdachtsmomente mehr gegen sie bestehen."

„Ihre Mandantin? Hat nicht Strafverteidiger Janssen sie vertreten? Aber sei es drum: Ich kann nichts versprechen. Die Pressearbeit untersteht dem Direktor. Sie müssen mit ihm darüber sprechen."

„Pah, glauben Sie nicht, dass ich das nicht schon längst getan habe. Der stellt sich stur, typisch Hanseat."

„Ich kann leider nichts für Sie tun, wie ich bereits sagte, unterliegt …"

„Nichts für Sie tun, sagen Sie. Pah, typisch deutsche Beamtin! Wenn es darauf ankommt, Verantwortung zu übernehmen, tauchen Sie ab."

Der Anwalt suchte umständlich in seinen Hosentaschen nach einem Taschentuch, fand keines und wischte sich mit dem Ärmel seiner Jacke über die Stirn. Dann erhob er sich. „Wir Freiberufler können nicht die Zuständigkeitsfanatiker geben. Wir Mittelständler müssen für das geradestehen, was wir angestellt haben, Sie in den Behörden nicht. Kein Wunder, dass die Zahl der Wutbürger in diesem Land täglich steigt. Irgendwann platzt der Kessel. Man muss kein Prophet sein, um das zu erkennen. Man sieht sich." Ohne ein weiteres Wort verließ er ihr Büro.

Ein Feind mehr auf dieser Welt, dachte Verena und fühlte sich auf einmal unendlich erschöpft.

40

„Sie haben keine Vorstellung, wer Ihre beiden Kollegen ermordet haben könnte?“ Verena hatte Bernd Wagner in seinem Büro aufgesucht. Er saß hinter seinem Schreibtisch, vor sich einen Teller mit zwei Mandelhörnchen, eines davon angeknabbert.

Der korpulente Regierungssprecher, der seit ihrem letzten Gespräch an Gewicht zugelegt hatte, schüttelte den Kopf. „Nicht die geringste. Glauben Sie mir, Frau Hauser, niemand wäre glücklicher als ich, wenn die Mordfälle aufgeklärt würden. Das ist die reinste Hölle hier. Die Journaille spielt total verrückt. Meine Mailbox quillt über, mein Handy schalte ich schon gar nicht mehr ein und meine Sekretärin steht kurz vor dem Nervenzusammenbruch.“

Es war nicht zu übersehen, dass der Tod Niemanns Wagner an die Nieren gegangen war. Aber da war noch etwas anderes in seinem Gesicht. Sie schaute ihn prüfend an, dann erkannte sie es. Es war Angst. Wovor hatte Wagner Angst, befürchtete er, der Nächste zu sein?

„Wie war Herr Niemann denn so?“

Wagner zögerte einen Moment, runzelte die Stirn. Es wollte nichts Falsches sagen.

„Er war ein umgänglicher Kollege, konfliktscheu, aber eine ehrliche Haut. Etwas mehr Schneid hätte ihm gutgetan, seiner Arbeit auch. Wie viele Beamte kultivierte er die Zuständigkeitskultur. Verantwortung zu übernehmen, war nicht sein Ding. Dennoch, seine Vorzüge überwogen. Niemann hatte immer ein offenes Ohr für andere, selbst für untere Dienstgrade. Ganz anders als Heise, der alles unterhalb vom Ministerialrat schon aus Prinzip ignoriert hat."

„Was halten Sie von Spekulationen, dass es einen politischen Hintergrund für die Morde gibt?"

„Nicht viel. Die linken Medien behaupten, dass Nazis dahinter stehen. Die konservativen Medien spekulieren über autonome Gewalttäter. Beide Seiten versuchen, den Mord für ihre Zwecke zu instrumentalisieren. Ich mag gar nicht daran denken, wenn die Parteien aus der Schockstarre erwachen und sich reinhängen, womöglich noch eine Debatte im Landtag lostreten. Ich kann nur hoffen, dass Sie den Täter bald finden."

„Wir tun unser Bestes. Und Sie wissen von niemandem, der Groll gegen Ihre beiden Kollegen hegte? In hohen Positionen bleibt es nicht aus, dass man Feinde hat", fasste Verena nach.

„Stimmt, Feinde muss man sich hart erarbeiten." Fast dieselben Worte hatte der Staatssekretär benutzt. Für einen kurzen Augenblick glaubte Verena so etwas wie einen Geistesblitz in den Augen ihres Gegenübers zu erkennen. Ihm schien etwas Wichtiges eingefallen zu sein. Doch es kam nichts.

„Tut mir leid, ich weiß von keinem, der mit Niemann nicht konnte. Außer …" Er zögerte. Verena versuchte ihre Ungeduld zu verbergen.

„Abgesehen von Ministerialrätin, demnächst Ministerialdirigentin König", räumte er schließlich ein. „Die konnte nicht mit ihm. Aber, unter uns gesagt, ich kenne niemanden in der Kollegenschaft, der mit ihr gut klarkommt. Und zwischen Niemann und ihr bestand eine ganz normale Antipathie, wie sie im Berufsalltag alltäglich ist. Den einen mag man, der andere geht einem auf den Senkel. Anders als mit Heise gab es mit Niemann keine offen ausgetragenen Auseinandersetzungen."

Stollmann, mit von der Partie und an diesem Vormittag schlecht gelaunt, warf Verena einen Blick zu, der so viel besagte wie: So kommen wir doch nicht weiter.

„Mit Sicherheit gibt das Scharmützel unter Kollegen kein Motiv für einen Mord her", beeilte sich der Pressesprecher hinzuzufügen. Ihm war der Blick nicht entgangen. „Der Ministerpräsident hält Stellvertretermorde für möglich. Er wird rund um die Tür von Personenschützern bewacht, seine engsten Mitarbeiter nicht."

Stollmann, früher selbst Personenschützer, schnaubte hörbar. Bevor er eine abfällige Bemerkung von sich geben konnte, fragte Verena: „Und Sie, wie denken Sie darüber?"

Wagner runzelte die Stirn. „Wenn ich jemanden umbringen will, schaff ich das. Trotz Bodyguards und Dienstwagen mit Panzerglas, Lücken finden sich immer. Denken Sie an die Anschläge gegen Lafontaine und Schäuble. Beide hatten das volle Programm, Personenschutz rund um die Uhr, auf Schritt und Tritt bewacht und trotzdem wurden sie lebensgefährlich verletzt."

„Sie glauben also nicht daran, dass mit den Morden Ihr Chef getroffen werden sollte?", vergewisserte sich Verena.

„Ich bin nicht das Orakel von Delphi. Hass und Zorn sind weit verbreitet, wie ich finde, mit steigender Tendenz. Da hat sich in den letzten Jahren eine Menge an Frust und Wut bei vielen Bürgern dieses Landes aufgestaut. Aber Ihnen muss ich das nicht sagen."

„Wir haben gelegentlich mit den Auswirkungen zu tun. Vor allem die unteren Dienstgrade, die sich allzu oft als Blitzableiter verfehlter Politik fühlen. 16 000 Polizeibeamte sind nächste Woche im Einsatz, wenn der Atommüll nach Gorleben rollt, die verantwortlichen Politiker selbst machen sich rar." Stollmann hatte die Sprache wieder gefunden. Die Chance zu abfälligen Bemerkungen über Politiker wollte er sich nicht entgehen lassen.

„Und, fällt Ihnen jemand ein, ein abgewiesener Bürger oder ein frustrierter Mitarbeiter?", hakte Verena nach.

Wagner runzelte erneut die Stirn. „Nee, tut mir leid, Frau Hauser. Ich fürchte, ich kann Ihnen nicht weiterhelfen. Frustrierte Mitarbeiter gibt es natürlich auch in der Staatskanzlei. Wie überall. Aber Mörder? Nein wirklich, das traue ich keinem von den Kollegen zu. Arbeitsverweigerung, Dienst nach Vorschrift, will sagen Untätigkeit und häufige Fehlzeiten, da sage ich Ja. Aber Mord, ein entschiedenes Nein."

Verena unterdrückte ein Gähnen. Sie traten auf der Stelle, kamen einfach nicht weiter. Sie gab sich einen Ruck und reichte ihm ihre Visitenkarte. „Nun dann, Herr Wagner. Wenn Ihnen noch was einfällt, rufen Sie mich an. Jederzeit."

Der erhob sich, er schien erleichtert zu sein. Im Türrahmen blieb er plötzlich stehen, drehte sich zu ihr um.

Wollte er ihr noch etwas sagen? In diesem Moment klingelte sein Handy, er nahm den Anruf entgegen und schloss die Tür hinter sich.

41

Der Personalratsvorsitzende Ballauf fischte nach einem Taschentuch und wischte sich über die verdächtig feuchten Augen. „Wir waren nicht immer einer Meinung. Das bleibt nicht aus, wenn man auf verschiedenen Seiten steht, er oben, ich unten. Das hat er mich aber nie spüren lassen. Ich kann mich an keinen einzigen Fall erinnern, in dem wir keinen Kompromiss gefunden haben. Einen besseren Personalchef als Niemann kann man sich nicht wünschen. Und jetzt ist er tot. Obwohl ich gläubiger Christ bin, frage ich mich, was das mit Gerechtigkeit zu tun hat. Warum muss einer wie Niemann mit noch nicht einmal fünfzig Jahren abtreten? Das ist einfach nicht gerecht!"

Unheilvolles Schweigen hing über dem Roten Salon.

„Ich hoffe, dass Sie das Schwein bald fassen. Wenn Sie ihn haben, sagen Sie mir Bescheid. Ich möchte ihm einen Besuch abstatten, ihm gehörig eins auf die Nuss geben. Das ist das Mindeste, was ich Niemann schulde. Ich werde dem Kerl seine gottverdammte Visage polieren und …"

Der Mann redete sich um Kopf und Kragen. Stollmann zwinkerte ihr zu. „Herr Ballauf, achten Sie auf Ihre Worte. Sie sprechen mit der Polizei", stoppte ihn Verena.

„Wo er recht hat, hat er recht. Personalchefs, die sich für Mitarbeiter einsetzen, sind bei uns eine vom Aussterben bedrohte Spezies. Man sollte sie unter das Artenschutzabkommen stellen", pflichtete Stollmann ihm bei.

Ballauf schaute überrascht hoch. Zum ersten Mal schien er die Polizeibeamten als Menschen aus Fleisch und Blut wahrzunehmen. Bevor ihr Kollege noch eins draufsetzen konnte, ergriff Verena das Wort. Jetzt bloß kein Lamentieren über die Zustände auf dem deutschen Arbeitsmarkt, über Lohndumping und Niedriglöhne.

„Einen Feind muss er gehabt haben", stellte sie fest. Die beiden Männer blickten sich an. Ein Blick, der heimliches Verständnis signalisierte. Verena fühlte sich ausgeschlossen. „Wieso überrascht Sie meine Feststellung, Herr Ballauf? Es wäre hilfreich, wenn wir über Fakten nicht diskutieren. Also?" Er zuckte unter ihrem eisigen Blick zusammen. Sie hatte jahrelang geübt, bis sie den draufhatte.

„Es kann auch ein Geistesgestörter gewesen sein, sogar die Presse schreibt von einem Beamtenkiller", begründete der Personalratsvorsitzende seine Zweifel.

„KANN, Herr Ballauf, muss aber nicht. Was ist mit Frau Ministerialrätin König, die konnte doch nicht mit Herrn Niemann?", fasste Verena nach.

„Ab morgen Ministerialdirigentin, Blitzbeförderung von B 2 nach B 6. Bei den oberen Chargen geht das immer rucki zucki. Da spielen ein oder zwei Tausender mehr im Monat keine Rolle. Aber wehe, Sie wollen eine Gehaltserhöhung von A 7 nach A 8 durchsetzen, so um die fünfzig Euro monatlich, dann ist die Kacke am Dampfen. Fünfzig Euro mehr sind dann kriegsentscheidend für die Sanierung der Landesfinanzen."

Ein Zustimmung heischender Blick in Stollmanns Richtung. Der nickte verständnisvoll. „Mag sein, Herr

Ballauf. Aber darum geht es im Moment nicht. Ich will mehr über die Konflikte erfahren."

„Sie mochten sich nicht, das stimmt. Bis auf den Ministerpräsidenten werden Sie allerdings kaum jemanden bei uns im Haus finden, der Britta König schätzt. Ihr übertriebener Ehrgeiz und ihre Arroganz kommen nicht gut an. Dennoch, eine Mörderin ist sie mit Sicherheit nicht. Warum sollte sie das auch tun? Es macht keinen Sinn, oder?"

Verena warf einen Blick auf die Aufzeichnungen vor ihr. „Sie sind seit acht Jahren Personalratsvorsitzender ..."

„Neun, seit neun Jahren", wurde sie korrigiert.

„Umso besser. Dann kennen Sie das Haus und die Vorgänge besser als jeder andere. Fallen Ihnen Personen ein, Mitarbeiter, Außenstehende, Bittsteller, vielleicht auch Politiker, die sich mit den beiden überworfen haben? Gab es Ärger mit Genehmigungsverfahren, Gorleben, Asse, EU-Mitteln, Landesbürgschaften, was auch immer."

Ballauf dachte nur kurz nach. „Klar gibt es Atomkraftgegner, die die Staatskanzlei für Gorleben verantwortlich machen. Aber dass sie zur Waffe greifen, halte ich für ausgeschlossen. Lieber bewerfen sie den Regierungschef mit faulen Tomaten oder Eiern. Das ist auch sehr wirkungsvoll und kein Kapitalverbrechen."

Verena ließ nicht locker. „Und was ist mit dem Personal? Fällt Ihnen jemand ein, der Ärger mit den beiden hatte? Vielleicht in der Vergangenheit?"

Ihr Gegenüber zögerte. Dann sagte er mehr zu sich als zu den Polizeibeamten: „Nicht dass ich wüsste. Niemann hatte mit niemandem Ärger, das habe ich doch schon gesagt. Natürlich gab und gibt es hin und wieder Probleme. Mitarbeiter, die gegen Dienstvorschriften verstoßen, die Stempelkarte manipulieren zum Beispiel, Dienstgänge vorgeben und sich zum Kollegenplausch in der Markthalle treffen. Aber was hat das mit den Morden zu tun? Das ist der normale behördliche Alltag." Seine Stimme klang belehrend. Das Augenzwinkern in Richtung ihres Kollegen ärgerte sie. „Ob es Ihnen gefällt oder nicht, wir suchen nach einer Verbindung zwischen Heise und Niemann, die Aufschluss über mögliche Täter und Motive gibt. Die Staatskanzlei ist momentan die einzige Verbindung. Wie sieht es mit Gesine Terberg aus, gehört sie zu den gerügten Mitarbeiterinnen?"

„Wie kommen Sie denn darauf? Gesine Terberg ist gelegentlich krank und manchmal hat sie eine Art …"

Seine Stimme verlor sich. „Was denn nun?", beharrte Verena.

Statt einer Antwort setzte Ballauf ein beleidigtes Gesicht auf. Stollmann vermittelte. „Es muss ja nicht gleich eine Abmahnung oder Kündigung gewesen sein. Vielleicht fühlte sie sich gemobbt."

Der Personalratsvorsitzende räusperte sich. „Ist gut möglich. Die Frau ist irgendwie komisch. Als sie dem Regierungssprecher zugewiesen war, hat sie Ansätze einer Stalkerin gezeigt. Sie wurde dann versetzt. Aber Niemann hat sie ganz bestimmt nicht gemobbt, das war nicht sein Stil. Bei Heise war es anders, der hat fast jeden gemobbt. Wenn Sie die alle festnehmen wollen, ist der Laden leer."

Stollmann grinste, Verena ging der Mann zunehmend auf die Nerven. „Ich erwarte mehr Kooperationsbereitschaft von Ihnen, Herr Ballauf. Also denken Sie noch einmal gründlich nach. Vielleicht fällt Ihnen noch jemand ein, der Ärger mit den beiden hatte, jemand, der gegen seinen Willen versetzt wurde oder sich um eine Beförderung betrogen fühlte."

Ballauf setzte ein abweisendes Gesicht auf, bevor er sich unter Hinweis auf eine Kabinettsnachbesprechung, bei der er nicht fehlen dürfe, mühsam erhob. Verena fragte sich, weshalb sie ständig das Gefühl hatte, dass die Beamten der Staatskanzlei ihr etwas verschwiegen. Ballauf, Staatssekretär Haders, die verhuschte Gesine Terberg und die arrogante Ministerialrätin. Selbst bei Wagner, der ihr durchaus gefiel, war sie sich nicht sicher, ob er ihr etwas verschwieg.

„Du kannst ihn nicht leiden", stellte Stollmann fest, als sie wieder unter sich waren. Verena blickte von ihren Aufzeichnungen hoch. „Das siehst du falsch. Ich will die Morde aufklären und habe nicht den Eindruck, dass die Mitarbeiter der Staatskanzlei besonders kooperativ sind. Dass mich das nicht froh stimmt, liegt doch wohl auf der Hand."

42

Der Flurfunk in der Staatskanzlei funktionierte tadellos. Mit ihrem Status änderte sich der Umgang gegenüber Britta König schlagartig. Sie war jetzt wer, entschied über Beförderungen und attraktive Auslandsreisen. Man lästerte nicht mehr über sie, man buhlte um ihre Gunst. Jahrelang war sie von ihrem Vorgesetzten schikaniert und von den Kollegen ignoriert worden. Jetzt ignorierte sie niemand mehr und es lag in ihrer Hand, andere zu schikanieren. Der Mord hatte sich für sie ausgezahlt. Völlig neue Perspektiven taten sich auf. Das Gefühl von Macht war fast so gut wie Sex. Nein, korrigierte sie sich in Gedanken, es war besser. Sie verdrängte die Erinnerung an die letzte Nacht. Die Affäre mit Gregor musste so schnell wie möglich ein Ende finden.

In ihre Gedanken hinein klopfte es. Ehe sie reagieren konnte, wurde die Tür weit aufgerissen. Das strahlende Lächeln, das Siegbert Meyer üblicherweise zur Schau trug, wirkte heute verkrampft. Sie nahm seine Glückwünsche zur Beförderung und die Schachtel Pralinen entgegen. Dickfellig wie immer, nahm er unaufgefordert ihr gegenüber am Schreibtisch Platz. Während er sie mit den neusten Gerüchten zu den Mordfällen beglückte, beäugte er die Pralinenschachtel.

Britta König öffnete sie und schob sie in seine Richtung. Er machte sich über die Pralinen her. Genüsslich kauend redete er auf sie ein. Die Theorie vom Beamtenkiller sei beängstigend. In Wagners Haut möchte er nicht stecken. Neben dem seit Wochen erkrankten Leiter der Abteilung für Internationales sei er der einzige verbliebene Abteilungsleiter. „Wer weiß, ob er der Nächste ist?" Eine Antwort erwartete er nicht, sondern fügte höhnisch grinsend hinzu: „Ach, ich vergaß. Morgen ernennt das Kabinett Sie ja ebenfalls zur Abteilungsleiterin. Dann sind Sie ja auch gefährdet. Dabei, werte Frau Kollegin, ganz unter uns, gab es Stimmen im Hause, die Sie verdächtigt haben. Ich natürlich nicht, aber Gesine Terberg und einige andere haben sich den Mund über Sie zerrissen. Schäbig, schäbig, kann ich nur sagen. Alles hinter Ihrem Rücken!"

Lauernd wartete er auf ihre Reaktion. Als die Empörung ausblieb, fuhr er fort: „Ausgerechnet die Terberg spielt sich auf. Eine Stalkerin, die unserem Regierungssprecher das Leben schwer gemacht hat. Es gab Zeiten, wo er nur noch den Hintereingang benutzte und auf Zehenspitzen über den Flur ging, damit sie ihn nicht abfangen konnte. Wenn Sie mich fragen, die Alte ist meschugge. Dieser merkwürdige Blick, so leer, und wie sie einen anschaut. Wenn ich Personalchef wäre, hätte ich längst …"

Mitten hinein in Meyers Offenbarungen platzte Verena Hauser. Heute wurde sie von einem Kollegen begleitet, den sie als Kriminalrat Stollmann vorstellte. Meyer, der wie angenagelt sitzen blieb, wurde hinauskomplimentiert. Im Hinausgehen nahm er sich noch eine Praline. Die mitgebrachte Schachtel war nur noch halb voll.

Verena nahm seinen Platz ein, Stollmann rückte einen weiteren Stuhl heran. Seine Aufmerksamkeit galt weniger den beiden Frauen im Raum als der Pralinenschachtel. „Nehmen Sie ruhig", forderte Britta König ihn auf. Mit seinem Strickpullover, Marke Eigenfertigung, der ausgebeulten Cordhose und den ungekämmten Haaren sah er verboten aus.

Verena eröffnete das Gespräch. „Ich warte immer noch auf Ihren versprochenen Anruf, Frau König. Sie wollten mir den Namen des Mannes sagen, mit dem Sie am Tatabend zusammen waren. Auch würde ich gerne wissen, wo Sie Sonntagabend zwischen 20 und 22 Uhr waren."

Die Ministerialrätin gab sich gewohnt schnippisch. „Ach das! Mein Bekannter möchte nicht, dass ich seinen Namen der Polizei nenne. Ich erwähnte bereits, dass er verheiratet ist. Außerdem dürfte sich nach dem zweiten Mord die Situation grundlegend geändert haben. Welchen Grund sollte ich haben, Herrn Niemann zu erschießen? Ich hatte keinen Streit mit ihm. Wir sind gut miteinander ausgekommen."

„Da haben wir etwas anderes gehört, Frau König", widersprach Verena.

Die Ministerialbeamtin reagierte ungehalten. Es fiel ihr erkennbar schwer, sich zu beherrschen. „Dummes Geschwätz. In diesem Haus wird zu viel geredet. Wenn ich Abteilungsleiterin bin, wird sich das ändern. Die Leute werden fürs Arbeiten bezahlt, nicht fürs Tratschen."

„Für die Steuerzahler sicherlich beruhigend, zu wissen. Uns interessiert in erster Linie, wie Sie den Sonntagabend verbracht haben. Und der Name des Mannes, der ihr Alibi für die Tatzeit im Mordfall Heise bestätigen kann", fasste Verena nach.

„Sonntagabend war ich zu Hause. Und ehe Sie weiterfragen: Ich war allein und habe Weihnachtskekse gebacken. Sie können die alte Schabracke von nebenan fragen. Die passt doch auf wie ein Schießhund, wird also bestätigen können, dass ich nicht weggefahren bin. Mein Auto parke ich meistens in der Parkbucht vor ihrem Küchenfenster. Da sie den lieben langen Tag in ihrer Wohnung herumhängt und aus dem Fenster glotzt, bekommt sie mit, wenn ich wegfahre."

„Sie hätten die Straßenbahn nehmen können", gab Stollmann zu bedenken.

„Habe ich aber nicht, wohin auch bei dem lausigen Wetter? Schneeglätte, Kälte und um vier Uhr dunkel, da vergeht jedem halbwegs normalen Menschen die Lust auf Sonntagsausflüge."

„Wir werden das überprüfen", sagte Verena und machte sich eine Notiz.

„Wenn Sie nichts Besseres zu tun haben." Schon wieder dieser herablassende Ton. Verena schob eine Frage nach. „Und Ihr Liebhaber war nicht bei Ihnen?"

Britta König reagierte patzig. „Er war zu Hause bei seiner Familie, die Sonntage sind ihm heilig. Finden Sie es nicht albern, ständig auf meinem Alibi herumzuhacken? Ich frage Sie noch einmal: Welchen Grund sollte ich haben, Niemann zu erschießen? Zugegeben, er war ein Weichei, immer auf Kompromisse aus, niemals bereit, für eine Sache zu kämpfen. Vermutlich war er nicht besonders erfreut über meine Beförderung. Das eint ihn aber mit vielen. Wenn ich all diese Personen erschießen wollte, wäre die Staatskanzlei personell ausgeblutet. Außerdem habe ich Freitag erfahren, dass ich Heises Nachfolgerin werde. Die bevorstehende Beförderung hat mich in Hochstimmung versetzt, ich war sehr gut drauf am Wochenende. Mir war nicht danach zumute, Leute umzubringen. Oder glauben Sie, ich habe mein Glück ausgetobt, indem ich Niemann erschossen habe?"

Der überhebliche Sarkasmus ärgerte Verena. „Sagen Sie uns einfach den Namen Ihres Lovers und Sie sind uns los."

„Von mir erfahren Sie den nicht. Sie haben nichts gegen mich in der Hand. Alles nur vage Vermutungen."

Verena wollte widersprechen, Stollmann kam ihr zuvor, er übernahm die Rolle des Ausgleichenden. „Sie arbeiten doch schon lange in der Staatskanzlei, können sich vielleicht an Vorfälle erinnern, die Anhaltspunkte zum Tatgeschehen geben."

Die Beamtin lächelte verhalten. „Das hört sich schon besser an. Leider muss ich Sie enttäuschen. Ich habe nicht viel Kontakt zu den Kollegen, ich konzentriere mich auf meine Arbeit. Das unterscheidet mich von vielen anderen Referatsleitern im Hause, allen voran der wandelnden Nachrichtenbörse Siegbert Meyer. Er wird Ihnen mehr sagen können."

Verena hatte genug von der arroganten Ministerialbeamtin. Sie erhob sich. „Wegen Ihres Liebhabers hören Sie von uns. Und melden Sie sich bei Frau Schramm in meinem Büro. Wir brauchen Ihre DNA."

„Also verdächtigen Sie mich noch immer? Das ist lächerlich."

„Überlassen Sie es mir, wie ich die Ermittlungen führe. Ich rede Ihnen ja auch nicht in Ihre Arbeit rein", beendete Verena die Vernehmung.

Wieder allein mit Stolli brach es aus ihr heraus: „Was ist das nur für ein beschissener Fall. Zwei Morde, ein Täter und verstockte Beamte, die nichts sagen wollen oder uns frech anlügen."

Stollmann hatte einen Vorschlag parat: „Vielleicht ist es an der Zeit, mit dem Ministerpräsidenten selbst zu sprechen."

43

Das Leben hatte es nicht gut gemeint mit Irene Heise. Ihre Kindheitserinnerungen waren von ständigen Streitereien ihrer Eltern geprägt. Meistens ging es um Geld. Als ihr Vater arbeitslos wurde, ging ihre Mutter putzen. Fortan ließ sie keine Gelegenheit aus, ihn einen Versager zu nennen. Ihr Vater reagierte mit nächtelangen Alkoholgelagen mit seinen Skatfreunden. Bis heute konnte Irene sich keinen Reim darauf machen, was ihre Eltern überhaupt zusammengehalten hat. Liebe war es nicht. Gefühle hatten im Leben ihrer Eltern keinen Platz, selbst für ihr einziges Kind nicht. Zuneigung, Mitgefühl, Fürsorge – in Irenes Kindheit gab es dafür keinen Raum. Beide Eltern starben früh, ihr Vater an Leberzirrhose, ihre Mutter kurz darauf an Krebs.

Als sie Alexander kennenlernte, glaubte sie, das große Los gezogen zu haben. Anders als sie stammte er aus gutbürgerlichen Verhältnissen. Mit juristischem Prädikatsexamen und Anstellung im Landesdienst konnte er ihr all das bieten, was sie als Kind vermisst hatte: Geborgenheit, Sicherheit und Wohlstand. Dass Liebe in ihrer Beziehung keine Rolle spielte, hatte sie nicht gestört. Den Luxus von Gefühlen hatte sie sich als Kind abgewöhnt.

Als sie herausfand, dass Alexander sie mit anderen Frauen betrog, hatte sie darüber hinweggesehen. Es störte sie nicht. Im Gegenteil, sie mochte den Sex mit ihm nicht, war erleichtert, dass andere Frauen das für sie erledigten. Sie genoss das angenehme Leben der Ehefrau eines hohen Beamten. Existenzsorgen wie viele Frauen in ihrer Nachbarschaft, deren Männer sich mit den Folgen von Konjunktureinbrüchen und drohender Arbeitslosigkeit herumschlagen mussten, waren ihr fremd. Ihr Mann verfügte über einen krisenfesten Job mit lebenslangem Kündigungsschutz und hohen Pensionsansprüchen. Die Sicherheit, die sie aus diesem Wissen zog, wurde eine wichtige Stütze für sie, die ihr mangelndes Selbstbewusstsein übertünchte.

Ihr Leben verlief in geordneten Bahnen, sie war nicht glücklich, aber zufrieden. Bis zu dem Tag, als Alexander ihr mitteilte, dass es aus und vorbei sei. Er hatte eine andere. Jünger, erfolgreicher und attraktiver. Das angenehme Leben in einem gepflegten Reihenhaus mit Putzfrau und großzügig bemessenem Haushaltsgeld, Kaffeeklatschrunde am Montag, Tennis am Dienstag und Bridge am Donnerstag fand ein jähes Ende. Der Unterhalt, den Alexander für Karla und sie zahlte, bewegte sich knapp über Hartz-IV-Niveau. Der Richter meinte, dass sie mit siebenundvierzig jung genug sei, um selbst für sich zu sorgen. Der Teilzeitjob bei Altmann & Partner, den Alexander ihr verschaffte, brachte ihr 600 Euro monatlich ein.

Der nächste Tiefschlag war vorprogrammiert. Der ihr wohlgesonnene Altmann senior zog sich aufs Altenteil zurück, der ihr feindselig gesonnene Junior wurde ihr Chef. Probleme mit der pubertierenden Karla kamen hinzu. Dass sie ihr Leben überhaupt noch auf die Reihe bekam, verdankte sie den Tabletten, die der Arzt ihr seit einigen Jahren verschrieb. Sie fühlte sich danach angenehm entspannt, der Alltag erschien ihr weniger bedrohlich. Allerdings ließ die Wirkung im Laufe der Zeit nach und sie war gezwungen, die Dosis zu steigern. Zuletzt war sie bei fünf Pillen täglich angelangt.

In der Hektik des überstürzten Aufbruchs nach der Festnahme hatte sie ihre Tabletten vergessen. Als sie es bemerkte, saß sie bereits in einer muffigen Untersuchungszelle. Sie verfiel in Panik, hätte ihre Angst gerne herausgeschrien, stattdessen weinte sie leise vor sich hin.

Die Aufsichtsbeamtin um Tabletten zu bitten, traute sie sich nicht. Die unnahbare Frau guckte so streng. Außerdem war es viel zu lange her, dass sie jemanden um Hilfe gebeten hatte. Am nächsten Vormittag war Strafverteidiger Janssen auf der Bildfläche erschienen. Willm hatte den besten Strafverteidiger engagiert, den Hannover aufzubieten hatte. Janssen hatte sie nach wenigen Minuten durchschaut. Mit Suchterkrankungen kannte er sich aus, zogen sie doch häufig Gewaltverbrechen nach sich.

„Wir plädieren auf Schuldminderung“, hatte er entschieden. „Sie sind krank.“ Sie wollte das nicht, es war ihr peinlich, auch wegen Karla. „Ich bin nicht krank“, hatte sie widersprochen. Danach traute sie sich erst recht nicht, die Vollzugsbeamtin um Tabletten zu bitten. Am Nachmittag bekam sie Krämpfe, zuerst im Bauch, dann im ganzen Körper. Später kamen heftige Kopfschmerzen dazu. Sie lag auf dem schmalen Bett und krümmte sich vor Schmerzen. Die Aufsichtsbeamtin war besorgt und telefonierte nach dem Gefängnisarzt. Der reagierte ungehalten. Seine Pläne fürs erste Adventswochenende waren andere. Er sah sie nur flüchtig an und diagnostizierte eine Virusgrippe.

„Die ist auf dem Vormarsch und wird Weihnachten ganz Hannover in ihren Klauen halten“, stellte er fest, verpasste ihr eine Spritze und ließ eine Schachtel mit Asperintabletten zurück, bevor er eiligen Schrittes verschwand.

Ihr war zu diesem Zeitpunkt alles egal. Ob sie zu Unrecht als Mörderin verurteilt und jahrelang im Gefängnis sitzen oder gar sterben würde, es interessierte sie nicht. Nicht einmal der Gedanke an Karla gab ihr noch Kraft. Sie verbrachte das schlimmste Wochenende ihres Lebens. Am Sonntagabend ging es ihr etwas besser, obwohl sie sich noch immer sterbenskrank fühlte. Am nächsten Tag kreuzte ihr Anwalt auf. Der Haftbefehl gegen sie war aufgehoben. Ein weiterer Beamter der Staatskanzlei war erschossen worden. Alles sprach dafür, dass derselbe Täter zugeschlagen hatte. Sie war entlastet.

Obwohl ihr Niemann leidtat, drang die Neuigkeit nicht wirklich in ihr Inneres vor. Ihre Gedanken kreisten einzig und allein um die Wunderpillen, die jetzt wieder in greifbare Nähe gerückt waren. Janssen brachte sie in seinem Jaguar nach Hause. Während der Fahrt schimpfte er über Staatsanwalt Engelbrecht. Worte wie „ausgemachter Idiot und Hohlkopf“ fielen. Von einer „Schande für die Zunft der Juristen“ war die Rede. Irene wollte das nicht hören, sie wollte so schnell wie möglich in ihre Wohnung. Als er sie endlich absetzte, verabschiedete Sie sich hastig von ihm. Ihr erster Weg führte sie ins Badezimmer.

Mit zitternden Händen öffnete sie den schmalen Wandschrank. Allein das Bewusstsein, die Schachtel in der Hand zu haben, verschaffte ihr Linderung. Atmung und Puls beruhigten sich, dann hielt sie inne. Zum ersten Mal seit Monaten hatte sich der Nebel in ihrem Kopf gelichtet. Wenn sie jetzt die Pillen schluckte, würde der Nebel zurückkommen. Wollte sie das wirklich?

Jetzt, wo Alexander tot war, hatte sie die Chance auf ein neues Leben. Ein Leben ohne Geldsorgen, ohne Altmann junior und die freche Anka. Ihre Hände zitterten, ihr Puls raste erneut. Ihr war bewusst, dass sich in diesem kurzen Moment, im Bruchteil von Sekunden, ihr weiteres Leben entscheiden würde.

Sie musste zehn Minuten, vielleicht auch länger, vor dem Schrank gestanden haben, dann zwang sie sich, die Schachtel zurückzulegen. Die Kraft, die sie das kostete, rief Schweißausbrüche bei ihr hervor. Und doch fühlte sie sich ungemein erleichtert, als sie ins Wohnzimmer ging. Hier herrschte wieder einmal Chaos. Sie konnte sich nicht erinnern, ob das schmutzige Geschirr vor ihrem überhasteten Aufbruch bereits dort gestanden hatte.

Frau Klaus, die Mutter von Rosi, der Freundin ihrer Tochter, reagierte freudig überrascht auf ihren Anruf. Sie hatte im Radio von ihrer Freilassung gehört. Den Mädchen gehe es so weit gut, versicherte sie. Sie waren noch in der Schule, wollten danach über den Weihnachtsmarkt an der Marktkirche bummeln. Irene war dankbar, dass Frau Klaus sie nicht auf die Mordfälle ansprach. Sie wollte darüber nicht reden. Im Moment wollte sie nicht einmal wissen, wer Alexander umgebracht hatte und weshalb. Im Grunde ihres Herzens war sie dem Täter dankbar, auch wenn sie es nie zugegeben hätte. Es gehörte sich einfach nicht, einem Mörder dankbar zu sein. Sie war es trotzdem.

Jetzt ging es um sie, nur um sie. Zum ersten Mal in ihrem Leben, nicht um ihren alkoholkranken Vater, nicht um ihre zänkische Mutter und nicht um Alexander. Irene spürte, dass es nur diese eine Chance für sie gab. Wenn es ihr jetzt nicht gelang, ihr Leben in die Hand zu nehmen und sich von den dunklen Schatten der Vergangenheit zu befreien, wäre sie endgültig verloren. Ihr Entschluss stand fest. Frau Klaus wirkte nicht besonders überrascht und falls sie es doch war, ließ sie es sich nicht anmerken. „Das ist kein Problem", sagte sie. „Karla kann in den nächsten Wochen bei uns wohnen. Die Wohnung ist zwar klein, aber für eine begrenzte Zeit lässt sich das machen."

Noch während Irene sich bedankte, schämte sie sich, dass sie die Einladungen von Frau Klaus stets ausgeschlagen hatte. Danach tätigte sie weitere Anrufe. Es lief alles nach ihren Vorstellungen. So kurz vor Weihnachten war ein Platz in der Klinik für Suchtkranke am Chiemsee, die als beste ihrer Art in Deutschland galt, kein Problem. Die Entscheidung für eine Klinik weit weg von Hannover fiel ihr leicht. Sie wollte Abstand gewinnen.

Willm Hackmann freute sich, als er ihre Stimme hörte. Er beglückwünschte Irene zu ihrem Entschluss.

„Ich werde selbstverständlich ein Auge auf Karla haben und mich um alles kümmern, was zu regeln ist", versprach er. „Es gibt übrigens definitiv kein Testament und Gabi Eggers wird keine Ansprüche geltend machen.

Es wäre auch aussichtslos. Ich werde Karla vorschlagen, mit ihrer Freundin und deren Mutter in Alexanders Haus zu ziehen. Es wäre blöd, wenn es leer steht und die drei sich in einer beengten Wohnung in einem schäbigen Hochhaus auf die Nerven gehen."

Sein Angebot, sie am nächsten Tag zum Bahnhof zu fahren, nahm sie gerne an. Später telefonierte sie mit Karla, informierte sie über ihre Pläne. Ihre Hoffnung, dass ihre Tochter über Nacht nach Hause kommen würde, erfüllte sich nicht. Karla wollte bei Rosi übernachten. Der jähe Schmerz tat weh.

Es ist Alexanders Schuld. Er hat uns im Stich gelassen. Die Wut, die sie in diesem Moment empfand, drückte auf ihre Brust. Sie wusste, sie würde lernen müssen, ihm zu vergeben. Der Weg, der vor ihr lag, war steinig, der Hass einer jener Steine, die es wegzuräumen galt. Als sie am nächsten Morgen um Viertel vor acht den ICE in Richtung München bestieg, winkte sie Willm noch lange hinterher. Erst als von ihm nichts mehr zu sehen war, nahm sie ihren Platz im Großraumabteil der ersten Klasse ein. Der Gedanke, dass dies ein Abschied für immer war und sie nie mehr zurückkommen würde, ließ sie die ganze Fahrt über nicht mehr los.

44

„Sie wollen mit dem Ministerpräsidenten sprechen? Jetzt gleich?“ Weit aufgerissene Augen starrten Verena überrascht an.

„Ja, das würde ich gerne.“

Sybille Becker schüttelte ihren rot gelockten Kopf. „Das wird nicht gehen. Der Ministerpräsident befindet sich in einem wichtigen Gespräch mit dem Präsidenten des niedersächsischen Handwerks und seinem Geschäftsführer. Es stehen heikle Themen an. Die Finanzkrise, der große Befähigungsnachweis und der Fachkräftemangel. Das kann sich hinziehen.“

Verena kam näher. Für eine Persönliche Referentin war sie ungewöhnlich jung, Mitte zwanzig vielleicht. „Ich erwarte nicht, dass sie das Gespräch unterbrechen, ich kann warten.“

Ihrem Gegenüber gefiel die Vorstellung nicht. Sie zog den Kalender auf dem Schreibtisch vor sich zu sich heran und blätterte darin herum. „Und anschließend muss er in die Parteizentrale. Eine Vorstandssitzung. Da ist der Herr Ministerpräsident unabkömmlich.“

„Ein paar Minuten wird er sicherlich Zeit für mich finden. Immerhin geht es um Mord. Zwei seiner engsten Mitarbeiter sind tot.“

„Ja, ja, der Chef ist tief betroffen. Allerdings hat er Staatssekretär Haders die Sache übertragen, der ist Chef der Staatskanzlei. Weshalb sprechen Sie nicht mit ihm?“

„Das habe ich bereits getan. Beide Beamten hatten einen besonders engen Draht zum Regierungschef. Es liegt auf der Hand, dass ich mit ihm selbst sprechen möchte."

„Dann müssen Sie draußen warten, ich habe zu tun." Sie zeigte auf ein Blatt Papier auf ihrem Schreibtisch. „Die Leute auf der Liste muss ich alle noch heute anrufen."

In der Besucherecke direkt vor dem Büro des Ministerpräsidenten lagen Hochglanzbroschüren aus. Aus Langeweile blätterte Verena in einer davon. Sie trug den Titel „Niedersachsen, das Land mit Weitblick".

Fast auf jeder Seite bunte Bilder mit dem Regierungschef: bei einer Schiffstaufe auf der Meyer Werft in Papenburg, beim Spaziergang im Wattenmeer, auf einem Krabbenkutter, bei einer Wanderung im Harz, auf Betriebsversammlungen und Volksfesten. Schützenfeste, Sommerfeste, Weihnachtsmärkte und immer wieder das Gartenfestival in Herrenhausen. Wen interessierten solche Broschüren, fragte sich Verena und fand keine Antwort. Der Gedanke an die Kosten und ihr seit Jahren aus Geldmangel nicht repariertes Bürofenster löste Wut bei ihr aus.

Die Tür zum Vorzimmer des Ministerpräsidenten wurde geöffnet und heraus kamen zwei Männer in dunkelblauen Anzügen. Der Ältere, vermutlich der Handwerkspräsident, grüßte sie freundlich. Der Jüngere ignorierte sie. „Es ist gut gelaufen, wir haben uns in allen Punkten durchgesetzt", sagte er zu seinem Begleiter.

Der war weniger euphorisch. „Warten wir ab, was letztlich daraus wird. Ich habe schon Pferde kotzen sehen." In ihr Gespräch vertieft, verschwanden die beiden aus ihrem Blickfeld. Erneut wurde die Tür aufgerissen und vor ihr stand der Regierungschef. Er war kleiner, als die Fernsehbilder suggerierten. Auch sah er älter aus. Die Augen, die sie prüfend taxierten, zeugten von zu wenig Schlaf und zu vielen Terminen in stickigen Räumen.

„Sie warten auf mich? Haben wir einen Termin?"

Verena erhob sich und gab ihm die Hand. Sein Händedruck war fest. Sie stellte sich vor und nannte den Grund ihres Besuchs. Begeistert war er nicht. „Warum sprechen Sie nicht mit meinem Staatssekretär? Als Leiter der Staatskanzlei ist er für Personalfragen zuständig."

Personalfragen? Eine nette Umschreibung für zwei Morde. „Das habe ich bereits. Die beiden Ermordeten waren enge Vertraute von Ihnen."

„Deshalb weiß ich noch lange nicht, wer sie erschossen hat. Tut mir leid, aber ich kann Ihnen nicht weiterhelfen."

„Die einzige Verbindung, die wir gefunden haben, ist ihre Tätigkeit in der Staatskanzlei. Wir müssen also davon ausgehen, dass der Mord mit der Regierungszentrale zu tun hat. Ist Ihnen vielleicht jemand erinnerlich, der sich mit den beiden überworfen hat, ein aufgebrachter Bürger, ein frustrierter Mitarbeiter, ein erboster Unternehmer?"

Er deutete auf das Sofa. „Warum setzen wir uns nicht? Meine Zeit ist allerdings knapp bemessen. Um auf Ihre

Frage zurückzukommen. Das haben wir uns natürlich auch schon gefragt und niemand ist uns eingefallen."

Jetzt bemerkte sie, dass sein Blick wohlwollend war und sich am Ausschnitt ihrer Bluse festmachte. Sie beglückwünschte sich dazu, dass sie heute ihren neuen, eleganten Hosenanzug und das farblich dazu passende hellblaue Top angezogen hatte.

Das Antwort- und Fragespiel ging eine Weile hin und her, ohne dass etwas dabei herauskam, was ihr weiterhelfen würde. Sie hätte liebend gerne die Korruption, in die Heise verwickelt gewesen war, angesprochen. Die Weisung ihres Direktors war allerdings unmissverständlich gewesen. Er würde es ihr nicht verzeihen, und nichts lag ihr ferner, als Jürgen Ritter zu verärgern.

Dann schaute er auf seine Uhr und sagte: „Sorry, ich muss weg. Eine wichtige Sitzung in der Parteizentrale. Danach muss ich nach München, ein nicht aufschiebbarer Termin. Ich gebe Ihnen den guten Rat, suchen Sie den Täter oder die Täterin außerhalb der Staatskanzlei. Vielleicht stecken Atomkraftgegner dahinter, denen der Ausstieg nicht schnell genug geht und die jetzt Angst und Schrecken in meiner Staatskanzlei verbreiten wollen. Oder Neonazis. Niedersachsen hat sich für das Verbot der NPD ausgesprochen. Auch islamistische Terroristen will ich nicht ausschließen. Die Gewaltspirale in unserer Gesellschaft hat beängstigende Formen angenommen. Manchmal frage ich mich, ob die Polizei …"

Er unterbrach sich. „Lassen wir das. Sie tun bestimmt Ihr Bestes." Der Ton, in dem er das sagte, machte klar, dass er das Gegenteil dachte. Bevor sie etwas sagen konnte, war er auf und davon. Aus dem angrenzenden kleinen Raum folgten ihm zwei Sicherheitsbeamte, die Verena einen aufmunternden Blick zuwarfen. Aufmunterung kann ich gut gebrauchen, dachte sie, während sie hinter den hoch gewachsenen Männern Richtung Ausgang eilte.

45

München

„Wir hätten früher aufbrechen müssen, wir werden zu spät kommen“, wetterte der Ministerpräsident. „Tut mir leid, aber der Stau war nicht angekündigt“, entschuldigte sich sein Fahrer.

„Man hätte es voraussehen können. Ach, was sage ich, MÜSSEN. Jedes Kind weiß, was morgens um acht zwischen der City und Grünwald los ist. Wir sind hier in München, guter Mann. München, nicht Hannover. Von meinem Fahrer kann ich erwarten, dass er sich vorbereitet. Solche Situationen muss man vorhersehen!“

„Der Begleitschutz hat gemeint, wir schaffen den Weg in einer halben Stunde, es sind ja nur zehn Kilometer“, rechtfertigte sich der Fahrer. Der Ministerpräsident war mit dem falschen Bein aufgestanden. Seine Mitarbeiter mussten es ausbaden. Wagner kannte das schon, meistens hielten diese Phasen nicht lange an. „Ich hoffe nur, dass der Konsul uns die Zeit nicht berechnet, die wir zu spät kommen. Bei einem Stundensatz von 2000 Euro kann das meine Partei verdammt teuer zu stehen kommen.“

„Noch sind wir ja in der Zeit“, kam Wagner dem gescholtenen Fahrer zu Hilfe. „Wir hatten halb neun ausgemacht. Und jetzt ist es …“

„Sie müssen mir nicht sagen, wie spät es ist, Wagner. Ich weiß das. Und jetzt hören Sie auf zu reden, ich möchte mich auf den Termin vorbereiten.“

Fragt sich, was es da vorzubereiten gibt, dachte Wagner und lehnte sich weit in den weichen Ledersitz der gepanzerten Dienstlimousine zurück. Weshalb sein Chef, der mit Rücksicht auf die Morde fast alle anderen Termine abgesagt hatte, ausgerechnet an dem Treffen mit Konsul von Holzhausen festgehalten hatte, war ihm ein Rätsel. Selbst wenn der Konsul als erste Adresse in Deutschland für Imageaufwertung galt. Man sollte doch meinen, dass den Ministerpräsidenten im Moment andere Sorgen umtrieben als sein Ranking.

Fünf Minuten nach halb neun erreichten sie die in der Perlacher Straße gelegene Villa. Die Zufahrt zum Grundstück wurde durch ein hohes schmiedeeisernes Tor versperrt. Bevor der Fahrer den Klingelknopf betätigen konnte, öffnete sich das Tor. Das Grundstück musste einige Tausend Quadratmeter groß sein. Im Frühjahr und Sommer würde der Vorgarten eine einzige bunte Blütenpracht sein. Jetzt zeugten kahle, knorrige Bäume und mit Folien abgedeckte Blumenkübel von tristem Winterwetter. Vor der Doppelgarage der schmucken Villa parkte ein silberfarbener Jaguar, daneben ein BMW X5. Die Geschäfte des Konsuls schienen einträglich zu sein.

Die Haustür öffnete sich und ein Mann in roter Livree kam heraus. Mit einer angedeuteten Verbeugung öffnete er die Beifahrertür. „Herzlich willkommen, Herr Ministerpräsident, der Herr Konsul erwartet Sie bereits. Für Ihren Fahrer hat die Köchin ein Frühstück vorbereitet." Fragend schaute der Livrierte in Wagners Richtung. „Mein Pressesprecher, er nimmt am Gespräch mit dem Konsul teil", machte der Ministerpräsident klar.

Sie wurden ins Haus komplimentiert. „Wenn die Herrschaften mir bitte folgen wollen."

Die um die 100 m² große Eingangshalle öffnete den Blick auf die Terrasse, mitten drin ein Swimmingpool, davor ein mit künstlichen Kerzen dekorierter Tannenbaum.

„Wenn Sie bitte warten wollen, ich bin gleich wieder bei Ihnen", beschied er dem Fahrer. „Für Sie, Herr Ministerpräsident, und Ihre Begleitung wurde im Esszimmer ein kleines Frühstück vorbereitet."

Während Wagner hinter dem Chef und dem Butler her trottete, verdrehte der Fahrer die Augen. Eine für den Regierungssprecher nachvollziehbare Reaktion auf das gestelzte Benehmen des Butlers.

Die Maße des Esszimmers entsprachen denen von Wagners Wohnung. Nicht die Mahagonimöbel aus dem vorigen Jahrhundert, die ein Vermögen gekostet haben dürften, erweckten seine Aufmerksamkeit, das ausladende Gemälde über dem Esstisch war es, das ihn faszinierte. Eine splitternackte Frau, im Bauchnabel eine rote Rose, lächelte auf sie herab. Auch dem Ministerpräsidenten fiel das Bild auf. Trotz seiner Vorliebe für das weibliche Geschlecht, gefiel ihm das Gemälde nicht. Was damit zu tun haben mochte, dass die Dame nicht blond war. Demonstrativ setzte er sich mit dem Rücken zu dem Bild, womit er den Butler, der ihm einen anderen Stuhl zurechtgerückt hatte, in vorübergehende Verwirrung stürzte.

„Der Herr Konsul kommt sofort, er hat noch ein dringendes Telefonat mit einem Klienten. Darf ich den

Herrschaften schon mal ein Glas Champagner einschenken?" Der Ministerpräsident nickte. Wagner hielt vergeblich nach Kaffee Ausschau. Es gab keinen, nur Champagner und Selters. Auch die vorbereiteten Speisen, Lachs, Kaviar und Krabbensalat, entsprachen nicht seinem Frühstücksgeschmack.

Der Chef prostete ihm zu und trank das Glas in Windeseile aus. Wagner nippte vorsichtig an seinem Glas. Eigentlich mochte er keinen Champagner, auf nüchternen Magen schon gar nicht. Beim zweiten Glas besserte sich die Laune des Ministerpräsidenten spürbar. Er ließ sich lobend über die antike Einrichtung aus. Von dem grässlichen Gemälde abgesehen sei das Zimmer außerordentlich geschmackvoll eingerichtet. Dann fabulierte er darüber, sein eigenes Büro ähnlich einzurichten. Der derzeitige mediterrane Stil passe nicht in eine niedersächsische Staatskanzlei, meinte er. Wagner lag die Frage auf der Zunge, weshalb ihm das nicht vor drei Monaten eingefallen war. Die neue Ausstattung hatte fast den halben Jahresetat der Staatskanzlei für Neuanschaffungen verschlungen. Er verkniff sie sich, da in diesem Moment der Konsul erschien. Der dickliche Mann mochte um die sechzig sein, vielleicht auch älter. Das Zuspätkommen wurde wortreich entschuldigt. Ein langjähriger Klient, der Vorstandsvorsitzende einer Schweizer Bank, habe seinen Rat benötigt.

„Aber jetzt bin ich ganz für Sie da. Bevor wir zum Geschäftlichen kommen, bedienen Sie sich bitte. Den Kaviar habe ich letzte Woche aus St. Petersburg mitgebracht. Sollten Sie unbedingt probieren, ganz köstlich.

Nicht zu vergleichen mit dem Zeug, das hierzulande in den Handel kommt."

Wagner nahm einen kleinen Löffel. Es schmeckte scheußlich. Ihm war nach einem Marmeladenbrötchen und einer Tasse Kaffee oder besser noch ein Mandelhörnchen.

„Ich habe mich eingehend mit Ihrer Person und Ihrem Anliegen beschäftigt und kann Ihnen einen Vorschlag unterbreiten, Herr Ministerpräsident. Schrecklich übrigens, die zwei Todesfälle in Ihrem Mitarbeiterstab. Weiß man denn schon, wer der Täter war? Gibt es zumindest eine aussichtsreiche Spur?"

„Bisher nicht, ich bin aber zuversichtlich, dass die Fälle kurzfristig aufgeklärt werden. Der Innenminister persönlich kümmert sich darum."

Der Konsul forderte den Butler auf, den Gästen nachzuschenken und sie allein zu lassen. Die zweite Flasche Champagner wurde geköpft, und ehe Wagner es sich versah, war sein Glas erneut voll. Nachdem der Livrierte sich lautlos entfernt hatte, pries der Konsul ein weiteres Mal den echten, eigentlich unbezahlbaren Kaviar an und nötigte seinen Gästen Krabbensalat und Lachshäppchen auf.

„Was nun Ihr Problem angeht, Herr Ministerpräsident: Ich kann Ihnen helfen. Sinkende Umfragewerte für einen Spitzenpolitiker sind das Gegenteil von schön, aber nichts, das sich nicht lösen ließe. Nicht jedenfalls, wenn man den richtigen Partner an seiner Seite weiß. Es war eine kluge Entscheidung, sich an mich zu wenden. Ich habe schon in weitaus schwierigeren Fällen geholfen:

Spitzenmanagern und Bankvorständen, die kurz vor dem Rauswurf standen. Leerverkäufe, ungedeckte Zertifikate, Riesenverluste für die Bankenkunden. Sie wissen schon. Aber ich konnte trotzdem helfen. Auch einigen Politikern übrigens, die imagemäßig total am Boden lagen. Namen erfahren Sie von mir nicht. Namen sind topsecret in meiner Branche."

Er unterbrach sich und häufte sich eine Portion Kaviar auf seinen Teller. „Mm, köstlich, einfach grandios. Wo waren wir stehen geblieben …? Ach ja, bei der Imageberatung, die ich leiste. Ich helfe gerne, aber natürlich sind meine Dienste nicht kostenlos zu haben. In Ihrem Fall, Herr Ministerpräsident, wird es nicht ganz einfach. Machen wir uns nichts vor, Sie sind angeschlagen. Ich sehe aber gute Chancen, dass wir das wieder hinbekommen. Und ob Sie es glauben und nicht: Die Morde helfen uns dabei. Wäre nicht schlecht, wenn sich die Aufklärung noch etwas hinzieht."

Wieder eine wirkungsvolle Pause, damit sich seine Worte setzen konnten.

„Ja, meine Herren, so ist es. Zwei Ihrer engsten Vertrauten wurden kaltblütig erschossen. Ein furchtbares Verbrechen, das bei den Menschen Mitgefühl hervorruft. Mitgefühl ist gut, sehr gut sogar. Der Name sagt es schon. Mitfühlen bedeutet Anteilnahme, die Menschen nehmen Anteil, leiden mit Ihnen mit. Eine bessere Voraussetzung für eine auf Ihre Person abgestellte Imagekampagne kann es gar nicht geben. Ich sehe die bunten Bilder in der Boulevardpresse schon vor mir. Sie, Herr Ministerpräsident, untröstlich am Grab Ihrer geschätzten

Mitarbeiter. Untröstlich auch, dass die Mörder noch nicht gefasst wurden. Natürlich auch Bilder von Ihnen und Ihrer hochverehrten Frau Gemahlin, möglichst mit Kindern und, falls vorhanden, Hund. Kinder und Hunde kommen in Deutschland immer gut an, auf Fotos jedenfalls, im wirklichen Leben weniger. Ganz billig wird es nicht. Sagte ich ja bereits."

Der Ministerpräsident nutzte die kurze Pause, um dazwischenzugehen. „Und was kosten die Homestories mit den vielen bunten Bildern?"

Der Konsul schob seinen leer gegessenen Teller beiseite. „Nun, sagen wir mal, zwei sollten fürs Erste reichen. Beide in Hochglanzmagazinen, die werden gerade von Ihrer Klientel, der Mittelschicht, sehr gerne gelesen. Ich könnte Ihnen einen Sonderpreis machen, so um die 100 000 Euro, darunter allerdings, darunter läuft nichts."

Als er das entsetzte Gesicht des Ministerpräsidenten sah, schob er nach. „Ich schicke Ihnen nicht nur ein Kamerateam für die Aufnahmen und garantiere für zwei Veröffentlichungen, zum Angebot gehört auch eine Stilberaterin. Gräfin von Platum geht mit Ihnen Ihren Kleiderschrank durch, den Ihrer Frau Gemahlin natürlich auch, und stellt die Garderobe für Sie zusammen. Muss ja alles stimmen. Sie glauben nicht, was die richtigen Farben ausmachen. Äußerlichkeiten werden immer wichtiger, ganz besonders in der Politik. Seien Sie gewiss, Sie bekommen eine Top-Leistung für Ihr Geld, und am Ende werden Ihre Umfragewerte steigen."

Wagner schielte zu der Champagnerflasche. Ich ertrage das nur, wenn ich mich sinnlos besaufe, sagte er sich. Der Konsul, der seinen Blick bemerkt hatte, drückte einen unterm Esstisch angebrachten Klingelknopf und der devote Butler erschien. Das dritte Glas schmeckte Wagner sogar. Allerdings hatte er jetzt Schwierigkeiten, den wortreichen Ausführungen des Konsuls zu folgen.

Der überkandidelte, geldgierige Konsul, der vor Entsetzen sprachlose Ministerpräsident, auf dem Tisch der russische Kaviar und über allem schwebte eine nackte Frau. Erst kam das Kichern nur unterschwellig, dann konnte er es nicht mehr unterdrücken.

Wütende Blicke des Konsuls, ein pikiert ausschauender Butler und ein peinlich berührter Ministerpräsident waren die Folge. Wagner setzte an, sich zu entschuldigen. Heraus kam nur ein Rülpsen. Dann drängte der Chef zum Aufbruch. Er werde sich die Sache durch den Kopf gehen lassen und Bescheid geben. Der Konsul machte es dringend. „So etwas braucht seine Zeit. Ich arbeite nur mit der Crème de la Crème zusammen, meine Partner sind über Wochen ausgebucht."

Im Auto schimpfte der Chef, zunächst auf Wagner, der sich nicht zusammenreißen könne und sich die „Hucke voll saufe", dann auf den Konsul. „Ein dermaßen aufgeblasener Wichtigtuer ist mir in meinem ganzen fast sechzigjährigen Leben noch nicht untergekommen. Hunderttausend, ich glaub, mich tritt ein Pferd!" Das Gezeter wollte kein Ende nehmen, Wagner bekam nicht viel davon mit, weil er wegschlummerte. Im Traum begegnete ihm die nackte Frau, die plötzlich aus dem Gemälde hervorkam und quicklebendig war.

Der Ministerpräsident wollte den Anschlusstermin beim Bayrischen Staatsminister allein durchführen, ebenso die Besprechung mit der Bürgerpartei Bayern und den Termin bei der Handwerkskammer München. Der Fahrer wurde beauftragt, den angetrunkenen Pressesprecher ins Hotel zu bringen. „In diesem beklagenswerten Zustand kann ich Sie nicht gebrauchen, Wagner“, knurrte er. Der freute sich über einen geschenkten Tag, den er im Bett verbringen durfte.

Als sie am späten Abend die Rückfahrt nach Hannover antraten, Wagner nach einem ausgiebigen Schlaf und einem Besuch einer Münchener Konditorei wieder nüchtern, versuchte der Chef übers Handy den Parteivorsitzenden zu erreichen. Alfred Bitter befand sich auf einer Parteiveranstaltung im Ammerland. Der Persönliche Referent des Vorsitzenden sagte zu, dass sein Chef am nächsten Tag gegen drei Uhr nachmittags beim Ministerpräsidenten vorbeikommen würde.

Wagner war überrascht. „Wollen Sie jetzt doch auf das Angebot des Konsuls eingehen?“, fragte er.

„Während Sie geschlafen haben, habe ich mich umgehört. Der Konsul genießt einen exzellenten Ruf in der bayrischen Staatsregierung. Bei der Bürgerpartei in Bayern auch. Gäbe es diese widerlichen Schreiberlinge wie Hollmann und Konsorten nicht, wäre das alles nicht nötig. Seit Monaten schreiben sie mich und meine Regierung in Grund und Boden. Selbst jetzt, wo ich mit zwei Morden gebeutelt bin, stellt die Bagage mir nach. Ich möchte endlich mal wieder etwas Positives über mich lesen. Die Partei wird in den sauren Apfel beißen und

Konsul von Holzhausen engagieren müssen. Und was die Morde betrifft, Wagner, vielleicht hat der Konsul recht und sie nutzen mir, imagemäßig, meine ich. Wenn schon zwei meiner Vertrauten ermordet wurden, soll das Ganze wenigstens einen Sinn haben."

46

Hannover

„Die Geschehnisse der letzten Tage machen mir Sorgen“, sagte Baumgart, während er sich ein Glas Wein eingoss.

Sein Gegenüber schob ihm sein fast leeres Glas hin. „Ich nehme auch noch einen Schluck. Nur einen kleinen, ich muss noch in den Landtag. Eine Sitzung des Wirtschaftsausschusses. Kann ich leider nicht schwänzen, obwohl ich es liebend gerne würde. Die Vorsitzende ist unter aller Sau. Aber kritisieren darf man sie nicht. Unser kleiner Koalitionspartner muss gehätschelt und getätschelt werden. Keine Vorstandssitzung, auf der Albi nicht das hohe Lied unseres Koalitionspartners singt. Hoffen wir, dass die Bürgerpartei in der nächsten Legislaturperiode allein regieren kann. Allein schon wegen der Weiberriege der Freiheitspartei. Hatten nichts Besseres zu tun, als unserer Frau Peters den Floh mit der Quote ins Ohr zu setzten, und wir von der Bürgerpartei müssen den Schwachsinn ausbaden.“

„An mir soll es nicht liegen. Ich mag die Freiheitspartei auch nicht. Ihr könnt auf mich bauen.“

„Gut zu hören.“ Die beiden Männer stießen an. Obwohl sie sich nicht leiden konnten, wussten sie, was sie aneinander hatten.

Dann hingen sie ihren Gedanken nach, bevor der Politiker erneut das Wort ergriff. „Um auf die Morde zurückzukommen. Uns macht die unappetitliche Angelegenheit auch zu schaffen. Die Polizei tritt auf der Stelle. Bevor ich hierhergekommen bin, habe ich Krause angerufen und nach dem neuesten Stand gefragt. Es gibt immer noch keinen Fortschritt."

Baumgart schob das noch halb volle Glas beiseite. „Nicht nur die Morde bereiten mir Kopfzerbrechen. Hollmanns Recherchen sind verdammt lästig."

Sein Gegenüber reagierte erstaunt. „Hollmann von der *Allgemeinen Niedersachsenzeitung*? Sag bloß. Wenn ich den Namen höre, sehe ich rot. Kerle wie der wecken mein Verständnis für die chinesische Parteiführung. Obwohl ich mit dem Kommunismus, wie jedermann weiß, nichts am Hut habe."

„Er will ein Interview mit mir. Der Kerl ist verdammt hartnäckig, lässt einfach nicht locker. Vorgestern kreuzt er doch tatsächlich beim Jahrestreffen der Bauindustrie in Berlin auf, versperrt mir den Weg und stellt unverschämte Fragen."

„Die du natürlich nicht beantwortet hast."

„Er muss einen Informanten haben, der mehr weiß, als gut für uns ist."

Der Politiker sah ihn schockiert an. „Er weiß doch nichts von mir?"

Baumgart hätte den Politiker beruhigen können. Er tat es nicht. Sollte der sich Sorgen machen. Das würde ihn gefügiger machen. „Kann ich nicht sagen", behauptete er. „Er hat in Sachen Klinikprojekt Lunte gerochen. Und das können wir nicht gebrauchen."

Entsetzt sprang der andere vom Stuhl hoch. Das noch halb volle Glas vor ihm fing bedenklich an zu wackeln.

„Du meinst, er weiß von unseren Verbindungen zu Milner?“

Baumgart zog seine Augenbrauen hoch, eine Geste der Verachtung für sein Gegenüber. Politiker waren doch alle gleich. Sobald Schwierigkeiten auftauchten, verloren sie die Nerven.

„Sieht ganz danach aus.“

Der Politiker trank das Glas aus und sagte: „Dabei hat der Russe keine Mühe gescheut, sein Engagement in Niedersachsen geheim zu halten. Dass der durch sein Firmenkonglomerat überhaupt noch durchsteigt, grenzt an ein Wunder. Manchmal frage ich mich, weshalb das ganze Getue. Was ist dabei, wenn die Öffentlichkeit erfährt, dass er an etlichen Unternehmen in Niedersachsen beteiligt ist und sich für ein Klinikprojekt für vermögende Burn-out-Patienten finanziell engagiert? Selbst wenn er früher der Russenmafia angehörte, das ist vorbei, jetzt ist er ein seriöser Geschäftsmann.“

Baumgart unterdrückte ein Gähnen. Er war erst gegen Morgen ins Bett gekommen. „Kann ich dir auch nicht sagen. Diese Russen ticken nun mal anders. Halte Deine Augen und Ohren offen. Du hängst doch ständig bei Albi auf dem Schoß. Ich möchte wissen, was die Regierung weiß und ob sie überhaupt etwas weiß. Und was diesen Schnüffler Hollmann betrifft …“

Er konnte seinen Gedanken nicht zu Ende bringen, da sein Handy klingelte. Dem Anrufer wurde ein baldiger Rückruf zugesagt. Der Unternehmer wirkte auf einmal nervös. Der Gesprächsfaden wurde nicht wieder aufgenommen.

Dem Politiker war es recht. Die Vorsitzende des Wirtschaftsausschusses fühlte sich persönlich beleidigt, wenn ein Ausschussmitglied zu spät kam. Er erhob sich. Während Baumgart ihn zur Tür brachte, erneuerte der seine Bitte. „Halt Ohren und Augen offen. Vielleicht sprichst du mal mit dem Regierungssprecher. Er soll mit Hollmann befreundet sein."

„Das ist alles andere als eine gute Idee. Wagner würde misstrauisch werden. Aber ich höre mich um, mir ist bewusst, was auf dem Spiel steht."

Als der Politiker gegangen war, wählte Baumgart eine Nummer. Milner meldete sich nach dem dritten Läuten.

„Ich bin's. Hollmann hat vermutlich nur Nebelkerzen gezündet. Beweise scheint er nicht zu haben, sonst hätte er damit nicht hinter dem Berg gehalten. Und die Regierung scheint nichts zu wissen."

„Dabei soll es auch bleiben", knurrte der andere und beendete das Gespräch. Sobald sie aus St. Petersburg zurück waren, würde sein Bodyguard sich der Sache annehmen.

47

Braunschweig

Endlich ein Erfolg, wenn auch nicht in der Mordsache Heise. Der zweimal verschobene Schlag gegen die Albanerbande führte zu drei Festnahmen am Ort der geplanten Übergabe der Frauen in Algermissen. Ein weiteres Bandenmitglied wurde in seiner Wohnung in Hannover überwältigt. Die frisch „importierten" Frauen, darunter drei Minderjährige aus Bulgarien, wurden in Gewahrsam genommen. Ihnen drohte die Abschiebung. Selbst wenn sie gegen die Hintermänner des Menschenhändlerrings aussagten, was fraglich war, hieß es nach Ende des Gerichtsverfahrens Ade Deutschland.

Der Kopf der Bande, eine Frau aus Albanien, seit Kurzem deutsche Staatsbürgerin, wurde zum Verdruss Stollmanns nicht gefasst. Keiner der Männer war bereit, ihren Aufenthaltsort preiszugeben. Zwei renommierte Anwälte aus Hamburg traten auf den Plan. Ihre erste Tat bestand darin, ihren Mandanten Sprechverbot zu erteilen.

Stollmann war erst um vier Uhr morgens ins Bett gekommen. Jetzt brauchte er dringend starken Kaffee, dazu Streicheleinheiten seiner liebsten Kollegin. Sein erster Gang führte ihn daher zu Verena. Die erfüllte die in sie gesetzte Erwartung, lobte ihn für den gelungenen Coup und bewirtete ihren müden Kollegen mit starkem Kaffee. Dann folgte, was bei Stollmann nach Ermittlungserfolgen unvermeidbar war: Schelte auf die Rechtsverdreher, womit vor allem die Staatsanwälte und Richter gemeint waren.

„Wer weiß, was die staatlich finanzierten Paragraphenhengste aus unserem Coup machen. Sie mausern sich immer mehr zu Helfershelfern der Kriminellen, achten akribisch darauf, dass Verbrecher ihr Recht bekommen. Die Opfer interessieren sie weniger. Deutschland entwickelt sich zum Paradies für kriminelle Banden."

„Du übertreibst schamlos, Stolli. Vermutlich ist dein Blutzuckerspiegel im Eimer. Du solltest etwas essen."

Verenas Vorschlag wurde aufgenommen und ihr Kollege verschwand in Richtung Fahrstuhl, um sich ein ausgiebiges Frühstück in der Kantine zu gönnen.

Wenig später kreuzte Hirschmann auf. Nach dem zweiten Mord hatte er wieder Oberwasser bekommen. Er bot Verena an, ihn nach Braunschweig zu begleiten. Ein Gespräch mit dem Imam, in dessen Moschee sich Mehmed Hamad zuletzt fast täglich aufgehalten hatte, stand auf seinem Arbeitsplan. Verena hielt einen Anschlag mit islamistischem Hintergrund für immer weniger wahrscheinlich. Sie kam trotzdem mit, um für einige Stunden das LKA hinter sich zu lassen.

Draußen hatte Tauwetter eingesetzt. Auf den Straßen und Bürgersteigen hatten sich Pfützen gebildet und der Schnee wirkte dreckig. Hirschmann nutzte die Fahrt, um ihr seine Kenntnisse über die Talufisten nahezubringen. „Sie sind besonders radikal, fordern einen islamischen Gottesstaat. Von wegen Gleichberechtigung und Würde der Frau. Da pellen die sich ein Ei drauf. Frauen haben bei denen nichts zu lachen. Sie halten unverschleierte Frauen für kriminell."

„Und was sagt der Verfassungsschutz dazu?"

„Nichts. Religionsfreiheit ist in unserem Land ein hohes Gut. Solange die Leute nur reden, lässt man sie in Ruhe. Es soll 2500 Anhänger in Deutschland geben, Tendenz steigend. Einige sind in Terrorcamps abgetaucht, allein zehn aus Braunschweig. Mehmed ist einer von denen."

Verena bedauerte, dass sie mitgekommen war. Sie fragte sich, ob der Imam überhaupt bereit war, mit einer unverschleierten Frau zu sprechen. Nach einer dreiviertel Stunde erreichten sie die Braunschweiger Altstadt. Es mangelte an Parkplätzen. Der Weihnachtsmarkt um den Domplatz herum zog Besucher aus der ganzen Region an. Vergeblich kurvten sie durch die engen Gassen der Altstadt, bis ein scharfes Bremsen Verena, die die Augen für einen Moment geschlossen hatte, zusammenzucken ließ. Ein Auto direkt vor ihnen machte eine Parklücke frei. Wütendes Hupen hinter ihnen war die Folge. Die Fahrerin drohte mit der Faust.

„Blöde Kuh", schimpfte ein aufgebrachter Hirschmann. „Wir hätten ein Polizeifahrzeug nehmen sollen, dann hätte die Zicke sich nicht getraut, uns zu drohen."

Für ihren stets auf Korrektheit bedachten Kollegen ungewöhnlich harsche Worte. Auf dem kurzen Fußweg erging er sich in einer peinlich genauen Schilderung der Weihnachtsmärkte der Umgebung: Hameln, Goslar, Celle und Wolfenbüttel. Jeder für sich sei einen Besuch wert. Am besten gefiel ihm Goslar. Dann korrigierte er sich und sprach sich für Celle aus, um kurz darauf den Weihnachtsmarkt in Hameln erneut anzupreisen.

Nach wenigen Minuten hatten sie ihr Ziel im Kalenwall erreicht. Das unscheinbare Gebäude aus der Nachkriegszeit hätte einen frischen Anstrich gut vertragen. Ein Schild in türkischer Sprache wies auf einen islamischen Kulturverein hin. Hirschmann betätigte den Türklopfer kraftvoll und anhaltend.

Es dauerte trotzdem eine ganze Weile, bis sie Schritte hörten und ein bärtiger Mann mit Kopfbedeckung öffnete. Vermutlich der Imam selbst. Er musste um die vierzig sein, der lange Bart und der düstere Gesichtsausdruck ließen ihn älter aussehen. Obwohl er, wie die Unterlagen des Verfassungsschutzes auswiesen, fließend deutsch sprach, begrüßte er die beiden Polizeibeamten in türkischer Sprache.

Nachdem sie ihre Schuhe ausgezogen hatten, wurden sie in einen kleinen Raum geführt, in dem es außer einem Orientteppich als einzige Möbelstücke Sitzkissen gab. Mit einer Geste forderte der Imam Hirschmann auf, sich hinzusetzen. Durch Verena schaute er hindurch. Er hörte sich schweigend und mit ernster Miene an, was Hirschmann ihm zu sagen hatte. Dann schüttelte er bedenklich den Kopf.

„Dass die deutsche Polizei einen der unseren verdächtigt, wundert mich nicht. Sarrazin ist nur die Spitze des Eisbergs. Die Deutschen mögen uns nicht. Sie haben Angst vor uns und mehr noch vor der Kraft des Korans. Die christlichen Kirchen sind lasch, bieten den Menschen keine Orientierung. Alles dreht sich in diesem Land nur um materielle Werte und Wohlstand. Wir hingegen bringen den Menschen inneren Frieden und Orientierung." Sein Deutsch war akzentfrei.

Hirschmann warf Verena einen warnenden Blick zu. Das wäre nicht nötig gewesen. Verena wusste, weshalb sie hier waren. Sie wollten Informationen, Belehrungen waren fehl am Platz. Der Imam interpretierte ihr Schweigen als Zustimmung und fuhr fort. „Deutschland ist trotz des Wohlstands ein armseliges Land. Viel Schein, wenig Substanz und kein Tiefgang. Die Menschen sind ungläubig und oberflächlich, die Männer haben keine Ehre. Sie behandeln ihre Frauen wie Ausstellungsware und geben sie gaffenden Blicken fremder Männer preis, überfordern sie mit Aufgaben, die uns Männern vorbehalten sind. Die Frauen selbst sind nicht besser. Im Sommer laufen sie halb nackt durch die Städte und gucken den Männern frech ins Gesicht. Ihnen fehlt es an Demut."

Verena schickte ein Stoßgebet zum Himmel. Lieber Gott, warum tust du mir das an, warum muss ich mir diesen Schwachsinn anhören?

Der Imam fuhr fort: „Eines nicht mehr allzu fernen Tages werden die Frauen lernen, wo ihr Platz ist, und es wird ihnen besser gehen dabei. Dann wird mit der westlichen Dekadenz ein für alle Mal Schluss sein. Wir werden für eine gerechte Ordnung sorgen. In der jeder seinen Platz kennt. Die Frauen genauso wie die Männer, die Söhne wie die Töchter. So, wie Allah es will. Und allen wird es damit besser gehen."

Jetzt war es Verena genug. Ihren Mund zu halten, wäre Verrat an der Sache der Frauen. Ihre Urgroßmütter und Großmütter hatten nicht dafür gekämpft, Männern wie ihm das Wort zu überlassen.

„Sie wollen also die Scharia einführen?", vergewisserte sie sich, um einen unbeteiligten Tonfall bemüht.

Die provokant gedachte Frage wurde von dem Religionsführer mit einem Kopfnicken beantwortet. „Frauen und Männer, die sich versündigt haben, müssen bestraft werden. Das Gesetz Allahs darf nicht missachtet werden. Nicht in einem Land, in dem Millionen Muslime ihre Heimat haben."

Der größte Feind der Demokratie ist Menschenverachtung. Und Ihr verachtet uns Frauen, hätte Verena ihm gerne an den Kopf geworfen. Sie warf Hirschmann einen fragenden Blick zu, der schwieg. Sie wusste nicht, auf wen sie in diesem Moment wütender war.

Dann ergriff er doch das Wort. „Ihre religiösen Ansichten interessieren uns nicht, wir sind wegen Ihres Mitglieds Mehmed Hamad hier. Wir wissen, dass er sich in Pakistan aufhält. Wir möchten wissen, wo genau er sich befindet, damit wir mit ihm Kontakt aufnehmen können."

Verena zwang sich, der Antwort des Imams zuzuhören, ihr Zorn beeinträchtigte allerdings ihre Konzentration. „Mehmed ist ein guter Mensch, er beherzigt die Gesetze Allahs. Wenn er nach Pakistan gegangen ist, um seine Glaubensbrüder in Afghanistan im Kampf gegen die Ungläubigen zu unterstützen, ist das nicht verwerflich."

Hirschmann ging auf die Gedankengänge des Imams nicht ein. „Ist es möglich, dass er nach Deutschland zurückgekommen ist?"

Der Imam sah ihn skeptisch an. „Mehmed ist ein freier Mann und Deutschland ist ein freies Land, er kann tun und lassen, was er will." Er nieste. Hoffentlich erwischt dich die Schweinegrippe, wünschte Verena sich.

„Solange er sich an die Gesetze hält, kann er das. Aber genau das bezweifeln wir. Falls Sie etwas wissen und uns verschweigen, ist das strafbar. Es geht um Mord."

Der Imam reagierte aufgebracht. „Damit eins klar ist, ich verurteile Gewalt. Wir sind eine Glaubensgemeinschaft und lehnen Gewalt in jeder Form ab. Falls Sie glauben, dass Mehmed mit den Staatskanzleimorden etwas zu tun hat, liegen sie falsch."

Er unterbrach sich und fischte ein schneeweißes Taschentuch hervor, mit dem er sich umständlich die Nase putzte. „Meine Arbeit ist es, meine Glaubensbrüder zu ihren Wurzeln zurückzuführen, ihnen klarzumachen, dass das Leben, das viele von ihnen in diesem Land führen, oberflächlich und falsch ist."

Jetzt war es Hirschmann genug. „Nun machen Sie mal halblang. Menschen wie Sie wollen ihre Landsleute ins Mittelalter zurückführen, sie behindern die Integration. Kommen Sie, Frau Kollegin, lassen Sie uns gehen. Hier riecht es muffig."

Draußen empfing sie nasskaltes Wetter. Verenas Einladung zu einem Glas Glühwein auf dem Weihnachtsmarkt wurde angenommen. Hirschmanns Erkältung musste als Vorwand herhalten.

Sie gingen die wenigen Schritte zum Burgplatz zu Fuß. Die malerische mittelalterliche Kulisse mit dem Dom St. Blasii, der Burg Dankwarderode und dem Gildehaus brachte Hirschmann ins Schwärmen. Er bestand auf einem Rundgang, blieb vor vielen der weihnachtlich geschmückten Stände stehen, kaufte Glaskugeln aus Thüringen und einen Weihnachtsengel made in China. Eine Einladung ins nostalgische Riesenrad, erbaut in den Goldenen Zwanzigern des vorigen Jahrhunderts, folgte. Verena erinnerte an die fortgeschrittene Zeit. Ihr Kollege fand, dass sie sich nach der vielen Arbeit der letzten Wochen eine Verschnaufpause verdient hatten. So fuhr sie mit ihm zwei Runden Riesenrad.

Dann ging es endlich zum Glühweinstand. Hirschmann bestellte zwei alkoholfreie Getränke. Während sie das kochend heiße Getränk schlürften, betrachtete Verena das Treiben um sich herum: viele gut gelaunte Menschen, darunter auch Männer und Frauen türkischer und arabischer Herkunft. Beim Blick in ihre fröhlichen Gesichter dachte sie: Männer wie der Imam mit seinen orthodoxen Ansichten mögen ein Ärgernis sein, aber eine Gefahr sind sie nicht. Nicht für unser Land. Sie können das Rad nicht zurückdrehen.

In ihre Gedanken hinein sagte Hirschmann: „Was diesen Mehmed angeht, ich gebe die Suche nach ihm nicht auf. In meinen Augen ist er nach wie vor verdächtig. Wer sonst, wenn nicht radikale Demokratiegegner sollte zwei politische Beamte ermorden? Die Schreibtischtäter vom Verfassungsschutz mögen das anders sehen. Ich halte die Talufisten für gefährlich. Sie nutzen zwar die Vorteile der Demokratie, aber da, wo sie Einfluss haben, werden die Menschen brutal unterdrückt."

Er verrennt sich, dachte Verena, sagte aber nichts. Dann meinte ihr Kollege, dass es an der Zeit sei, zurück nach Hannover zu fahren.

48

Hannover

„Die Zustimmungswerte für die Bürgerpartei sind in den letzten Tagen gestiegen. Die Leute haben Mitgefühl. So hart es sich anhören mag, die Morde nutzen uns."

Alfred Bitter, Albi genannt und Vorsitzender der Bürgerpartei, war auf die Minute pünktlich zum verabredeten Termin im Büro des Regierungschefs erschienen. Wagner war dazugebeten worden. Auch wenn Albi nur ein Jahr älter war als der Ministerpräsident, sah er aus wie Mitte sechzig. Der volkstümliche Parteivorsitzende schätzte das gesellige Beisammensein im Kreise seiner Parteifreunde in den Kreisverbänden, bevorzugt in den ländlichen Regionen. Sein von tiefen Falten zerfurchtes Gesicht war weniger Ergebnis angestrengten Nachdenkens als Beleg häufiger Umtrünke mit Bier und Schnaps. Außerdem war Albi Kettenraucher.

Der Ministerpräsident nahm den Faden auf. Mithilfe von Konsul von Holzhausen würden die Zustimmungswerte weiter steigen. Als er den Preis des Konsuls nannte, reagierte Albi aufgebracht. „Hunderttausend Euro? Der spinnt doch! Wie soll die Partei das bezahlen?"

Der Ministerpräsident erging sich in Erklärungen. Konsul von Holzhausen sei die erste Adresse für sensible Angelegenheiten wie diese. Sogar eine waschechte Gräfin sei im Preis inbegriffen. Und zwei bunt bebilderte Homestories in gern gelesenen Hochglanzmagazinen.

Das schaffe Sympathien. Und die habe die Partei bitter nötig.

„Die Partei oder du, Manfred?"

Der Ministerpräsident griff nach der Likörflasche und schenkte sich ein Glas ein. Den anderen bot er nichts an. „Das sind zwei Seiten ein und derselben Medaille. Keiner weiß das so gut wie du, Albi, bist schließlich lange genug im Geschäft. Geht der Regierungschef unter, zieht er die Partei mit in den Abgrund. Willst du das? Ich darf dich daran erinnern, dass es meine hohen Zustimmungswerte waren, die die Partei vor acht Jahren an die Regierung gespült haben."

Albi schaute sich suchend um. „Gibt es hier denn nichts Vernünftiges zu trinken? Ich könnte jetzt ein gut gekühltes Bier gebrauchen."

Wagner wurde losgeschickt, das gewünschte Getränk zu beschaffen. Im angrenzenden Ruheraum des Ministerpräsidenten mit Dusche, Waschbecken und Liege befand sich ein stets gut gefüllter Eisschrank. Als er mit zwei Flaschen Bier zurückkam, hatte sich ein heftiger Disput zwischen den Politikern entwickelt. Der Ministerpräsident forderte Solidarität ein, Albi beschrieb in düsteren Farben die verheerende Kassenlage der Partei. Das hitzige Gespräch nahm an Fahrt auf. Der Name Hans Baumgart fiel. Albi weigerte sich, ihn wegen einer Spende anzusprechen.

„Der hat in den letzten Jahren genug gespendet. Dann können wir ihm ja gleich die Partei verkaufen", meinte er. „Es reicht doch, wenn Großkapitalisten sich Fußballvereine kaufen. Aber Parteien, das wäre das Ende der Demokratie, da mache ich nicht mit."

Der Ministerpräsident reagierte beleidigt. „Als ob ich das möchte. Ich war noch nie Gast in Baumgarts Partykeller. Und auch seine spektakulären Events und Champagnersausen habe ich stets gemieden. Im Gegensatz zu dir, Albi."

Der wollte das nicht auf sich sitzen lassen. „Bei deinen Auslandsreisen war er stets dabei, oder etwa nicht?"

Wagner fühlte sich nicht wohl in seiner Haut. Am liebsten hätte er sich davongemacht.

„Soll ich vielleicht lieber …?" Der Chef hielt ihn zurück.

„Nichts da, Sie bleiben. Sind Sie mein Berater für Öffentlichkeitsarbeit oder nicht?"

Der Parteivorsitzende machte sich über das Bier her. Auf Gläser verzichtete er. „Ich verstehe nicht, weshalb die Partei die Kosten dafür übernehmen soll. Ihr habt doch einen Etat für Öffentlichkeitsarbeit", wandte er sich an Wagner, während er sich zum Ärger des Ministerpräsidenten, einem überzeugten Nichtraucher, eine Zigarette anzündete.

Der Regierungschef kam Wagner zuvor. „Eine bescheuerte Idee, Albi. Wagner, erzählen Sie dem Parteivorsitzenden, wofür der Etat gedacht ist. Der Herr scheint das nicht zu wissen."

Wagner ratterte die Zweckbestimmung der von ihm verwalteten Titelgruppe 76 herunter. Jeder Euro wurde streng überwacht, nicht nur vom Haushaltsreferat der Staatskanzlei, auch vom Finanzministerium und, schlimmer noch, vom Haushaltsausschuss des Landtags, dessen Vorsitzender der Oppositionspartei angehörte.

Das richtige Stichwort für Albi, sich über die Affäre der Finanzministerin zu mokieren und ihre Ablösung zu verlangen. Nachdem er ordentlich Dampf abgelassen und der Ministerpräsident ihm ihre Absetzung im Zuge der anstehenden Kabinettsumbildung versprochen hatte, setzte der Parteivorsitzende die leer getrunkene Bierflasche ab und runzelte nachdenklich die Stirn. Seine langjährige politische Laufbahn hatte ihn gelehrt, dass es letztlich für fast jedes Problem eine Lösung gab. Nicht selten in der Grauzone zwischen Legalem und Unerlaubtem, was aber niemanden in diesem Land wirklich zu stören schien.

Auch jetzt hatte er einen rettenden Einfall. „Mensch, Manfred, warum organisiert Ihr nicht einen Wirtschaftstreff, so richtig groß, alles vom Feinsten und nur die Crème de la Crème der niedersächsischen Wirtschaft?“

Das Lächeln des Ministerpräsidenten wirkte verkrampft. „Und was soll das bringen, außer einer genervten Protokollabteilung?“

„Mensch, Manfred, denk doch mal nach! Kohle natürlich. Ihr zieht das Ganze als Riesenevent auf, als Internationale Wirtschaftsbegegnung und lasst euch die Veranstaltung sponsern. Es gibt genug gut verdienende Unternehmen in unserem schönen Niedersachsen. Sie sind gerne behilflich, wenn sie ihrem Ministerpräsidenten eine Freude bereiten können. Ganz besonders, wenn sie bei der Gelegenheit ihre Eitelkeit befriedigen: Gästelisten mit Namen, unter denen man sich wiederfindet, Zeitungsberichte und schöne Fotos im Gespräch mit dem Regierungschef."

„Gut und schön, damit haben wir noch immer nicht die Hunderttausend für Konsul von Holzhausen."

Die zweite Zigarette musste daran glauben. Wagner versuchte dem Rauch auszuweichen. „Gehen wir mal davon aus, dass sich die zehn größten niedersächsischen Unternehmen am Sponsoring beteiligen, jedes Unternehmen mit 50 000 Euro. Sind für die Peanuts, wenn ich mir die Bemerkung erlauben darf. Das Event mit erlesenem Dinner, Rahmenprogramm, Get-together und Tischrede deiner Wenigkeit wird aber höchstens 200 000 Euro kosten. Bleiben nach Adam Riese 300 000 Euro übrig."

„Die wir als Sponsorengelder ausweisen müssen. Du kennst doch die Bestimmungen, Albi."

„Natürlich, habe schließlich alles versucht, um den Schwachsinn, den die beknackte Ökopartei uns eingebrockt hat, zu verhindern", knurrte Albi. „Wer spricht denn von Sponsoring fürs Land? Das läuft anders ab. Du kennst doch Peter Harhaus, seines Zeichen Eventmanager?"

Der Chef nickte. „Bin ihm ein- oder zweimal auf Partys begegnet, ein unangenehmer Zeitgenosse."

„Das ist freundlich gesagt. Ein aufgeblasener Gockel, aber ungemein erfolgreich. Der Beste seiner Branche und sehr diskret, so diskret, dass kein Mensch seinen Wohnort kennt. Läuft alles über eine Briefkastenfirma."

Er drückte die Zigarette auf einer Untertasse aus. Der Chef verzog angewidert das Gesicht.

„Das läuft folgendermaßen ab: Harhaus bekommt von euch den Auftrag, das Event zu organisieren, einschließlich der Akquise der Sponsorengelder. Der Mann hat Erfahrung darin, Geld locker zu machen. Die eingeworbenen Mittel gehen auf sein Konto, ein Nummernkonto in Zürich. Sehr angenehme Zeitgenossen, die Schweizer, wenn es um Bankgeschäfte geht. Und praktisch ist die Lösung obendrein. Harhaus wickelt das Fest für euch ab, will sagen, er bezahlt die ganze Chose und der Rest wird aufgeteilt."

Der Ministerpräsident machte große Augen. „Du meinst, 300 000 Euro werden zwischen uns aufgeteilt?"

Bitter machte sich über die zweite Bierflasche her. „Genau so. Ein Drittel er, ein Drittel du – für diesen Konsul –, ein Drittel für die Partei. Wir könnten daraus die neue Werbekampagne bezahlen, das Geld läuft nicht über die Parteikasse, sondern geht direkt an die Werbefirma. Als Auftraggeber tritt Harhaus auf."

Die Bedenken des Ministerpräsidenten waren noch nicht ausgeräumt. „Was ist, wenn er eine Steuerprüfung hat?"

„Ist schnurzpiepe, der Mann hat die Schweizer Staatsbürgerschaft angenommen. Liegt alles gut und sicher auf seinem Schweizer Konto, und was die Schweizer Finanzbehörden angeht, muss ich dir nichts sagen. Die denken nicht im Traum daran, deutschen Behörden behilflich zu sein. Erst recht nicht, nachdem ein deutscher Finanzminister denen mit der Kavallerie gedroht hat. Das hat unsere Schweizer Freunde mächtig auf die Palme gebracht."

Der Ministerpräsident blieb skeptisch. „Mir ist nicht wohl bei dem Gedanken, dass ein halbseidener Typ wie Harhaus von Sponsorengeldern niedersächsischer Firmen profitiert. Außerdem stört es mich, dass die Unternehmen die Zuwendungen als Betriebsausgaben steuermindernd geltend machen. Eine Edelsause auf Kosten der Steuerzahler, also ich weiß nicht."

„Mein Gott, Manfred! Willst du im nächsten Jahr die Landtagswahlen gewinnen oder den Moralapostel geben?"

Er wandte sich Wagner zu. „Und, was halten Sie von meinem Vorschlag?"

Ich finde ihn zum Kotzen, in meinen Augen ist er kriminell, hätte Wagner gerne erwidert. Gottlob blieb ihm eine Antwort erspart, da in diesem Moment die Persönliche Referentin Sybille Becker im Türrahmen erschien, um den Vorstandsvorsitzenden der TAWES AG zum verabredeten Termin anzukündigen.

Auf dem Weg in sein Büro lief dem Regierungssprecher Gesine Terberg über den Weg. Der Blick, mit dem sie ihn musterte, bereitete ihm Unbehagen. Das Gefühl der Bedrohung wurde täglich stärker. Und er wusste nicht, was er tun konnte, um seine Angst zu vertreiben. Er brauchte jetzt einen Freund, dem er sich anvertrauen konnte. Ansgar, sein engster Freund, war für ein Jahr nach Glasgow gegangen. Ein Austauschprogramm niedersächsischer und schottischer Unternehmen. Max Hollmann kam nicht infrage. Er war zwar ein Freund, aber auch Journalist, wobei die Reihenfolge für Wagner nicht eindeutig war.

49

„Sie könnten unterschiedlicher nicht sein und trotzdem sind sie vom selben Täter ermordet worden." Verena hatte ihren Kopf an die Rücklehne ihres ramponierten Schreibtischstuhls gelehnt, die Beine weit von sich gestreckt und schaute an die Zimmerdecke, die dringend einen frischen Anstrich brauchte. Sie war müde, nicht angenehm müde wie nach einer Wanderung oder einem langen Arbeitstag, sondern aufgedreht.

Ihr gegenüber saß Stollmann und spielte an einem Lebkuchenherz mit der sinnigen Aufschrift „Meinem Liebsten" herum. Seine Freundin hatte es ihm in der gemeinsam verbrachten Mittagspause auf dem Weihnachtsmarkt um den Hals gehängt.

„Niemann war konfliktscheu, aber überall beliebt. Und anders als Heise hatte er eine soziale Ader", fügte Verena hinzu. Sie versuchte das Kribbeln in ihrer Nase zu ignorieren. Hatte Hirschmann sie etwa angesteckt?

Stollmann wickelte das Lebkuchenherz aus. Er brach ein Stück ab und steckte es sich in den Mund. Mit vollem Mund sagte er: „Okay, ich räume ein, dass Niemann menschliche Stärken hatte. Seine Frau ist am Boden zerstört, seine Sekretärin hat Rotz und Wasser geheult und seine Mitarbeiter trauern um ihn. Selbst der Obermufti Haders scheint ihn geschätzt zu haben."

„Sag ich doch, Heise und Niemann haben Welten getrennt. Das macht es ja so verdammt kompliziert."

Während ihr Kollege das Lebkuchenherz vertilgte, wobei er den Krümeln, die er dabei auf Stuhl und Fußboden verbreitete, keine Beachtung schenkte, griff Verena nach einem Bleistift. Strichfiguren zu zeichnen, verschaffte ihr Beruhigung. Eine Weile herrschte Schweigen zwischen ihnen. Sie waren so vertraut miteinander, dass sie auch Stille ertragen konnten.

Schließlich ergriff sie wieder das Wort. „Ich frage mich, ob dieser Baumgart nicht doch involviert ist. Warum sonst scheut er das Gespräch mit mir und hetzt mir seine Anwälte auf den Leib?"

„Weil er nicht anders kann. Er hat Dreck am Stecken und sieht rot, wenn er das Wort Polizei nur hört. Und du willst ihn in einer Mordangelegenheit vernehmen."

„Ich wollte mit ihm über den Korruptionsverdacht sprechen, nicht mehr und nicht weniger. Ich bin zurückgepfiffen worden. Der Direktor hält es nicht für opportun, der Sache weiter nachzugehen. Meiner Meinung nach zieht da jemand ganz oben die Fäden im Hintergrund."

Ihr Kollege wischte sich den Mund ab. Ein neugieriger Blick traf sie. „Hör ich da einen Anflug von Kritik an unserem hoch geschätzten Direktor aus deinem Mund? Das wundert mich, wo du doch sein Liebling bist. Gut möglich, dass der Innenminister oder ein anderes hohes Tier sich schützend vor Baumgart stellt." Ein ungeniertes Gähnen begleitete seine Worte, was Verena an ihren chronischen Schlafmangel erinnerte. Sie brachte das Gespräch auf Ministerialrätin König.

„Sie hat für beide Tatzeiten kein Alibi. Die Frau verbirgt etwas vor uns."

Stollmann lachte. „Du und dein Röntgenblick! Durchaus möglich, dass die Dame uns an der Nase herumführt. Vielleicht führt sie ein Doppelleben, in das sie uns keinen Einblick geben will."

Verena zupfte in Gedanken versunken an ihrem Pullover. Franz hatte dafür vierhundert Euro bezahlt. Inzwischen waren Kaschmirpullover für sie in unerreichbare Ferne gerückt. Diesen hütete sie wie einen Schatz.

„Mein Bauchgefühl sagt mir, sie ist keine Mörderin. Mein Verstand sagt, sie hat kein Alibi, hat Heise gehasst, konnte auch mit Niemann nicht und hat uns angelogen."

Stollmann erhob sich, ging zur Fensterbank und schenkte sich Kaffee ein. Der Stuhl war voller Krümel. „Jeder Mensch lügt bis zu hundertmal am Tag, oder war es in der Woche …? Egal, wenn du möchtest, fühle ich der Dame auf den Zahn. Vielleicht ist sie aufgeschlossener, wenn ich allein mit ihr rede. Mein männlicher Charme hat schon manche Frau beeindruckt."

„Ja, er haut auch mich immer wieder vom Hocker. Wäre trotzdem nett, wenn du die Krümel entfernst." Verena stand ebenfalls auf, ging zum Fenster und schaute hinaus. „Scheußliches Wetter, wahrscheinlich bleibt es bis Weihnachten so. Jedes Jahr um diese Zeit dasselbe graue Einerlei. Man sollte auswandern, Südspanien würde mir gefallen."

Dann drehte sie sich zu ihrem Kollegen um. „Auf den Zahn fühlen, hört sich gut an. Lass deinen männlichen Charme spielen, aber zieh dir vorher ein frisches Hemd an – und eine Hose ohne Kaffeeflecken. Haare waschen wäre übrigens auch nicht verkehrt, wenn ich mir die Bemerkung erlauben darf. Ich selbst werde noch einmal mit Staatssekretär Haders sprechen. Dieses Mal lass ich mich nicht mit dummen Sprüchen abspeisen, von wegen Vertraulichkeit wahren und so."

„Vermutlich haben sie in der Staatskanzlei den Keller voller Leichen. Jedes Kleinkind in diesem Land weiß: Politik lebt von Vertuschungen, Heuchelei und Wählerbetrug."

Verena seufzte hörbar. „Die Nummer nun wieder. Warum stänkerst du ständig gegen die Politik? Willst du die Demokratie durch eine Diktatur oder Monarchie ablösen? Nein danke, das hatten wir zu Genüge. Dann lieber unsere Demokratie mit all ihren Fehlern. Politiker sind auch nur Menschen. Oder willst du behaupten, dass wir keine Fehler machen?"

„Keine, die das Dasein von Millionen Bürgern betreffen. Und eine Bürgerdemokratie haben wir in diesem Lande schon lange nicht mehr. Die Parteien entscheiden, wo es langgeht. Die Bürger dürfen alle vier oder fünf Jahre ihr Kreuz machen und das war's. Schöne Demokratie! Apropos vertuschen. Was läuft da eigentlich zwischen dir und dem Neuen?"

Verena spürte, wie sie rot anlief. „Was quatschst du da? Völliger Unsinn! Ich kenne den Direktor nicht besser als alle anderen Dezernenten auch."

Stollmann grinste schief. „Du solltest dein Gesicht mal sehen: Eine reife Tomate ist nichts dagegen. Im ganzen Haus wird gemunkelt, dass der Neue ein Auge auf dich geworfen hat. Ich kann ihn verstehen. Du bist eine kluge Frau und siehst passabel aus, wenn auch im Moment ziemlich mitgenommen. Und du hast Charakter. Die Mischung kommt beim weiblichen Geschlecht heutzutage nicht oft vor. Entweder sind sie hübsch, aber doof oder sie sind intelligent, aber Xanthippen."

Sein düsterer Gesichtsausdruck erinnerte Verena an Stollmanns unappetitliche Scheidungsschlacht. „Das sollte wohl ein Kompliment sein. Vielen Dank. Und was ist mit deiner Freundin? Aber lass uns zu den Mordfällen zurückkommen. Und merk dir ein für alle Mal: Zwischen dem Direktor und mir läuft nichts. Was Frau König angeht …"

Die Bürotür wurde aufgerissen und Petra Schramm stürmte herein. Heute war Pink angesagt. Zu dem engen schwarzen Rock trug sie einen knapp geschnittenen Pullover und hochhackige Pumps in pink. Ein ziemlich gewagter Look, aber ihr stand er. Neid erfüllte Verena. Sie hätte in den Klamotten ausgesehen wie eine Bratwurst kurz vorm Platzen.

Ihre Mitarbeiterin war wieder einmal aufgeregt und schnappte nach Luft. „Ich habe Neuigkeiten, Chefin." Unaufgefordert ließ sie sich auf den einzig freien Stuhl plumpsen. „Puh, bin ich geschafft. Der Fahrstuhl ist schon wieder kaputt."

„Treppensteigen tut deiner Figur gut", stellte Stollmann fest.

„Willst du andeuten, dass ich zu dick bin?" Ein beleidigter Gesichtsausdruck machte sich auf dem hübschen Gesicht von Frau Schramm breit.

„Natürlich nicht, stimmt alles hundertprozentig, da gibt es nichts zu meckern. Aber nun komm endlich zur Sache. Was für Neuigkeiten bringst du uns?“

„Wir haben die Telefonnummer von Gabi Eggers, Heises vorübergehender Lebenspartnerin, in Niemanns Adressenverzeichnis gefunden. Sowohl in seinem Privathandy als auch in seinem Notebook. Dabei hat die Eggers doch ausgesagt, dass sie zu niemandem außer Heise in der Staatskanzlei Kontakt gehabt hat. Ich habe das Vernehmungsprotokoll extra noch mal nachgelesen und es gleich mitgebracht.“ Sie reichte es Verena mit einem strahlenden Lächeln.

Die nahm die Unterlage an sich und schaute Stollmann fragend an. „Gabi Eggers? Du hast doch mit ihr gesprochen? Hat sie den Namen Niemann fallen lassen oder eine andere Bemerkung gemacht, die …“

Stollmann unterbrach sie. „Hat sie nicht. Ich frage mich, was eine erfolgreiche Bankmanagerin und Spitzenfrau wie sie mit diesem Zwerg zu tun hatte. Niemann mag ja ein netter Kerl gewesen sein, aber optisch stellte er rein gar nichts dar.“

So weit ist es damit bei dir auch nicht her, dachte Verena. Dann stellte sie klar: „Es muss ja nicht immer gleich eine intime Beziehung dahinterstecken. Auch wenn es dein Vorstellungsvermögen übersteigt, es gibt auch platonische Beziehungen zwischen Frau und Mann. Wir sollten uns auf die Socken machen und das herausfinden.“

Stollmann griff ihre süffisante Bemerkung auf. „Platonisch? Ja, zwischen uns beiden zum Beispiel, was sich aber jederzeit ändern ließe. An mir soll es nicht liegen. Was die Eggers betrifft, die übernehme ich, mich kennt sie."

„Genau deshalb möchte ich mir selbst ein Bild von der Dame machen, ich komme mit", stellte Verena klar. Wenn es um Frauen ging, ließ sich ihr Kollege zuweilen zu sehr von Äußerlichkeiten beeindrucken.

Ihr Kollege war alles andere als begeistert. „Ich kann das auch gern übernehmen", meldete Petra Schramm sich zu Wort. Sie platzt mal wieder vor Ehrgeiz, dachte Verena. „Ich habe mich hoffentlich klar ausgedrückt. Ich begleite Herr Stollmann." Sie schaute auf ihre Armbanduhr. „Sagen wir in einer halben Stunde."

Dann wandte sie sich ihrer Mitarbeiterin zu. „Übrigens gute Arbeit, Petra. Aber jetzt lasst mich allein, vierzig Maileingänge warten darauf, gelesen zu werden", bat sie ihre Kollegen. Die beiden gingen, Stollmann grummelnd, ihre Mitarbeiterin, beflügelt durch das Lob, guter Dinge.

Allein gelassen atmete Verena tief durch. Ihre Mails waren längst gelesen. Sie hatte das Bedürfnis verspürt, allein zu sein, um ihren Gedanken nachzuhängen. Seit Franz sie wie einen alten Müllsack entsorgt hatte, hatte ihr Selbstbewusstsein empfindliche Kratzer erlitten. Falls es stimmte und Jürgen Ritter sich tatsächlich für sie interessierte, wäre das die beste Nachricht seit Langem. Es konnte aber auch ganz anders sein und sich am Ende als eines der vielen falschen Gerüchte entpuppen, die der Flurfunk am laufenden Band produzierte. Die Kollegen tratschten für ihr Leben gerne.

Schlag dir Ritter aus dem Kopf und konzentrier dich auf den Fall, ermahnte sie sich und ging zum Schrank, um ihren Mantel zu holen. Sie war gespannt, was Frau Eggers über ihre Bekanntschaft mit Niemann zu sagen hatte.

50

Meissner@Verfassungsschutz.niedersachsen.de an Hirschmann@LKA.niedersachsen.de

Nachfolgend unterrichte ich Sie über eine Mitteilung des Bundesministeriums für Verteidigung – BMVg –, erhalten heute um 11.25 Uhr. Aus dieser behördeninternen Mitteilung bringe ich Ihnen nachfolgenden Textauszug zur Kenntnis:

„Das Department of Defense Washington hat uns (gemeint ist das BMVg) über einen Kampfeinsatz eines Apache-Kampfhubschraubers in der Grenzregion Pakistan, in der sich Talibankämpfer aufhalten, in Kenntnis gesetzt. Bei dem Verteidigungsangriff sind fünf feindliche Talibankämpfer getötet worden. Unter den Getöteten wurde der deutsche Staatsbürger türkischer Herkunft, Mehmed Hamad aus Braunschweig, identifiziert. Die in Braunschweig lebenden Familienangehörigen sind mit gesondertem Schreiben unterrichtet und gebeten worden, sich zur Frage der Kostenübernahme einer eventuellen Rückführung des Leichnams zu äußern.

Es ist unstrittig, dass Mehmed Hamad zu einer Gruppe von Terroristen gehörte, die Angriffe auf die angrenzende Region in Nordafghanistan vorbereitet hat, um den Friedensprozess zu stören.

Gezeichnet Oberleutnant Scharf, Referat 30.4, BMVg“

Ich nehme auf die zwischen unseren Behörden geführten Gespräche in der Angelegenheit Bezug. Es gibt somit weiterhin keine Anhaltspunkte für einen verfassungsfeindlichen Hintergrund der beiden Tötungsdelikte in der Staatskanzlei. Es bleibt bei der bereits mündlich getroffenen Feststellung, dass der Verfassungsschutz keinen Anlass sieht, tätig zu werden.
Mit kollegialem Gruß
Gez. Oberamtsrat Meissner, Referat 107, Niedersächsischer Verfassungsschutz

Verena legte die Mail beiseite. Kollege Hirschmann hatte sie ihr vorbeigebracht. Seine Erkältung machte ihm immer noch zu schaffen. Er wurde von einem Hustenanfall geschüttelt. Krächzend brachte er schließlich hervor: „Schon wieder ein Verdächtiger weniger. Um Mehmed Hamad tut es mir allerdings nicht leid. Er hat seine verdiente Strafe bekommen."

Ich habe ihn nie verdächtigt, nicht eine Sekunde, dachte Verena. Auch sie hatte schlechte Nachrichten. „Frau Eggers müssen wir ebenfalls von der Liste der Verdächtigen streichen. Sie hat Niemann auf einem Treffen der Ehrenamtlichen der Stadt getroffen. Sie engagiert sich für die Obdachloseninitiative. Seither standen sie in losem Kontakt", räumte Verena ein. Seufzend fügte sie hinzu: „Es sieht ganz danach aus, als würde alles auf den berüchtigten Beamtenkiller hinauslaufen. Schrecklich die Vorstellung, dass ein Psychopath durch die Gegend läuft und politische Beamte abknallt. Und mit Frau König kommen wir auch nicht weiter. Stollmanns neuerliche Vernehmung hat nichts Neues erbracht.“

Sie schaute auf die Uhr. Der Direktor hatte sie für vier Uhr zur Rücksprache bestellt. Hirschmann wollte mitkommen. Verena hätte es nur zu gerne verhindert, konnte aber keinen stichhaltigen Grund nennen. Also gingen sie zusammen zum Büro des Direktors. Ritter hatte sein Amtsgesicht aufgesetzt. Verena ließ ihrem Kollegen den Vortritt. Als der mit seinem Bericht fertig war, kam der Direktor zum Grund ihrer Einbestellung. „Es ist zwar nicht gänzlich ausgeschlossen, dass Britta König die Täterin war, aber doch eher unwahrscheinlich. Und was den mehr als vagen Verdacht gegen diese andere Frau …, wie heißt sie noch gleich?“

„Gesine Terberg.“

„Die meine ich, auch gegen sie haben wir nichts in der Hand. Weshalb sollte eine Sachbearbeiterin zwei Abteilungsleiter umbringen? Das macht keinen Sinn. Wir kommen so nicht weiter. In Anbetracht der Umstände sollten wir einen Profiler hinzuziehen. Er wird uns mehr über die Persönlichkeit des Täters sagen können.“

Hirschmann war angetan, Verena musste schlucken. Dr. Faustmann, den das LKA in solchen Fällen bevorzugt um Rat bat, war ein Chaot. Sie konnte sich an keinen einzigen Fall erinnern, bei dem er mit seinem Täterprofil recht behalten hatte. In lebhafter Erinnerung war ihr hingegen sein unstrukturierter Arbeitsstil, der jedes Mal für erhebliche Unruhe gesorgt hatte. Auch seine Überheblichkeit war ihr tierisch auf die Nerven gegangen.

„Ich kenne einen Polizeipsychologen aus Hamburg, der seit Jahren viel beachtete Gutachten für den Senat und die Gerichte erstellt", sagte Ritter in ihre düsteren Gedanken hinein.

Hamburg? Das hieß nicht Faustmann und war alle Mal besser. Es war unwahrscheinlich, dass ein zweites Exemplar des chaotischen Profilers unter den deutschen Kriminalpsychologen herumlief. „Der Mann heißt Dr. Bertram, er sitzt übrigens bereits im ICE nach Hannover."

Ritter warf einen Blick auf seine wertvoll aussehende Goldarmbanduhr. „Er wird in fünfundvierzig Minuten am Hauptbahnhof eintreffen. Theoretisch jedenfalls. Ich fahre die Strecke jede Woche zweimal und kann mich nicht erinnern, dass der Zug ein einziges Mal pünktlich war."

Der erwartungsvolle Ausdruck in seinen blauen Augen irritierte Verena. Erwartete er jetzt Freudentänze von ihr? Ihre Hoffnung, dass ein Profiler sie weiterbringen würde, selbst wenn er nicht Faustmann hieß, hielt sich in Grenzen.

Ritter bemerkte ihre Skepsis. „Verstehen Sie das nicht als Affront. Dr. Bertram soll Sie unterstützen, nicht Ihre Autorität als Leiterin der Soko infrage stellen."

„Niemand würde das wagen", bekräftige Hirschmann und zwinkerte dem Direktor zu.

„Dann ist es ja gut", sagte Verena. Nichts, absolut nichts war gut. Als sie sich verabschiedete, hatte sie den Eindruck, dass Ritter ihr noch etwas sagen wollte. Doch es kam nichts.

51

Die zehnte Sitzung der Soko Heise verlief in angespannter Atmosphäre, die Nerven der Polizeibeamten lagen blank. Fast zwei Wochen waren nun schon seit dem ersten Mord vergangen und sie waren dem Täter keinen Schritt näher gekommen. Es gab einfach keine Fortschritte. Egal, welcher Spur auch immer sie nachgingen, sie endete im Nichts.

Der Druck auf das LKA stieg von Tag zu Tag. Niemanns Witwe hatte den zuständigen Landtagsabgeordneten aus Burgdorf eingeschaltet, der seinerzeit beim Innenminister interveniert hatte. Der Sohn hingegen legte nur verhaltenes Interesse an den Tag. Das Gespräch mit ihm hatte zur allgemeinen Überraschung Hinweise auf ein eher gestörtes Vater-Sohn-Verhältnis ergeben. Auch in Niemanns Leben hatte es demnach nicht nur Licht, sondern auch Schatten gegeben.

Verena informierte ihre Kollegen über ihre Gespräche mit Staatssekretär Haders und Niemanns Mitarbeitern. Ihre Dienstreise mit Hirschmann, der sich krankgemeldet hatte, und die Vernehmung des Imams ließ sie unter den Tisch fallen. Über den Kollegen Hirschmann wurde auch so genug gelästert.

Ein Beamter berichtete über die Auswertung der von der Staatskanzlei abgelehnten Petitionen und Bürgereingaben. „Die Beamten dort lassen es langsam angehen. Manche Eingaben sind erst nach mehrfacher Erinnerung und nach Monaten beantwortet worden.“

Stollmann konnte sich einen Seitenhieb nicht verkneifen. „Die reißen sich nicht den Arsch auf wie wir."

Zustimmendes Murmeln im Raum, der vortragende Beamte verzog keine Miene und setzte seinen Bericht fort. „In keinem einzigen Fall ist dem Bürgerbegehren stattgegeben worden. Die Staatskanzlei hat die Entscheidungen der unteren Behörden entweder bestätigt oder sich für nicht zuständig erklärt. Meistens war Letzteres der Fall. Ein Bürger hat ziemlich sauer reagiert und der Regierung Untätigkeit und Unvermögen vorgeworfen. Es ging um ein BGH-Urteil, das die Gerichte in Niedersachsen angeblich torpediert haben. Die Staatskanzlei hat erst nach mehrfacher Aufforderung Stellung genommen und letztlich auf die Unabhängigkeit der Gerichte verwiesen."

„Da fragt man sich, wofür die überhaupt da sind", bellte Stollmann erneut dazwischen. „Eins steht fest: für uns Bürger jedenfalls nicht."

Verena wollte kein Geplänkel über die politischen Verhältnisse in diesem Land. „Der Name des Bürgers?"

„Können wir vergessen. Habe ich längst überprüft. Der Mann hat vor einem Jahr Selbstmord begangen, stand sogar in der Zeitung. Seit fünf Jahren liefen seine Prozesse, ein Ergebnis war nicht absehbar. Er hat alles verloren, sein Haus, seine Ersparnisse, seinen Job und zuletzt auch noch seine Frau. Von Hartz IV wollte er augenscheinlich nicht leben."

Erneute bissige Kommentare von Stollmann waren die Folge. Es kostete Verena einige Mühe, die Aufmerksamkeit der Runde wieder auf die Mordfälle zu lenken. Nach einigem Hin und Her bestand Einigkeit, dass vermutlich niemand aus Frust über die Untätigkeit von Behörden zum Mörder wird und zwei Beamte erschießt. „Und falls doch“, meinte ein Beamter, „geschehen solche Taten im Affekt. Und in unserem Fall waren die Morde sorgfältig geplant.“

Die vom Direktor beschlossene Hinzuziehung eines Fallanalytikers aus Hamburg stieß auf wenig Begeisterung. Man ließ sich nicht gerne in die Karten schauen, schon gar nicht von einem Kriminalpsychologen aus der Hansestadt. Die Hannoveraner schätzten die Hanseaten nicht besonders, hielten sie für hochnäsig. Es ärgerte sie, stets als kleiner Bruder der Weltstadt Hamburg angesehen zu werden. Nur Petra Schramm gab sich euphorisch. „Ein Profiler aus Hamburg? Klasse.“

Verena lächelte verhalten, obwohl ihr nicht danach zumute war. Die Mordfälle und die ständigen Rückschläge zerrten an ihrem Nervenkostüm. Wenn sie nicht bald einen Durchbruch erzielten, würde sie den Direktor bitten, jemanden anderen mit der Leitung der Soko Heise zu beauftragen. Vielleicht ließ nicht nur ihr Äußeres nach, vielleicht blieb auch ihr kriminalistisches Spürsinn auf der Strecke. Ihre Freundin Dagmar hatte es auf den Punkt gebracht. „Wenn du erst mal vierzig wirst, ist der Lack ab“, hatte sie ihr bei Kaffee und Kuchen um die Ohren gehauen und Verena ins Grübeln gebracht. Acht Monate Galgenfrist blieben ihr noch.

Den restlichen Tag verbrachte Verena am Schreibtisch: Telefonate führen, Mails und Berichte lesen.

Am späten Abend, sie wollte gerade zu Bett gehen, rief die Nachbarin ihrer Mutter an. Ihre Mutter hatte die

Herdplatte angestellt und vergessen, sie auszuschalten. Fast hätte es einen Wohnungsbrand gegeben. „Sie müssen sich um Ihre Mutter kümmern. Wenn Sie sie nicht zu sich nehmen können, sollten Sie sich nach einem Heimplatz für sie umgucken. So geht es nicht weiter!", hielt ihr die Frau vor.

Vorwürfe, immer nur Vorwürfe. Hielt das Leben nichts anderes mehr für sie bereit? Verena versprach, am Wochenende nach Osnabrück zu kommen.

Sie sprach Dagmar eine Nachricht auf die Mailbox. Das Nikolausturnier am kommenden Samstag würde ohne sie stattfinden müssen. Verena hatte sich darauf gefreut. Das Wetter war zwar miserabel, die Platzverhältnisse vermutlich ebenso, aber sie wäre auf andere Gedanken gekommen. Zumindest für einige Stunden hätte sie endlich einmal wieder am eigenen Leib erlebt, dass es ein Leben auch jenseits von Mord und Totschlag gab. Auch in dieser Nacht träumte sie wieder von Heise. Er redete mit Händen und Füßen auf sie ein, aber wie beim letzten Mal konnte sie ihn auch dieses Mal nicht verstehen.

52

„Zu blöd auch“, schimpfte Wagner laut vor sich hin. So behutsam er sich auch auf die Badezimmerwaage stellte, krampfhaft bemüht, die Luft anzuhalten, um die Waage möglichst wenig zu belasten, das Miststück zeigte sich von seiner unerbittlichen Seite: zweiundneunzig Kilo, bei seiner Größe fünfzehn Kilo zu viel. Vielleicht geht sie nicht richtig, tröstete er sich, wohl wissend, dass das nicht der Fall war. Die Waage war nagelneu.

Leider gehörte er nicht zu den glücklichen Zeitgenossen, bei denen Aufregung die Kilos purzeln lässt. Im Gegenteil, bei Stress schrie sein Körper förmlich nach Süßigkeiten: Schokolade, Pralinen, Kekse und Mandelhörnchen mit möglichst dickem Schokoladenüberzug. Heute Nachmittag hatte er gleich drei davon vertilgt. Nervennahrung für ihn. Er schob die Waage beiseite. Bis Weihnachten würde er sie nicht mehr benutzen. Im neuen Jahr würde er sich einer knallharten Diät unterziehen. Und dieses Mal würde er durchhalten.

Er war hundemüde und beschloss gegen neun Uhr, schlafen zu gehen. Ein Anruf machte ihm einen Strich durch die Rechnung. Der Ministerpräsident forderte ihn ziemlich brüsk auf, umgehend in die Staatskanzlei zu kommen. Es gab Wichtiges zu besprechen. Vielleicht haben sie eine neue Spur, hoffte Wagner. Draußen hatte es erneut geschneit. Die glatten Straßen zwangen ihn, langsam zu fahren. Bis auf das Büro des Ministerpräsidenten im ersten Stock waren alle Büros dunkel. Der

Ministerpräsident war nicht allein. Seine Sekretärin wirkte übermüdet. Dass auch der Innenminister bei ihm war, hielt Wagner für ein gutes Omen. Mit einer ungeduldigen Geste forderte der Ministerpräsident ihn auf, Platz zu nehmen. Die Politiker unterhielten sich über einen Mann namens Boris Milner.

„Was wissen Sie denn nun über ihn?“, wollte Wagners Chef wissen.

Innenminister Krause beachtete Wagner nicht weiter und gab die gewünschte Auskunft. „Milner ist ein russischer Oligarch, einer der ganz Großen. Bis zum Zusammenbruch der GUS war er KGB-Offizier. Schutzgelderpressungen und Menschenhandel haben ihn reich gemacht. Milliardär ist er allerdings erst geworden, nachdem er zu einem Spottpreis einen ehemals staatlichen Energiekonzern gekauft hat. Sein Vermögen wird auf drei Milliarden geschätzt.“

„Und weshalb kauft er halb Niedersachsen auf und warum über Tarnfirmen? Weshalb spielt er nicht mit offenen Karten?“, fasste der Ministerpräsident nach.

Der Innenminister setzte ein ratloses Gesicht auf. „Meine Leute von der Zentralstelle Wirtschaftskriminalität vermuten, dass er in Europa Fuß fassen will. Drei Milliarden wollen investiert sein. Und die Tarnfirmen sind ein probates Mittel, um Steuern zu sparen, besser gesagt zu hinterziehen. Auch Geldwäsche ist natürlich denkbar.“

„Warum ausgerechnet Niedersachsen? Soll der Kerl sich in Bayern austoben oder meinethalben in Hessen oder Baden-Württemberg. Die Süddeutschen sind doch sonst immer vorneweg, bilden sich ein, was Besseres zu sein", wetterte der Ministerpräsident.

„Bei den Süddeutschen machen sich andere breit oder, besser gesagt, haben sich breit gemacht. Trotz der hohen Geldverluste infolge der Finanzkrise hat die Russenmafia immer noch verdammt viel Kapital, das investiert sein will. Die italienische übrigens auch. Und Deutschland ist ein bevorzugtes Investment: hohe Produktivität, gute Infrastruktur, gut ausgebildetes Personal, niedriges Lohnniveau, wenig Ärger mit den Gewerkschaften …"

„Sie müssen mir keinen Vortrag über die Vorzüge der deutschen Wirtschaft halten, Krause. Ich bin im Gegensatz zu Ihnen kein Lehrer, sondern Volkswirt. Heben Sie Ihre Belehrungen für andere auf. Für die Kollegen aus der Fraktion zum Beispiel. Zu viele Klugscheißer, die null Ahnung von Wirtschaft haben und dummes Zeug quatschen."

Der Innenminister zwinkerte Wagner zu, lag er doch selbst häufig mit der Fraktion über Kreuz. Nun wandte auch der Ministerpräsident dem Regierungssprecher seine Aufmerksamkeit zu.

„Ist Ihnen der Name schon mal untergekommen, aus dem Kreis der Presseheinis vielleicht?"

Wagner schüttelte den Kopf.

„Heißt das, die Journaille hat von der Sache noch nicht Wind bekommen? Das würde mich allerdings wundern. Die Schmeißfliegen suchen doch immer nur nach Dreck. Ohne Dreck gehen die ein."

Wagner sehnte sich nach seinem Bett. Er hatte Mühe, seine Augen offen zu halten. „Das mag sein, Chef, aber ich bin sicher, dass die Presse von Milner nichts weiß. Sonst hätte sie das längst hochgekocht. Ein ehemaliger Mafiaboss, der sich im großen Stil mithilfe von Tarnfirmen in niedersächsische Unternehmen einkauft, da gehen die nicht stillschweigend zur Tagesordnung über. Hollmann hätte es mir gesteckt, wenn er davon erfahren hätte. Wenn Max nichts weiß, wissen die anderen auch nichts."

„Pah", entfuhr es seinem Chef. „Hören Sie mir bloß mit Ihrem Freund Max Hollmann auf. Der Kommentar vorgestern in der *Allgemeinen Niedersachsenzeitung* war eine Ansammlung von Gehässigkeiten. Der Mann betreibt unseren Sturz."

Wagner wusste es besser. Hollmann war weder gehässig noch wollte er die Regierung stürzen. Er war einfach nur ein kritischer Journalist, nicht mehr und nicht weniger.

„Es wundert mich nicht, dass niemand etwas ahnt", mischte Krause sich ein. „Dieser Milner hat keine Mühe gescheut, seine Absichten zu kaschieren. Er hat ein unglaublich komplexes Firmenkonglomerat gegründet, jede Firma mit eigenem Namen und Firmensitz, übrigens fast immer in Liechtenstein, einige in der Schweiz. Sie finden keine Firma darunter, die mehr als eine Beteiligung erworben hat. Wie soll die Presse das aufdröseln? Solange niemand sie auf die Fährte setzt, bleibt sein Agieren im Verborgenen."

Der Ministerpräsident schenkte sich einen Likör ein. „Auch einen?", fragte er den Innenminister. Der wollte nicht. Wagner, der liebend gerne einen Likör getrunken hätte, wurde nicht gefragt.

„Im Verborgenen hört sich gut an, dabei soll es auch bleiben. Bislang wissen demnach nur vier Leute von Milners Aktivitäten, wir drei und Britta König. Außer Heise natürlich, aber der ist tot. Und Frau König habe ich zum Stillschweigen verdonnert. Die Frau weiß, wem sie ihre Karriere verdankt."

Wagner hatte nicht den geringsten Zweifel, dass Britta König jeden Preis zu zahlen bereit war, wenn es um ihre Karriere ging. Aber, was in Gottes Namen hatte Heise mit diesem Russen zu tun, und gab es einen Zusammenhang zu den Morden? Warum klärte ihn niemand auf?

„Ich werde mich mit Milner treffen", kündigte der Regierungschef an. „Ich will wissen, was er plant. Vielleicht sind seine Absichten ja integer. Der Erwerb von Firmenbeteiligungen ist jedermann gestattet." Innenminister Krause gefiel der Vorschlag nicht. „Das halte ich für keine gute Idee. Meine Leute haben mir berichtet, dass der Mann unter Beobachtung des BKA, Abteilung Wirtschaftskriminalität, steht. Wenn die mitbekommen, dass Sie sich mit ihm treffen, rennen die schnurstracks zum Bundesinnenminister. Und was dann passiert, muss ich Ihnen nicht sagen. Der ist schneller im Kanzleramt als ein Überschallflugzeug …"

„Hören Sie schon auf, Krause. Dass der Kanzler mich nicht leiden kann, ist mir nicht verborgen geblieben. Wer sagt uns übrigens, dass der Russe nichts mit den Morden zu tun hat? Russen sind unberechenbar. Mein Vater war an der Ostfront, ich weiß, wovon ich rede. Es ist gut möglich, dass er einen Auftragskiller auf die beiden angesetzt hat."

„Wie erklären Sie sich dann den Mord an Niemann? Nur bei Heise wurden Aufzeichnungen über Boris Milner gefunden. Hätte Niemann etwas gewusst, wäre er damit bestimmt zu Ihnen gekommen. Nach allem, was ich inzwischen weiß, gehörte Niemann nicht zu den Menschen, die brisante Enthüllungen für sich behalten."

Der Ministerpräsident verdrehte die Augen. „Mein Gott, Krause. Es ist doch möglich, dass er genau das vorhatte und ihm der Mörder zuvorgekommen ist. Dass Heise informiert war, steht fest. Wenn der sich einem Kollegen anvertraut hat, dann Niemann."

Er erhob sich, ging er zur Tür, öffnete sie und rief: „Frischen Kaffee mit Keksen, bitte. Nehmen Sie die mit Schokoladenüberzug. Unser junger Freund liebt Schokolade."

Innenminister Krause grinste breit, womit er Wagner in Verlegenheit stürzte. Waren seine Gewichtsprobleme bereits Thema im Kabinett? Wie peinlich. Er nahm sich ganz fest vor, die Kekse nicht anzurühren.

53

Berlin

Zur selben Zeit saß der Mann, über den der niedersächsische Regierungschef und seinen Innenminister sich den Kopf zerbrachen, in einer Berliner Anwaltskanzlei. Das Anwaltsbüro war in bester Lage in der Friedrichstraße unweit des Bundespresseamtes und des Kanzlersamtes in einem renovierten Altbau untergebracht. Die Kanzlei unterhielt gute Beziehungen zu den Bundesministerien und profitierte davon. Trotz der späten Stunde herrschte noch geschäftiges Treiben. An Werktagen wie heute verließen die Anwälte ihr Büro selten vor 22 Uhr.

Der gedrungene, breitschultrige Russe saß einem zierlichen, vornehm gekleideten Anwalt gegenüber. „Sie haben behauptet, die Tarnung sei perfekt. Sie war es nicht.“ Milners Worte kamen wie Geschosse aus seinem Mund, der harte osteuropäische Akzent verstärkte den aggressiven Eindruck. Unwillkürlich zuckte der Anwalt zusammen.

Bevor er etwas sagen konnte, fuhr sein Mandant aufgebracht fort: „Ich habe Ihnen gesagt, dass mein Engagement in Niedersachsen nicht bekannt werden soll. Ich habe meine Gründe.“

„Die Tarnung ist perfekt. Heise muss vor seinem Tod geplaudert haben. Vielleicht hätten Sie ihn nicht einweihen sollen?“

„Ich bezahle Sie als Anwalt. Mit wem ich über welche Geschäfte rede, geht Sie einen feuchten Kehricht an."

Der Anwalt setzte ein indigniertes Gesicht auf. Die vulgäre Sprache seines Mandanten war ihm ein Gräuel. Milner fuhr ungerührt fort: „Es interessiert mich brennend, wer die beiden Beamten kaltgemacht hat. Baumgart behauptet, nichts zu wissen, sein Kontaktmann zur Parteispitze hat angeblich auch keine Ahnung. Manchmal frage ich mich, ob er vielleicht selbst …"

Seine Stimme verlor sich. Der Anwalt wartete ab. Vermutete sein Mandat etwa, dass sein Geschäftspartner Baumgart mit den Morden zu tun hatte? Milner spielte nachdenklich mit seiner Krawatte. Er mochte schlechte Umgangsformen haben, war aber immer tipptopp gekleidet. Er nahm den Faden wieder auf. „Ich frage mich, was da eigentlich zwischen Baumgart und Heise gelaufen ist. Baumgart spielt nicht mit offenen Karten."

Das Interesse des Anwalts war geweckt, die bleierne Müdigkeit, die ihm seit Tagen zu schaffen machte, war vergessen.

Jetzt sprach er es aus: „Sie wollen andeuten, dass Baumgart mit den Morden zu tun hat? Aber weshalb und warum der zweite Mord? Zu Niemann gab es keinerlei Kontakte."

Milner zuckte die Schultern. „Bin ich der liebe Gott? Um auf meine Investments in Niedersachsen zurückzukommen: Ich will im Verborgenen bleiben. Der Euro wackelt bedenklich, Europa steht vor einer Rezession. Kann gut sein, dass ich meine Firmenanteile von einem Tag auf den anderen verkaufen möchte. Irgendwelche bescheuerten Kameltreiber aus den Emiraten finden sich immer."

Der Anwalt war anderer Meinung, unter seinen Mandanten befanden sich auch Geschäftsleute aus dem arabischen Raum. Er behielt seine Zweifel für sich.

Milner war noch nicht am Ende. „Kontakte zu Regierungsstellen sind nur Störfeuer. Die Leute behämmern einen, quatschen dummes Zeug von sozialer Verantwortung und solchen Schwachsinn. Rufen womöglich noch die Medien auf den Plan. Ich will das alles nicht."

Das konnte der Anwalt gut nachvollziehen. Er äußerte Verständnis. Dann schnitt er ein neues Thema an.

„Was ist eigentlich mit dem Klinikvorhaben? Wollte Baumgart sich nicht darum kümmern?"

Milner nickte. „Nicht nur er. Heise auch. Das ist es ja, was mich stutzig macht. Ich frage mich die ganze Zeit, ob sein Tod mit unserem Plan zu tun haben könnte. Und was Niemann betrifft, vielleicht hat Heise ihn eingeweiht. Jedenfalls stehe ich jetzt ohne Kontaktmann in die Staatskanzlei da."

Der Anwalt beschwichtigte ihn. „Geldgierige Beamte finden sich immer. Und auf Baumgart allein sollten Sie in der Tat nicht bauen. Wenn es so weit ist, stehe ich bereit, wegen der Verträge meine ich."

„Klar tun Sie das. Springt ja auch 'ne Menge Geld für Sie dabei raus."

Milner stand auf. Bevor er ging, kam er noch einmal auf den eigentlichen Grund seines Besuchs zurück. „Sie wissen Bescheid: Verkauf meines Anteils an der Metall GmbH in Nordhorn gleich morgen früh. Die Abwicklung wie üblich. Sie erreichen mich in den nächsten Tag übrigens nicht. Ich muss für einige Tage nach St. Petersburg."

Den Stress mit Hollmann erwähnte Milner nicht. Der Anwalt musste nicht alles wissen. Außerdem war die Sache so gut wie gegessen. Nach ihrer Rückkehr aus Russland würde der aufdringliche Journalist Besuch bekommen. Danach würde ihm die Lust zu neugierigen Fragen ein für alle Mal vergehen.

Bevor der Anwalt sich erheben konnte, um seinen zahlungskräftigen Mandanten hinauszubegleiten, war der bereits zur Tür geeilt. Er verschwand ohne ein weiteres Wort. Der Anwalt seufzte. Milners Umgangsformen! Aber die musste man bei der Höhe des Honorars wohl in Kauf nehmen.

54

Hannover

Es ging auf Mitternacht zu und sie saßen noch immer zusammen. Der Regierungschef, sein Pressesprecher und Innenminister Krause. Auf dem Tisch standen eine fast leere Flasche Likör und zwei benutzte Gläser, daneben lag ein Blatt Papier. Die Selbstverständlichkeit, mit der die beiden Spitzenpolitiker das Vordringen der Russenmafia nach Niedersachsen akzeptierten, machte Wagner fassungslos. Krause nieste. „Verdammt, ich habe mich beim Grünkohlessen in Oldenburg erkältet. In der Weser-Ems Halle war es schweinekalt. Um auf Milner zurückzukommen: Ich kann mir nicht vorstellen, dass er mit den beiden Morden zu tun hat. Was ich mir aber lebhaft vorstellen kann, ist das Medienspektakel, wenn die Sache mit seinen Beteiligungen und Firmenaufkäufen auffliegt. Man wird uns Blauäugigkeit vorwerfen. Es kann auch schlimmer kommen und man haut uns andere Nettigkeiten um die Ohren: Unvermögen, tatenloses Zusehen, wie das Land an die Russenmafia fällt. Die Leute hören es nicht gerne, dass ihre Arbeitsplätze von kriminellen Geschäftemachern abhängen."

„Als ob wir eine Chance hätten, das Ganze zu verhindern", stellte der Regierungschef lakonisch fest.

Der Innenminister hatte seine anfängliche Zurückhaltung aufgegeben und schenkte sich einen Likör ein, den dritten, wie Wagner neidisch registrierte. „Das macht es nicht besser. Die linken Medien bekommen Oberwasser und werden mal wieder das leidige Lied vom Kapital, das die Politik beherrscht, anstimmen. Das ist genau die Diskussion, die wir partout nicht brauchen. Schon gar nicht jetzt, wo wir gerade erst haarscharf an einer weltweiten Wirtschafts- und Finanzkrise vorbeigeschlittert sind." Er trank das Glas mit einem einzigen Schluck aus und stellte es beiseite.

Der Ministerpräsident seufzte. „Ihren Optimismus möchte ich haben. Die Eurokrise ist noch lange nicht ausgestanden, sie fängt gerade erst an. Aber darüber soll sich der Bundeskanzler Gedanken machen. Ich befürchte allerdings, dass er das nicht tut. Es wäre ein Segen für unser Land, wenn er endlich zurücktreten würde." Ein erneutes tiefes Seufzen folgte seinen Worten.

Der Innenminister hielt Totschweigen für die beste Lösung. „Dass Milner sich Niedersachsen als seine Spielwiese ausgesucht hat, liegt nicht in unserer Hand. Weshalb sollten ausgerechnet wir der erstaunten Öffentlichkeit die mehr als heikle Sache auf dem goldenen Servierteller präsentieren? Es würde die Bürger verunsichern. Und Angst produziert Wut. Ich habe die Schilderungen meines früheren Kollegen aus Stuttgart noch gut im Ohr. Wutbürger in Hannover, das schmeckt mir gar nicht."

Er nieste erneut, fuhr dann fort: „Wenn es Milner nur um das Salz in der Suppe, die Rendite, geht, können wir damit umgehen. Solange die Gewinne sprudeln, wird er seine Anteile halten. Wenn nicht, wird es verdammt ungemütlich für uns. Bei deutschen Unternehmern können wir Druck ausüben, die haben ihren Lebensmittelpunkt hier. Ausländischen Investoren pellen sich ein Ei darauf, was deutsche Regierungen denken oder wollen. Auch deshalb sind wir klug beraten, das Investment dieses Russen nicht an die große Glocke zu hängen."

„Okay, Krause, sitzen wir die Sache aus. Wenn ich mich im Kreise meiner geschätzten Ministerpräsidentenkollegen umschaue, ist Aussitzen nicht selten die klügste Form der politischen Fortbewegung."

Der Ministerpräsident wandte sich Wagner zu und reichte ihm das Blatt Papier. Es handelte sich um eine Aufstellung, die, wie sich herausstellte, Britta König in Heises Schreibtischschublade gefunden und dem Ministerpräsidenten ausgehändigt hatte. Der Kommentar des Regierungschefs fiel bissig aus. „Die Deppen vom LKA müssen sie übersehen haben oder waren zu blöd, die Bedeutung zu erkennen. Heise muss sie kurz vor seinem Tod angefertigt haben. Nehmen Sie die Aufstellung mit in Ihr Büro und prägen sich die Firmennamen ein. Danach will ich sie wieder haben, keine Kopien, verstanden! Ich erwarte von Ihnen, dass Sie ab sofort mein Frühwarnsystem in dieser Angelegenheit sind. Sollte Ihnen ein Gerücht wegen einer der dort aufgeführten Firmen zu Ohren kommen, will ich umgehend unterrichtet werden."

Bernd Wagner nickte ergeben. Zwei ungelöste Mordfälle, Dauerstreit in der niedersächsischen Regierungskoalition, die Finanzkrise, dazu eine gnadenlos überforderte Finanzministerin, die vom stellvertretenden Oppositionsführer am Gängelband geführt wurde. Und jetzt eine weitere Baustelle!

Sein Chef war noch nicht fertig. „Was machen die Ermittlungen in den Mordfällen, Krause? Sollte nicht ein Profiler hinzugezogen werden?“

Der Innenminister bestätigte das. „Mit einem belastbaren Täterprofil ist vor Ende der Woche allerdings nicht zu rechnen. So etwas braucht Zeit“, erklärte er.

Der Ministerpräsidenten reagierte ungehalten. „Zwei meiner engsten Mitarbeiter sind erschossen worden, meine Mitarbeiter zittern vor Angst, dass das Morden weitergeht. Kaum jemand in meinem Laden ist noch in der Lage, halbwegs vernünftige Arbeit abzuliefern. In Brüssel und Berlin schert sich kein Schwein darum, wie ich die notwendigen Entscheidungsvorlagen geregelt kriege. Und Sie sprechen von Zeit und Ihr schlafmützziges LKA schiebt Dienst nach Vorschrift. Ich fass es nicht!“

„Mitnichten“, widersprach Krause. Dann lieferte er einen langatmigen Bericht über den Stand der Ermittlungen ab, der allerdings keine belastbaren Ergebnisse zutage förderte. Der Chef haute mit der Faust auf den Tisch. „Ich gebe dieser Soko Heise, oder wie immer sie sich nennt, noch eine Woche. Wenn sie bis dahin keinen Täter präsentiert, schicken Sie die Leiterin in die Wüste, Krause. Ich räume gern ein, dass die Frau ansprechend aussieht. Sie hat mich kürzlich vor meinem Büro angesprochen. Durchaus attraktiv, die Dame. Aber wir sind hier nicht auf einem Schönheitswettbewerb, Krause. Es geht um Mord. Die Gute scheint gnadenlos überfordert zu sein. Und der neuen Direktor auch. Er erfüllt die in ihn gesetzten Erwartungen bei Weitem nicht. Ich befürchte, die Hamburger Kollegen haben uns ein

Kuckucksei ins Nest gesetzt. Sieht den arroganten Hanseaten ähnlich."

Der Innenminister widersprach erneut, hob die Kompetenz des neuen LKA-Direktors hervor. Der Schlagabtausch zog sich hin und es war nach Mitternacht, als Wagner in Gedanken versunken endlich nach Hause kam. Was, wenn dieser Russe mit den Morden zu tun hatte? Keine angenehme Vorstellung. Den dunklen Golf, der vor seinem Haus parkte, nahm er nicht wahr. Die Frau, die hinter dem Steuer saß und ihn beobachtete, auch nicht.

In dieser Nacht schlief er tief und fest. Im Traum begegnete ihm eine schwarzhaarige Frau mit einer Pistole. Sie entführte ihn in eine Konditorei. Eine Kellnerin, die erstaunliche Ähnlichkeit mit seiner Kollegin Sybille Becker aufwies, servierte heiße Schokolade mit Mandelhörnchen. Gerade als er den ersten Bissen zu sich nehmen wollte, setzte die fremde Frau ihre Pistole an seinen Hinterkopf und drückte ab. Dann wachte er schweißgebadet auf. Es war sieben Uhr und höchste Zeit aufzustehen.

55

Die vielen Menschen und das Gedränge an den Marktständen lösten Panik bei ihr aus. Sie hatte das Gefühl, keine Luft zu bekommen. Sie presste ihre Handtasche an sich und bahnte sich ihren Weg an gut besuchten Imbissständen vorbei Richtung Ausgang. Begierig atmete sie die kühle Luft vor der Markthalle ein.

Draußen hatte sich überraschend die Sonne durch die Wolkendecke gekämpft. Der Schnee auf den Straßen und Bürgersteigen war zu Haufen zusammengekehrt. Nur die Dächer der umliegenden Häuser waren noch mit einer weißen Puderschicht bedeckt. Das Alte Rathaus gegenüber der Markthalle sah aus wie blank geputzt. Mit seiner roten Backsteinfassade hätte es an diesem sonnigen Vormittag ein wunderbares Fotomotiv abgegeben.

Sie ging die Straße entlang und betrat die Apotheke. Die Frau hinter dem Tresen grüßte sie freundlich, als sie das Rezept entgegennahm. Sie wusste, was passieren würde. Erst würde die Frau bestürzt gucken, sich dann fassen und sie verstohlen mustern, während sie ihr die Neuroleptika aushändigte. Die Tabletten würden in der Toilette landen, so wie die anderen auch.

Schizophrenie war keine normale Krankheit, sie wurde noch immer als etwas Angsteinflößendes und Anstößiges betrachtet. Ich bin nur eine von einer Millionen an Schizophrenie erkrankten Deutschen, hätte sie der Apothekerin, deren geschäftsmäßiges Lächeln einer Mischung aus Unbehagen und Hilflosigkeit gewichen war, gerne entgegengeschleu-

dert. Sie riss sich am Riemen, nahm die Tabletten an sich und zahlte die Rezeptgebühr.

Wieder draußen, entschloss sie sich zu einem kurzen Spaziergang. Sie schlenderte Richtung Leineschloss, dem Sitz des Niedersächsischen Landtages. Irgendwann in den nächsten Jahren würde der Vorbau aus der Nachkriegszeit abgerissen werden, um einem protzigen Neubau aus Glas und Stahl Platz zu machen. Die Politiker hatten es so beschlossen, ungeachtet der vehementen Bürgerproteste. Es war überall dasselbe, Stuttgart, Köln und Hannover. Erst einmal in Amt und Würden, scherten sich die Politiker keinen Deut um den Wählerwillen.

Als sie am Leineufer entlangspazierte, fühlte sie sich wie befreit. Ihre Gedanken wanderten zurück in die Vergangenheit, als sie Michael kennengelernt hatte. Damals war sie sicher gewesen, die Krankheit überwunden zu haben. Doch dann hatte sie einen Rückfall bekommen. Ihre Angst, dass er sie verlassen würde, war unbegründet. Er hatte sich rührend um sie gekümmert.

Als er seinerseits Schwierigkeiten in der Staatskanzlei bekommen hatte, wusste sie, dass sie ihm helfen musste. Sie hatte die Dinge in die Hand genommen und Heise auf dem Parkplatz der Staatskanzlei abgefangen. Es drängte ihn nach Hause. Nicht einmal zuhören wollte er ihr. Wie einen räudigen Hund hatte er sie weggeschickt.

Niemann hatte ihr zugehört, wenigstens das, aber geholfen hatte er auch nicht. Und Wagner hatte sogar Mitgefühl gezeigt, und dennoch hatte auch er nichts unternommen. Alle hatten sie im Stich gelassen. Dann waren die Stimmen zurückgekommen und hatten ihr gesagt, dass alles gut wer-

den würde. Als sie Michael davon erzählt hatte, hatte er geweint. Und wenig später hatten die Stimmen ihr verraten, dass er eine Neue hatte. Sie verdrängte das Bild von Michael und seinem zerquetschten Körper mit den abgetrennten Beinen. Ein Selbstmord, hatten sie gesagt.

Nach ihrem Zusammenbruch hatte sie den Ärzten in der MHH von den Außerirdischen erzählt. Wenig später war sie in die psychiatrische Klinik in Ilten eingewiesen worden. Ihr Erinnerungsvermögen an die Zeit, die sie dort verbracht hatte, war getrübt. Meistens hatte sie geschlafen oder vor sich hin gedämmert. In den wenigen Stunden, in denen sie wach war, hatte sie Unmengen von Essen verschlungen. Ständig hatte sie Hunger gehabt. Später war sie mit Mal- und Gesprächstherapien und Entspannungsübungen behandelt worden.

Nach einem dreiviertel Jahr war sie zur ambulanten Weiterbehandlung entlassen worden. Seither ging sie regelmäßig zum Arzt und ließ sich Neuroleptika verschreiben. Sie löste die Rezepte auch brav ein. Eine Vorsichtsmaßnahme, sie traute ihrem Hausarzt nicht. Schon einmal hatte er sich hinter ihrem Rücken mit ihrer Krankenkasse in Verbindung gesetzt.

Er war nicht der Einzige, vor dem sie sich in Acht nehmen musste. Ihr Chef bedachte sie in letzter Zeit mit merkwürdigen Blicken. Und ihre Mutter erkundigte sich auffallend oft nach ihrem Gesundheitszustand. Manchmal wünschte sie sich, dass ihre Mutter tot wäre. Vielleicht würde es bald so weit sein, sie war Mitte siebzig und klagte über Herzprobleme. Michael hatte nie geklagt und dann war er doch gestorben – mit gerade mal siebenundvierzig Jahren.

Plötzlich meldete sich die Stimme zurück. Sie redete lautstark auf sie ein. „Ja", versprach sie, „heute Abend wird Wagner sterben."

56

Als es an ihrer Bürotür klopfte, war Verena nicht unglücklich. Jede Störung war willkommen, die sie aus ihren sich ständig im Kreis drehenden Gedanken befreite. Im Türrahmen stand Dr. Bertram. Der Profiler aus Hamburg schenkte ihr ein aufmunterndes Lächeln. Verena hatte ihn auf Anhieb gemocht, auch wenn er etwas unsortiert wirkte. Sein schmales Gesicht mit der hervorstechenden Nase wurde von den schwarz-braunen Augen beherrscht, aus denen er die Welt um sich herum aufmerksam betrachtete. Die langen braunen Haare hatte er zu einem Pferdeschwanz zusammengebunden. Nach seiner Ankunft vor zwei Tagen hatte er sich ausführlich informieren lassen und Unterlagen mitgenommen. Anders als sein Kollege Dr. Faustmann spielte er sich nicht in den Vordergrund. Jetzt reichte er Verena einige Seiten eng beschriebenes Papier.

„Viel ist es leider nicht“, entschuldigte er sich. „Für eine vergleichende Fallanalyse mit Substanz reichen die Fakten nicht.“ Er baute sich vor Verenas Schreibtisch auf. Sie stand auf, ging um den Schreibtisch herum, um den mit Akten voll bepackten Stuhl für ihn freizuräumen.

„Die Spurenanalyse im Mordfall Niemann ist noch nicht endgültig abgeschlossen“, sagte sie. „Aber ehrlich gesagt, viel Neues erwarte ich nicht mehr.“

Auf seinem Gesicht erschien ein betrübter Ausdruck. „Ob ich Ihnen damit helfen kann? Ich wünschte wirklich, es wäre so. Der Druck, unter dem Sie stehen, ist immens." Seine Stimme klang mitfühlend. Er war in jeder Beziehung das Gegenteil von Faustmann.

„Eine Tasse Kaffee gefällig?", fragte Verena. Er lehnte dankend ab. So wie Verena ihn einschätzte, bevorzugte er Kräutertee aus biologischem Anbau. Er stützte seinen Kopf auf seine Arme und sagte: „Ein merkwürdiger Fall. Der Täter beziehungsweise die Täterin hat beide Opfer in ihren Wohnungen erschossen. Spontane Taten können wir ausschließen. Die Morde waren sorgfältig geplant."

So weit waren wir schon lange, dachte Verena. „Heises und auch Niemanns Nachbarn wollen einen Golf gesehen haben, aus dem heraus die Häuser der Beamten vor den Taten beobachtet wurden."

„Ich weiß, ich habe die Vernehmungsprotokolle gelesen", sagte Bertram. „Aus nächster Nähe jemanden zu erschießen, und dann noch frontal, da gibt es bei den meisten Menschen eine Sperre. Nicht so bei unserem Täter. Und das macht mich stutzig. Entweder haben wir es mit einem Profikiller zu tun oder mit einem total gefühlsarmen Menschen."

Er schaute sie an, wartete ihre Reaktion ab. Als sie nichts sagte, fuhr er fort. „Ich gehe davon aus, dass wir es mit Letzterem zu tun haben. Für einen Berufskiller gibt es keine Anhaltspunkte. Hannover ist nicht Neapel, wo die Mafia mit missliebigen Beamten kurzen Prozess macht."

Verena ging das Fortbildungsseminar des BKA durch den Kopf, in dem über das stetige und von der Politik bewusst im Verborgenen gehaltene Vordringen der Mafia in Deutschland referiert worden war. Und dennoch war es kaum vorstellbar, dass ausgerechnet im betulichen Niedersachsen zwei politische Beamte aufs Konto der Mafia gingen. Auch gab es nicht den geringsten Hinweis, dass die beiden in Mafiageschäfte verstrickt waren.

Der Psychiater begründete seine Theorie. „Wir nennen solche Personen ‚dynamisch entleert'. Oft handelt es sich um Menschen mit schwerer Depression. Dagegen spricht in den vorliegenden Fällen allerdings, dass sich der Hass depressiver Menschen fast immer gegen die eigene Person richtet. Sie töten sich selbst, nicht andere."

Verena trank einen Schluck Kaffee, hörte ihm aufmerksam zu. War Britta König depressiv? Ganz sicher nicht. Aber Gesine Terberg, bei der war es durchaus möglich.

„Es können aber auch andere Krankheitsbilder gegeben sein", fuhr der Profiler fort. „Dynamisch entleerte Menschen leiden unter einer Affektverflachung. Affektive Zustände wie Freude, Mitgefühl, Wut und so weiter sind ihnen fremd. Das unterscheidet sie von uns sogenannten Normalen."

„Aber, das würde doch bedeuten, dass diese Menschen keinen Hass empfinden. Hass gehört doch auch zu den ..., wie haben Sie es noch genannt …?"

„Affektive Zustände. Sie haben völlig recht, das ist ein Widerspruch. Ein Widerspruch, der sich aber auflöst, wenn ich mit meiner Vermutung recht habe."

Er lehnte sich weit zurück und schaute Verena skeptisch an, als ob er prüfen wollte, was er ihr zumuten konnte.

„Nun spannen Sie mich nicht länger auf die Folter. Was konkret wollen Sie mir sagen?“

„Dass das Motiv für die Taten kein Hass war. Das wir den Fall nicht mit normalen Maßstäben beurteilen können, weil der Täter selbst nicht normal ist. Ich gehe davon aus, dass wir mit einer Person zu tun haben, die an paranoider Schizophrenie erkrankt ist. Schizophrenien kommen im Alter häufig vor und sind dann zumeist ungefährlich, sind von Demenzerkrankungen kaum zu unterscheiden. Das gilt übrigens auch für sogenannte pubertätsbedingte Schizophrenien, die mit der richtigen medikamentösen Behandlung meist nach wenigen Wochen wieder verschwinden. Es gibt aber Krankheitsverläufe, bei denen es immer wieder zu neuen Schüben kommt. Fälle, die mit schwerwiegenden schizophrenen Psychosen mit biochemischen Veränderungsprozessen und paranoiden Erkrankungen einhergehen.“

„Können Sie das auch für Otto Normalverbraucher erklären? Ich bin weder Mediziner noch Psychologe“, bat ihn Verena.

„Sorry, ich wollte sie nicht düpieren. Vereinfacht ausgedrückt: Die Betroffenen haben Wahnvorstellungen, hören Stimmen und fühlen sich fremdbestimmt. Sie ordnen die Stimmen außerirdischen Lebenswesen zu und sind überzeugt, die Befehle, die diese Stimmen ihnen einflüstern, umsetzen zu müssen. Sie folgen einem inneren Zwang.“

„Sie wollen andeuten, dass der Täter glaubt, Befehle aus dem Jenseits zu bekommen, und deshalb die beiden Beamten getötet hat?“

Der Profiler nickte verhalten. „Es klingt idiotisch, ich weiß. Aber so ist es. Die Erkrankten können nicht zwischen der Realität und ihren Wahnvorstellungen unterscheiden. Sie leben in der unerschütterlichen Überzeugung, dass es die Außerirdischen tatsächlich gibt und sie von ihnen gesteuert werden."

Verena war skeptisch. „Aber warum ausgerechnet Heise und Niemann?"

Bertram seufzte. „Ich sagte es bereits: Schizophrenie verläuft in Schüben. Es gibt Phasen, in denen die Kranken nach unseren Maßstäben normal sind. In dieser Zeit führen sie ein unauffälliges Leben, gehen einer geregelten Arbeit nach, pflegen sogar soziale Kontakte. Ein neuer Schub kommt nicht über Nacht, sondern kündigt sich über einen längeren Zeitraum an. Wenn der Kranke rechtzeitig zum Arzt geht, sich in eine Fachklinik einweisen lässt, bekommt man das in den Griff. Neuroleptika bewirken fast immer einen Rückgang der Wahnvorstellungen. In der Kombination von Medikamenten, Gesprächstherapie und Entspannungstechniken kann man den Patienten gut helfen. Werden die Warnsignale jedoch ignoriert, kann es zu der Situation kommen, mit der wir es jetzt vermutlich zu tun haben. Ich gehe davon aus, dass der Täter im Laufe seines Lebens Kontakt mit den beiden hatte."

Das schrille Läuten ihres Handys unterbrach ihn. Verena schaltete den Anrufer weg. „Fahren Sie fort", forderte sei den Profiler auf.

Der sah verwirrt aus. „Wo waren wir doch gleich stehen geblieben? Ach ja, bei den Kontakten, die bei diesen

Menschen nicht verarbeitete Eindrücke hinterlassen: Ärger, Frust, Enttäuschungen, Empfindungen im Umgang mit anderen eben. Sogenannte normale Menschen schleppen solche Gefühle vielleicht jahrelang unbewältigt mit sich herum, bekommen Magenprobleme oder Schlafstörungen. Sie werden aber auf die eine oder andere Weise damit fertig, ohne zur Waffe zu greifen. Bei Schizophrenen kann das anders sein. Ich habe Fälle erlebt, wo ein Patient zur gleichen Zeit für einen Mitmenschen Liebe und Hass empfunden hat."

Dazu muss man nicht schizophren sein, ging es Verena durch den Kopf. Als Franz ihr den Laufpass gegeben hatte, hatte er ein Gefühlschaos bei ihr ausgelöst. Zeitweise hatte sie den unbändigen Wunsch verspürt, ihn mit ihrer Dienstpistole abzuknallen. Stattdessen war sie auf den Golfplatz gefahren, hatte mit ihrem Driver auf den Golfball eingedroschen und riesig weite Abschläge in Serie produziert, die allerdings reihenweise auf Nimmerwiedersehen verschwunden waren.

Bertram war noch nicht fertig. „Ich gehe davon aus, dass der Täter den aufgestauten Ärger in Wahnvorstellungen projiziert und sich eingebildet, die beiden auf Befehl von Außerirdischen töten zu müssen."

Außerirdische? Der Fall wurde immer vertrackter. „Das hört sich gruselig an. Wie sollen wir diese Person finden? Sollen wir jetzt alle Psychiatriekliniken in Deutschland durchforsten, um festzustellen, ob es einen Schizophrenen gibt, der mit beiden Beamten Kontakt hatte?"

Bertram stellte die Tasse beiseite. „Es handelt sich um Hypothesen. Ich gehe davon aus, dass der Täter zu Hause lebt. Die Taten sind in den Abendstunden geschehen. Aus einer Klinik heraus wäre das nicht möglich."

Verena war skeptisch. „Ein Geisteskranker, der Stimmen hört und ins Detail durchdachte Mordpläne umsetzt, das passt doch nicht zusammen."

„Leider muss ich Ihnen widersprechen, Frau Hauser. Schizophrene können Wahnvorstellungen haben und gleichzeitig einen messerscharfen Verstand. Das eine schließt das andere nicht aus. Und noch etwas."

Er betrachtete sie, als ob er seine Worte gründlich abwägen wollte.

„Bitte keine Hiobsbotschaften mehr, Doc, mir reicht es für heute."

„Das kann man so oder so sehen. Ich gehe davon aus, dass es sich um eine Frau handelt. Dafür spricht nicht nur, dass weit mehr Frauen als Männer an dieser Krankheit leiden. Entscheidender für mich ist das Muster der Tat. Ich kann es wissenschaftlich nicht begründen, aber ich bin überzeugt, wir haben es mit einer Frau zu tun."

Verena stöhnte. „Das wird ja immer komplizierter."

„Beschäftigen Sie sich mit der Vergangenheit der beiden Beamten. Irgendwo muss es eine Frau geben, die negative Erfahrungen mit ihnen gemacht hat. Dort sollten Sie ansetzen."

Er reckte sich und hob die Arme in die Luft. „Puh bin ich steif. Ich müsste dringend joggen, aber das lausige Wetter … Gestern, als sich für einige Stunden die Sonne gezeigt hat, hätte ich am liebsten alles stehen und liegen gelassen und eine Runde im Tierpark gedreht. Ich wohne nämlich gleich in der Nähe, eine nette kleine Pension, hervorragendes Frühstück. Schönes Fleckchen Erde. Überhaupt gefällt mir Hannover gut. Die Vorurteile, die über Ihre Stadt kursieren, sind unbegründet."

Verena antwortete nicht. Zu nichts hatte sie weniger Lust als zu unverbindlichem Geplänkel über persönliche Befindlichkeiten. Der Doc hatte gut reden. Wenn seine Vermutung zutraf, hatten sie keine Zeit zu verlieren. Sie hatten mit einer unberechenbaren Gegnerin zu tun. Was, wenn sich ihr krankes Hirn weitere Morde ausdachte?

Sie nahm das Gespräch wieder auf. „Abgesehen von der Staatskanzlei gibt es im Leben der beiden kaum Berührungspunkte. Niemann war kontaktfreudig, verfügte über ein engmaschiges soziales Netz: Familie, Freunde, Bekannte. Heise hat sich nur um sich selbst und seine Karriere gekümmert."

Bertram erhob sich seufzend. „Ja, ja, Deutschland ist ein Land voller Egoisten geworden."

Verena ging ein Gedanke durch den Kopf. „Sie sprachen von Schüben und dass man die Krankheit selbst im fortgeschrittenen Stadium verbergen kann. Es muss doch Symptome geben?"

Bertram nickte. „Wir unterscheiden kognitive und motorische Symptome. Häufig verarmt der sprachliche Ausdruck. Es fällt den Patienten schwer, zusammenhängende Texte zu verfassen und schlüssige Sätze zu formulieren. Die motorischen Defizite lassen sich an der Mimik zum Beispiel unkontrollierte Gesichtszuckungen und teilweise auch an der Gestik erkennen. Beides muss aber nicht eintreten. Fast alle Kranken sind kontaktgestört. Sie ziehen sich sozial zurück und meistens geht die Krankheit mit Schlafstörungen und Depressionen einher."

„Und das alles steht in Ihrem Bericht?", vergewisserte Verena sich.

„So ist es." Er griff in seine Jackentasche, holte eine abgegriffene Brieftasche heraus und entnahm ihr eine Visitenkarte. „Wenn Sie nach der Lektüre noch Fragen haben, können Sie mich jederzeit anrufen. Ich fahre noch heute nach Hamburg zurück. Mein Zug geht in vierzig Minuten. Es wartet Arbeit auf mich. Der Direktor weiß Bescheid."

„Und was sagt er zu Ihren Erkenntnissen?"

„Nichts, weil ich bislang nicht mit ihm gesprochen habe. Sie leiten doch die Ermittlungen, oder?" Ein spöttischer Blick traf sie. Dann ging er um den Schreibtisch herum und gab ihr zum Abschied die Hand, ein kräftiger, zupackender Händedruck. Und plötzlich tat er etwas, das sie überraschte. Er nahm sie in den Arm, drückte sie. Die Umarmung tat Verena gut. Wann war sie zum letzten Mal von einem Mann umarmt worden? Das musste in einem anderen Leben gewesen sein.

Als er gegangen war, versuchte Verena ihre Gedanken zu ordnen. Kein einziger Fall aus den letzten Jahren war ihr geläufig, der sie vor solche Herausforderungen gestellt hätte. Sie brauchte jetzt das Gespräch mit Stollmann. Vielleicht konnte er dabei helfen, Ordnung in ihr Gedankenchaos zu bringen.

57

Als seine Sachbearbeiterin für Haushaltsfragen sein Büro betrat, ahnte Wagner, was auf ihn zukommen würde. Es war Anfang Dezember und in zwei Wochen stand der Abschluss des Haushaltsjahres an. Nach einem kurzen „Hallo, ich muss Sie sprechen“ nahm sie unaufgefordert ihm gegenüber Platz.

Wagner schaute von der Presseerklärung auf seinem Schreibtisch hoch. „Ich ahne es schon. Jedes Jahr dasselbe Theater. Wie viel ist es dieses Mal?“

Die Antwort kam wie aus der Pistole geschossen. „10 998,30 Euro. Den hohen Betrag können wir unmöglich zurückgeben. Auf der letzten Sitzung des Haushaltsausschusses des Landtags hat der Vorsitzende bereits eine Mittelkürzung für unseren Etat gefordert. Und Sie wissen um seinen Einfluss auf die Finanzministerin.“

„Ich bin Regierungssprecher und laufe nicht blind und taub durch die Gegend. Allerdings frage ich mich, was so schlimm daran ist, wenn wir das Geld an den Landeshaushalt zurückführen und unser Etat gekürzt wird. Wir haben doch ohnehin jedes Jahr im Dezember zu viel in der Kasse.“

Die Kinnlade seiner Mitarbeiterin fiel herunter. Aus weit aufgerissenen Augen starrte sie ihn entsetzt an. „Das können wir doch nicht machen! NIEMAND, ich wiederhole NIEMAND, der seine fünf Sinne noch beieinander hat und etwas von Haushaltsfragen versteht, gibt am Jahresende Geld zurück, schon gar nicht in dieser Größenordnung. Meine Kollegen würden glauben, dass ich überfordert bin. Das kann ich auf keinen Fall zulassen."

Eine verrückte Welt, dachte Wagner. Tagaus, tagein sangen die Politiker das hohe Lied vom Sparzwang und schufen gleichzeitig Strukturen, die das Gegenteil bewirkten. Besser, es hinter sich zu bringen.

„Was schlagen Sie vor?"

Seine Mitarbeiterin reichte ihm ein Blatt Papier über den Tisch. „Ich habe eine Aufstellung mit Werbemitteln mitgebracht, die wir noch heute bestellen können: tausend T-Shirts mit dem Aufdruck links oben ‚Niedersachsen – das Land mit Herz', tausend USB-Sticks mit dem Aufdruck ‚Niedersachsen – das Land der unbegrenzten Kapazitäten' und außerdem tausend Rucksäcke."

Vermutlich mit dem Aufdruck „Niedersachsen – das Land der Säcke", ätzte Wagner im Stillen.

„Aufdruck?", fragte er.

„Das Landeswappen, das kommt immer gut an", versicherte seine Mitarbeiterin.

„Finde ich alles ziemlich einfallslos. Habt Ihr nichts Besseres auf Lager?"

Erneut fiel der Kinnladen herunter. Dieses Mal war der Blick empört. „Wieso denn das? Die Mitarbeiter vom Referat für Kreatives und Innovation haben sich das ausgedacht. Und viel Zeit bleibt uns nicht mehr. Wir können auf diese Weise fast 9000 Euro ausgeben. Die Mehrwertsteuer kommt ja auch noch dazu."

Letzteres sagte sie, als ob es sich bei der Mehrwertsteuer um ein Geschenk des Himmels handelte.

9000 Euro? War das nicht der Betrag gewesen, um den sich der Sozialminister ein heftiges Gefecht mit der Finanzministerin geliefert hatte? Jetzt fiel es Wagner wieder ein. Um diesen Betrag war das Landesblindengeld gekürzt worden.

Seine Sekretärin steckte ihren heute graublonden Perückenkopf durch die Tür. „Sie sollen sofort zum Chef kommen."

Während Wagner sein Jackett anzog, wollte seine Mitarbeiterin wissen, was Sache sei. Der Regierungssprecher verspürte große Lust, dem Unfug der Haushälter ein Ende zu bereiten. Als er in das erwartungsvolle Gesicht seiner Mitarbeiterin sah, willigte er schließlich ein. Den Ministerpräsidenten trieben zwei Fragen um: Sollte er sich entgegen des Rates seines Ministers mit dem russischen Großinvestor treffen? Wohl war ihm nicht bei dem Gedanken, dass ein ehemaliger KGB-Offizier sich in der niedersächsischen Wirtschaft tummelte. Und sollte er auf den von Albi vorgeschlagenen Deal eingehen? Natürlich hatte der alte Haudegen recht und das persönliche Ranking des Spitzenkandidaten entschied über den Wahlausgang. Nur die Regierung hatte gut dotierte Jobs für die eigenen Leute zu vergeben. Und der Hunger nach lukrativen Jobs in seiner Partei war riesig. Niemand wusste das besser als er. Geheuer war ihm Albis Vorschlag dennoch nicht. Sponsorengelder auf dem Nummernkonto eines unseriösen Geschäftsmanns verschwinden zu lassen, war in seinen Augen unseriös.

In Situationen wie diesen wollte der Chef jemanden um sich haben, der seine Gedankengänge mit ihm teilte und ihn auf mögliche Stolpersteine aufmerksam machte. Kurzum, er brauchte einen geduldigen, verständnisvollen und aufmerksamen Zuhörer. Wagner beherrschte diese Aufgaben geradezu perfekt. Dennoch war es jedes Mal ein emotionales Vabanque-Spiel für den Pressesprecher, wusste man doch nie, wie der Chef auf seine Hinweise reagierte: aufbrausend oder dankbar.

„Schicken Sie doch den Wirtschaftsminister vor, soll der doch mit diesem Milner sprechen“, schlug Wagner vor. Dieses Mal hatte er danebengegriffen.

„Sind Sie bescheuert? Unser Koalitionspartner redet doch gleich wieder eine Koalitionskrise herbei. Auf keinen Fall.“

Ungemütliches Schweigen breitete sich aus. Der Chef musterte ihn nachdenklich. Sein Mann für sensible Fälle dieser Art, Ministerialdirigent Niemann, lag tot auf dem Obduktionstisch der MHH und Wagner befürchtete, mit der überaus heiklen Mission beauftragt zu werden. Es kam, wie es kommen musste.

„Das kann nur einer meiner eigenen Leute machen.“

Wagner formulierte in Gedanken Ausflüchte, um den Auftrag, der in wenigen Sekunden auf ihn zukommen würde, jemandem anderen aufs Auge zu drücken.

„Ich werde Britta König bitten, mit ihm zu sprechen. Blitzgescheite Frau, genau die Richtige, um diesem Russen auf den Zahn zu fühlen“, stellte der Chef fest.

„Sehr gute Idee“, beeilte sich Wagner zu sagen, bemüht, sich seine Erleichterung nicht anmerken zu lassen.

„Hätten Sie auch draufkommen können“, knurrte sein Gegenüber. „Manchmal frage ich mich, weshalb ich alles allein machen muss. Etwas mehr Einfallsreichtum täte Ihnen gut, Wagner. Und was machen wir nun mit unserem Konsul und den bunten Fotoberichten in Hochglanzmagazinen?“

„Ich würde die Finger davon lassen, Chef. Wie Sie bereits sagten, eine mehr als windige Angelegenheit, vermutlich sogar kriminell.“

„Kriminell? Sie übertreiben maßlos, Wagner.“

Sie selbst haben doch Andeutungen in diese Richtung gemacht, hätte Wagner erwidern können. Er ließ es bleiben. Nichts verabscheute der Chef mehr als Rechthaberei. Diese Eigenschaft akzeptierte er ausschließlich bei sich selbst.

„Aber vielleicht haben Sie sogar recht. Vielleicht ist es besser, auf diesen aufgeblasenen Konsul mit seiner Gräfin und dem ganzen Münchener Schickeriagedöns zu verzichten. Wir sollten uns etwas anderes einfallen lassen. Wie sagte Konsul von Holzhausen? Mitgefühl erzeugt Sympathie. Die Leute draußen im Land leiden mit uns mit, Wagner. Immerhin habe ich zwei meiner engsten Weggefährten durch grausame Morde verloren. Es ist nur recht und billig, wenn wir die widrigen Umstände für uns nutzen. Sorgen Sie für Fototermine, Wagner, und für Auftritte in Talkshows. Das kann unter den gegebenen Umständen wohl nicht so schwer sein. Zwei Morde in neun Tagen in meiner Staatskanzlei, das empfinden selbst hartgesottene Bürger als Supergau. Das werden Sie doch wohl hinbekommen? Wofür bezahle ich Sie, wenn nicht dafür?“

Wagner verkniff sich den Hinweis, dass für sein Gehalt nicht der Ministerpräsident, sondern die Steuerzahler aufkamen. Stattdessen brachte er einen berechtigten Einwand vor. „Aber Chef, bislang haben Sie sich strikt geweigert, Kommentare zu den Mordfällen vor der Kamera abzugeben. Die Anfrage der Redaktion vom Sonntagabendtalk musste ich absagen und …"

„Was soll das werden, Wagner? Wollen Sie mir einen Vortrag halten? Nehmen Sie lieber Ihre Beine untern Arm und hängen Sie sich ans Telefon. Reden Sie mit Frau Bill. Ich will Sonntagabend bei ihr auftreten. Und mit Detlev Strauch setzen Sie sich auch in Verbindung, ich will bei seiner Talkrunde dabei sein."

„Die habe ich gerade gestern erst abgesagt. Sie wollten das so."

„Ja und? Habe ich mir eben anders überlegt. Diese Presseheinis schreiben doch auch heute so und morgen ganz anders. Also machen Sie dem Kerl klar, dass ich Freitag bei ihm auf der Matte stehe."

Das Telefon klingelte. „Was ist?", brüllte der Chef in den Telefonhörer. „Ja, ja, ich habe den Termin nicht vergessen. Komme gleich, der Fahrer soll schon vorfahren."

An seinen Mitarbeiter gewandt, sagte er: „Also, das hätten wir. Um Milner kümmert sich Frau König und Sie kümmern sich um das andere. Wenn ich in einer Stunde zurück bin, will ich nur positive Ergebnisse hören. Kommen Sie mir ja nicht mit schlechten Nachrichten."

Hinter dem Ministerpräsidenten herlaufend fragte Wagner: „Was ist mit Konsul von Holzhausen, soll ich dem absagen?"

„Den lassen wir schmoren. Dieser arroganten Münchener Bagage kann ich ohnehin nicht aufs Fell gucken. Und den Parteivorsitzenden lassen wir auch im Ungewissen. Albi ist in letzter Zeit ganz schön aufmüpfig. Höchste Zeit ihm zu zeigen, wer Herr im Ring ist."

58

Stollmanns Büro war verwaist. Niemand wusste, wo er war. Vor einer Stunde hatte er sein Büro geradezu fluchtartig verlassen. Gründe hatte er keine genannt. Verena war enttäuscht. Sie hätte ihn jetzt gebraucht. Frau Schramm ließ eine süffisante Bemerkung über die Dienstzeitverordnung fallen, die für alle im LKA gelte, bis auf Kriminalrat Stollmann.

Verena studierte zum wiederholten Mal die Vernehmungsprotokolle. Ihr besonderes Interesse galt Britta König und Gesine Terberg. Bertram hatte sie über Auffälligkeiten in Mimik und Gestik von Schizophreniekranken informiert. Britta König war zwar sozial isoliert, hatte aber keine Auffälligkeiten in Mimik und Bewegungen erkennen lassen. Andererseits passte es zu Bertrams Profil, dass ihr Mann die meiste Zeit irgendwo in der Weltgeschichte unterwegs war und sie bis auf ihren Lover keine Freunde hatte. Der unbekannte Liebhaber war womöglich nur eine Erfindung. Und dennoch war es für die Polizeibeamtin kaum vorstellbar, dass diese Frau schizophren sein sollte.

Auch Gesine Terberg lebte allein. Und was ihre angebliche Zuneigung zu ihrem früheren Chef betraf, konnte es sich auch um eine Farce handeln. Im Geist ging sie noch einmal die Vernehmungen mit ihr durch, erinnerte sich an Zuckungen im Gesicht der Angestellten, auch ihren Groll. Hatte sie nicht von Anfang an das

Gefühl gehabt, dass mit der Frau etwas nicht stimmte? Durchaus möglich, dass sie schizophren war.

Sie bat Petra Schramm erneut zu sich. „Ich möchte alles, ich betone ALLES, über das Privatleben von Frau Terberg wissen: private Vorlieben, Freunde, Verwandte, Freizeitbeschäftigungen und Krankheiten. Vor allem Krankheiten interessieren mich, auch zurückliegende."

Große, mit blauem Lidschatten geschminkte Augen starrten sie an. „Haben Sie neue Erkenntnisse?"

Verenas Antwort fiel knapp aus. „Ja."

„Hängen die Erkenntnisse mit dem Täterprofil zusammen, gibt es Hinweise, dass …"

Verena fiel ihr ins Wort. „Ich werde heute Nachmittag die Mitarbeiter der Soko eingehend informieren. Es wäre hilfreich, wenn du bis dahin möglichst viel über die Dame herausfindest."

Während ihre Mitarbeiterin eingeschnappt auf hochhackigen Schuhen davonrauschte, nahm sich Verena den Bericht des Profilers vor. Was er schrieb, war überzeugend. Beim Versuch, den Bericht zu scannen und abzuspeichern, stürzte ihr Computer ab. Er machte schon den ganzen Tag Sperenzien. Selbst der Computer ließ sie im Stich.

Als es an ihrer Bürotür klopfte, hoffte sie auf Stollmann. Genauso unversehens wie er verschwand, erschien er meist auch wieder. Im Türrahmen stand der Direktor. Das blaue Sakko hatte die Farbe seiner Augen. Ihr Atem stockte, er sah großartig aus. Ich bin auf dem besten Weg, mich in ihn zu verlieben, gestand sie sich ein. Sie hoffte, dass ihre Gesichtsfarbe kein verräterisches Rot annahm. Er lächelte verhalten. „Dr. Bertram hat seine Arbeit abgeschlossen?“

Sie nickte. Der Blick, mit dem er sie musterte, stürzte sie in Verwirrung. Mit den Worten „Wollen Sie seinen Bericht lesen?“ überspielte sie ihre Aufregung. Er ignorierte die Blätter, nahm ihr gegenüber Platz. „Später vielleicht, Sie können mir eine Kopie machen. Informieren Sie mich mit Ihren Worten.“

Es half Verena, die Erkenntnisse des Fallanalytikers wiederzugeben. Das Durcheinander in ihrem Kopf löste sich allmählich auf, ihre Gedanken bekamen eine Struktur. Als sie fertig war, schwieg Ritter eine Weile nachdenklich. „Klingt einleuchtend. Allzu schwierig dürfte es nicht sein, herauszufinden, ob Gesine Terberg an Schizophrenie leidet“, meinte er dann.

Verena war skeptisch. „Wir haben es in der Staatskanzlei mit einem Kartell des Schweigens zu tun. Man schätzt das Spiel mit offenen Karten dort nicht.“

„In der Tat, kein leichtes Umfeld“, bestätigte Ritter. „Wenn wir sie zu hart ins Visier nehmen, hagelt es Beschwerden. Gehen wir zu lasch vor, ist es auch falsch. Der Innenminister hat mich übrigens vor einer halben Stunde angerufen. Er will Ergebnisse. Na ja, es gehört wohl zu seinem Job, Druck zu machen“, stellte er lakonisch fest. „Und was diese Frau Terberg betrifft, es gibt ja auch noch Krankenkassen und Ärzte.“

Mit Blick auf seine Armbanduhr fügte er hinzu: „Zeit, essen zu gehen. Wie sieht es aus, wollen Sie mich begleiten?“ Eigentlich hatte Verena sich heute die ewig schlecht gelaunte Kantinenwirtin ersparen wollen.

„Gerne, ich glaube es gibt Rinderroulade“, strahlte sie den Direktor an.

„Mm, eigentlich hatte ich nicht an die Kantine gedacht, eher an den Italiener im Sprengel Museum.“

Ihr Herz machte einen Sprung. „Die Salate dort sind große Klasse“, sagte sie und dachte an etwas ganz anderes.

Während sie nach ihrer Handtasche griff, verfluchte sie die Tatsache, dass sie auch heute aus Zeitgründen wieder auf Make-up verzichtet hatte. Ihr Verstand sagte ihr, dass die Einladung zum Mittagessen kein weltbewegendes Ereignis war. Es musste keineswegs heißen, dass er mit ihr anbandeln wollte. Ihr Gefühl wünschte sich etwas anderes. Während sie neben ihm her zum Fahrstuhl ging, machten sich ihre Gedanken selbstständig. Sie kreisten nicht um den Mordfall. Fand er sie attraktiv, wollte er sie näher kennenlernen?

Auf dem Parkplatz kam ihnen Stollmann entgegen. Er taucht immer dann auf, wenn man ihn am wenigsten gebrauchen kann, ärgerte sich Verena. Ihr Kollege grinste breit und wünschte guten Appetit. „Ich möchte mich nur über den neuesten Stand der Ermittlungen unterrichten lassen“, erklärte Ritter ungefragt. Natürlich, dachte Verena, was auch sonst?

59

Seit dem ersten Mord waren fast drei Wochen vergangen. Das Medieninteresse ließ allmählich nach und auch die Lage in der Staatskanzlei beruhigte sich. Niemanns Stelle sollte vorerst nicht neu besetzt werden. Eine bundesweite Ausschreibung war angedacht. Nicht sofort, sondern in einigen Wochen, wenn die Wogen sich geglättet hatten und der Mörder hoffentlich hinter Schloss und Riegel saß. Nicht nur Wagner fragte sich, ob es jemals dazu kommen würde.

Der Regierungschef war ungewohnt gereizt und die Zusammenarbeit mit ihm in diesen Tagen alles andere als ein Zuckerschlecken. Wagner hatte sich einen herben Rüffel eingefangen, weil Frau Bill sich geweigert hatte, den Ministerpräsidenten so kurzfristig in ihre Talkshow einzuladen. Sie hatte auf ihre journalistische Unabhängigkeit gepocht. Sätze wie „Wir sind nicht die PR-Abteilung der Regierung“ und „Wer in meine Show kommt, bestimme immer noch ich“ waren gefallen. Der Pressesprecher hatte alles versucht, um die widerborstige Dame zu überzeugen, hatte seinen ganzen Charme aufgeboten, humorvolle Geistesblitze zum Besten gegeben und war doch auf Granit gestoßen.

Dass zumindest der Auftritt in der Freitagabendtalkshow noch zustande gekommen war, hatte den Chef nur vorübergehend milde gestimmt. Noch tagelang hatte sich Wagner Lästereien über bockbeinige Journalistinnen, böswillige Sendeanstalten und einen Pressesprecher, der zu wenig Engagement zeige, anhören müssen.

Zur schlechten Laune seines Chefs trug bei, dass Britta König bislang vergeblich hinter Boris Milner her telefonierte. Der Kerl war wie Wackelpudding. Immer wenn sie ihn endlich zu fassen glaubte, war er mit unbekanntem Ziel verreist. Der Ministerpräsident tobte, verwünschte den Fall der Mauer und fabulierte über die gute alte Zeit, als das schöne Niedersachsen noch den Niedersachsen gehörte und man sich nicht mit unseriösen Geschäftemachern aus den ehemaligen GUS-Staaten herumbalgen musste.

Über Niemann und Heise sprach er nur noch lobend. Wagner fand den Gedanken beruhigend, dass es ihm nicht anders ergehen würde. Dann wieder dachte er, besser Schimpftiraden und lebendig als Lobpreisungen und tot.

Irgendwann platzte dem Ministerpräsidenten der Kragen und er bestand gegenüber dem Innenminister darauf, die unsägliche Kriminalbeamtin, die zwar ansehnlich aussehe, aber nichts zustande bringe, auf der Stelle als Ermittlungsleiterin abzusetzen.

Als Wagner eines Abends von etlichen zermürbenden Besprechungen erschöpft nach Hause kam, fiel ihm ein dunkler Golf auf. Das Auto parkte unweit seiner Wohnung. Trotz der Dunkelheit konnte er erkennen, dass jemand hinterm Steuer saß. Er fand das merkwürdig. Hatte der Innenminister nicht neulich einen Golf erwähnt, der vor den Morden gesehen worden war? Vorsichtig näherte er sich dem Auto. Die Dunkelheit schützte den Fahrer. Für einen Moment spielte er mit dem Gedanken, ans Autofenster zu klopfen. Im letzten Moment besann er sich anders. Vielleicht sollte er besser Kriminalrätin Hauser anrufen.

Schon als er die Treppe zu seiner Wohnung hinaufstieg, sagte er sich, dass es vermutlich eine harmlose Erklärung gab und er Hirngespinste sah. Jemand hatte sich mit einem seiner Nachbarn verabredet und wartete auf ihn. Du bist auf dem besten Weg, paranoid zu werden, schalt er sich, als er seine Wohnungstür hinter sich verriegelte. Er kannte zwar den ein oder anderen, der ihn nicht mochte, ein Mörder war aber ganz bestimmt nicht darunter.

Er schlief schlecht in dieser Nacht, wurde von Albträumen geplagt und war hundemüde, als er am nächsten Morgen seinen Dienst antrat. Er kam nicht einmal dazu, den doppelt starken Kaffee zu trinken, den seine Sekretärin ihm jeden Morgen ungefragt servierte. Ein Telefonat von Frau Hauser kam dazwischen. Sie bestellte ihn in den Roten Salon. Auch die Kriminalbeamtin sah übermüdet aus.

Ob er von einer Mitarbeiterin der Staatskanzlei wisse, die an Schizophrenie erkrankt sei, wollte sie wissen. Sofort ging ihm Gesine Terberg durch den Kopf. Dass sie einen Riesenberg unbewältigter Konflikte mit sich herumschleppte, war nicht zu übersehen. Auch Britta König, die unterkühlte Karrierebeamtin, war ihm nicht geheuer. Die Dauerfehde mit Heise hatte zuletzt schizophrene Züge angenommen. Er behielt seine Eindrücke für sich und verwies die Polizeibeamtin an die Personalabteilung.

Seine Kolleginnen anzuschwärzen, würde neue Probleme schaffen. Ärger hatte er auch so mehr als genug.

Der späte Vormittag brachte eine angenehme Besucherin. Sybille Becker erschien in Wagners Büro. Sie wollte Dampf ablassen. „Der Ministerpräsident wird von Tag zu Tag ungenießbarer. Gestern hat Albi ihn unangemeldet besucht. Seither läuft er herum wie ein Tiger im Käfig. Jeder, der in seine Nähe kommt, wird grundlos angeblafft. Keine Ahnung, worum es in dem Gespräch gegangen ist, es muss ihn jedenfalls mächtig auf die Palme gebracht haben und ich muss es ausbaden", beklagte sie sich.

Dann kam Sybille auf den eigentlichen Grund ihres Besuchs zu sprechen. Ein Angebot aus der Wirtschaft, der Vorstandsvorsitzende der TAWES AG in Hannover hatte ihr die Leitung des Vorstandsbüros angeboten. „Das Gehalt ist höher und die Luft weniger bleihaltig als in der Staatskanzlei", meinte sie. Ihre Entscheidung stand fest. Wagner versuchte gar nicht erst, sie umzustimmen, obwohl er es gerne getan hätte. Er verlor seine Lieblingskollegin, aber er konnte es ihr nicht verdenken.

Gegen Mittag rief sein Freund Hollmann an. Dem Journalisten war zu Ohren gekommen, dass die Polizei inzwischen von einer Verrückten als Täterin ausging. Jetzt machte er sich Sorgen um seinen Freund. „Kein Mensch weiß, ob die Morde nicht weitergehen. Pack deine Koffer und setz dich in den Flieger. Flieg nach Bali oder nach Südafrika, je weiter weg, desto besser. Hauptsache irgendwohin, wo die Verrückte dich nicht erwischen kann."

„Ich kann den Chef jetzt nicht im Stich lassen. Und wer sagt dir, dass die Polizei recht hat? Sie hat sich schon einmal geirrt und die Falsche festgenommen“, wiegelte Wagner ab. Nichts wäre schöner, als Hollmanns Ratschlag anzunehmen und der Staatskanzlei und den Mordfällen für eine Weile zu entfliehen, dachte er, als er den Hörer auflegte.

60

Verenas Blick wanderte nach draußen. Der blaue Himmel hatte nur ein kurzes Intermezzo gegeben. Das für Norddeutschland im beginnenden Winter typische trübgraue Wetter war zurückgekehrt. Ihr gegenüber saß eine missmutige Gesine Terberg. Zu der schlechten Laune der Frau mochte deren Erkältung beitragen. Ihre Augen tränten und die Nase war vom vielen Putzen entzündet.

Bislang war das Gespräch dahingeplätschert, jetzt gewann es an Fahrt. Aus entzündeten Augen blitzte sie Verena an. „Was sollen diese Fragen? Halten Sie mich etwa für verrückt? Ich habe Herrn Heise geschätzt und geachtet, warum sollte ich ihm etwas antun? Und Herrn Niemann kannte ich kaum."

„Ich habe mich lediglich nach Ihrem Gesundheitszustand erkundigt", stellte Verena klar, während sie überlegte, ob das Zucken der Augenlider ihres Gegenübers noch als normal durchgehen konnte.

„Mein Gesundheitszustand interessiert Sie doch gar nicht. Tun Sie nicht so scheinheilig", brach es aus der Frau heraus. Das Zucken war heftiger geworden. „Wie es mir geht, hat noch nie jemanden interessiert. Heise schon gar nicht. Für ihn war ich immer nur die nützliche Idiotin, die er herumkommandieren konnte. ‚Tun Sie dies, tun Sie das. Was, Sie wollen jetzt schon nach Hause gehen? Das muss noch mal geschrieben werden. Das gefällt mir so nicht'", äffte sie ihn nach.

Sie redete sich in Fahrt. „Und Niemann, der Mann mit dem großen Herz, hat sich keinen Deut darum geschert, wie es mir nach der Ermordung meines Chefs gegangen ist. Als ich ihn sprechen wollte, hat er sich verleugnen lassen. Und später hat er den Hinterausgang benutzt, damit ich ihn im Foyer nicht abfangen konnte."

„Wann war das? Mit Herrn Niemann, meine ich. Dass er den Hinterausgang benutzt hat?"

„Das muss kurz vor seinem Tod gewesen sein. Ich war an diesem Tag mehrmals bei ihm. Der Zerberus im Vorzimmer hat mich jedes Mal abgewimmelt. Ich wollte mit ihm darüber sprechen, was mit mir wird und ob ich endlich befördert werde. Mit einer A 12 im Gepäck findet sich leichter eine neue Stelle."

„Wird Frau König Sie denn nicht übernehmen?" Verena wusste, dass es anders war, wollte aber die Version ihres Gegenübers hören.

„DIE! Die Zicke betreibt meine Strafversetzung. Gestern hat das Personalreferat mich einbestellt. Ich soll in die Regierungsvertretung Weser-Ems versetzt werden. Nach Oldenburg gehe ich auf keinen Fall."

Der Ton, in dem sie das sagte, ließ vermuten, dass eine Versetzung nach Oldenburg schlimmer war als eine Abordnung ins Krisengebiet von Afghanistan.

„Mir gefällt Oldenburg. Eine liebenswerte Stadt, viele Grünanlagen, nette Geschäfte, der gepflegte Kurort Bad Zwischenahn vor der Tür und die Nordsee auch nicht weit", merkte Verena beiläufig an.

„Das hat der Heuchler aus dem Personalreferat auch behauptet. Ich will nicht umziehen. Es geht auch gar nicht, meine Mutter ist Mitte siebzig. Ich muss mich um sie kümmern."

Verena registrierte, wie leicht die Lüge ihrem Gegenüber von den Lippen ging. Frau Schramms Recherchen hatten ergeben, dass Gesine Terberg zu niemandem Kontakt pflegte, selbst zu ihrer Mutter nicht.

„Sie sehen also, durch Heises Tod habe ich nur Nachteile", fügte sie hinzu.

Die Polizeibeamtin überzeugten die Worte ihres Gegenübers nicht. „Der Personalakte habe ich entnommen, dass Sie vor drei Jahren längere Zeit krank waren."

Ihre Frage stieß auf Unwillen. Die Lippen der Frau waren nur noch ein Strich. Missbilligendes Stirnrunzeln begleitete die folgenden Worte. „Was wollen Sie? Ich bin Ende fünfzig, da wird man schon mal krank. Kommen Sie erst mal in mein Alter."

„Allzu lange ist das nicht mehr hin." Die Worte, die beschwichtigen sollten, bewirkten das Gegenteil.

Der Strich wurde noch schmaler, nackte Wut sprang Verena entgegen. „Sie machen sich wohl lustig über mich. Wie all die anderen: Heise, Niemann, Frau König und der Pressesprecher. Es gefällt Ihnen, sich auf meine Kosten zu amüsieren."

Interessante Reihenfolge, dachte Verena. Heise und Niemann waren tot, sollten die beiden anderen die nächsten Opfer sein? Als sie in das Gesicht ihres Gegenübers schaute, beendete sie das Gespräch. Das Zucken hatte bedenkliche Formen angenommen und erinnerte sie an die Darlegungen des Profilers. Die Frau in die Enge zu treiben, erschien ihr nicht ratsam.

Bevor Frau Terberg ging, nieste sie ausgiebig in Verenas Richtung. Als sie weg war, stand Verena auf und ging um den Tisch herum. Mit einer Pinzette entfernte sie vorsichtig das lange Haar, das auf der Stuhllehne zurückgeblieben war. Sie steckte es in eine Klarsichtfolie und rief nach ihrer Assistentin. Ab jetzt stand Frau Terberg auf der Liste der Verdächtigen an erster Stelle.

61

Noch eine halbe Stunde bis zur Konferenz beim Staatssekretär. Haders war nach kurzer Krankheit wieder an Bord und hatte die Führungskräfte zu einer Krisensitzung einbestellt. Wagner entschied sich auf dem Weg zu ihm zu einer Stippvisite seiner liebsten Kollegin. Der Wechsel von Sybille Becker zur TAWES AG war beschlossene Sache. Zur allgemeinen Überraschung hatte der Ministerpräsident die Nachricht mit erstaunlichem Gleichmut aufgenommen. Seine Leidensgrenze war in den letzten Wochen gestiegen, früher hätte er anders reagiert. Ihn wegen eines anderen Jobs zu verlassen, war Majestätsbeleidigung, die harsche Kritik nach sich zog.

Es war nicht zu übersehen, seine Kollegin hatte geweint. Ihre Wimperntusche war verwischt, die Augen gerötet. „Was ist denn los, Sybille, ist schon wieder etwas Schlimmes passiert?" Bloß keine neue Hiobsbotschaft, betete er im Stillen.

Statt einer Antwort kam nur lautstarkes Schluchzen heraus, dazwischen einige unverständliche Laute. „Kann ich helfen?", fasste er nach. Erneutes Schniefen war die Reaktion, dann putzte sie sich die Nase. „Nee, mir kann niemand helfen."

War der vorgesehene Jobwechsel schiefgegangen oder war etwas mit ihrem Vater? Hatte der nicht kürzlich einen Herzinfarkt erlitten? „Sag doch, was los ist, dann können wir immer noch sehen, ob ich nicht doch etwas tun kann", ermunterte er sie. Ein neuer Weinkrampf war die Folge. Wagner fühlte sich nicht wohl in seiner Haut. Weinende Frauen irritierten ihn. Nie wusste man, wie damit umzugehen war. Tröstende Worte wurden nicht selten als Belästigung empfunden. Ignorierte man hingegen die Tränen, wurde man der Kaltherzigkeit bezichtigt. Er wollte sich gerade mit einer Ausrede verdrücken, als sie doch eine Erklärung zum Besten gab.

„Es geht um Jakob", brachte sie schluchzend hervor. „Es ist aus zwischen uns."

Das war die mit Abstand beste Nachricht der letzten Wochen, befand Wagner im Stillen. Beim Anblick des unglücklichen Gesichts seiner Kollegin schämte er sich.

„Tut mir leid für dich", log er. „Eine Trennung ist immer schmerzhaft, da kann ich aus eigener Erfahrung mitreden. Aber glaub mir, in einigen Wochen sieht die Welt wieder anders aus."

Ihr Gesichtsausdruck signalisierte, dass er nicht die richtigen Worte gefunden hatte. Er setzte nach: „Eine Frau deines Formats hat es nicht nötig, einem Kerl wie Jakob nachzuweinen. Du kannst ganz andere Männer haben." Zum Beispiel mich, fügte er in Gedanken hinzu.

Wieder lag er daneben. Ihr Schluchzen wurde heftiger. Aus verheulten Augen sah sie ihn empört an. „Wir Frauen sind anders gestrickt als ihr Männer, wir gehen nicht einfach zur Tagesordnung über und suchen uns einen Neuen. Außer man ist wie die König, die ständig wechselnde Lover hat. Und alle könnten ihre Söhne sein."

Wagner fragte sich, woher sie das wusste. Er hatte erst kürzlich aus Journalistenkreisen von der Vorliebe der unterkühlten Kollegin für junge Männer erfahren. Sorgfältig wog er die folgenden Worte ab. „Manchmal passiert es, dass man sich in den Falschen verliebt. Ich habe nie gefunden, dass Jakob zu dir passt. In meinen Augen ist er ein Langweiler, er ..."

Schon wieder lag er voll daneben. „Hör schon auf", fuhr sie ihm über den Mund. „Jakob ist eben kein Aufschneider, niemand, der sich in den Vordergrund spielt. Seine Qualitäten liegen im Verborgenen."

Jetzt verteidigt sie ihn auch noch, ärgerte sich Wagner. Und überhaupt, wollte sie etwa andeuten, dass er ein Aufschneider war? Ein Mann ohne innere Werte? Er drehte sich um. „Dann will ich mal wieder."

Zu seiner Überraschung hielt sie ihn auf. „Hast du auch schon gehört? In der Mordsache soll es neue Verdachtsmomente geben. Der Innenminister war gerade beim Chef."

Der Kummer aus ihren Augen war verschwunden. „Die Mörderin soll eine Verrückte sein."

Daher wehte also der Wind, deshalb die merkwürdigen Fragen der Kriminalbeamtin.

„Der Chef selbst hält das für ausgemachten Unfug. Er geht nach wie vor davon aus, dass es um Politik geht. Jemand, der der Regierung schaden will."

Wagner setzte sich auf den Stuhl vor ihrem Schreibtisch. „Wenn du mich fragst, der Ministerpräsident ist auf dem Holzweg. Wenn es tatsächlich um Politik ginge, gäbe es längst ein Bekennerschreiben."

Seine Kollegin, die sich jetzt wieder vollends gefasst hatte, nickte. Zumindest für den Moment schien sie den unsäglichen Jakob aus ihrem hübschen Kopf vertrieben zu haben. „Obwohl ich der Vorstellung, dass eine Verrückte durch die Gegend läuft und Beamte der Staatskanzlei abknallt, auch nichts abgewinnen kann“, sagte er.

„Falls es stimmt, können wir nur hoffen, dass die Polizei sie bald findet, bevor noch mehr passiert.“

Für einen kurzen Moment spielte Wagner mit dem Gedanken, seiner Kollegin anzuvertrauen, dass er sich in letzter Zeit beobachtet fühlte. Er verwarf den Gedanken. Sie würde ihn für einen Hasenfuß halten. Seine Chancen, Jakobs Nachfolger zu werden, würden rapide sinken. Ängstliche Männer waren das Gegenteil von attraktiv.

Er stand auf. „Ich muss leider, der Staatssekretär kann verdammt ungemütlich werden, wenn man zu spät kommt. Sag mal, wollen wir heute Abend essen gehen? Ich lade dich ein.“

Ihr Gesicht nahm einen abweisenden Ausdruck ein. Sie wollte sich mit ihrer Freundin Monika treffen, ein Gespräch unter Frauen. Auf dem Weg in Haders Büro lief ihm Ballauf über den Weg. Er tat sehr geschäftig, beantwortete Wagners Gruß nur mit einem kurzen, fast schon brüsken Kopfnicken. Vielleicht hat Hollmann recht und ich sollte mich in den nächsten Flieger setzen, sagte sich Wagner.

62

Ilten/Sehnde

Kaum hatte Verena die Stadtgrenze verlassen, erwartete sie eine ländliche Umgebung: Wiesen, Felder, an den Straßenrändern kahle Bäume. Das war der Vorteil der niedersächsischen Landeshauptstadt. Egal in welche Richtung man fuhr, man war von Natur umgeben. Ihr Ziel war das Klinikum Wahrendorff. Es war in einem ehemaligen Gut in Ilten, unweit der Landeshauptstadt, untergebracht.

Die weitläufige Parklandschaft, die gepflegten Wege mit Sitzbänken und altem Baumbestand, alles strahlte Harmonie und Frieden aus. Über das Gelände verstreut standen mit frischer Farbe getünchte Villen aus dem vorigen Jahrhundert. Sie befand sich in einer Enklave. Nur zu gerne hätte Verena sich hier für einige Tage verkrochen. Ausschlafen, die Ruhe genießen, in der weitläufigen Parkanlage spazieren gehen, das wär's, dachte sie, während sie ihr Auto auf dem Parkplatz vor dem Hauptgebäude abstellte.

Assistentin Schramm hatte herausgefunden, dass der Klinikkomplex neben einer Tagesklinik für ambulante Fälle über eine Klinik mit mehr als 100 stationären Behandlungsplätzen verfügte, knapp ein Viertel davon in einem geschlossenen Sicherheitstrakt.

Die nette Dame am Empfang verwies sie auf die Klinik im Park, dort würde sie den Chefarzt der Psychiatrie, Doktor Klein, antreffen.

Als sie das Gebäude betrat, tat sich ein ganz anderes Bild vor ihr auf. Im Foyer saßen Menschen, die Kollege Hirschmann als „Abschaum der Menschheit“ bezeichnet hätte. Das äußere Erscheinungsbild ließ auf Obdachlose, Drogensüchtige und Alkoholiker schließen. Verena verspürte Mitleid. Und unwillkürlich bekam sie ein schlechtes Gewissen. Trotz ihres Beziehungsfrustes stand sie auf der Sonnenseite des Lebens. Diese Menschen nicht. Einer der Männer schimpfte lautstark vor sich hin. Aggressive Blicke musterten sie. Sie musste den anderen wie ein Fremdkörper vorkommen. Eine Frau in Schwesterntracht kam auf sie zu. Nachdem sie sich vorgestellt hatte, wurde ihr der Weg in das Büro des Chefarztes gewiesen. Auf dem Gang standen einige Betten mit Patienten. Die meisten dämmerten vor sich hin.

Zu ihrer Überraschung war Dr. Klein allein. Für einen Chefarzt war er ungewöhnlich jung, sie schätzte ihn auf Ende dreißig. Aus seinem rundlichen, offenen Gesicht lächelte er sie an. Der Händedruck, mit dem er sie begrüßte, war so fest, dass es wehtat.

„Lassen Sie uns in das Pub gehen. Dort sitzt es sich besser“, schlug er vor.

Sie dachte, sich verhört zu haben. Doch es gab tatsächlich ein Pub, mitten im Park. Innen war alles vom Feinsten. „Für Patienten ist der Zutritt verboten“, erklärte er.

Sie war trotzdem überrascht. Eine Suchtklinik und ein Pub, das war wie eine Schokoladenfabrik in einer Diätklinik.

Für sich bestellte er Irish Coffee, sie entschied sich für die Variante ohne Schuss. Dazu wurden Kekse gereicht.

Was er für sie tun könne, wollte er wissen und hörte ihr aufmerksam zu. Dann nickte er nachdenklich. „Ich halte die Überlegungen von Dr. Bertram für nachvollziehbar. Ob Ihr Verdacht zutrifft und die von Ihnen erwähnte Mitarbeiterin der Staatskanzlei die Gesuchte ist, dazu kann ich nichts sagen. Sie müssen mit dem Hausarzt der Frau sprechen."

Verena ließ nicht locker. War Frau Terberg jemals im Klinikum behandelt worden? Ihr Ansinnen stieß auf Bedenken. Schließlich ließ der Chefarzt sich doch noch überzeugen, dass zwei Morde stärker wogen als Datenschutzbestimmungen. Telefonate auf seinem Handy folgten. Bereits nach wenigen Minuten stand fest, dass eine Frau mit dem Namen Gesine Terberg niemals Patientin in der Klinik gewesen war. Jedenfalls nicht in den letzten acht Jahren. Länger wurden die Patientenakten nicht aufgehoben. Dr. Klein registrierte ihren enttäuschten Gesichtsausdruck richtig und hatte einen Ratschlag parat. „Es gibt in der Region noch andere Kliniken, die seelisch Kranke behandeln. Fragen Sie dort nach."

Als Verena die Namen der Kliniken aufschreiben wollte, winkte er ab, versprach ihr ein Faltblatt mit einer Übersicht der entsprechenden Kliniken, das sie sich am Empfang abholen könne.

Ein Gespräch über Schizophrenie und die Wahrendorff Kliniken folgte. Der Arzt gab sich gesprächig. „Hier in Ilten werden neben Drogensüchtigen, Alkoholikern und nervenkranken Patienten auch Menschen behandelt, die an Schizophrenie erkrankt sind. Zwei Drittel davon leiden unter Wahnvorstellungen. Wir wissen bislang wenig darüber, wie es dazu kommt. Biochemische Veränderungen können ebenso die Ursache sein wie traumatische Erlebnisse. Außerdem haben wir noch Patienten mit leichteren Krankheitsverläufen, die ambulant behandelt werden. Allerdings kann niemand eine sichere Prognose über den weiteren Krankheitsverlauf abgeben. Die Krankheit kann jederzeit schlimmer werden. Hinzu kommt, dass die Zahl der Spätschizophrenien seit Jahren steigt."

Verena schob den Teller von sich weg. Vier Kekse waren mehr als genug. „Was muss ich mir unter einer Spätschizophrenie vorstellen?", hakte sie nach.

„Das sind Erkrankungen, die erst nach dem vierzigsten Lebensjahr auftreten. Am meisten betroffen sind Frauen zu Beginn der Wechseljahre. Welchen Einfluss Hormonveränderungen auf den Ausbruch der Erkrankung haben, kann man noch nicht mit absoluter Sicherheit sagen. Dass sie einen Einfluss haben, ist sicher. Gerade in diesen Fällen sind die paranoiden Symptome besonders stark ausgeprägt."

Wechseljahre, sozial isoliert, über 40, es passte. Alles lief auf Gesine Terberg hinaus.

„Was können wir tun, um die Person zu identifizieren?"

Er schüttelte nachdenklich den Kopf. Dann seufzte er. „Falls Ihr Verdacht zutrifft, sprechen Sie mit dem Arzt der Frau. Falls nicht, kann ich Ihnen leider auch nicht weiterhelfen. Ich bin seit vier Jahren in dieser Klinik tätig und habe ein recht gutes Gedächtnis. Mir ist niemand meiner Patienten in Erinnerung, der mit der Staatskanzlei zu tun hatte. Andererseits erzählen mir die Patienten nicht alles. Und, wie gesagt, es ist nicht ausgeschlossen, dass wir es mit einer Frau zu tun haben, die erst nach ihrem vierzigsten Lebensjahr krank geworden ist und bislang nicht behandelt wird."

Verenas frustrierter Gesichtsausdruck ließ den Arzt nicht ungerührt. „Ich will mich aber gerne bei meinen Kollegen in der Region umhören", versprach er. „Vielleicht können die sich an eine Patientin erinnern, die mit der Staatskanzlei zu tun hatte oder immer noch hat. Am kommenden Samstag findet das Jahresabschlusstreffen der Psychiatrieärzte aus der Region Hannover statt. Wir verbinden das Nützliche mit dem Angenehmen. Vormittags gibt es Vorträge, nachmittags eine Weihnachtsfeier. Gut möglich, dass wir Glück haben und die große Unbekannte doch noch finden."

Glück? Das Wort kam seit Monaten, oder waren es Jahre?, in ihrem Leben nicht mehr vor.

Als sie später durch den Park zu ihrem Auto ging, kam ihr eine Gruppe von Frauen in Begleitung eines Pflegers entgegen. Keine von ihnen sah wie eine psychisch Gestörte aus. Sie wirkten wie ganz normale Frauen. Aber, wie sahen psychisch Kranke überhaupt aus? Vermutlich nicht anders als sogenannte normale Menschen. Als sie auf Augenhöhe mit der Gruppe war, löste sich eine der Frauen plötzlich und lief auf sie zu, das Gesicht war wutverzerrt.

„Lass mich in Ruhe!", schrie sie Verena an. Der Pfleger stürzte auf die Frau zu und zog sie von ihr weg. Die anderen Frauen standen wortlos dabei.

„Gehen Sie doch endlich. Sie merken doch, dass Sie die Patientin aufregen“, forderte er Verena auf.

Auf der Rückfahrt ging ihr das wutverzerrte Gesicht der Frau nicht aus dem Sinn.

63

Berlin

Endlich hatte es geklappt und Britta König hatte Milner am Telefon erreicht. Seine Reaktion auf ihren Gesprächswunsch war schroff. Erst nach beharrlichem Zureden stimmte der Geschäftsmann einem Treffen in seinem Büro in Berlin zu. Jetzt saß die Ministerialbeamtin im ICE nach Berlin, der wie immer brechend voll war. Die Hälfte der Mitfahrer schien krank zu sein. Um sie herum Schniefen, Husten und Niesen. Auch die junge Frau neben ihr wurde immer wieder von heftigen Hustenattacken erfasst.

Sie rückte so weit es ging ans Fenster. Bisher hatte sie allen Ansteckungsgefahren getrotzt. So kurz vor Weihnachten wollte sie sich nichts einfangen. Dicht am Fenster zog es zwar, aber sie hatte Abstand zwischen sich und der Virenträgerin geschaffen. Kurz hinter Wolfsburg hielt der Zug auf freier Strecke. Eine Betriebsstörung verzögerte die Weiterfahrt um dreißig Minuten.

Über ihr Handy rief sie in ihrem Vorzimmer an und bat darum, Milner über ihre Verspätung zu informieren. Frau Stigler gab sich geschäftig, rief wenige Minuten später zurück. Herr Milner habe verärgert reagiert, länger als eine halbe Stunde würde er nicht auf sie warten.

Die S-Bahn, die sie vom Hauptbahnhof nach Neukölln bringen sollte, war sogar pünktlich. Britta König hatte das Gefühl, die einzige Deutsche im Waggon zu sein. Sie vertrieb sich die Zeit damit, das Sprachgewirr zu entschlüsseln. Rumänisch, Russisch, Türkisch erkannte sie, die übrigen Sprachen nicht. Mindestens zehn verschiedene Nationalitäten, vermutete sie, vielleicht auch mehr.

Von der Haltestelle Silbersteinstraße waren es nur wenige Minuten zur Hermannstraße. Am Treppenausgang lümmelte eine Gruppe Jugendlicher. Sie blockierten die Treppenstufen und machten keine Anstalten, sie durchzulassen. Ihr blieb nichts anderes übrig, als umzudrehen und einen anderen Ausgang zu suchen. Weitere kostbare Minuten waren verloren.

Sie hetzte zu der angegebenen Adresse. Einige tief verschleierte Frauen mit Kinderwagen kamen ihr entgegen, vereinzelt auch junge, modisch gekleidete Türkinnen mit offenen Haaren. Es wunderte sie, dass der Milliardär ausgerechnet in dieser Gegend sein Büro hatte. Auch die Fassade des Gebäudes mit der angegebenen Adresse war schäbig, kein Firmenschild, nur Klingeln, darunter eine mit kyrillischer Schrift. Das musste er sein.

Der Summer wurde betätigt und die Haustür sprang auf. „Hier herauf", ertönte eine harte Stimme aus dem zweiten Stock. Der Eingang zu Milners Büroräumen im ersten Stock wurde durch einen fast zwei Meter großen, breitschultrigen Mann mit kurz geschorenen Haaren ausgefüllt. Sie ignorierte den grimmigen Blick und stellte sich vor. Wortlos machte er Platz. Im Inneren erwartete sie eine Überraschung. Die Einrichtung war vom Feinsten, Metalltapeten in Silber und Bronze, die schneeweißen Möbel wirkten zierlich, an den Wänden düstere

Gemälde mit merkwürdig verzerrten Fratzen. Sie passten nicht zu den Tapeten.

Der Wortlose führte sie in den angrenzenden Raum. Dieses Zimmer wirkte nüchterner. Der weiße Marmorfußboden und die schneeweiße Wandvertäfelung strömten Kälte aus. Der elegant gekleidete Mann hinter dem ausladenden Schreibtisch musste Boris Milner sein. Er mochte um die fünfzig sein, sein rundliches Gesicht schaute sie mürrisch an. Er stand nicht auf, bot ihr auch keinen Platz an, beließ es bei einem kurzen Kopfnicken zur Begrüßung. Sie ignorierte sein unhöfliches Benehmen und nahm auf dem Stuhl ihm gegenüber Platz.

Der Stumme stellte sich hinter seinen Chef und nahm sie ins Visier. Befürchtete Milner, von ihr attackiert zu werden? Erst jetzt bemerkte die Beamtin die Tätowierungen an den Armen des Bewachers. Das ist der mieseste Auftrag, den ich je von meinem Dienstherrn bekommen habe, befand sie im Stillen und versuchte sich an einem Gespräch. Unverbindlicher Small Talk, wie sie es aus ihren vielen Besprechungen mit Unternehmern kannte. Ihr Gegenüber ging darauf nicht ein. „Was wollen Sie von mir?“, bellte er sie an. Britta König war zu sehr Profi, um sich aus der Fassung bringen zu lassen. „Die Landesregierung möchte Sie gerne näher kennenlernen. Sie sind einer der größten Investoren im Land. Der Ministerpräsident legt Wert auf gute Kontakte zur Wirtschaft.“

„Ich habe kein Interesse an Kontakten zur Politik, ich bin Geschäftsmann“, knurrte der Russe.

Sie versuchte ihr Bestes, ihn in ein Gespräch zu verwickeln. Er wollte nichts von sich preisgeben. „Deutschland ist ein freies Land und ich bin ein freier Unternehmer", betonte er. Dann wollte er wissen, woher sie von seinen Firmenbeteiligungen wusste. Sie antwortete ausweichend.

Nach einer Viertelstunde gab die Beamtin auf. Dieser Mann war ein uneinnehmbarer Panzer. Als sie sich verabschiedete, neigte er sich über den Schreibtisch zu ihr vor, um ihr die Hand zu geben. Der Blick in seine Augen ließ sie zusammenzucken. Sie waren völlig leer, wie leblose Steine. Dieser Mann würde vor nichts zurückschrecken. Plötzlich hatte sie das beängstigende Gefühl, dass sie dem Mörder von Heise und Niemann gegenübersaß.

Was, wenn er auch mit ihr kurzen Prozess machte? Nein, sprach sie sich selber Mut zu. Das würde nicht passieren. Sie befand sich auf einer offiziellen Dienstreise, die Staatskanzlei würde ihm sofort die Polizei auf den Hals hetzen, wenn sie nicht im Büro erschien. Milner konnte es sich nicht leisten, ihr etwas anzutun. Trotzdem war sie erleichtert, als der Schrank mit den Tätowierungen sie zum Ausgang brachte. Vor der Haustür stand eine Gruppe schnatternden Frauen, dem Aussehen nach Araberinnen, die sie freundlich anlächelten. Sie lächelte zurück, sie war in Sicherheit.

Auf der Rückfahrt im ICE, der dieses Mal nur zehn Minuten Verspätung hatte, versuchte sie Gregor über ihr Handy zu erreichen. Der Tätowierte hatte sie an ihren aktuellen Liebhaber erinnert, auch wenn dieser nicht ganz so kräftig und deutlich freundlicher war. Und jünger, erst Ende zwanzig. Ihre häufig wechselnden Liebhaber waren niemals älter. Die Liaison lief bereits seit vier Monaten, für ihr Dafürhalten deutlich zu lang. Sie suchte keine ernsthaften Beziehungen, sie wollte ihr Vergnügen. Und vor allem Sex. Es war höchste Zeit, ihn in die Wüste zu schicken. Wie an den Tagen zuvor meldete sich nur seine Mailboxansage. Sie nahm sich vor, heute Abend zu ihm zu fahren. Sie wollte es endlich hinter sich bringen und Schluss mit ihm machen.

64

Hannover

„Ich habe alles getan, was in meiner Macht stand, aber der Minister ist hart geblieben. Und als oberster Chef der Polizei trägt er die Verantwortung." Der Direktor war persönlich in Verenas Büro gekommen, um ihr die schlechte Nachricht zu überbringen. „Schon gut", sagte sie. Nichts war gut. Es war das erste Mal, dass sie als Leiterin einer Soko abberufen wurde. Sie hatte damit rechnen müssen und doch tat es verdammt weh. Trotzdem konnte sie es dem Minister nicht verdenken. Sie kam einfach nicht weiter. Ihr einziger Hoffnungsschimmer war das Ergebnis der DNA-Analyse, das, so hoffte sie, Gesine Terberg als Täterin entlarven würde. Es stand noch aus.

Ansonsten galt das Motto: Still ruht der See. In der Staatskanzlei hatten sich alle bedeckt gegeben. Schizophrenie? Schon mal gelesen, aber niemals damit in Berührung gekommen. Selbst der gesprächige Siegbert Meyer war ungewohnt wortkarg gewesen.

Auch die Unterredung mit dem Sachbearbeiter der Krankenkasse von Gesine Terberg war nicht ergiebig gewesen. Immerhin hatte der Mann ihr den Namen ihrer Ärztin genannt. Es hatte erheblicher Überredungskünste bedurft, bis die einem Gespräch zugestimmt hatte. Dabei hatte sich herausgestellt, dass Gesine Terberg wegen einer schweren Depression monatelang krankgeschrieben worden war.

Die Worte der Ärztin hatte sie noch gut ihm Ohr. „Depressionserkrankungen sind im Vormarsch in diesem Land. Wundert Sie das? Anders als unsere Vorfahren leiden die Menschen nicht an materiellen Entbehrungen, sie leiden unter Einsamkeit, vor allem, wenn sie älter werden. Sie kommen sich nutzlos vor, fragen sich nach dem Sinn des Lebens und finden keine Antworten. Und weil sie allein sind, kommen sie immer mehr ins Grübeln, ein verhängnisvoller Kreislauf. Am Ende stehen Antriebslosigkeit, Verbitterung und Depressionen. Gesine Terberg ist eine sehr einsame Frau. Sie hat viel mitgemacht in ihrem Leben. Aber eine Mörderin ist sie bestimmt nicht und schizophren schon gar nicht."

Zu ihrer Überraschung sprach die Ärztin sie auf eine weitere Patientin an. Frau Niemann. „Es wäre gut, wenn Sie den Mörder beziehungsweise die Mörderin bald finden. Frau Niemann gehört nämlich auch zu meinen Patientinnen und es geht ihr sehr schlecht. Es würde ihren Gesundungsprozess befördern, wenn Sie endlich erfährt, wer ihren Mann auf dem Gewissen hat."

Meinen eigenen auch, hätte Verena gerne erwidert, es aber bei einer nichtssagenden Floskel belassen, bevor sie sich von der schnippischen Ärztin verabschiedet hatte.

Ritter musterte sie aus mitfühlenden Augen. Sie wollte sein Mitleid nicht. Sie wollte seine strahlende Heldin sein, eine erfolgreiche, begehrenswerte Frau.

„Nehmen Sie es nicht zu schwer", hörte sie ihn stattdessen sagen. „Der Minister steht unter Druck. Seine Entscheidung ändert nichts daran, dass Sie mehr Erfolg als alle anderen Führungskräfte im LKA vorzuweisen haben. Außerdem sind Sie weiter an Bord, nicht als Leiterin der Soko, aber als Führungskraft des Teams."

Er benimmt sich wie ein Politiker, macht aus einem grandiosen Scheitern ein „Es hat doch auch gute Seiten". Versagen zu beschönigen hatte bislang nicht auf ihrer beruflichen Agenda gestanden. Sie hätte liebend gerne auf diese Erfahrung verzichtet.

Dann fügte Ritter hinzu: „Manchmal muss man zurückstecken, Frau Hauser. Das Leben meint es nicht immer gut mit uns. Auf gute Phasen folgen weniger gute und umgekehrt." Seine gut gemeinten Worte prallten an ihr ab. In ihrem Privatleben hielt die weniger gute Phase fast zwei Jahre an und ein Ende war nicht abzusehen. Und jetzt kam auch noch berufliches Versagen dazu.

Auch die folgende Nachricht, mit der er aufwartete, war unerfreulich. Das Ergebnis des DNA-Abgleichs stand seit wenigen Minuten fest. Es war sowohl bei Britta König als auch bei Frau Terberg negativ. Von beiden Frauen gab es keinerlei Spuren auf den Kleidungsstücken der ermordeten Beamten.

„Das heißt nicht, dass sie als Täterinnen nicht infrage kommen", fügte er noch hinzu und führte Mordfälle auf, in denen ebenfalls keine DNA-Spuren vom Täter gefunden worden waren.

Während Ritter redete, musterte sie ihn verstohlen. Er war attraktiver als Franz, sein Gesicht markanter und sein Blick offener. Weshalb regte sie sich eigentlich auf? Soll doch Hirschmann die Mörderin zur Strecke bringen, ich werde meine Energie in eine andere Richtung lenken, beschloss sie im Stillen und bot Ritter ein lächelndes

Gesicht dar. „Es ist wirklich kein Problem für mich und danke für Ihre netten Worte", sagte sie.

Ab heute würde sie die Prioritäten in ihrem Leben anders setzen. Ihre Lebensuhr tickte unaufhaltsam. Es war höchste Zeit, dass sie sich auf die wirklich wichtigen Dinge besann. Wahrscheinlich musste sie dem Minister sogar dankbar sein, dass er ihr die Augen geöffnet hatte.

„Dann sehe ich Sie morgen Abend auf der Weihnachtsfeier?", vergewisserte sich Ritter, während er sich erhob.

„Selbstverständlich", sagte sie und ging hastig ihren Kleiderschrank durch. Ab sofort war feste Nahrung ersatzlos gestrichen, damit sie morgen Abend in das eng geschnittene rote Kleid passte. Franz hatte den sündhaft teuren Fummel von einer Steuerberaterkonferenz in München mitgebracht.

Ihr Chef ging zur Tür, die in diesem Moment weit aufgerissen wurde. Fast wäre er mit seiner Sekretärin zusammengeprallt. Sie wirkte aufgelöst. „Ich habe Sie überall gesucht, Herr Direktor. Herr Hirschmann hat sich erneut krankgemeldet, Fieber und Schüttelfrost. Er geht heute noch zum Arzt und lässt sich Antibiotika verschreiben. Er wird vorerst nicht wiederkommen, hat er gemeint."

Ritter drehte sich zu ihr um. „Nun dann, Frau Kollegin, unter diesen Umständen bleibt die Leitung der Soko natürlich bis zur Rückkehr unseres erkrankten Kollegen in Ihren bewährten Händen."

Als ihr Vorgesetzter im Schlepptau seiner aufgeregten Sekretärin ihr Büro verlassen hatte, griff Verena zum Telefonhörer. Ob Leitung der Soko oder nicht, ein Friseurbesuch war in jedem Fall fällig.

Es mochten zehn Minuten vergangen sein und Verena war noch mit der Durchsicht ihrer Maileingänge beschäftigt, als Stollmann aufkreuzte. Er wirkte unausgeschlafen. „Es ist zum Mäusemelken“, stellte er frustriert fest. „Weder Niemanns Frau noch sein Sohn haben jemals etwas von einer Stalkerin gehört, die ihm nachgestellt oder ihn gar bedroht hat. Falls es diese ominöse Frau tatsächlich gibt, hat sie Niemann in der Vergangenheit nicht belästigt. Er hätte seiner Frau davon erzählt. Sie hatten angeblich keine Geheimnisse voreinander.“

Er ging zur Fensterbank und schenkte sich, ohne zu fragen, Kaffee ein. Verena reichte ihm ihren leer getrunkenen Becher. „Du kannst mir auch ruhig einen Kaffee einschenken, wenn du dich schon von meinem bedienst. Ich glaube nicht an einen Zufall. Selbst wenn die Täterin verrückt ist, wird sie sich die beiden Beamten nicht ohne Grund ausgesucht haben. Der Profiler meint auch, dass die Gründe in der Vergangenheit zu suchen sind.“

Stollmann kleckerte, als er den restlichen Kaffee in ihren Becher goss. Auf dem Schriftstück auf ihrem Schreibtisch bildete sich ein hässlicher Fleck. „Das Leben schlägt manchmal merkwürdige Pfade ein, wer weiß, ob nicht doch Vater Zufall eine Rolle spielt“, sagte er. „Übrigens, was hat dein Gespräch in Ilten ergeben?“, wollte er wissen.

Verena lieferte in knappen Worten einen Bericht. Ihr beängstigendes Erlebnis mit der verwirrten Patientin ließ sie aus. Begeisterung löste sie bei ihrem Kollegen nicht aus. „Es sieht ganz danach aus, dass wir die Mordfälle als Altlast ins Neue Jahr mitnehmen“, stellte er fest.

„Vielleicht schafft Hirschmann ja den Durchbruch, er wird die Soko künftig leiten, ist allerdings seit heute krank."

Verenas Bemerkung sorgte für Gehässigkeiten. Verena ließ ihren Kollegen reden, ihre Gedanken weilten bei Ritter.

„Hörst du mir überhaupt zu?"

„Klar", sagte sie. „Lassen wir Petra Schramm kommen, womöglich hat sie Neuigkeiten. Ich habe sie gebeten, noch einmal mit Irene Heise zu sprechen."

Auch ihre Assistentin wusste nichts Neues zur Lösung der Mordfälle beizutragen. „Frau Heise ist nicht zu sprechen", sagte sie. „Die Klinikleitung hat ein Gespräch mit ihr kategorisch abgelehnt. Keine Telefonate vor Mitte Januar, hieß es. Der Therapieerfolg hängt davon ab."

Verena stöhnte. „Eine Hiobsbotschaft jagt die nächste. Wie geht es übrigens ihrer Tochter?"

Frau Schramm war auch diesbezüglich im Bilde. „Ganz gut. Sie wohnt bei ihrer Freundin. Dieser Anwalt, der Freund der Familie, wie heißt er doch gleich …?"

„Willm Hackmann", half Stollmann aus.

„Ja der. Er hält engen Kontakt zu ihr und besucht sie häufig. Das hat er zumindest am Telefon behauptet. Ich sollte ja noch mal mit ihm sprechen. Er ist dagegen, dass wir uns Karla noch einmal vorknöpfen. Er ist ziemlich sauer auf uns, speziell auf Sie, Frau Hauser."

„Ich suche eine zweifache Mörderin, seine Befindlichkeiten sind mir piepegal", sagte Verena und lehnte die Einladung ihres Kollegen zu einem Gang über den Weihnachtsmarkt ab. Bis morgen Abend war hungern angesagt.

65

Noch bevor Wagner aufwachte, spürte er am dumpfen Schmerz hinter seiner Stirn, dass ihm einer der unsäglichen Tage bevorstand, die er nur mit Schmerztabletten überstehen würde. Mühsam öffnete er die Augen, um sie sogleich wieder zu schließen. Anstelle des vertrauten Aquarellbildes mit einer grünen Wiese voller Klatschmohn, das ihn auf den Tag einstimmen sollte, starrte ihm eine weiße, kahle Wand entgegen. Wo war er? Vorsichtig öffnete er erneut die Augen und schaute sich um. Er war nicht allein. Die Frau neben ihm schlief noch. Sie mochte Mitte dreißig sein, vielleicht auch älter. Ihr Gesicht war schmal, die Lippen im Schlaf zusammengepresst. Lange schwarze Haare überlagerten die rechte Gesichtshälfte.

Was verdammt noch mal tat er neben einer Frau, die er nicht kannte und die nicht einmal sein Typ war? Er kramte in seinem Gedächtnis nach. Die pochenden Schmerzen waren die Quittung dafür, dass er gestern zu viel getrunken hatte, so viel stand fest. Nur, was war sonst noch passiert und wie war er ausgerechnet in diesem Bett gelandet?

Allmählich dämmerte es ihm. Sein Freund Hollmann war kurz nach neun bei ihm aufgekreuzt, hatte ihn auf ein Bier in die Altstadt eingeladen. Er war aufgekratzt gewesen, in der Recherche Baumgart sei er einen großen Schritt vorangekommen. Näheres wollte er nicht sagen. Von einer brandheißen Nummer war die Rede. Er brauchte noch eine eidesstattliche Erklärung seines Informanten. Ohne die würde die Chefredaktion nicht mitmachen.

Die beiden Freunde hatten etwa eine Stunde zusammengesessen, als Hollmann einen Anruf aus der Redaktion erhielt, sein sofortiges Erscheinen war erforderlich. Wagner hätte gut daran getan, ihm zu folgen. Er erinnerte sich, dass er genau das auch vorgehabt hatte, als sich eine schwarzhaarige Frau zu ihm an die Bar gesetzt und ein Gespräch mit ihm begonnen hatte. Er hatte die Frau nicht einmal anziehend gefunden. Und doch hatte sein Hintern wie Blei am Barhocker geklebt.

Er konnte nicht verstehen, was ihn bewogen hatte, die Frau nach Hause zu bringen. Das Bedürfnis nach Sex war jedenfalls nicht der Grund. Diesbezüglich war bei ihm in letzter Zeit Stillstand angesagt, die Folge seiner momentanen Überlastung. Jetzt wünschte er sich, sein Erinnerungsvermögen würde wiederkommen und eine Erklärung liefern, wie er in dieses ausladende Doppelbett in dem weiß getünchten Schlafzimmer gekommen war. Hatte er etwa mit der unattraktiven Frau an seiner Seite Sex gehabt?

In diesem Moment schlug sie die Augen auf. Ihre Augen hatten eine undefinierbare Farbe. Jetzt bemerkte er, dass ihre Nase hässlich gebogen war. Was hatte ihn bloß geritten, mit dieser Frau ins Bett zu steigen? „Morgen, Bernd", sagte sie. Er dachte angestrengt nach. Ihr Namen wollte ihm trotzdem nicht einfallen.

„Du bist ja vielleicht eine Schlafmütze. Ich bin nur kurz ins Badezimmer gegangen. Als ich zurückgekommen bin, warst du eingeschlafen und nicht mehr wach zu bekommen."

Trotz seiner hämmernden Kopfschmerzen und obwohl er in den letzten Wochen wahrlich keinen Grund gehabt hatte, dem lieben Gott dankbar zu sein, schickte er ein Dankesgebet gegen Himmel. Es war also nichts vorgefallen zwischen ihnen.

„Tut mir leid, ich war wohl todmüde", brummelte er. „Hast du Kopfschmerztabletten?"

„Im Badezimmerschrank, unteres Fach." Sie schob die Bettdecke beiseite. Ihr nackter Körper war extrem dünn, die Knochen stachen hervor. Er schaute schnell weg. „Jetzt muss ich erst mal da rein, ich muss mich beeilen. Meine Blase. In fünf Minuten kannst du ins Badezimmer", sagte sie.

In was für beschissene Situationen brachte er sich? Der Ministerpräsident hatte recht, das Vagabundendasein musste ein Ende haben. So konnte es mit ihm nicht weitergehen.

Seine Armbanduhr zeigte ihm an, dass heute der siebzehnte Dezember war und es bereits nach acht war. Verflucht und zugenäht, um halb neun wartete der Referentenfahrer vor der Staatskanzlei auf ihn. Eine Dienstreise ins Emsland. Er würde keine Zeit mehr haben, in seine Wohnung zu fahren und sich umzuziehen. Nach wenigen Minuten erschien die Frau ohne Vornamen. Als er ins Badezimmer wollte, erkundigte sie sich nach dem Stand der Mordermittlungen.

„Dazu kann ich leider nichts sagen. Ich weiß auch nicht mehr, als in den Zeitungen steht." Er wollte so schnell wie möglich verschwinden.

„Du hast mir doch erzählt, dass du Regierungssprecher bist, da müsstest du doch mehr wissen", insistierte sie. Hatte sie ihn nicht gestern Abend auch schon gelöchert, kurz vor seinem Filmriss? Wenn er sich doch bloß erinnern könnte.

„Ich bin weder Innenminister noch der Regierungschef. Und jetzt muss ich mich beeilen", wiegelte Wagner ab.

Auch im Badezimmer herrschte eine merkwürdige Leere. Der Wandschrank war bis auf die Schachtel mit Asperintabletten und einer neu aussehenden Zahnbürste nebst Zahnpasta sowie einem Tiegel mit Gesichtscreme leer. Für das Badezimmer einer Frau eine ungewöhnlich karge Ausstattung. Da war er anderes gewohnt.

Als er nach einer Katzenwäsche zurückkam, um nach seinem Jackett zu suchen, stand die Frau im Schlafzimmer und schlürfte im Stehen Kaffee. Ihm bot sie keinen an. Der Abschied fiel frostig aus. Als er kurz darauf den Fahrstuhl betrat, fiel ihm ein, dass der dunkle Golf auch gestern wieder, als Hollmann und er losgezogen waren, vor seinem Haus gestanden hatte. Heute Abend würde er auf der Hut sein. Wenn der Wagen wieder vor seiner Wohnung auftauchte, würde er der Sache auf den Grund gehen.

Auf der Straße angekommen, warf er einen Blick zurück in die zweite Etage. Die Gardine bewegte sich. Die Frau stand am Fenster und schaute hinter ihm her.

66

Papenburg und Leer

Nils, der Referentenfahrer, war ungehalten. „Mensch, Herr Wagner. Die Abfahrtzeit war halb neun, jetzt ist es fünf vor neun. Wie sollen wir das bis elf Uhr schaffen?"

„Sorry, mein Wecker hat nicht geklingelt. Fahren Sie einfach los. Wenn wir zu spät kommen, geht die Welt nicht unter."

Nils setzte ein bedenkliches Gesicht auf. Während er im rasanten Tempo Richtung Norden fuhr, erging er sich in düsteren Prognosen zur Wetterlage. Für nachmittags war im Weser-Ems-Raum Eisregen angesagt. „Wann sind Sie denn fertig?", wollte er wissen.

„Kann ich nicht sagen. In Papenburg wird es nicht lange dauern. Der Bürgermeister ist kein Freund großer Worte. Das geht rucki zucki. Leer kann ich schlecht abschätzen. Wenn die Ostfriesen erst mal ins Reden kommen, hören sie nicht so schnell wieder auf."

Nils war anderer Meinung. „Mein Kollege kommt aus Aurich und kriegt den Mund nicht auf. Wenn überhaupt, dann nur, um über die unzumutbaren Arbeitszeiten zu schimpfen. Und Staatssekretär Haders kommt doch auch aus Ostfriesland. Mehr als einen zusammenhängenden Satz hat der noch nie mit mir gewechselt."

„Die beiden sind aus der Art geschlagen. Vermutlich ist das der Grund, weshalb Haders in der Landeshauptstadt tätig ist. Die Ostfriesen wollten ihn loswerden."

Nils lachte. „Das haben Sie gesagt. Sagen Sie, gibt es eigentlich immer noch keinen Fortschritt in den Mordfällen? Niemann war ein feiner Kerl, tut mir echt leid um den."

„Wie es aussieht, nicht."

„Ministerialrat Meyer meint, das gehe nicht mit rechten Dingen zu. Da zieht jemand im Hintergrund die Fäden, hat er gesagt. Habe ihn gestern nach Holzminden gefahren."

Wagner seufzte. Er war hundemüde und fühlte sich merkwürdig benommen. „Meyer ist ein Schwätzer. Und jetzt, lieber Nils, lassen Sie mich in Ruhe schlafen und wecken Sie mich erst, wenn wir in Papenburg angekommen sind."

Um zehn nach neun erreichten sie Papenburg. Nils hatte Schwierigkeiten, den Regierungssprecher zu wecken. Als Wagner auf mehrfache Ansprache nicht reagierte, schüttelte er ihn ziemlich unsanft. „Sie schlafen ja wie ein Toter."

Wagner war verwirrt und sein Kopf brummte. Es kostete ihn Mühe, wach zu werden. Am liebsten hätte er tagelang weitergeschlafen. Was war bloß mit ihm los? Der Fahrer war erkennbar stolz auf seine Fahrkünste. „Ganz haben wir es nicht geschafft, aber fast. Das akademische Viertel ist noch nicht erreicht."

Als Wagner ausstieg, war ihm schwindelig. Er hatte das Gefühl, dass die Stufen der breiten Treppe zum Eingangsportal des imposanten Rathauses vor seinen Augen verschwammen. Der Bürgermeister begrüßte ihn herzlich. In seinem Büro war ein kleines Frühstück vorbereitet. Wagner ließ die knusprigen Croissants stehen. Der Kaffee tat ihm gut.

Der Regierungssprecher überbrachte gute Nachrichten. Das Kabinett hatte in seiner letzten Sitzung entschieden, dass Papenburg den Zuschlag für die Landesgartenschau 2014 erhalten sollte. „Das verdanken wir unserem Abgeordneten. Uwe Stein ist ein großartiger Politiker, ein Mann, dem die Zukunft gehört“, zeigte sich der Bürgermeister überzeugt.

Wagner kannte die wahren Hintergründe. Uwe Stein war nicht beteiligt gewesen. Aber weshalb sollte er Wasser in den Wein schütten und immerhin gehörte Stein der Regierungspartei an. Und dass er ein kluger Kopf und ein begnadeter Redner war, daran bestand kein Zweifel.

Dann wurde der Leiter des Gartenbauamtes dazugeholt, Pläne wurden ausgebreitet und dem Gast aus Hannover das Ausstellungskonzept erläutert. Wagner konnte nicht viel mit den Plänen anfangen. Sein Interesse war geheuchelt, was die beiden Papenburger nicht bemerkten. Der Bürgermeister gab sich euphorisch. Seine Stadt werde die schönste Landesgartenschau durchführen, die das Land Niedersachsen je gesehen hätte. Übergangslos kam er dann auf die Mordfälle zu sprechen. Die Besorgnis über die Vorfälle in der Landesregierung hatte auch die ländlichen Regionen erreicht. Wagner wurde gebeten, dem Regierungschef die uneingeschränkte Anteilnahme der Papenburger Bürger zu übermitteln.

Weiter ging es nach Leer. Nils, ein begeisterter Hobbyfotograf, hatte die Zeit genutzt und Aufnahmen vom Rathaus und dem angrenzenden Barockvorgarten gemacht. Auf der Fahrt nach Ostfriesland unterhielt er Wagner mit einem peinlich genauen Bericht über die Fotomotive. Der Ziegelbau aus den Anfängen des vorigen Jahrhunderts sei zwar ein Mischmasch verschiedener Baustile, aber überaus gelungen. Vor allem die Kartuschen und das aufwendige Säulenportal hatten es dem Fahrer angetan.

Gutgetan hatte der Aufenthalt auch Wagner. Allerdings nicht der Baustil des Rathauses, sondern der starke Kaffee. Die Benommenheit war weg, die Kopfschmerzen nur noch latent vorhanden. Kurz bevor sie Leer erreichten, riss die Wolkendecke auf. Von drohendem Eisregen keine Spur. Nils war Feuer und Flamme, sprach von den Fotomotiven, die in Leer auf ihn warteten. Die Altstadt mit dem schmucken Weihnachtsmarkt, die 12 Meter hohe Weihnachtspyramide und ein 5 Meter hoher Nussknacker wurden erwähnt.

Wagner ließ sich am Hafen absetzen. In dem historischen Gasthaus Waage war ein Arbeitsessen mit Vertretern des Einzelhandels angesetzt. Eigentlich hätte Heise den Termin wahrnehmen sollen.

In der Seefahrtstube war liebevoll gedeckt. Das historische Ambiente strahlte Gemütlichkeit aus. Es gab Labskaus mit Jever Pils vom Fass. Vor einigen Stunden hatte Wagner sich sterbenskrank gefühlt, jetzt waren Lebensgeister und Appetit zurückgekehrt. Grund des Treffens war ein geplantes Einkaufszentrum in Innenstadtlage. Der Einzelhandel befürchtete Umsatzeinbrüche, der Rat der Stadt war heillos zerstritten, die Landesregierung sollte es richten.

Der Präsident des Einzelhandelsverbandes, Inhaber eines Einzelhandelsgeschäfts in vierter Generation, erging sich in Lobeshymnen über Ministerialdirigent Heise. Erneut fielen Worte wie Freund des Mittelstands, zupackend und unbürokratisch. Der ebenfalls ermordete Niemann fand keine Erwähnung. Wenn ihr wüsstet, dachte Wagner, während er kräftig zulangte. Zum Nachtisch gab es Eis mit in Rum eingelegten Pflaumen. Dazu unterhielt einer der Teilnehmer die Runde mit den neuesten Ostfriesenwitzen. Der Regierungssprecher wäre gerne geblieben, fernab von den Staatskanzleimorden und der Hektik des Büroalltags. Erstmals seit Wochen fühlte er sich wieder wohl in seiner Haut.

Schweren Herzens verabschiedete er sich von der gut aufgelegten Corona mit dem Versprechen, dass der Ministerpräsident sich persönlich der leidigen Sache annehmen werde. Die Lüge ging ihm leicht von den Lippen. Zurück in der Landeshauptstadt würde er das Anliegen beim zuständigen Abteilungsleiter im Ministerium für Raumordnung abladen. Auch Fahrer Nils war glücklich, schwärmte von der vorweihnachtlichen Kulisse der malerischen Altstadt.

Ein Anruf seiner Sekretärin kurz vor dem Bremer Kreuz riss ihn aus dem Halbschlaf. Sie ratterte eine lange Liste mit Namen von Journalisten herunter, die auf Wagners Rückruf warteten. Fast immer ging es um die Mordfälle. Die Vermutung, dass eine Geistesgestörte für die Morde verantwortlich war, hatte die Medien erreicht. Der Alltag hatte ihn wieder.

67

Hannover

Das Weihnachtsfest stand unmittelbar vor der Tür und Hauptthema der Morgenlage beim Regierungschef war die Neujahrsansprache. Neben dem Ministerpräsidenten selbst waren Staatssekretär Haders und Wagner anwesend. Letzterer war nicht bei der Sache. Selbst dass ausgerechnet die stets pünktliche, pflichtbewusste Beamtin König unentschuldigt der Morgenlage ferngeblieben war, ging an ihm vorbei. Der Chef selbst war verärgert, gehörte es doch zu den Aufgaben der seit Kurzem von Frau König geleiteten Politischen Abteilung, die Neujahrsansprache zu schreiben.

Wagners Gedanken kreisten um anderes. Er hatte sich Hals über Kopf verliebt. Dabei war er der Einladung seiner Kollegin Sybille nur widerwillig gefolgt. Zu seinem Leidwesen hatte sie sich mit dem Stinkstiefel Jakob versöhnt, ein Ereignis, das seine Kollegin in Spendierlaune versetzte. Ein Gänseessen im legendären Restaurant Wichmann war etwas Besonderes. Trotzdem hatte er gezögert, die Einladung anzunehmen. „Komm, sei kein Frosch, es kommen noch weitere Freunde von mir", hatte sie gedrängelt. Dem erwartungsvollen Blick aus ihren großen braunen Augen hatte er nicht widerstehen können.

Die „anderen Freunde" bestanden aus Sybilles bester Freundin Monika. In seinen Augen eine atemberaubend schöne Frau. Sie entschädigte für die Anwesenheit des drögen Jakob. Zu seiner Überraschung schien Monika auch an ihm Gefallen zu finden. Sie lachte über seine Scherze und erkundigte sich eingehend nach seinem Job und den Mordfällen.

„Die Staatskanzleimorde sind bei unseren Kundinnen das Thema Nummer eins", begründete sie ihr Interesse. „Mord in besseren Kreisen und dann noch in der Politik, das finden die Damen bei uns spannend."

„Bei uns" war der führende Schönheitstempel der niedersächsischen Landeshauptstadt und die Damen waren die gut betuchten Kundinnen aus der oberen Mittelschicht der Region. Im Laufe des Abends erfuhr er einiges über sie. Monika lästerte ordentlich ab, mokierte sich über Frauen, die aus Angst vor dem Älterwerden Cremetiegel für tausend Euro und mehr kauften. Nur wenn man so jung und schön ist wie du, kann man so reden, hatte er gedacht und Mitleid mit den gut betuchten Kundinnen empfunden.

Der naheliegende Gedanke, dass Monikas Spott wenig loyal gegenüber ihrem Arbeitgeber war, war ihm nicht gekommen. Er fand sie unwiderstehlich. Schon heute Abend würden sie sich auf dem Weihnachtsmarkt treffen und er, der gestandene Regierungssprecher, war aufgeregt wie ein Pennäler vor seinem ersten Date. Im Überschwang seiner Gefühle hatte er sogar seine tägliche Ration Schokoladenkekse, die seine Sekretärin ihm jeden Morgen auf den Schreibtisch stellte, achtlos stehen lassen.

Die raue Wirklichkeit holte ihn wieder ein, als die schöne Frau Stigler mit der Nachricht in die Morgenlage platzte, dass Britta König nicht am Arbeitsplatz erschienen war. Frau Stigler, die nach Heises Tod in Britta Königs Vorzimmer das Kommando führte, war unruhig geworden, als ihre Vorgesetzte um halb neun noch immer nicht aufgetaucht war.

Normalerweise saß die pflichtbewusste Beamtin ab sieben Uhr in der Früh am Schreibtisch. Nach mehreren vergeblichen Versuchen, ihre Chefin übers Handy zu erreichen, hatte sie Fahrer Nils gebeten, zur Wohnung ihrer Vorgesetzten zu fahren. Auch auf mehrfaches, anhaltendes Läuten hatte sich dort nichts getan. Der Fahrer war unverrichteter Dinge in die Staatskanzlei zurückgefahren und die pflichtbewusste Sekretärin hielt es für geboten, den Ministerpräsidenten zu alarmieren.

Obwohl niemand etwas sagte, stand die unausgesprochene Befürchtung im Raum, dass der Beamtenmörder erneut zugeschlagen hatte. Der umgehend vom Ministerpräsidenten kontaktierte Innenminister hielt sich in seinem Wahlkreis in Cuxhaven auf. Er befürchtete ebenfalls das Schlimmste und setzte sich seinerseits mit dem Direktor des LKA in Verbindung.

Eine zermürbende Warterei begann. Der Ministerpräsident nutzte die Zeit, um die Unterschriftenmappen auf seinem Schreibtisch abzuarbeiten, die anderen sahen schweigend zu. Small Talk war nicht angesagt.

Nach zwanzig weiteren endlos langen Minuten rief der Direktor des LKA an. Die Polizei hatte sich Zugang zur Wohnung verschafft und eine schwer verletzte, bewusstlose Britta König vorgefunden. Alles sah nach einem Kampf aus, in dessen Verlauf die Beamtin niedergeschlagen worden war. Krankenwagen und Notarzt waren bereits unterwegs, Beamte der Soko ebenfalls.

Der sichtlich geschockte Ministerpräsident verlangte, im halbstündlichen Abstand unterrichtet zu werden. Außerdem bestand er darauf, dass seine Beamtin in die Medizinische Hochschule, die erste Adresse für Notfallmedizin, gebracht würde. Nachdem er den Hörer auf die Gabel geknallt hatte, befragte er Frau Stigler, die ungewohnt derangiert wirkte.

„Nein, Frau König hat nach der Dienstreise gestern wie immer gewirkt. Sie hat mich aus dem Zug angerufen, um mir Aufträge zu erteilen. Die Neujahrsansprache hat sie auch erwähnt und mich gebeten, die Redebausteine aus den Referaten für heute früh auf ihren Schreibtisch zu legen. Soll ich die Texte holen?"

„Jetzt nicht", knurrte der Chef. „Ihr Mann muss verständigt werden, haben Sie seine Handynummer?"

Frau Stigler nickte und wurde mit der Anweisung weggeschickt, ihn auf der Stelle anzurufen. Dass die Stigler vor Kurzem ein Tête-à-Tête mit dem Regierungschef gehabt hatte, war nicht zu spüren. Die Gesprächsatmosphäre war kühl. Nach wenigen Minuten kam sie mit der Nachricht zurück, dass der Ehemann den nächsten Flieger nach Deutschland nehmen werde.

Ein erneuter Anruf von Direktor Ritter. Die schwer verletzte Beamtin befand sich auf der Intensivstation der Medizinischen Hochschule, eine Notoperation stand bevor. Die Spurensicherung hatte ihre Arbeit in der Wohnung der Beamtin aufgenommen. Wie in den beiden anderen Fällen gab es keine Einbruchsspuren. In anderen wesentlichen Punkten unterschied sich der Tathergang jedoch. Dieses Mal war das Opfer niedergeschlagen worden. Der Aufprall auf dem Wohnzimmertisch aus Marmor, der zu den lebensgefährlichen Verletzungen am Hinterkopf geführt hatte, war womöglich ein Unfall. Noch war es zu früh für Rückschlüsse. Dass der Täter ein anderer war, schien indes gesichert zu sein. Wagner wusste nicht, ob er darüber erleichtert sein sollte oder nicht.

Kurz darauf meldete sich der Chefarzt der Intensivstation der Medizinischen Hochschule. Der Ministerpräsident stellte auf Lautsprecher, damit die anderen mithören konnten. „Ihr Gehirn ist stark beschädigt. Falls die Patientin überlebt, die Chancen stehen fünfzig zu fünfzig, wird sie bleibende Schäden davontragen", teilte der Arzt mit.

„Welche Schäden?"

Die Antwort kam prompt, sie klang geschäftsmäßig. „Sprach- und Gedächtnisstörungen. Sie wird erhebliche Probleme haben, sich zu artikulieren und zu konzentrieren. Möglicherweise wird sie überhaupt nicht mehr sprechen können."

Nach dem Telefonat herrschte minutenlanges Schweigen im Raum. Jeder war mit sich und seinen Gedanken beschäftigt. Der Schock, dass ausgerechnet die Karrierefrau Britta König niemals wieder in ihrem Job würde arbeiten können, musste verdaut werden.

68

Dieses Mal ging alles rasend schnell. Mithilfe von Aufzeichnungen der Mailbox von Britta Königs Handy konnte der Mann, der sie niedergeschlagen hatte, noch am selben Tag ermittelt und festgenommen werden.

Gregor Mahow, 29 Jahre alt, war für die Polizei kein Unbekannter. Der Deutsch-Russe war im Alter von neun Jahren mit seinen Eltern und Großeltern aus Omsk nach Gifhorn in Niedersachsen übersiedelt. Die Hauptschule hatte er ohne Abschluss verlassen. Einen Tag nach seinem achtzehnten Geburtstag war er nach Hannover gezogen. Hier bestritt er als Türsteher in einer Diskothek im Steintorviertel seinen Lebensunterhalt. Sein Vorstrafenregister war lang, mehrfach hatte es Prügeleien gegeben, in denen er eine unrühmliche Rolle gespielt hatte. Bisher war Mahow jedoch jedes Mal auf gnädige Richter gestoßen und mit einer Verwarnung oder Bewährungsstrafe davongekommen.

Mahow war geständig, behauptete jedoch, dass Britta König unglücklich mit dem Hinterkopf auf die Kante des Wohnzimmertisches gefallen sein. Er habe sie nicht verletzen wollen.

„Ich habe ihr nur eine Ohrfeige gegeben und sie ist umgefallen. Es war ein Unfall. Ich habe sie doch geliebt", erklärte er Verena unter Tränen. Was die Vernehmung ans Tageslicht brachte, überraschte die Polizeibeamtin.

Britta König hatte ein Verhältnis mit Gregor Mahow gehabt. Als sie mit ihm Schluss machen wollte, hatte er sich nicht damit abfinden wollen. Beim vergeblichen Versuch, sie umzustimmen, war es zum Streit gekommen. So wie es aussah, war die Beamtin Opfer eines eifersüchtigen Liebhabers geworden.

Auch wenn die Geschichte auf den ersten Blick überzeugend klang, Verena war sie nicht geheuer. Irgendetwas sagte ihr, dass Mahow nicht die Wahrheit sagte. Bestärkt wurde sie in ihrem Misstrauen, als ausgerechnet Strafverteidiger Janssen auftauchte, um die Verteidigung von Gregor Mahow zu übernehmen. Normalerweise befasste sich der Staranwalt nicht mit Kleinkriminellen. Der ungekrönte König des Steintorviertels, Mustafa Hosan, Betreiber auch jener Diskothek, bei der Mahow sich verdingt hatte, hatte ihn engagiert. Janssen verbot seinem Klienten jede weitere Aussage und zog sich zur Rücksprache mit ihm in den dafür vorgesehenen Besprechungsraum zurück. Zurück ließ er ratlose Kriminalbeamte. Verena ließ die Vernehmung Revue passieren.

„Ich kann es einfach nicht glauben, dass ausgerechnet die elitäre Ministerialbeamtin mit einem fast zwanzig Jahre jüngeren Türsteher ohne Schulabschluss ein Verhältnis hatte", sagte sie zu Stollmann.

„Über politische Strategien haben sie bestimmt nicht gesprochen. Falls sie überhaupt miteinander gesprochen haben. Sein Deutsch lässt zu wünschen übrig", stellte Stollmann süffisant fest. „Die Dame hat offenbar ein Doppelleben geführt. Tagsüber die unnahbare Ministerialbeamtin und abends Sex mit einem zwanzig Jahre jüngeren Kraftbolzen. Manch ältere Frau steht auf Frischfleisch."

„Das erklärt, weshalb sie sich so standhaft geweigert hat, uns den Namen ihres Liebhabers zu nennen. Von wegen verheiratet. Sie wollte nicht zugeben, dass sie sich mit einem Mann aus der Unterschicht eingelassen hatte. Was wohl ihr Mann dazu sagen wird?“ Nachdenklich schaute Verena ihren Kollegen an.

„Was soll er schon sagen? Passiert ist passiert. Und die Dame hat teuer für ihr Abenteuer bezahlt. Ein gewalttätiger Mann wie dieser Mahow mag ja als Bettgefährte seine Qualitäten haben, lässt sich aber nicht einfach ausknipsen wie ein Lichtschalter. Ein Vibrator wäre eine kluge Entscheidung gewesen. Dann läge sie jetzt nicht auf der Intensivstation.“

Verena reagierte entrüstet. „Hör schon auf, Stolli. Bei euch Männern ist es gang und gäbe, dass ihr euch jüngere Freundinnen zulegt, wenn Frauen das tun, wird es zum Drama hochstilisiert.“

Dann seufzte sie. „Immerhin haben wir wenigstens den Täter. Den Direktor wird es freuen, den Minister auch. Bei der Aufklärung der Mordfälle Heise und Niemann bringt es uns allerdings kein Stück weiter.“

Stollmann holte eine ramponiert aussehende Zigarettenschachtel aus seiner Jackentasche, spielte damit herum. „Immerhin haben wir einen neuen Beweis, dass in der Staatskanzlei gelogen und vertuscht wird. Heise war korrupt und angeblich hat niemand etwas davon gewusst. Britta König hat ein Doppelleben geführt und uns munter belogen. Ich muss schon sagen, eine feine Gesellschaft ist das. Wie sagte der geschätzte Kollege Hirschmann: Die Elite des deutschen Beamtentums.“

„Übertreib nicht! Heise war korrupt, aber er ist einer von fast zweihundert Beamten, die dort arbeiten. Und das Sexleben von Frau König geht uns nichts an. Gerade du solltest Verständnis haben, deine Freundinnen könnten doch auch deine Töchter sein, oder irre ich mich?"

Stollmann war die Frage sichtlich unangenehm. Er fingerte erneut an der Schachtel herum. „Hast du etwa wieder mit dem Rauchen angefangen? Hat der Arzt dir das nicht verboten?"

Verenas Frage wurde mit einem schiefen Lächeln quittiert. „Spielen wird man ja wohl noch dürfen. Was willst du jetzt unternehmen?"

Sie seufzte. „Mich intensiver um Gesine Terberg kümmern. Sie entspricht dem Täterprofil. Dass keine DNA gefunden wurde, schließt sie nicht aus. Und ihre arrogante Ärztin kann sich irren. Trotzdem denke ich manchmal, dass Dr. Bertram daneben liegt und es um etwas ganz anderes geht. Ich habe das unbestimmte Gefühl, dass jemand im Hintergrund die Fäden zieht und mit uns Jo-Jo spielt. Das Thema Auftragsmord ist für mich noch nicht abgefrühstückt. Baumgart auch nicht."

Die Schachtel landete im hohen Bogen neben dem Papierkorb, der unter Verenas Schreibtisch stand. Sie bückte sich danach. „Du hast auch schon mal besser getroffen."

„Sorry, soll nicht wieder vorkommen. Einer wie Baumgart lässt niemanden wegen solcher Beträge umlegen. Für uns sind zehntausend Euro viel Geld, für den ist das weniger als Fliegendreck. Was ist eigentlich mit heute Abend? Kommst du zur Weihnachtsfeier?"

Dann fasste er sich theatralisch an den Kopf. „Blöde Frage. Natürlich kommst du. Der Direktor wäre untröstlich. Seine liebste Dezernentin wird er nicht missen wollen. Ich will dann mal, man sieht sich."

„Spinner", rief sie ihrem Kollegen hinterher, der feixend verschwand.

Wieder allein wanderte ihr Blick aus dem Fenster, an dem in diesem Moment laut schnatternde Gänse vorbeiflogen. Sie kamen auf ihrem Weg zu den Marschteichen häufig hier vorbei. Ihre Gedanken schweiften ab. In drei Tagen war Heiligabend und sie hatte noch immer kein Geschenk für ihre Mutter. Dieses Jahr sollte es etwas Besonderes sein und nicht die übliche Wäsche nebst obligatem Parfüm. Auch wenn das Gehirn ihrer Mutter schrumpfte, körperlich war sie immer noch fit. Verena googelte im Internet und buchte einen Wochenendurlaub in einem Vier-Sterne-Hotel in Bad Harzburg für zwei Personen.

Nur widerwillig wandte sie sich wieder ihrer Arbeit zu. Auf ihrem Schreibtisch wartete eine Akte darauf gelesen zu werden. Den Bericht der Polizeidienststelle Laatzen schob sie seit Tagen vor sich her. Viel versprach sie sich nicht davon. Was sollte der Unfallbericht über das Straßenbahnunglück von Michael Schneider, ehemals Mitarbeiter der Staatskanzlei, an neuen Erkenntnissen in den Mordfällen bringen? Nur aus Pflichtgefühl würde sie ihn lesen, nicht mehr heute, sondern morgen.

Sie griff zum Telefonhöher und wählte eine Nummer. Am anderen Ende wurde nach dem ersten Läuten abgenommen. „Ich bin zu Hause, Sie können gerne vorbeikommen.“ Dann wollte die Mutter von Frau Terberg ihr den Weg beschreiben. Verena winkte dankend ab, sie kannte die Adresse.

69

Ein weiterer frustrierender Tag lag hinter Verena: Gespräche mit Frau Terbergs Mutter, dem Personalratsvorsitzenden der Staatskanzlei, der Frauenbeauftragten und Niemanns Sekretärin. Keines hatte ihr mehr Klarheit gebracht. Gegen vier Uhr nachmittags packte sie ihre Sachen. Vor der Weihnachtsfeier stand der überfällige Friseurtermin an. Jürgen Ritter war die Mühe wert. Das Mittagessen beim Italiener war vielversprechend verlaufen. Entgegen seiner Ankündigung hatte sich ihr Gespräch nur am Rande um Dienstliches bewegt. Nach dem Dessert war sie überzeugt gewesen, dass er sich für sie interessierte. Und heute Abend wollte sie da anknüpfen, wo sie das Mittagessen beendet hatten.

Als sie zwei Stunden später frisch frisiert und guter Dinge das Präsidium betrat, drang Lärm aus der Kantine im Erdgeschoss in den verwaisten Flur. Die Weihnachtsfeier war bereits im Gange. Niemand begegnete ihr auf dem Weg in ihr Büro. Ihr Versuch, die Tür zu verschließen, scheiterte. Der Schlüssel ließ sich nicht umdrehen. Sie musste riskieren, sich bei unverschlossener Tür umzuziehen. Nach einem Tag im Kofferraum fühlte sich das Kleid auf ihrem Körper klamm und feucht an. Auch die Pumps waren unangenehm kalt.

Das Hungern hatte sich gelohnt, das Kleid saß wie angegossen. Sie bewunderte im Spiegel ihre neue Frisur. Hoffentlich war die Mühe nicht vergebens und *er* war da. Beim Betreten der Kantine schlug ihr lautes Stimmengewirr entgegen. Sie entdeckte ihn unter all den Leuten auf den ersten Blick. Ritter war in ein Gespräch mit zwei Abteilungsleitern vertieft. Verena kämpfte sich durch dichtes Gedränge in seine Richtung vor. Beim Anblick ihrer lässig gekleideten Kollegen kam sie sich fehl am Platz vor. Stollmann steuerte auf sie zu. Sein bewundernder Blick tat ihr gut. „Scharfer Fummel, du hast dich wohl nicht für mich aufgebrezelt?"

Sie überhörte seine Frage. Stollmann wurde dienstlich, fragte sie nach ihrem Besuch bei Frau Terberg senior. Es gab nicht viel zu erzählen. Mutter und Tochter hatten kaum Kontakt, was aber nicht an der Mutter lag, wie diese mehrfach betont hatte.

Sie war nicht bei der Sache, ihr Interesse an den Mordfällen hielt sich in Grenzen. Sie wollte von Ritter wahrgenommen werden. Der schien allerdings Blei unter seinen Füßen zu haben, auch seine Gesprächspartner schienen festgewachsen wie niedersächsische Eichen, die dem Sturm trotzten. Stollmann entdeckte einen befreundeten Kollegen und ließ sie stehen.

Ihre Kollegin Inga Schulz kam auf sie zu und beglückwünschte sie zu ihrem tollen Kleid. Sie selbst wirkte in ihrer Tunika noch unförmiger als sonst. Eine Einladung zum Glühwein an die zur Bar umfunktionierte Essenstheke folgte. Zwei Kolleginnen aus dem Dezernat für Korruption und interne Ermittlungen betätigten sich als Bardamen, die jüngere wurde von einem Kollegen aus der Personalstelle mit Beschlag belegt, was der älteren Kollegin übel aufstieß. Sie hatte ein übellauniges Gesicht aufgesetzt und ging auf Ingas freundlich gemeinte Bemerkungen nicht ein.

Während Verena ihrer Kollegin, die sie über den letzten Stand der Spurenanalyse im Mordfall Niemann informierte, mit halbem Ohr zuhörte, registrierte sie, dass Ritter verschwunden war. War er etwa gegangen? Das durfte nicht wahr sein! Sie schob zwei Tage Kohldampf, leistete sich den teuersten Friseur der Stadt, schmiss sich in Schale – und alles sollte umsonst gewesen sein?

„Sag mal, hörst du mir überhaupt zu?“, fragte Inga.

„Natürlich, aber bei dem Lärmpegel ist das nicht so leicht. Was hast du gerade gesagt?“

Inga lachte lauthals. „Mensch, Verena, gib zu, dass du mit deinen Gedanken meilenweit weg warst. Du musst lernen abzuschalten. Du solltest es mit Qigong versuchen. Seitdem ich das mache, bin ich viel entspannter geworden. Ich bring dir mal einen Prospekt der Kursleiterin mit. Die ist richtig klasse, wenn du möchtest …“

„Guten Abend, die Damen, schön Sie zu sehen.“ Der Direktor war aus dem Nichts aufgetaucht. Er füllte den Raum aus. Es gab nur noch ihn, alle anderen waren bedeutungslos geworden. Inga murmelte etwas von einer Runde Sekt, die sie ihren Mitarbeitern spendieren wolle, und verschwand. Ritter berührte ihre Schulter. „Das Kleid steht Ihnen gut. Sie sehen heute ganz anders aus als sonst.“

Verena beschloss die zweideutige Bemerkung als Kompliment aufzufassen und lächelte ihn an. Der bewundernde Blick aus seinen stahlblauen Augen tat unendlich gut. Um ihre Aufgeregtheit zu überspielen, gab sie Belanglosigkeiten zu den Mordfällen von sich. Ritters Interesse hielt sich erkennbar in Grenzen. Er erkundigte sich nach ihren Plänen für den Jahreswechsel. Ihr Herz machte einen Sprung, wollte er sie etwa einladen, den Silvesterabend mit ihm zu verbringen? „Ich habe nichts Besonderes vor", log sie ihn an. Erst gestern hatte sie Dagmars Silvestereinladung angenommen: Kartoffelsalat mit Würstchen, Gesellschaftsspiele und Bleigießen mit den Kindern. Nichts, was Begeisterung bei ihr hervorrief, aber immer noch besser, als den letzten Tag des Jahres allein zu verbringen. Eines Jahres übrigens, das in ihrer Lebensbilanz auf der Skala eins bis sechs allenfalls die Note vier minus bekommen würde.

„Ich fahre mit meinem Sohn ins Unterengadin zum Skifahren", sagte er. Und es würde mich ungemein freuen, wenn Sie, liebe Frau Hauser, mitkommen, fügte Verena in Gedanken hinzu.

„Wenn die Staatskanzleimorde bis dahin aufgeklärt wären, würde das meinem Urlaub guttun, ich wäre entspannter."

Seine Worte holten sie aus ihrer Fantasiereise zurück. Mit der knisternden Atmosphäre war es vorbei. Zu ihrem Verdruss gesellte sich der Leiter des Dezernats für Prävention und Jugendstrafsachen zu ihnen. Ein stets überlauniger Besserwisser. Verenas Anwesenheit ignorierend überfiel er den Direktor mit Personalproblemen in seinem Dezernat. Der hörte konzentriert zu. Für Verena war der Abend gelaufen. Ihr Abgang blieb unbemerkt.

Du wirst alt, Verena, sagte sie sich. Vor zehn Jahren bist du bei solchen Gelegenheiten von männlichen Kollegen umlagert worden.

Auf dem Weg zum Parkplatz ging sie bei ihrem Büro vorbei. Die Tüte mit den Jeans und dem Pullover lag verloren unter ihrem Schreibtisch. Sie hatte zwei Tage gehungert, um in dem eng geschnittenen Kleid nicht wie eine gepresste Wurst auszusehen, und was hatte es gebracht? Nichts außer Frust. Sie hatte sich den Abend anders ausgemalt, ganz anders. Das Ende am liebsten bei sich zu Hause. Sogar frische Bettwäsche hatte sie am Morgen aufgezogen.

Sie sammelte ihre Klamotten ein und nahm die Akte der Polizeidienststelle Laatzen an sich. Die Lektüre der Unterlage war überfällig, statt des neu begonnenen Krimis würde die Akte als Gute-Nacht-Lektüre herhalten müssen. Eine Akte im Bett! Großartig, was das Leben derzeit für sie bereithielt.

In ihrer Wohnung angekommen, führte ihr erster Gang sie zum Telefon. Es war noch nicht einmal zehn Uhr und ihre Mutter würde noch wach sein. Sie musste jetzt mit jemandem reden. Ihre Seele lechzte nach Zuwendung. Von ihrer Mutter bekam sie sie nicht, die wirkte verwirrt und ging auf ihre Tochter nicht ein.

Hinterher fühlte sie sich noch schlechter. Ihr war sehr wohl bewusst, dass ihre Mutter Mitgefühl verdiente, doch auch sie selbst hatte an diesem Abend Anteilnahme nötig. Alle Welt erwartete Engagement und Verständnis von ihr. Die schnippische Ärztin, der unduldsame Minister, die hochnäsigen Beamten in der Staatskanzlei. Wie es ihr dabei ging, interessierte keine Sau. Damit hätte sie noch umgehen können, wenn wenigstens *er* sich für sie interessierte. Aber ihm war der übellaunige Kollege wichtiger gewesen.

Eine neue Flasche Rotwein musste dran glauben. Während sie den Wein schlürfte, dachte sie über ihr Leben nach. Du hast es vermasselt, sagte sie sich. Dein Leben ist eine einzige Ansammlung von Fehlentscheidungen. Anstatt auf die nette Beraterin vom Arbeitsamt zu hören und Steuerfachgehilfin zu werden, weil die immer gebraucht werden und gut verdienen, bist du auf die Polizeiakademie gegangen. Als du den Abschluss in der Tasche hattest, hättest du einen Job im Ministerium haben können. Dann würdest du jetzt eine ruhige Kugel schieben, hättest jeden Tag pünktlich Feierabend und müsstest dich nicht mit Gewalttätern und Mördern herumschlagen. Ganz zu schweigen davon, dass du die verdammten Staatskanzleimorde nicht an der Backe hättest. Aber du wolltest ja unbedingt in den Polizeidienst.

Wenn sie wenigstens bei Erwin geblieben wäre, ein wenig langweilig zwar, aber zuverlässig und solide. Beamter wie sie. Spätestens mit 35, als ihre biologische Uhr unaufhaltsam tickte und sie Franz mit ihrem Kinderwunsch konfrontiert hatte, hätten ihre Alarmglocken Sturm läuten und sie ihn verlassen müssen. Vielleicht wäre dann alles anders gekommen und sie heute glücklich verheiratet.

Die kalten Augen, mit denen Franz sie gemustert hatte, würde sie niemals vergessen. Seine Worte auch nicht. „Dann musst du dir einen anderen suchen: Ich will mein Leben nicht für ein Kind aufgeben. Ich will Herr meiner Zeit und vor allem meiner Freizeit bleiben.“

Dreimal hintereinander ich. Und wo blieb sie? Sie hatte die ganze Nacht wach gelegen und gegrübelt. Trotz der Kränkung war sie geblieben. Weniger aus Liebe als aus Bequemlichkeit und wegen des großzügigen Lebensstils, an den sie sich gewöhnt hatte.

Drei Jahre später war er es, der vollendete Tatsachen geschaffen hatte. Für Verena gab es in seinem Leben keinen Platz mehr. Mit der Stimme, die er sonst für zahlungskräftige, aber begriffsstutzige Mandanten reserviert hatte, teilte er ihr mit, dass er sich in Imka verliebt hatte. Von der Kategorie Lebenspartnerin und Geliebte war sie über Nacht in die Schublade „lästige Fälle“ gerutscht.

Als der Klingelton ihres Handys sie aus ihren Gedanken riss, galt ihr erster Gedanke Ritter. Er hatte ihr plötzliches Verschwinden bemerkt und rief sie an. Ihre Mailbox. Dagmar bat um ihren Rückruf.

70

„Ich bin der Letzte, der seinen Mitarbeitern Wasser statt Wein predigt und alles andere als ein Freund sexueller Enthaltsamkeit. Und natürlich lebe ich nicht auf dem Mond und weiß seit Längerem von dem munteren Liebesleben meiner Mitarbeiterin. Aber ein Verhältnis mit so einem, also ich versteh das nicht." Die Art, wie der Ministerpräsident das „so einem" betonte, sagte mehr als tausend Worte.

Die beiden saßen einander in einer Nische eines Feinschmeckerrestaurants in Burgwedel, unweit der Landeshauptstadt, gegenüber. Das jährliche Weihnachtsessen, zu dem der Ministerpräsident den engsten Stab einzuladen pflegte, fand in diesem Jahr zu zweit statt. Drei Führungskräfte waren roher Gewalt zum Opfer gefallen, der Leiter der Abteilung für Internationales war seit Monaten krank und der Staatssekretär bereits in den Weihnachtsurlaub aufgebrochen.

Bernd Wagner sah sich bemüßigt, seine Kollegin zu verteidigen. „Er sieht gut aus, vorausgesetzt man steht auf den Typ Mann, der Kraft und Brutalität ausstrahlt. Und fürs Geistige brauchte sie niemanden. Da hatte sie ihren Job."

Der Ministerpräsident seufzte. „Sei es drum, ändern können wir es ohnehin nicht mehr. Schlimm nur, dass ich schon wieder eine kompetente Mitarbeiterin verloren habe. Frau König wird nicht wieder arbeiten können. Sie ist heute Nacht aus dem Koma erwacht. Sprechen kann sie nicht, wie es aussieht, dauert es Monate, vermutlich sogar Jahre, bis ihr Sprachvermögen zurückkommt. Der Chefarzt war ziemlich pessimistisch. Sie tut mir unendlich leid, Wagner. Und alles wegen ein bisschen Sex."

Das macht ihn so sympathisch, dachte Wagner. Hinter der Fassade des Machtpolitikers verbirgt sich eine menschliche Seite, die er sich allen Widrigkeiten zum Trotz bewahrt hat.

Der blasierte Oberkellner wurde herbeigewinkt. Mit hoheitsvoller Miene nahm er die Bestellung entgegen. Ente mit Rotkraut und Klößen, dazu ein Trollinger.

„Sie ist nicht die Einzige meiner Leute mit Doppelleben", stellte der Ministerpräsident fest, nachdem der Kellner sich entfernt hatte. Seine Stimme klang düster. „Heise hat mich auch getäuscht. Er hat sich von Unternehmen bezahlen lassen, die mich auf ihren Veranstaltungen haben wollten. Er hat mich verhökert wie ein Marktweib seine Ware. Und Sie, Wagner, wussten davon und haben nichts gesagt. Sie enttäuschen mich, haben Sie etwa weitere Heimlichkeiten vor mir?"

Wagner schluckte, schaute sich suchend um. Wann kam endlich der Wein? Besser, er brachte es hinter sich. „Es gibt da etwas. Es geht um Hans Baumgart. Hollmann deutete an, dass er einer ganz heißen Sache auf der Spur ist, was, wollte er mir nicht sagen. Es scheint sich um eine höchst brisante Angelegenheit zu handeln."

Der Oberkellner erschien mit dem Rotwein, ließ den Ministerpräsidenten probieren und schenkte die Gläser halb voll. Nachdem er sich wieder entfernt hatte, hob der Ministerpräsident das Glas und prostete Wagner zu.

„Hinter uns liegt ein böses Jahr, zwei meiner engsten Mitarbeiter erschossen, die dritte von einem liebestollen Proleten niedergeschlagen und der Doppelmörder noch immer auf freiem Fuß. Dazu Ärger in der Partei, Stress mit dem Koalitionspartner und miese Umfragewerte. Und nun kommen Sie mit einer brisanten Sache, die unseren größten Sponsor betrifft. Haben Sie nichts Erfreuliches auf Lager?“

Wagner erhob ebenfalls sein Glas. „Vielleicht sind es ja nur Vermutungen. Es wäre nicht das erste Mal, dass Hollmann sich in eine Sache verbeißt und am Ende kapitulieren muss.“

„Hoffen wir, dass es so ist. Die Partei ist auf Baumgart angewiesen. Ihre Finanzlage ist katastrophal. Trinken wir darauf, dass das nächste Jahr besser wird.“

Wagner nahm einen großen Schluck. Und dass wir es erleben, hätte er gerne hinzugefügt. „Gibt es Neuigkeiten von der Polizei, Chef?“

Der Ministerpräsident verzog seinen Mund. „Leider nein, Hirschmann ist krank und die Frau, wie heißt sie gleich …?“

„Verena Hauser.“

„Ja die, sie ist gnadenlos überfordert. Apropos Neuigkeiten, Sie sollen es als Erster hören. Ich werde nächstes Jahr bei den Landtagswahlen nicht mehr antreten.“

Wagner, der sich gerade einen zweiten Schluck Rotwein gegönnt hatte, verschluckte sich, hustete und stellte das Glas beiseite. „Aber Chef, das können Sie uns nicht antun! Das mit Ihrem Image wird schon wieder. Im Ranking haben Sie sich letzte Woche sogar um einen Platz verbessert. Sie sind der bekannteste Politiker der Bürgerpartei in Niedersachsen. Niemand sonst in der Partei hat die Gabe wie Sie, stets die richtigen Worte und den richtigen Tonfall zu finden. Albi füllt Bierzelte und Schützensäle. Aber wenn es um Inhalte geht, dann ist er überfordert. Sie haben das richtige Gespür entwickelt, zwischen Bierzelt und Fabrikhalle zu unterscheiden. Keine Frage, Albi ist gut fürs Herz der Partei, aber Sie sind ihr Kopf. Die Parteibasis wird schockiert sein."

„Das interessiert mich nicht die Bohne. Seit neun Jahren hole ich für die die Kohlen aus dem Feuer, und was ist der Dank? Stänkern, meckern und Intrigantenstadel. Und dann erst die ständigen Forderungen: ein Job als Lehrerin, natürlich nur in einem Stadtteil mit geringem Migrantenanteil, für die verehrte Ehefrau, ein Ausbildungsplatz für den verzogenen Sohn und mehr Geld für den Wahlkreis: für neue Radwege, neue Landesstraßen und und und. Gespart werden muss natürlich auch, da sind sich alle einig, aber immer nur bei den anderen. Nein, Wagner, ich habe die Nase gestrichen voll."

Mit einem kräftigen Schluck Wein spülte er seinen Ärger herunter. „Das Bildungsniveau in diesem Land kennt nur noch eine Bewegung – nach unten. Ständig muss ich mich mit unfähigen Abgeordneten und Ministern herumschlagen, die aufgrund von Parteienproporz nach oben gespült wurden. Beim Gedanken an den Kultusminister krieg ich die Krise, Wagner."

Wagner fiel beim Thema Inkompetenz an erster Stelle die Finanzministerin ein. Allerdings war sie anders als der Minister bildhübsch. Der Ministerpräsident kam auf den Umweltminister zu sprechen.

„Der hat nichts Besseres zu tun, als sich beim nicht genehmigten Baumfällen in seinem Garten fotografieren zu lassen. So blöd kann man doch gar nicht sein! Wie gesagt, mir reicht es. Soll sich mein Nachfolger mit der Bagage herumschlagen. Noch zehn Monate bis zu den Wahlen, dann beginnt ein neues Leben für mich, Wagner. Endlich werde ich Zeit für meine Hobbys und mein Ferienhaus auf Norderney haben. Nicht zu vergessen für meine Enkelkinder." Seine Frau erwähnte er nicht.

Hoffentlich weiß er, was er tut, dachte Wagner. Der Verlust von Macht wird sein Leben einschneidend verändern: kein Vorzimmer mehr, keine Persönliche Referentin, kein Pressesprecher, kein Cheffahrer und all die vielen dienstbaren Geister. Ohne Dienstlimousine mit eingebauter Vorfahrt, ohne Sonderbehandlung an Bahnhöfen und Flughäfen konnte Reisen verdammt unbequem sein. Der Chef in der Schlange vor einem Schalter? Wagner bezweifelte, dass der Ministerpräsident mit den Widrigkeiten eines normalen Bürgers ohne Privilegien klarkommen würde. Ganz zu schweigen von seinen Eskapaden. Der Ministerpräsident hatte es genossen, wenn Frauen ihm nachstellten. Frauen, die sich an seiner Macht berauschten, die sein faltiges Gesicht und sein in die Jahre gekommener Körper nicht störten, weil Macht sexy ist. Auch damit würde Schluss sein.

„Haben Sie schon mit dem Parteivorsitzenden gesprochen?", fragte er. Der Oberkellner servierte die halbe Ente und wünschte guten Appetit. Sie machten sich über das Essen her.

Kauend antwortete der Ministerpräsident. „Mit Albi, nein. Ich werde die Parteiführung Anfang Januar informieren, rechtzeitig vor dem Landesparteitag in Braunschweig. Bei der Gelegenheit werde ich ihnen auch den neuen Wahlkampfmanager präsentieren. Mein letzter Liebesdienst für die Partei."

Die folgenden Worte versetzten den Regierungssprecher in Schrecken. „Ich verzichte ungern auf Sie. Ich mag Sie. Sie sind eine ehrliche Haut, manchmal etwas neben der Spur, vor allem nach Ihren nächtlichen Touren mit Hollmann. Und glauben Sie nicht, dass ich nicht mitbekommen habe, wenn Sie heimlich Mandelhörnchen vertilgt haben, während ich vorne auf dem Podium gesessen habe. Aber, ich konnte jederzeit auf Ihre Loyalität zählen. Keine Selbstverständlichkeit heutzutage."

Wagner wurde blass. Ausgerechnet er sollte Wahlkampfmanager werden. Zugegeben, er war Parteimitglied, aber eines in der Rubrik Karteileichen. Der Ministerpräsident schob die Begründung hinterher. „Sie sind der Richtige für die Aufgabe, Sie kennen das Regierungsgeschäft, verstehen eine Menge von Öffentlichkeitsarbeit und vor allem sind Sie ein ausgeschlafener Bursche, was leider nicht auf allzu viele meiner sogenannten Parteifreunde zutrifft."

„Aber, Chef, ich möchte für Sie arbeiten und überhaupt, was sagt der Parteivorsitzende dazu?"

„Albi? Keine Ahnung, interessiert mich auch nicht. Der kommende Mann heißt Uwe Stein. Er wird der neue

Spitzenkandidat sein, nicht Albi. Männern wie Stein gehört die Zukunft."

„Uwe Stein? Der ist doch gerade erst zum stellvertretenden Fraktionsvorsitzenden gewählt worden. Er genießt in seinem Wahlkreis hohes Ansehen, davon konnte ich mich letzte Woche im Emsland überzeugen. Dennoch ist er ein politisches Greenhorn. Bitter wird das nicht zulassen. Er wird nach Ihrem Amt streben."

„Was Bitter will, ist die eine Sache, was die Delegierten entscheiden, steht auf einem anderen Stern. Warten Sie ab, Stein ist ein charmanter Hund, der Liebling der Medien und der Frauen. Vor allem ist er skrupellos. Hinter seiner ansehnlichen Fassade verbirgt sich ein vom Ehrgeiz getriebener Mann. Er liegt schon lange auf der Lauer, um im richtigen Moment zuzuschlagen. Gegen mich traut er sich nicht, bei Albi wird er den Helm aufsetzen, die Boxhandschuhe überstreifen und in den Ring steigen."

Wagner war noch nicht überzeugt. „Bitter ist seit Ewigkeiten Parteivorsitzender, er wird nicht kampflos das Feld räumen."

Der Ministerpräsident schob den Teller beiseite. „Wer spricht von kampflos? Der Kampf ist bereits in vollem Gange. Stein fährt seit Monaten durch die Lande, macht sich bei den Kreisverbänden und Landtagsabgeordneten lieb Kind. Er ist smart, gibt sich modern und hat sich für die Quote ausgesprochen. Quoten-Peters und ihre Geschlechtsgenossinnen fressen ihm aus der Hand. Albi ist einem wie dem nicht gewachsen, nicht im äußeren

Erscheinungsbild und nicht, was das Einmaleins der politischen Intrige betrifft."

Auch Wagner schob seinen noch fast vollen Teller beiseite. Monika war das Opfer wert. „Und für den soll ich arbeiten?"

„Nicht für den, für unsere Partei, Wagner. Trotz der Schwächen meiner Leute ist sie das kleinere Übel. Die Opposition wäre eine Katastrophe für unser Land. Denken Sie an die Landtagsdebatte letzte Woche. Was die Opposition geboten hat, war eine Zumutung für jeden halbwegs klar denkenden Bürger. Verbale Konto-Überziehungen am laufenden Band. Ich kam mir vor wie im Kabarett. Auf niedrigstem Niveau allerdings. Ein Teil meiner Leute mag dämlich sein, aber das Programm stimmt. Bei der Opposition stimmt gar nichts. Außerdem: Sie wollen doch nicht das Land dieser Xanthippe überlassen. Es reicht doch, wenn sie ihren Mann kujoniert. Auch wenn er Oppositionsführer ist, tut er mir leid: Mit einer dermaßen exaltierten Frau gestraft zu sein, muss die Hölle sein."

Wagner schielte nach der Rotweinflasche. Er traute sich nicht, nachzuschenken. Und der Kellner war nicht in Sicht. „Umso wichtiger ist es, dass Sie weitermachen."

Der Ministerpräsident griff nach der Flasche, nach einem prüfenden Blick auf Wagners leeres Glas schenkte er den restlichen Inhalt in sein eigenes Glas. „Nein, Wagner, ich bin müde: Neun Jahre Regierungschef, das heißt hundert und mehr Firmenjubiläen, ebenso viele Eintragungen ins Goldene Buch, Eröffnungen von Schützenfesten, Ausstellungen, Messen und immer lächeln. Immer wieder lächeln, auch wenn dir zum Heulen zumute ist. Kein Mensch fragt danach, wie es in dir aussieht, ob du gerade erfahren hast, dass dein Kind einen Unfall hatte, dein Vater an Alzheimer erkrankt ist oder deine Frau ans Saufen gekommen ist."

Mit der letzten Bemerkung brachte er Wagner ins Grübeln. Hollmann behauptete seit Längerem, dass die Frau des Regierungschefs an der Flasche hing.

Die Leute vom Nachbartisch schauten zu ihnen herüber. Der Ministerpräsident war ungewohnt laut geworden. Er senkte seine Stimme. „Lächeln gehört zum Politiker wie Mehl zum Brot. Selbst wenn man von Bürgern angepöbelt wird, hat man zu lächeln. Was glauben Sie, wie viel Kraft es kostet, immer präsent und immer gut drauf zu sein. Von dem nie enden wollenden Krisenmanagement, dem permanenten Entscheidungsdruck will ich erst gar nicht reden. Die Bürger rufen nach entscheidungsstarken Politikern, und wenn wir entscheiden, protestieren sie. Sie verlangen nach Politikern, die ihnen die Wahrheit sagen und wehe du tust es. Dann wählen sie dich ab. Und dann überall im Norden unseres Landes Grünkohlessen. Jedes Jahr im Herbst Grünkohl und Bregenwurst. Mir wird schlecht, wenn ich daran denke. Nie wieder Grünkohl! Gott wird das schön."

Er trank das Glas mit einem Schluck aus, stellte es mit einer heftigen Bewegung auf den Tisch. „Am Anfang hat es mir Spaß gemacht: Man glaubt, man kann etwas verändern. Man ist plötzlich wer, man ist bekannt, wird hofiert, genießt Privilegien: den gepanzerten Mercedes mit Fahrer, Bodyguards und ständig Speichellecker um dich herum. Irgendwann erkennst du: Die Menschen, die dich hofieren, meinen nicht dich, sie meinen dein Amt. Sie wollen vom Kuchen möglichst viel abbekommen, sie wollen sich in deinem Dunstkreis sonnen."

„Noch ein Wunsch, die Herrschaften?" Der Oberkellner hatte sich unbemerkt genähert. Der Ministerpräsident gab mit einer unwilligen Handbewegung zu verstehen, dass er nicht gestört werden wollte.

„Und mit der Gestaltungsmöglichkeit ist es als Regierungschef eines Bundeslandes nicht weit her. Selbst in einem Bundesland mit acht Millionen Einwohnern nicht. Die Brüsseler Bürokraten reißen immer mehr Macht an sich. Die meisten Gesetze werden nicht von gewählten Politikern, sondern von Beamten gemacht. Von der vierten Gewalt, den Medien, will ich erst gar nicht sprechen. Ganz zu schweigen von der fünften Gewalt, den Banken und Großkonzernen. Jahrzehntelang hat die Politik tatenlos zugesehen, wie die Spitzenmanager immer mehr Macht an sich gerissen haben. Die Politiker fanden es schick, zu Opernbällen, Jachtausflügen und in Luxusferienvillen eingeladen zu werden. Und jetzt wissen sie nicht, wie sie die Geister, die sie riefen, wieder loswerden."

Er nahm einen kräftigen Schluck Wein. „Wissen Sie, was mich am meisten nervt, Wagner?"

Eine rhetorische Frage, auf die keine Antwort erwartet wurde. „Immer getrieben zu sein, niemals Zeit zu haben, ein Problem von Grund auf durchzudenken, um eine angemessene Lösung zu finden. Eine Lösung, deren Haltbarkeitsdatum eine Legislaturperiode überdauert. Wie soll das ohne handwerkliche Fehler gehen, frage ich Sie.

Und dann erst die Medien. Zu Beginn, wenn alles frisch ist, schreiben sie dich hoch. Sie malen dein Bild in hellen Farben, stellen dich auf einen Sockel. Und dann lassen sie dich fallen und schreiben dich in Grund und Boden."

Wagner setzte an, seine Kollegen zu verteidigen. Mit einer Handbewegung hielt der Chef ihn davon ab. „Regieren in diesem Land ist die Quadratur des Kreises. Deutschlands fette Jahre sind vorbei, die Chinesen haben uns den Rang als Exportweltmeister abgelaufen, die Inder und Brasilianer stehen in den Startlöchern. Sie werden uns bald überholen. Die Zukunft gehört Männern wie Milner. Kriminellen Geschäftemachern, die ihr schmutziges Geld in die Hand nehmen und sich überall einkaufen. Und wir können nichts dagegen tun."

Wagner dachte: Doch ihr könntet, wenn ihr euch nicht wegducken, sondern den Problemen ins Augen sehen und sie beherzt anpacken würdet. Aber würden die Wähler das goutieren? Vermutlich nicht.

Der Ministerpräsident drehte sich suchend um und rief: „Die Rechnung, bitte. Heute zahle ich bar." Der Oberkellner quittierte das Trinkgeld mit einem verkniffenen Lächeln, für ein Dankeschön reichten zehn Euro nicht. Nicht in diesem vornehmen Restaurant mit Kochmütze.

Im Dienstwagen auf der Fahrt ins Büro schob der Regierungschef eine Erklärung für den geplanten Rückzug nach. „Selbst wenn die beiden Morde niemals aufgeklärt werden, eines haben sie erreicht. Ich bin in mich gegangen, habe mich gefragt, was, wenn es nicht deine Leute, sondern dich selbst getroffen hätte? In solchen

Momenten kommt man ins Grübeln, Wagner. Die Zeit, die mir noch bleibt, ist begrenzt. Nächstes Jahr werde ich sechzig."

Er seufzte, schaute gedankenverloren aus dem Fenster. Es hatte angefangen, zu regnen. Nachdenklich sagte er: „Ich frage mich, ob es gar nicht die fremde Schizophrene war, die alle suchen, sondern ein Wutbürger, der Heise und Niemann auf dem Gewissen hat."

Oder ein Auftragsmord, dachte Wagner. Hollmanns Warnungen hatten ihn verunsichert. Das Gefühl, beobachtet zu werden, der Golf vor seiner Haustür, die merkwürdige schwarzhaarige Frau, die latente Angst, alles war wieder präsent. Sollte er den Chef einweihen?

Der war bei einem anderen Thema angelangt. „Was den Job in der Partei angeht, er wird nicht Ihr Schaden sein, weder finanziell noch was Ihre weitere Karriere angeht. Es wird Ihnen Spaß machen, für Stein zu arbeiten. Sein Charakter mag schwierig sein, aber er ist einer der Besten, die Deutschland aufzuweisen hat: kompetent, den Kopf voller guter Ideen und er hat Mut. Nichts hat dieses Land nötiger als Politiker, die ein Kämpferherz haben. Eine Kämpfernatur ist übrigens auch die neue junge Abgeordnete aus Celle. Wie heißt sie noch gleich?"

Wagner hatte den Namen präsent. „Marion Klaßen." Eine smarte Frau, Anfang dreißig, intelligent, attraktiv und mit Schneid. Er mochte sie, nicht nur als Politikerin, auch als Frau – oder eher in umgekehrter Reihenfolge, erst als Frau, dann als Politikerin.

„Gefällt mir, die Dame", sagte der Ministerpräsident in seine Gedanken hinein. „Sie unterscheidet sich wohltuend von der humorlosen Riege um die Quoten-Peters herum. Ich hoffe, dass sie …"

Der Klingelton des Handys unterbrach ihn. Siegbert Meyer, der die Vertretung von Frau König übernommen hatte, bat um Vorgaben für die Neujahrsansprache. Das dritte Programm würde sie übertragen. Der Ministerpräsident gab Stichworte. Niedersachsen sei hervorragend aufgestellt, die Perspektiven für das Land so gut wie nie, die Auftragslage bestens, mit steigenden Exporten und sinkenden Arbeitslosenzahlen sei zu rechnen. Die Finanzkrise werde der Bundeskanzler in den Griff bekommen. Daran habe er nicht den geringsten Zweifel. „Schreiben Sie: Alles im grünen Bereich, dank der hervorragenden Politik der Landesregierung. Und vergessen Sie nicht, die beiden Todesfälle zu erwähnen und wie schmerzvoll sie für mich sind."

„Auch darauf freue ich mich, den Menschen keine Lügen mehr auftischen zu müssen", sagte der Ministerpräsident, als er das Telefonat beendet hatte.

71

Sie ging in die Küche, das erste Mal seit Tagen verspürte sie Appetit. Endlich schien die lästige Grippe überwunden zu sein. Während sie ein Marmeladenbrot aß, studierte sie die Zeitung. Auf Seite drei ein Bild von ihm. Er stand neben dem Ministerpräsidenten und zwei weiteren Männern. Ein Bericht über die Weihnachtsfeier des Baugewerbeverbandes.

Gestern Abend war er in Begleitung des mageren Journalisten weggegangen. Sie hatte bis Mitternacht vor seinem Haus ausgeharrt und auf seine Rückkehr gewartet. Vergeblich. Nach der Grippe, die sie eine Woche ans Bett gefesselt hatte, ein weiterer Rückschlag. Aufmerksam musterte sie sein Gesicht. Michael hatte ihn sympathisch gefunden. Sie konnte das verstehen. Wagners Lächeln war ansteckend.

Ihre Gedanken wanderten zurück in die Vergangenheit. Das erste Mal, als die Außerirdischen Kontakt mit ihr aufgenommen hatten, war sie siebzehn gewesen. In den Wochen zuvor hatte sie sich nicht gut gefühlt, war müde und niedergeschlagen. An diesem Vormittag war eine eigenartige Unruhe dazugekommen. Sie konnte einfach nicht still sitzen. Die Lehrerin hatte sie mehrmals vergeblich ermahnt, den Unterricht nicht durch Zappeln zu stören. Plötzlich stand eine Person unmittelbar hinter ihrer Lehrerin und schnitt Grimassen. Schlimmer noch war, dass diese Person Gedanken lesen konnte und all das unflätige Zeug aussprach, das im Kopf der Lehrerin herumspukte. Es waren beleidigende, kränkende Worte. Das konnte sie sich nicht bieten lassen. Sie war aufgestanden, auf die Lehrerin zuge-

gangen und hatte ihr eine Ohrfeige verpasst, so kräftig, dass die Lehrerin umknickte und auf den Boden fiel. Kurz darauf war der Krankenwagen gekommen.

Die Diagnose war schnell gefunden. Paranoid halluzinatorische Schizophrenie. Als sie Monate später aus der Klinik entlassen wurde, war sie achtzehn und galt als therapiert. Das Abitur hatte sie nicht mehr gemacht, aber immerhin eine Ausbildung zur Verwaltungsangestellten. Dann hatte sie Michael kennengelernt und alles hatte sich zum Besseren gewendet. Die Krankheit schien endgültig überwunden. Nach der Fehlgeburt waren die Stimmen jedoch zurückgekommen. Da war sie Ende zwanzig gewesen. Michael hatte sie täglich in der Klinik besucht. Nach fünf Monaten war sie entlassen worden. Auch dieses Mal war sie überzeugt gewesen, endgültig gesund zu sein.

Doch dann, vor drei Jahren, kamen die Stimmen plötzlich zurück. Beim Abendessen stand jemand hinter Michael. „Er liebt dich nicht mehr, traut sich nur nicht, dir das zu sagen“, sagte die Stimme. „Sieh dich doch an. Glaubst du wirklich, dass jemand wie du attraktiv ist? Nicht einmal Kinder hast du ihm geschenkt. Du bist zu nichts nutze und er hat längst eine Neue. Eine, die ihm Kinder schenken wird.“

„Hau ab, lass mich in Ruhe“, hatte sie die Person angeschrien. Michael war leichenblass geworden, für sie ein Schuldeingeständnis. Da war sie auf ihn losgegangen. Wenig später war er tot.

Als sie das letzte Mal aus der Klinik entlassen worden war, war ihr klar geworden, dass sie die ganze Zeit einem Irrtum aufgesessen hatte. Nicht sie war krank, es waren die anderen, die krank waren. Die Stimmen existierten und natürlich gab es außerirdische Wesen. Das Weltall war riesig, die Erde nur ein winzig kleiner Planet unter Millionen anderen Planeten. Wie konnten die Menschen annehmen, die Einzigen zu sein? Wie konnten sie so arrogant und blind sein?

Sie richtete ihre Konzentration wieder auf das Bild in der aufgeschlagenen Zeitung vor sich. „Du wirst den anderen noch heute Abend folgen", sagte sie zu dem Foto.

72

„Na, schöne Frau, war der gestrige Abend nicht in Ihrem Sinn, oder weshalb sind Sie so schnell verschwunden?"

Verena fühlte sich wie ein ausgenommener Hering. Stollmanns dröhnende Fröhlichkeit war ihr an diesem Vormittag lästig. Es hatte sie Mühe gekostet, überhaupt aufzustehen und ins Büro zu fahren. Jetzt blätterte sie lustlos in der noch immer ungelesenen Akte auf ihrem Schreibtisch.

„Ich war müde."

„Dein scharfer Fummel und die neue Frisur, echt klasse. Auf mich hast du einen munteren Eindruck gemacht."

Sie nahm ihren Kopf hoch und schaute ihn missbilligend an. Das zerknitterte Gesicht, das er ihr entgegenhielt, ließ ihn eher wie sechzig als wie fünfzig aussehen. Der gute Stolli wurde älter, wie sie selbst. „Was willst du nun wirklich, ich muss arbeiten."

„Mein Gott, sind wir schlecht drauf heute. Aber vielleicht bessert sich deine Laune, wenn ich dir sage, was ich vor fünf Minuten erfahren habe."

Sie antwortete nicht. Ihr Blick war skeptisch. Gute Nachrichten hatten in letzter Zeit den Seltenheitswert eines Goldfundes in der niedersächsischen Tiefebene.

„Unser Freund Gregor Mahow, der Gespiele unserer sexlüsternen Ministerialbeamtin, dient nicht nur einem Herrn. Er steht auf der Gehaltsliste eines gewissen Boris Milner. Und nun halt dich fest: Milner ist einer der ganz

Großen, er soll mehrere Milliarden schwer sein. Er gehört zu der Clique ehemaliger KGB-Männer, die der Zusammenbruch der GUS-Staaten nach oben gespült hat. Du erinnerst dich an die verschwundenen Milliarden, die Deutschland damals zahlen musste. In den Neunzigern soll er eine der brutalsten Mafiaorganisationen in Petersburg geleitet haben. Später ist er ins Energiegeschäft eingestiegen und gibt jetzt den seriösen Geschäftsmann. Er hat einen Zweitwohnsitz in Potsdam und ein Büro in Berlin."

„Und woher weißt du das alles?"

Stollmann setzte sich ihr gegenüber und schaute sich suchend um. „Kein Kaffee heute Morgen?"

„Er ist alle, wolltest du nicht neuen kaufen?"

Stollmann überhörte die Frage. „Ich habe dir doch von meiner Bekannten beim BKA erzählt. Du erinnerst dich, die ich letztes Jahr auf dem Fortbildungsseminar kennengelernt habe. Sie hat von dem Überfall auf Britta König gelesen und mich angerufen. Mahow gehört zu Milners Leuten."

Verena schob die Akte beiseite. „Hast du nicht eine Metamorphose erwähnt und dass er jetzt auf seriösen Geschäftsmann macht?"

„Vermutlich hat er noch immer Dreck am Stecken. Einmal Dreck, immer Dreck. Obwohl er sich hierzulande die Finger bislang angeblich nicht schmutzig gemacht hat. Das BKA hat trotzdem ein Auge auf ihn geworfen. Milner ist ganz groß in Deutschland eingestiegen. Sein Schwerpunkt ist Niedersachsen. Gegen vier Milliarden schmutziges Geld können deutsche Geschäftsleute nicht anstinken. Der Mittelstand schon gar nicht. Was der Kerl haben will, reißt er sich unter den Nagel. Und das war in letzter Zeit eine ganze Menge. Ihm gehören inzwischen etliche norddeutsche Unternehmen, eine Reederei, zwei Werften, Fischereibetriebe, Hühnerfarmen, Zuliefererbetriebe, einmal quer durch den Gemüsegarten der niedersächsischen Wirtschaft sozusagen. Nur gut, dass es das VW-Gesetz gibt, sonst würde er sich den größten Automobilkonzern Europas auch noch unter den Nagel reißen. Mag man sich gar nicht vorstellen, was das für Folgen hätte. Mehrere hunderttausend Arbeitsplätze von einem Oberganoven abhängig?"

„Soweit mir bekannt ist, will die EU das Gesetz zu Fall bringen. Aber das ist nicht unsere Baustelle, Stolli. Sag mir lieber, was Mahow für Milner macht?"

„Jedenfalls keine seriösen Geschäfte. Dafür engagiert Milner die besten Wirtschaftsberater und Fachanwälte, die der deutsche Markt zu bieten hat. Als Meister Propper wird Mahow sich nicht betätigen. Ich schlage vor, wir fragen ihn. Es könnte doch sein, dass er auf Britta König angesetzt wurde. Was in den deutschen Regierungszentralen ausgeheckt wird, interessiert Milner vermutlich brennend. Wissen wir, ob die ehemaligen KGB-Muftis nicht einen Umsturz planen?"

„Du spinnst doch."

„Sei dir da mal nicht so sicher. Nicht wenige von denen sind bis oben voll mit Rachegefühlen auf den westlichen Kapitalismus."

„Stolli, bleib auf dem Boden. Es geht um Mahow, nicht um Milner."

„Genau. Er hat ausgesagt, Britta König zufällig in einem Fitnessclub kennengelernt zu haben. Vielleicht war es nicht Vater Zufall, der die beiden zusammengeführt hat, sondern sorgfältig geplantes Kalkül. Ist doch möglich, dass er den Zuträger für Milner spielt“, mutmaßte ihr Kollege.

„Selbst wenn, du glaubst doch nicht, dass du ein Wort aus ihm herausbekommst. Lieber einige Jahre deutsches Gefängnis als Verrat an einem Kaliber wie diesem milliardenschweren – wie nanntest du ihn gleich?“

„KGB-Mufti.“ Stollmann erhob sich. „Ich versuche es trotzdem, ich fahre zu ihm. Vielleicht freut er sich ja über etwas Abwechslung in seiner muffigen Zelle.“

Auch Verena stand auf. „Wenn du meinst, aber erst nach der Sitzung der Soko. Es ist nämlich die letzte Sitzung in diesem Jahr, und da möchte ich dich dabeihaben.“

73

„Und du meinst, dass Frau König nicht wieder auf die Beine kommt?“ Baumgart schwenkte das Glas mit dem Kognak sachte hin und her, um ihn dann mit einem Schluck herunterzustürzen.

Der andere verzog angewidert sein Gesicht. Wie konnte man ein solches Gesöff nur trinken? „Ich meine es nicht, ich weiß es“, sagte er. „Albi hat es mir erzählt. Und der steht in engem Kontakt zur Staatskanzlei. Sie wird vermutlich nie wieder sprechen können. An arbeiten ist nicht zu denken.“ Seine Stimme klang emotionslos.

„Ist ja furchtbar. Was sagt Krause dazu? Handelt es sich um denselben Täter?“

„Mit dem Innenminister habe ich vor einer halben Stunde telefoniert. Ich ahnte schon, dass du mich wie einen Schweizer Käse löchern würdest. Mahow, so heißt der Kerl, der die Ministerialrätin niedergeschlagen hat, hat mit den beiden anderen Morden nichts zu tun.“

Baumgart ließ sich nicht anmerken, dass Mahow für ihn kein Unbekannter war. Er drückte auf einen Knopf, der für andere nicht sichtbar unter dem Besuchertisch in seinem Büro angebracht war. Sekunden später erschien seine Sekretärin. „Einen Cappuccino für mich. Du auch einen?“

Der Politiker lehnte ab. Vor ihm lag einer dieser grässlichen Tage, an denen eine Marathonsitzung der nächsten folgte. Er würde kannenweise Kaffee trinken müssen, um die eintönigen Sitzungen durchzustehen.

Der Unternehmer warf ihm einen prüfenden Blick zu. „Ich hatte vor, dich zu bitten, Frau König zu kontaktieren. Alles, was ich über sie gehört habe, sprach für sie. Sie hätte eine Zwillingsschwester von Heise sein können und gut in unser Team gepasst“, stellte er fest.

Der Politiker lachte. Das verkniffene Lachen erreichte seine Augen nicht. „Die beiden haben sich gehasst. Ehrlich gesagt war ich bislang der Meinung, dass sie ihn abgeknallt hat. Sei es drum, die Dame ist außer Gefecht gesetzt. Du musst dir einen anderen Informanten suchen.“

Baumgart zog die Augenbrauen hoch. Seine Art, seinem Gegenüber sein Missfallen zu bekunden. „Soweit ich mich erinnere, wolltest du dich darum kümmern.“

Der Politiker unterdrückte nur mit Mühe seine Verärgerung. Wenn er nicht so dringend auf das Geld von dem Scheißkerl angewiesen wäre, würde er jetzt aufstehen und gehen. „So etwas braucht Zeit. Ich kann keinen willfährigen Beamten der Führungsebene aus dem Ärmel schütteln.“

Die Tür öffnete sich und das gewünschte Getränk wurde serviert, eine willkommene Unterbrechung, um die erhitzten Gemüter zu beruhigen.

Während Baumgart den Cappuccino schlürfte, verschränkte der Politiker die Arme vor seinem Körper und setzte sich weit auf dem Sofa zurück. Alle Signale standen auf Ablehnung. Baumgart beeindruckte das nicht im Geringsten. Die Rollen zwischen ihnen waren klar verteilt. Daran würde das arrogante Auftreten des Politikerschnösels nichts ändern. „Ihr geht also davon aus, dass die Mörderin eine Verrückte ist, so wie es in der Zeitung stand?“

„Sagen wir, die Polizei geht davon aus, ich habe keine Meinung. Ich bin nicht wegen der Mordfälle hier. Ich wollte mit dir über die Klinik sprechen. Wir haben eine noch bessere Immobilie gefunden als die, die wir im Auge hatten. Ein Gebäude auf einem achttausend Quadratmeter großen Gelände in der Nähe von Bad Pyrmont. Es steht seit Jahren leer. Leider hat der Verkäufer mitbekommen, dass wir scharf auf den alten Kasten sind. Das hat den Preis in die Höhe getrieben.“

„Wie viel?“

„Zweieinhalb Mille.“

„Der spinnt wohl. Wenn das Gebäude seit Jahren leer steht, wird der Renovierungsbedarf gigantisch sein.“

„Stimmt, aber die Lage ist optimal, fünf Kilometer außerhalb von Bad Pyrmont, mitten im Wald.“

„Sprich mit dem Eigentümer. Biete ihm zwei Mille an und sag ihm, dass das unser letztes Wort ist.“

Der Politiker erhob sich. „Er wird das vermutlich schlucken. Ihm steht das Wasser bis zum Hals, Spekulationen mit Zertifikaten. Er braucht das Geld.“

Auch Baumgart erhob sich, um seinen Besucher zur Tür zu bringen. „Umso besser, dann zieh die Sache durch. Sobald du Klarheit hast, ruf mich an, damit ich meinen Partner informieren kann. Er wird sich um den Kaufvertrag kümmern. Ein Anwalt in Berlin wird das Ganze abwickeln. Übrigens, was macht die Kleingartenkolonie in Ricklingen? Du weißt, wie sehr mir das Bauvorhaben am Herzen liegt.“

„Da kann ich momentan nichts machen. Wir müssen den Landesparteitag Ende Januar in Braunschweig abwarten. Dann wird der Spitzenkandidat gekürt und wir sehen weiter."

„Du gehst nach wie vor davon aus, dass der Ministerpräsident nicht mehr antreten wird?"

„Der neue Regierungschef wird Alfred Bitter heißen. Der Ministerpräsident hat keinen Bock mehr. Für mich erleichtert das vieles. Zwischen Albi und mir passt kein Blatt Papier." Der Politiker lächelte versonnen. Er hatte längst von dem Gerücht um den bevorstehenden Rückzug des amtierenden Regierungschefs gehört, auch dass ein Newcomer namens Uwe Stein sich warmlief. Sein Besucher schaute auf seine mit Brillanten besetzte Armbanduhr. „Ich muss dringend in den Landtag", stellte er fest und stand auf. Eine hastiger Abschied und weg war er.

Wieder allein gelassen nippte Baumgart nachdenklich an dem inzwischen kalt gewordenen Cappuccino. Die Legende, die über Mahows Motive verbreitet wurde, entsprach nicht der Wahrheit. Eifersucht, Liebeskummer, so ein Schwachsinn! Milners Männer für die Drecksarbeit kannten keine Gefühle. Sie waren brutal und eisenhart.

Für ihn stand fest, dass der Russe seinen Adlatus fürs Grobe auf die Beamtin angesetzt hatte. Und als sie im Auftrag der Landesregierung hinter ihm her geschnüffelt hat, hat er sie niederschlagen lassen. Genau so und nicht anders war Boris Milner gestrickt.

74

Die Soko Heise war dezimiert. Einige Beamte waren neu an Grippe erkrankt, andere befanden sich bereits im Weihnachtsurlaub. Der verbliebene Rest machte einen lustlosen Eindruck. Nachwirkungen der Weihnachtsfeier, die erst gegen drei Uhr nachts ein Ende gefunden hatte. Selbst Assistentin Schramm wirkte ausnahmsweise nicht taufrisch, was Verena mit Genugtuung erfüllte.

Inga, die den muntersten Eindruck in der müden Truppe machte, referierte die abschließenden Ergebnisse der kriminaltechnischen Analyse im Mordfall Niemann. Zuletzt waren doch noch DNA-Spuren sichergestellt worden, die mit DNA-Spuren an Heises Jackett übereinstimmten. Der schlechtere Teil ihres Berichts war, dass diese definitiv nicht von Gesine Terberg stammten. Ein älterer Beamter, der wiederholt ungeniert gähnte, fasste die Ergebnisse der Gespräche mit Niemanns Nachbarn und Freunden zusammen. Anhaltspunkte auf die potenzielle Täterin gaben sie nicht her. Die Beamtin, die Niemanns Notebook und Telefonverzeichnisse noch einmal gründlich gecheckt hatte, hatte ebenfalls nichts Aufschlussreiches zu vermelden.

Nach einer Stunde erklärte Verena zur Erleichterung der abgeschlafften Versammlung die letzte Sitzung der Soko Heise in diesem Jahr für beendet. Ab dem frühen Nachmittag würden die meisten Polizeibeamten ihren Weihnachtsurlaub antreten. Zwischen den Feiertagen würde nur eine Notbesetzung des LKA an Bord sein.

Verena selbst würde arbeiten. Auch ihre Assistentin würde auf Urlaub verzichten. Der Beamte Kleinsorge, ein Mann, der die Arbeit nicht erfunden hatte, hatte sich daraufhin ebenfalls dienstbereit gemeldet.

Wieder in ihrem Büro entdeckte Verena auf ihrem Schreibtisch eine Weihnachtskarte. Das Niedersachsenross mit Nikolausmütze und einem Adventskranz um den Hals sprang ihr entgegen. Darunter die Aufschrift „Frohe Weihnachten aus dem schönen Niedersachsen". Auf der Rückseite hatte Bernd Wagner unterschrieben. Sie beförderte die Karte in den Papierkorb. Für nichtssagende Weihnachtskarten hatte sie noch nie etwas übriggehabt.

Dann machte sie sich über ihre Maileingänge her. Die Weihnachtsgrüße von Kollegen aus anderen Abteilungen und Dezernaten löschte sie. Inzwischen war es halb vier geworden und draußen bereits dunkel. Verena hätte am liebsten alles stehen und liegen lassen. Heiligabend stand vor der Tür und ihre Einkäufe waren noch nicht erledigt. Auch der Butterstollen aus der Kakaostube musste noch abgeholt werden. Ihr Blick fiel auf die noch immer ungelesene Akte der Polizeidienststelle Laatzen. Sie verspürte nicht die geringste Lust, sich an die Lektüre zu machen. Ihr Pflichtbewusstsein obsiegte.

Spannend versprach die Lektüre nicht zu werden. Michael Schneider, Oberamtsrat in der Staatskanzlei, war vor knapp drei Jahren an einem kalten Januarmorgen in der Nähe des Leine-Einkaufzentrums in Laatzen zwischen zwei Straßenbahnwaggons geraten und tödlich verletzt worden. Wie er zwischen die Waggons gekommen war, ob es sich um einen tragischen Unfall handelte oder um Selbstmord, konnte laut Polizeibericht nicht geklärt werden.

Der Verunglückte war mit der Verwaltungsangestellten Maria Schneider verheiratet. Auch sie war berufstätig, Kinder hatten sie keine. Lustlos setzte Verena die Lektüre fort, ihre Gedanken schweiften immer wieder ab. Zu den bevorstehenden Weihnachtstagen und zu ihrer Mutter, für die ein Heimplatz gesucht werden musste. Und obwohl sie an ihn nicht denken wollte, ertappte sie sich immer wieder dabei, wie Ritters Gesicht vor ihren Augen erschien. Dann stolperte sie über einen Satz, genau genommen einen Halbsatz. Sie stutzte, las den Satz zweimal, dann dreimal. Nach dem vierten Lesen sagte sie: „Oh Gott, das ist sie!"

Ihr Herz schlug heftig und unregelmäßig, als sie mit der Akte unterm Arm in Stollmanns Büro stürmte. Vielleicht war er noch nicht unterwegs zu Mahow. Auf dem Flur wäre sie um ein Haar mit ihrer Mitarbeiterin zusammengestoßen „Ich wollte gerade zu Ihnen, mich verabschieden und frohe Weihnachten wünschen", sagte Frau Schramm.

„Das kannst du vergessen, das Verabschieden meine ich. Am besten, du kommst gleich mit." Ohne auf den bestürzten Gesichtsausdruck ihrer Mitarbeiterin zu achten, stürmte Verena voraus. Sie hatte Glück. Stollmann war noch nicht ins Untersuchungsgefängnis aufgebrochen. Er telefonierte, beide Beine vor sich auf den Schreibtisch gestreckt, den Schreibtischstuhl weit zurückgelehnt. Den Wortfetzen entnahm sie, dass es um eine Verabredung zu einem Tennisspiel zwischen den Feiertagen ging. Verena bedeutete ihm mit einer ungeduldigen Geste aufzuhören. Er tat ihr den Gefallen.

„Was liegt denn an? Du wirkst aufgeregt."

„Das bin ich auch." Verena reichte ihm die Akte. „Hier, lies selbst. Achte auf die gelb markierte Stelle."

Er ließ sich Zeit, las die markierte Zeile mehrmals. Assistentin Schramm, die Verena gefolgt war, wippte ungeduldig mit den Füßen auf und ab. Dann pfiff Stollmann durch die Zähne. „Verdammt, warum haben wir die Akte erst jetzt bekommen?"

„Haben wir nicht. Sie liegt seit Tagen auf meinem Schreibtisch, ich bin nur noch dazugekommen, sie zu lesen. Du glaubst also auch, dass sie es ist?"

Stollmann setzte ein ernstes Gesicht auf. „Glauben trifft es nicht. Ich bin felsenfest überzeugt. Endlich der Durchbruch!"

Frau Schramm stand mit erstaunten Augen neben ihnen. „Kann mir irgendjemand sagen, worum es geht? Ich verstehe nur Bahnhof."

Verena gab die gewünschte Auskunft. „Wir halten Maria Schneider für tatverdächtig. Sie lebt allein, ist geisteskrank und hat Verbindungen zur Staatskanzlei. Ihr Mann war Beamter der Staatskanzlei. Vor drei Jahren ist er tödlich verunglückt, vermutlich Selbstmord. Er sollte gegen seinen Willen versetzt werden. In der Akte ist von Stade die Rede. Der damals für den Unfall zuständige Dienststellenleiter war im Urlaub, weit weg von Deutschland, genauer gesagt in der Kapstadtregion. Nach seiner

Rückkehr hat er von den Staatskanzleimorden erfahren und uns die Akte geschickt. Es war grob fahrlässig von mir, sie tagelang liegen zu lassen."

„Unsinn", knurrte Stollmann. „Der Kerl hätte ja auch mal anrufen können. Eine Mail an uns hätte es auch getan. Stattdessen schickt er kommentarlos die Akte. Das kommt davon, wenn man Polizeibeamte mit Verwaltungskram überschüttet."

Verena warf einen Blick auf ihre Armbanduhr. „Noch haben wir eine realistische Chance, die Ministerialbeamten am Arbeitsplatz anzutreffen. Aber wir müssen uns sputen. Ich werde jetzt umgehend in die Staatskanzlei fahren und mit dem Personalratsvorsitzenden reden. Ballauf weiß am ehesten, was damals passiert ist."

An ihre Assistentin gewandt fügte sie hinzu: „Ruf gleich mal dort an und gib Bescheid, dass ich dringend mit ihm sprechen muss. Und du, Stolli, könntest in die Medizinische Hochschule fahren und mit dem Leiter der Psychiatrie sprechen. Dorthin ist sie nach dem Unfall eingewiesen worden."

Als ihre Mitarbeiterin gehen wollte, hielt Verena sie zurück. „Wenn du mit Ballauf gesprochen hast, setz dich bitte mit dem Ordnungsamt in Verbindung. Das Übliche: Kopie des Ausweises, Adresse, Autokennzeichen und so weiter. Danach nimm mit dem Personalbüro der Region Hannover Kontakt auf. Dort ist sie beschäftigt. Und bitte Kleinsorge, mit der Krankenkasse von Maria Schneider zu sprechen. Er müsste noch da sein, ist mir vorhin über den Weg gelaufen. Mich interessiert vor allem, wann und wie oft sie krank war. Ich möchte Daten über eventuelle Klinikaufenthalte bekommen."

Ohne ihre Kollegen weiter zu beachten, griff sie nach ihrer Handtasche und stürmte aus dem Büro.

75

Auch Ballauf hatte es erwischt. Er schniefte und hustete erbärmlich. Seine Aktentasche war bereits gepackt, sein Schreibtisch aufgeräumt. Alle Zeichen standen auf Aufbruch in den Weihnachtsurlaub. Er war nicht erfreut, die Polizeibeamtin zu sehen. An Michael Schneider konnte er sich auf Anhieb erinnern. „Ein netter Kollege, etwas schüchtern und nicht besonders kommunikativ, aber fachlich versiert. Er war für Haushaltsangelegenheiten in der Politischen Abteilung zuständig."

„Wenn er so kompetent war, wie Sie sagen, weshalb sollte er dann versetzt werden? Und ausgerechnet an ein Straßenbauamt in Stade. Aus der Staatskanzlei in eine nachgeordnete Behörde, das hört sich nicht nach Belobigung an."

Ballauf nieste lautstark, holte ein Taschentuch hervor und putzte sich ausgiebig die Nase. „Mist, ausgerechnet einen Tag vor Heiligabend erwischt es mich. Das war damals eine schwierige Kiste. Sehr heikel und für mich nicht einfach. Schneider hatte sich mit Heise überworfen. Heise saß am längeren Hebel und hatte die Hausspitze hinter sich. Ich habe versucht zu vermitteln, aber da war leider nichts zu machen. Sich mit Heise anzulegen, war das Gegenteil von klug. Er konnte verdammt nachtragend sein. Es ging um irgendwelche Haushaltszahlen. Schneider wollte Anweisungen von Heise nicht umsetzen. Er behauptete, das verstoße gegen den Grundsatz der Haushaltswahrheit. Das hat Heise sich nicht bieten lassen."

Erneutes Niesen unterbrach ihn. Unwillkürlich rückte Verena ein Stück von ihm weg.

„Heise war der Herrscher aller Reußen", fuhr er fort. „Gebote wie Haushaltswahrheit gingen ihm am Allerwertesten ab. An dem konnte sich der Landesrechnungshof die Zähne ausbeißen. Der Ministerpräsident hat ihm blind vertraut und ihm mehr als einmal sogar den Rücken gestärkt. Haders und Niemann, die ihm aus ihrer Position heraus hätten Paroli bieten können, haben sich herausgehalten, wenn es brenzlig wurde."

„Und was war Ihr Part in der Sache?", wollte Verena wissen.

Ballauf wurde von einer Hustenattacke geschüttelt. „Schneider hatte mich um Unterstützung gebeten. Seine Frau war krank, nicht körperlich, sondern im Kopf. Sie hat Stimmen gehört. Sie ist als junges Mädchen an Schizophrenie erkrankt, später hatte sie einen Rückfall. Dann ist jahrelang alles gut gegangen. Sie konnte sogar einer Arbeit nachgehen. Als der Ärger mit seiner drohenden Strafversetzung hochkochte, hatte sie einen erneuten Rückfall. Zuletzt hat sie sogar ihren Mann bedroht. Mein Kollege war damals völlig fertig. Ich habe Niemann eingeschaltet. Der Mann war gestraft genug, eine Strafversetzung obendrauf fand ich nicht gerecht. Niemann konnte nichts machen, das hat er zumindest behauptet."

„Wieso konnte er nichts machen? Er war Chef der Personalabteilung."

„Das wohl, aber …"

Erneutes Naseputzen, dann fuhr er fort: „Niemann hat die Auseinandersetzung mit Heise gescheut wie der

Teufel das Weihwasser. Schneider hat sich dann an Wagner gewandt. Es gab eine Vakanz in der Pressestelle. Der Regierungssprecher hatte die Stelle jedoch einer jungen Beamtin aus der Landtagsverwaltung versprochen. Wie ich bereits sagte, es war nichts mehr zu machen. Und kurz darauf passierte das Unglück. Es war von Selbstmord die Rede. Ich habe mich damals gefragt, ob seine Frau vielleicht mit dem Unfall zu tun hatte. Immerhin hatte sie ihn kurz zuvor angegriffen. Dann hat die Polizei Selbstmord attestiert und meine Zweifel ausgeräumt.

„Ich frage mich, Herr Ballauf, weshalb ich das erst jetzt erfahre. Ich habe immer wieder nach Auffälligkeiten in den letzten Jahren gefragt, auch nach ehemaligen Mitarbeitern, die einen Groll gegen die Staatskanzlei hegen. Seine Frau hat damals ausgesagt, dass er verzweifelt war. Kurz darauf ist sie zusammengebrochen und in eine Klinik eingewiesen worden. Das haben Sie doch sicher gewusst." Es kostete Verena Mühe, ihre Verärgerung zu unterdrücken.

Ihr Gegenüber sah sie mit großen, entzündeten Augen an. „Was hat das mit den Mordfällen zu tun? Schneider ist fast drei Jahre tot. Sie glauben doch nicht im Ernst, dass seine Frau sich nach so langer Zeit rächt? Das hätte sie doch viel früher haben können."

„Was verstehen Sie davon, Herr Ballauf? Sind Sie Psychiater? Hätten Sie mich gleich nach dem ersten Mord über das Unglück damals informiert, wer weiß, vielleicht wäre alles anders gekommen und Niemann würde noch leben."

Ballauf lief rot an, sprang von seinem Schreibtischsessel hoch, wobei sein dicker Bauch gegen die Tischplatte knallte. Genervt ließ er sich wieder fallen. „Sie wissen doch überhaupt noch nicht, ob Frau Schneider die Mörderin ist. Das sind alles nur Spekulationen. Und überhaupt: Der Vorfall liegt lange zurück. Wenn die Witwe wirklich auf Rache aus war, was Sie offenbar unterstellen, hätte sie nicht so lange gewartet."

„Ich wiederhole mich: Sie sind kein Psychiater. Was wissen Sie über Schizophrenie? Vielleicht hat sie die letzten Jahre in einer Klinik verbracht. Wir stellen das gerade fest. Ich bleibe dabei: Sie hätten mich informieren müssen. Weshalb haben Sie geschwiegen? Wollten Sie, dass die Angelegenheit im Verborgenen bleibt? Der Selbstmord eines verzweifelten Beamten, dem kurz zuvor eine Strafversetzung angedroht worden ist, tut dem Ansehen der Staatskanzlei in der Öffentlichkeit nicht gut. Und so viel habe ich in den letzten Wochen gelernt, das Image ist wichtiger als alles andere für die Behörde eines Regierungschefs." Der Personalratsvorsitzende schwieg, fischte erneut sein Taschentuch hervor und wischte sich damit über die Stirn. Verena zuckte zusammen. Von Hygiene hielt er augenscheinlich nicht viel.

„Sie glauben ernsthaft, Maria Schneider ist die Täterin? Warum nehmen Sie sie nicht fest, wenn Sie sie für eine Mörderin halten?"

Verena erhob sich. Ihre Stimme klang frostig. „Wir könnten viel weiter sein, wenn Sie alle miteinander nicht die Ahnungslosen gespielt hätten."

„Herr Gott, ich habe den Vorfall nicht für wichtig gehalten. Wie Sie selbst festgestellt haben, liegt der Unfall drei Jahre zurück. Ich räume ein, dass Niemann mich damals gebeten hat, den Mund über die Vorkommnisse zu halten. Es sollte nicht nach außen dringen, dass eine Strafversetzung im Raume stand. Die Medien hätten das gleich wieder hochgekocht und einen Zusammenhang mit dem Selbstmord hergestellt. Nur ein kleiner Kreis war eingeweiht, der innere Zirkel um den Ministerpräsidenten, der Staatssekretär, Heise, Niemann, Wagner und ich."

Ballaufs Worte waren kaum noch verständlich, so sehr krächzte seine Stimme.

„Und Sie alle miteinander haben geschwiegen. Ich nenne das organisierte Verantwortungslosigkeit." Verena wandte sich zur Tür. „Wir sprechen uns noch. Übrigens: Frohe Weihnachten, Herr Ballauf."

Statt einer Antwort kamen nur unverständliche Laute aus seinem Mund, bevor ihn eine neue Hustenattacke schüttelte.

76

Auf dem Weg in Wagners Büro lief ihr Gesine Terberg über den Weg. Zu Verenas Überraschung blieb sie stehen und erzählte ungefragt, dass sie nun doch in Hannover bleibe. Ihr Anwalt hatte sich durchgesetzt. Die Versetzung nach Oldenburg war abgewendet worden, stattdessen würde sie in das in Sichtweite der Staatskanzlei untergebrachte Landesamt für Bezüge gehen. Zum ersten Mal machte sie einen halbwegs zufriedenen Eindruck. Als sie Verena frohe Weihnachten wünschte, huschte sogar ein verstecktes Lächeln über ihre Lippen. Im Vorzimmer des Pressesprechers erwartete sie eine Überraschung. Erst auf den zweiten Blick erkannte sie, dass die „neue" Sekretärin die alte war. Es war die Perücke mit den grellroten langen Haaren, die sie fremd aussehen ließ.

Wagner war nicht in seinem Büro. Er hatte sich vor zwei Stunden verabschiedet, um Weihnachtsgeschenke einzukaufen. Wie jedes Jahr auf den letzten Drücker. Nicht, dass sie ihren Chef in den letzten Wochen nicht immer wieder erinnert hätte. Aber in diesen Dingen sei er ziemlich nachlässig.

„Ich muss ihn sprechen, jetzt sofort. Geben Sie mir seine Handynummer", forderte Verena sie auf.

Ein skeptischer Blick traf sie. „Wenn Sie meinen, aber Sie werden ihn nicht erreichen. Der Ministerpräsident ist in den Weihnachtsurlaub aufgebrochen. Für meinen Chef heißt das Entwarnung. Er muss nicht mehr rund um die

Uhr erreichbar sein. Er genießt solche Phasen und will dann für niemanden zu sprechen sein."

Wagners Mitarbeiterin sollte recht behalten, am anderen Ende meldete sich nur die Mailbox. Verena notierte sich die Nummer auf einen Zettel. Sie hinterließ eine Nachricht für ihn. Dann wandte sie sich erneut der Sekretärin zu. „Herr Wagner ist in Gefahr. Sagen Sie ihm, dass er sich sofort bei mir melden soll, wenn er zurückkommt." Die rote Perücke rutschte bedenklich zur linken Seite, als Wagners Mitarbeiterin sich die Haare raufte. „Um Himmels Willen: Unser Chef in Gefahr? Glauben Sie etwa, dass der Beamtenkiller hinter ihm her ist?"

„Ich kann es nicht ausschließen. Es geht um eine zurückliegende Strafversetzung, in die neben Heise und Niemann auch Herr Wagner involviert war. Deshalb ist es wichtig, dass wir ihn so schnell wie möglich finden. Dass er ins Büro zurückkommt, ist sicher?"

„Eine Strafversetzung? Davon weiß ich nichts. Worum geht es denn genau?

„Später. Beantworten Sie meine Frage."

„Ich kann es nicht sagen. Im Moment ist bei ihm gar nichts sicher. Seit drei Tagen ist er wie verwandelt, checkt alle paar Minuten sein Handy, ob SMS eingegangen sind, führt säuselnde Gespräche und grinst einfältig vor sich hin. So habe ich ihn noch nie erlebt. Gestern Nachmittag musste ich 25 rote Rosen bestellen für eine Monika … Äh, den Nachnamen habe ich vergessen. Es scheint ihn schwer erwischt zu haben. Hoffentlich dieses Mal was

Dauerhaftes. Wenn Sie mich fragen, wird es Zeit, dass er sich bindet. Mit Mitte dreißig ….“

Verena ging dazwischen. Das Liebesleben des Pressesprechers interessierte sie nicht. „Kann es sein, dass er sich mit dieser Monika verabredet hat oder zu ihr gefahren ist?“

„Nee, die hat angerufen, kurz bevor er gegangen ist. Ich habe nur mitbekommen, wie er gesagt hat: ‚Okay, dann nach Weihnachten.‘ Er hat dabei ein Gesicht gezogen wie ein Bernhardiner, dem man den Fressnapf wegnimmt. Eigentlich wollte er noch einmal hereinkommen und seinen Schreibtisch aufräumen, bevor er in den Weihnachtsurlaub geht. Im Moment gebe ich allerdings nicht viel auf seine Worte. Er ist ziemlich durch den Wind.“

„Hoffen wir, dass er sich meldet, telefonisch oder persönlich.“

Die Sekretärin nickte. „Ich bleibe, bis er sich meldet, selbst auf die Gefahr hin, dass ich bis morgen früh warten muss. Ich habe einundsechzig Weihnachtsfeste erlebt und so Gott will werde ich noch oft Weihnachten feiern können. Aber einen so netten Chef, den bekomme ich nie wieder. Sie können sich auf mich verlassen.“

77

Monikas Absage versetzte Wagner einen Stich. Es wäre ihr letztes Treffen für fünf Tage gewesen. Morgen würden beide zu ihren Eltern fahren, er nach Wilhelmshaven, sie nach Goslar. Jetzt fragte er sich, wie er es fünf Tage ohne sie aushalten sollte. Bereits bei ihrer zweiten Verabredung waren sie sich näher gekommen. Monikas Wohnung in der Südstadt war winzig und nicht besonders geschmackvoll. Viel hatte er allerdings nicht mitbekommen. Nur ihr breites Bett mit der geblümten Bettwäsche war ihm gegenwärtig.

Für ihn gab es nicht den geringsten Zweifel, dass er mit Monika die Frau fürs Leben gefunden hatte. Eskapaden wie letzte Woche gehörten der Vergangenheit an, er würde eine Familie gründen.

Sie hatten noch nicht darüber gesprochen, dazu war alles noch zu frisch. Wenn es nach ihm ging, würden sie Kinder haben. Dem Chef würde das gefallen, betonte er doch bei jeder Gelegenheit, dass das Bildungsbürgertum mehr Kinder brauchte. Als strikter Verfechter einer konservativen Familienpolitik hielt er nichts von gleichgeschlechtlichen Ehen und Patchwork-Familien. Und in Wagners Alter hatte man nicht mehr „herumzustromern“, sondern eine Familie zu gründen. „Herumstromern kann man später immer noch, man muss nur aufpassen, dass die Frau nichts mitbekommt“, hatte der Ministerpräsident augenzwinkernd hinzugefügt.

Diesbezüglich könnte man von ihm einiges lernen. Für Wagner kam das nicht infrage, eine Spitzenfrau wie Monika betrügt man nicht. Im Kaufhaus an der Leine lief ihm sein Freund Max Hollmann über den Weg. Er irrte seit Stunden durch die Kaufhäuser, gestand er Wagner. Was sollte er seinen Eltern bloß schenken? „Die haben doch schon alles und überhaupt, Leute über siebzig haben keine Hummeln mehr im Bauch", klagte er seinem Freund sein Leid.

Wagner riet zu Nachtwäsche. Damit hatte er gute Erfahrungen gemacht. Jeder Mensch braucht Nachtwäsche, auch jenseits der siebzig. In der Wäscheabteilung hielten sie vergeblich nach einer Verkäuferin Ausschau. Nach zehn Minuten machten sie sich selbst ans Werk und suchten aus den Stapeln mit Herrenschlafanzügen zwei heraus. Weil Wagner seit Jahren nichts anderes schenkte, wusste er immerhin die Größe. Hollmann war unsicher und entschied sich für eine Nummer kleiner, weil sein Vater schlank war, was man von Wagners Vater nicht sagen konnte. Bei den Nachthemden war es umgekehrt. Dieses Mal wählte Hollmann gleich zwei Nummern größer. Dann reihten sie sich in die lange Schlange vor der Kasse ein. Auf den Schultern der Kassiererin lastete das Elend der ganzen Welt. Zumindest ließ ihr gequälter Gesichtsausdruck darauf schließen.

„Warum hat man in dieser Stadt immer das Gefühl, sich bei den Verkäufern entschuldigen zu müssen, wenn man etwas kauft?", wollte Hollmann von Wagner wissen. Der hatte auch keine Erklärung, woraufhin Hollmann ihn in die Kakaostube einlud. Als er ungefragt zwei

Mandelhörnchen für seinen Freund bestellte und der abwinkte, lag die Frage nahe, ob er krank sei. „Du weißt doch, dass ich abnehmen muss“, erklärte Wagner.

„Klar, weiß ich das. So lange ich dich kenne, bist du auf Diät. Das hat dich aber niemals davon abgehalten, Mandelhörnchen zu vertilgen. Aber sag mal, was war gestern bei der Pressekonferenz mit deinem Chef los? Der sah grottenschlecht aus und hat ziemlich wirres Zeugs von sich gegeben.“

Während Wagner eine Erklärung lieferte, überlegte er, was Monika gerade machte. „Der Ministerpräsident ist urlaubsreif“, stellte er fest.

„Mm, das eint euch. Du siehst auch nicht gerade taufrisch aus. Es scheint so, als ob die Mordfälle euch mehr zugesetzt haben, als ihr zugeben wollt.“

„Schön ist die Ungewissheit nicht. Und niemand weiß, ob es weitergeht und man selbst womöglich der Nächste sein wird. Zwischenzeitlich hatte ich Angst, paranoid zu werden. Ich habe mir eingebildet, verfolgt zu werden. Mehrfach stand ein schwarzer Golf vor meinem Haus und ich …“ Ein Blick in das entsetzte Gesicht seines Freundes ließ ihn innehalten.

Hollmann ließ die Kuchengabel fallen. „Eingebildet? Vielleicht ist wirklich jemand hinter dir her. Ich habe dir schon einmal gesagt, nimm eine Auszeit, verdünnisiere dich, bis der Scheißtäter, meinethalben auch die Täterin, hinter Schloss und Riegel sitzt.“

Die Aufregung hatte Hollmann lauter werden lassen, als es in diesem Café, in dem vor allem ältere, gut situierte Damen verkehrten, angemessen erschien. Die akkurat frisierte Dame vom Nebentisch warf einen empörten Blick in ihre Richtung.

Wagner sah das Bild Monikas vor sich und dachte: Verdünnisieren? Ganz bestimmt nicht.

„Sag mal, was grinst du so blöd vor dich hin? Was ist eigentlich los mit dir?“ Ein prüfender Blick traf Wagner. Der druckste eine Weile herum. Dann dachte er: Warum soll er es nicht erfahren?

Hollmanns Begeisterung hielt sich in Grenzen. „Kosmetikerin, sagst du? Bist du sicher, dass sie es nicht auf dein Geld abgesehen hat? Du gehörst zur Kategorie der Höchstverdiener in diesem Land.“

Hollmanns Worte ärgerten ihn. Manchmal war sein Freund mit seinem ständigen Misstrauen einfach nur nervig. „So eine ist Monika nicht, du wirst sie bald kennenlernen. Ich habe nämlich vor, sie zu heiraten.“ Seine Stimme klang brüsker, als er wollte. Hollmanns Gesichtsausdruck sprach Bände. Wagner sah sich zu einer Erklärung genötigt. „Ich weiß, was ich tue, ich bin schließlich alt genug. Sie ist eine absolute Topfrau, eine von der Sorte, die man nur einmal im Leben trifft.“

Hollmann seufzte. „Du musst es ja wissen, du kennst die Frau noch nicht einmal eine Woche und redest schon von Heiraten. Na ja, jeder ist seines Unglücks Schmied, sage ich immer. Um auf die Mordfälle zurückzukommen. Mein Informant bei der Polizei hat mir gesteckt, dass es noch immer keine konkrete Spur zur Täterin gibt. Wie lange wollt ihr eigentlich dem Trauerspiel noch zusehen, warum habt ihr nicht längst das BKA hinzugezogen?“

„Wenn Innenminister Krause das Wort BKA hört, gehen bei dem sämtliche Lampen auf Signalrot. Er steht mit dem Bundesinnenminister auf Kriegsfuß, so wie mein Chef mit dem Kanzler. Eher geht die Welt unter, als dass die eine Bundesbehörde um Amtshilfe bitten."

Hollmann winkte die Kellnerin herbei. „Bringen Sie mir noch ein Stück Nusstorte." An seinen Freund gerichtet sagte er im beschwörenden Tonfall: „Ja, ja, ich weiß: Der Föderalismus feiert Triumphe in diesem Land. Davon konnte die Öffentlichkeit sich gerade erst wieder bei Querelen mit dem Verfassungsschutz ein Bild machen. Was dich betrifft, ich wollte es dir nicht sagen, aber du lässt mir keine andere Wahl."

Wagners Interesse an den Offenbarungen seines Gegenübers hielt sich in Grenzen. Ging es etwa wieder um die angeblich brandheiße Sache und um Baumgart? Der Ministerpräsident wollte davon nichts hören und ihn selbst beschäftigte die weitaus wichtigere Frage, was er Monika zu Weihnachten schenken sollte. Ein Ring, hieß mit der Tür ins Haus fallen, vielleicht Ohrringe oder eine Brosche?

„Ich habe dir doch von meiner besonderen Gabe erzählt, du erinnerst dich?"

Wagner nickte. Saphirohrringe, das war's. Sie würden gut zu ihren tiefblauen Augen passen.

„Vorgestern Nacht hatte ich wieder so einen Traum." Die Stimme seines Freundes klang beschwörend. „Wie du weißt, hat es bisher jedes Mal gestimmt. Als ich geträumt habe, dass mein Lehrer stirbt, war er zwei Tage später tot. Und am Morgen nach der Nacht mit dem schrecklichen

Traum, in dem mein Lieblingsonkel auf mich zugewankt und vor meinen Augen zusammengebrochen ist, ist er tot in seinem Bett aufgefunden worden. Ein Herzschlag."

Hollmann sah ihn erwartungsvoll an. Es kostete Wagner Mühe, sich auf das Gespräch zu konzentrieren. Träumen konnte er im Moment ausschließlich etwas abgewinnen, wenn sie sich um Monika drehten. „Ja, klar erinnere ich mich, du hast es oft genug erzählt. Es gibt Menschen, die Dinge im Traum vorhersehen, die später tatsächlich passieren. Die Wissenschaft befasst sich sogar damit und …"

„Das weiß ich alles", unterbrach Hollmann ihn. „Das Schlimme ist: Die Person, von der ich vorgestern Nacht geträumt habe, sitzt mir in diesem Moment gegenüber."

Jetzt war Wagners Aufmerksamkeit geweckt. „Du hast von mir geträumt?" Hollmann nickte. „Es war kein angenehmer Traum. Du hast auf deinem Bett gesessen, vor dir stand eine schwarzhaarige Frau, die eine Pistole an deinen Kopf gehalten hat. Bevor sie dich erschießen konnte, bin ich aufgewacht. Und jetzt spukt der Traum durch meinen Kopf und ich frage mich, handelt es sich um eine Warnung?"

Wagner spürte, wie sein Puls sich beschleunigte. „Es muss nichts zu bedeuten haben. Die Mordfälle beschäftigen uns und ungelöste Probleme werden nicht selten in Träumen verarbeitet."

„Dein Wort in Gottes Ohr, mein Freund. Ich mache mir Sorgen um dich. Tu mir den Gefallen, setz dich noch heute in den Zug und fahr zu deinen Eltern. Ans Ende der Welt wird die Täterin dir nicht folgen."

Wagner versuchte unbeteiligt zu sprechen, obwohl es in ihm brodelte, die Angst ließ sich nicht verleugnen. „Erstens ist Wilhelmshaven nicht das Ende der Welt, auch wenn du es ständig behauptest, und zweitens habe ich für morgen Vormittag eine Platzreservierung. Du glaubst doch nicht, dass ich den Angsthasen spiele und mich ohne Reservierung in den völlig überfüllten Zug setzte, um drei Stunden zu stehen?"

Hollmann gab sich redlich Mühe, seinen Freund vom Gegenteil zu überzeugen. Aber Wagner blieb stur. Wenn ich der Angst nachgebe, bin ich verloren, dachte er. Außerdem wollte er Ohrringe für Monika kaufen und danach seine Wohnung aufräumen. Wenn Monika zu Besuch kam, sollte es nicht wie auf einem Schlachtfeld aussehen.

Oder wusste sein Freund mehr, als er zuzugeben bereit war? „Was hat es eigentlich mit der brandheißen Sache auf sich, die du neulich erwähnt hast? Hat Baumgart denn nun mit den Mordfällen zu tun oder nicht?", erkundigte er sich.

Sein Freund antwortete ausweichend. Er war immer noch am Ball, aber sein Informant war vorübergehend abhandengekommen. „Genau genommen sitzt er in Untersuchungshaft", räumte er ein.

„Das scheint ja ein toller Informant zu sein. Ich glaube, du verrennst dich da in etwas, Max. Wäre ja nicht das erste Mal."

„Dieses Mal nicht. Aber lenk nicht ab. Nimm meinen Rat an und verschwinde noch heute. Lieber drei Stunden im überfüllten Zug, als kaltgemacht zu werden."

Um des lieben Friedens willen versprach Wagner, darüber nachzudenken. Als sein Freund gegangen war, kontrollierte er sein Handy. Fünf Anrufe aus seinem Büro, alle in der letzten Stunde. Die konnten ihn mal kreuzweise. Der Chef befand sich im Weihnachtsurlaub und auch er hatte Anspruch auf ein Privatleben.

78

Ritter sah mitgenommen aus. Statt der gewohnten Vitalität strahlte er Unlust aus. Verena übersah den taxierenden Blick, mit dem er sie musterte, und nahm unaufgefordert ihm gegenüber am Schreibtisch Platz.

Mit den Worten „Ich bin so gut wie weg, eigentlich bin ich gar nicht mehr da“ gab er ihr zu verstehen, dass er gedanklich längst im Weihnachtsurlaub war. Verena ließ sich davon nicht beeindrucken. „Wir haben sie“, begründete sie ihr unangemeldetes Erscheinen. „Dieses Mal bin ich mir ganz sicher.“

Sie hatte damit gerechnet, dass ihr Chef freudig überrascht reagieren würde. Auf seinem Gesicht war jedoch keine Reaktion zu erkennen. Seine Stimme klang unbeteiligt. „So, so, Sie haben sie. Haben Sie nicht noch gestern gesagt, dass Sie keine wirklich heiße Spur haben? Übrigens, Sie waren gestern Abend sehr schnell verschwunden. Sie hatten es wohl eilig, wegzukommen?“

Seine Stimme hörte sich vorwurfsvoll an. Sie interpretierte das in ihrem Sinne. Er hatte sie also vermisst. Wie schön!

„Sie waren in ein Gespräch vertieft, da wollte ich nicht stören. Und zu Ihrer Frage: Ja, ich bin mir sicher. Es stimmt alles. Sie heißt Maria Schneider, kannte sowohl Heise als auch Niemann, ist zweiundvierzig Jahre alt, Besitzerin eines Polos und leidet seit ihrem siebzehnten Lebensjahr an paranoider Schizophrenie. Es gab lange Phasen, in denen sie gesund war. Die Krankheit hat sie aber nie wirklich losgelassen. Sie hatte immer wieder Schübe, zuletzt in der Zeit des Unfalls ihres Mannes vor drei Jahren, der übrigens kein Unfall, sondern Selbstmord war, was aber als gut gehütetes Geheimnis behandelt wurde, bis vor einer Stunde jedenfalls. Ich habe mit dem Personalratsvorsitzenden der Staatskanzlei gesprochen. Er hat eingeräumt, dass der peinliche Vorfall nicht an die große Glocke gehängt werden sollte.

Sie hatte es geschafft, sein Interesse zu wecken. Gespannt folgte Ritter ihren Ausführungen. Ihr Resümee lautete: „Jede einzelne Hypothese, die Dr. Bertram in den Raum gestellt hat, trifft auf sie zu. Maria Schneider lebt zurückgezogen und gilt als Eigenbrötlerin. Ihr unmittelbarer Vorgesetzter hat ausgesagt, dass sie sich von allen fernhalte. Er wusste übrigens von ihrer Krankheit. Sein Amt ist angehalten, auch Schwerbehinderte zu beschäftigen."

„Schön und gut, wir haben es allerdings mit einer Person zu tun, die mit der Pistole bestens vertraut ist", wandte Ritter ein.

„Sie hat den Behindertenstatus aufgrund ihrer psychischen Erkrankung, nicht wegen körperlicher Gebrechen. Als Jugendliche war sie Mitglied im Schützenverein."

Der Direktor war noch immer nicht überzeugt. „Aber weshalb erst jetzt, wenn das Unglück drei Jahre zurückliegt?"

„Sie war fast ein Jahr in stationärer Behandlung, zunächst in der Medizinischen Hochschule, dann in einer Klinik in Bad Essen. Stollmann hat mit dem zuständigen Facharzt in der Medizinischen Hochschule gesprochen. Er wollte nicht ausschließen, dass die Krankheit erneut ausgebrochen ist. Maria Schneider befindet sich zwar in ärztlicher Behandlung und muss Medikamente einnehmen, aber niemand kann letztlich kontrollieren, ob sie die Pillen tatsächlich schluckt. Mit dem Hausarzt haben wir auch telefoniert. Sie holt die Rezepte für die Medikamente regelmäßig ab, das letzte vor einer Woche. Und ihre Krankenkasse hat bestätigt, dass die Rezepte immer eingelöst wurden. Das bedeutet aber nicht, dass sie die Pillen tatsächlich nimmt. Und wenn nicht, droht ein Rückfall."

Ritter stand auf, ging zum Besuchertisch und schenkte sich ein Glas Wasser ein. Verena merkte erst jetzt, wie trocken ihr Hals war. Er bot ihr nichts an, wandte ihr den Rücken zu. „Da haben Sie und Ihre Leute ja in kurzer Zeit eine Menge in Erfahrung gebracht, meine Hochachtung, Frau Kollegin. Also gut, nehmen wir mal an, sie hat die beiden Beamten umgebracht, weil sie sich in ihrem Wahn einbildet, sie seien für den Selbstmord ihres Mannes verantwortlich, oder weil sie glaubt, Befehle zu bekommen. Nur, wir haben keinen einzigen Beweis in der Hand."

Bevor sie dagegenhalten konnte, fuhr er fort. „Drei Jahre liegt der Unfall zurück, sagten Sie. Ich gehe nicht davon aus, dass in der Staatskanzlei Alzheimer ausgebrochen ist. Weshalb haben wir von der Sache nicht früher erfahren und weshalb erst aus einer Akte der Polizeidienststelle Laatzen?"

Verena räusperte sich, sie schielte zur Flasche Wasser. Er bemerkte ihren Blick, bot ihr aber nichts an.

„Eine berechtigte Frage, die ich nicht nur mir gestellt habe. Wie ich bereits sagte: Der Personalratsvorsitzende Ballauf hat eingeräumt, dass der sogenannte Unfall nicht an die große Glocke gehängt werden sollte."

Endlich bot er ihr ein Glas Wasser an. Verena stürzte es mit einem Schluck herunter. Ihr Vorgesetzter hatte eine Erklärung parat. „Vielleicht können sie nicht anders. Wenn du dein Leben lang lernst, dich wegzuducken, und ein Wort zu viel das Ende deiner Karriere bedeuten kann, hältst du lieber deine Klappe." So viel Sarkasmus hatte sie ihm gar nicht zugetraut. Dann traf er eine Entscheidung. „Okay, dann nehmen wir uns die Dame mal vor und vergleichen ihre DNA mit der DNA, die wir bei den Leichen gefunden haben. Wenn Sie recht haben, werden wir sie auf diese Weise überführen."

Verena schüttelte den Kopf. „Die Zeit haben wir nicht. Es gibt noch eine dritte Person, die damals mit der Personalie Schneider befasst war: Bernd Wagner, der Regierungssprecher. Auch er hat es abgelehnt, den Mann in seinem Team zu beschäftigen. Leider konnten wir ihn trotz intensiver Bemühungen bisher nicht erreichen. Sein Handy hat er ausgeschaltet. Angeblich ist er in der Stadt unterwegs. Ich habe vorsorglich einen Streifenwagen zu seiner Wohnung geschickt. Wir müssen die Frau in Gewahrsam nehmen, und zwar sofort. Einen Golf fährt sie übrigens auch. Was, wenn sie auch Wagner töten will, vielleicht in diesem Moment die Vorbereitungen trifft? Ich möchte die Verantwortung nicht übernehmen, wenn etwas passiert. Stollmann ist bereits unterwegs zum Gericht und wird hoffentlich in einer Stunde mit richterlichem Haftbefehl und Durchsuchungsbeschluss zurück sein. Staatsanwalt Engelbrecht ist informiert und hat versprochen, das Ganze zu beschleunigen."

Ritter warf einen Blick auf seine Uhr. „Falls sie tatsächlich einen dritten Mord plant und das heute passieren soll, haben wir noch zwei Stunden Zeit. Beide Morde fanden nach 20 Uhr statt."

Irgendwie beruhigte Verena das nicht, denn niemand konnte ausschließen, dass sie dieses Mal von ihrem Muster abweichen würde. „Ich möchte zu ihr fahren, jetzt gleich. Sie wohnt in der Gellertstraße, in einem Altbau in der zweiten Etage. Vermutlich ist außer ihr niemand in dem Haus. Die Mitarbeiter der Anwaltskanzlei im Erdgeschoss dürften in die Weihnachtsferien aufgebrochen sein und die erste Etage steht leer."

Der Direktor erhob sich, ging zum Fenster und schaute hinaus. „Das haben Sie in der kurzen Zeit auch schon festgestellt. Wirklich bemerkenswert. Trotzdem ein entschiedenes Nein. Das kommt überhaupt nicht infrage. Keine Alleingänge, schon gar nicht bei einer Wahnsinnigen. Wir warten ab, bis Stollmann zurück ist. Das ist ja keine Weltreise zum Volgersweg. Auf ein oder zwei Stunden kommt es jetzt auch nicht mehr an. Beamte des MEK 1 sollen mitkommen, Stollmann auch. Allein betreten Sie die Wohnung dieser Verrückten nicht!" Ritters Stimme klang schneidend.

Verena atmete tief durch. Obwohl ihr Puls verrückt spielte und sie vor Aufregung schwitzte, bemühte sie sich um einen gelassenen Tonfall. Nichts schreckte Vorgesetzte mehr ab als aufgebrachte Mitarbeiterinnen, die sich nicht im Griff hatten.

„Wir haben keine andere Wahl. Wollen Sie verantworten, dass die Frau vielleicht in der nächsten Stunde mit einer Sauer Backup in der Handtasche ihre Wohnung mit der Absicht verlässt, erneut einen Menschen zu erschießen? Jetzt, wo wir Kenntnis von ihr haben, müssen wir unverzüglich handeln. Ich werde zu ihr fahren und mit ihr sprechen. Dazu braucht es keinen richterlichen Beschluss."

„Das werden Sie nicht tun. Die Frau ist komplett verrückt. Sie kann überreagieren und Sie abknallen, nur weil sie mit ihr sprechen wollen. Das Risiko ist zu hoch."

Verena war nicht bereit nachzugeben. In zwanzig Dienstjahren hatte sie gelernt zu kämpfen. „Vor Ihnen steht eine erfahrene Kriminalbeamtin, kein Greenhorn und ich habe nicht vor, mich in Gefahr zu bringen. Es geht darum, die Frau in ein Gespräch zu verwickeln, bis Stollmann mit den Gerichtsbeschlüssen erscheint. In der Weihnachtszeit haben die Paketdienste Hochkonjunktur. Ich werde klingeln und mich als Paketzustellerin ausgeben."

Ritter, der wieder hinter seinem Schreibtisch Platz genommen hatte, schlug mit der Faust auf die Tischplatte. „Verdammt noch mal, sind Sie schwerhörig? Ich habe mich doch klar und deutlich ausgedrückt. Keine Alleingänge, habe ich gesagt."

Vielleicht macht er sich Sorgen um mich, ging es Verena durch den Kopf, und das wäre nicht das Schlechteste. „Wer spricht von Alleingängen? Ich nehme zwei

Beamte der MEK 1 mit. Wenn sie erst einmal den Türöffner betätigt hat …"

Ritter seufzte lautstark. „Hören Sie schon auf! Ich will das gar nicht wissen. Sie sind stur wie ein Maulesel. Wenn Sie mir versprechen, zwei Beamte mit in die Wohnung zu nehmen, fahren Sie in Gottes Namen zu ihr und versuchen Sie, die Frau in ein Gespräch zu verwickeln, damit sie zu Hause bleibt. Sobald Stollmann mit den Gerichtsbeschlüssen aufkreuzt, schicke ich ihn mit weiteren Beamten hinterher."

Sie wandte sich der Tür zu. Auf einmal stand er hinter ihr, berührte ihren Arm. Aus seinem Gesicht las sie echte Besorgnis. „Passen Sie um Gottes Willen auf sich auf. Ich möchte Sie nicht verlieren."

„Ich möchte Sie nicht verlieren." Das war der beste Satz, den Verena seit Wochen, nein, seit Monaten gehört hatte. Beschwingt eilte sie in ihr Büro, um ihre Dienstwaffe zu holen.

79

Wegen der Nähe zu den Gerichten war die Gellertstraße bei Anwälten beliebt. Jetzt, in den frühen Abendstunden am Tage vor Heiligabend, waren die meisten Büros verwaist und dunkel. Obwohl direkt vor dem Haus Nummer 21 ein Parkplatz frei war, stellte Verena ihr Auto in einiger Entfernung ab. Verenas Vorhaben, zunächst allein mit Frau Schneider zu sprechen, stieß bei ihren Kollegen auf Bedenken. Sie wollten sie in die Wohnung begleiten. Es bedurfte einiger Überredungskunst, bis Verena einen Vorsprung von zehn Minuten durchgesetzt hatte. Sie wollte allein mit der Frau sprechen und nicht mit Beamten im Schlepptau bei ihr aufkreuzen.

Maria Schneider hatte ein schönes Zuhause. Die Stadtvilla aus den Anfängen des vorigen Jahrhunderts mit Erkern und Stuckverzierungen war frisch gestrichen, die grün lackierten Fensterrahmen passten gut dazu. Der Vorgarten war mit Winterheide und kleinwüchsigen Wacholderbüschen bepflanzt, in der Mitte ein mit einer Lichterkette und roten Plastikkugeln dekorierter Tannenbaum. Das wohltuende Ambiente, das von Haus und Garten ausging, ließ nicht vermuten, dass ausgerechnet hier eine geistesgestörte Doppelmörderin wohnte. Hinter den zugezogenen Vorhängen in der zweiten Etage war Licht zu sehen. Maria Schneider war zu Hause. Wagner war demnach in Sicherheit. Bevor sie den Klingelknopf betätigte, vergewisserte sich Verena noch einmal, dass ihre Dienstwaffe geladen war.

„Was ist?“ Die gereizte Stimme ließ keinen Zweifel daran, dass Besucher nicht erwünscht waren.

„Ich habe ein Paket für Maria Schneider.“

„Ein Paket? Ich erwarte kein Paket.“

„Der Absender ist die Region Hannover.“ Verena hatte sich überlegt, dass ihr Arbeitgeber vermutlich die einzige Instanz war, bei der Frau Schneider die Annahme eines Pakets nicht verweigern würde. Sie behielt recht, es dauerte nur Sekunden, bis der Türöffner betätigt wurde. Im Flur war es stockdunkel und Verena musste eine Weile suchen, bis sie den Lichtschalter fand.

Während sie das Haus betrat, achtete sie darauf, dass die Haustür angelehnt blieb. Sie hörte, dass im oberen Geschoss eine Tür geöffnet wurde. Maria Schneider erwartete sie im Treppenhaus. Das mit Zeitungspapier gefüllte Paket, das Assistentin Schramm in der Poststelle des LKA organisiert hatte, bot Verena Schutz. Zumindest würde Maria Schneider sie nicht auf den ersten Blick erkennen, selbst falls sie sie auf Zeitungsfotos gesehen hatte. Mit den Worten „Sie müssen noch unterschreiben“ näherte sie sich der Frau.

Maria Schneider sah anders aus als in Verenas Vorstellung. Sie hatte eine robuste, kräftige Person erwartet. Die Frau, die vor ihr stand, war groß gewachsen und extrem mager. Ihre langen schwarzen Haare hatte sie zu einem Pferdeschwanz zusammengebunden.

„Kann ich kurz hereinkommen?“ Bevor die Frau ablehnen konnte, hatte Verena sich an ihr vorbei in den dämmrigen Wohnungsflur gezwängt. „Nein, auf keinen Fall. Stellen Sie das Paket ab und gehen Sie. Ich habe keine Zeit." Die Stimme der Frau überschlug sich vor Wut.

Zu spät, das erste Hindernis hatte sie erfolgreich genommen. Verena stellte das leere Paket neben sich auf den Fußboden. „Ich muss mit Ihnen sprechen, Frau Schneider. Vielleicht machen Sie erst einmal die Tür zu. Es geht um Heise und Niemann."

Die Frau ließ sich nichts anmerken, machte wortlos die Tür zu und drehte sich zu ihr um. Sie starrte Verena an. Ihre Augen flackerten, kein Wort kam über ihre Lippen.

„Sie kannten die beiden. Der Personalratsvorsitzende der Staatskanzlei hat es mir erzählt. Aber sagen Sie, müssen wir im Flur stehen bleiben, können wir uns nicht setzen?"

Immer noch schweigend wandte die Frau sich um und ging voraus ins Wohnzimmer. Hier herrschte Chaos, überall lagen Zeitungen herum, dazwischen Weihnachtskugeln und Kerzenhalter. Ein mickriger, schief gewachsener Tannenbaum neben der Fensterbank wartete darauf, geschmückt zu werden.

Sie ließ sich aufs Sofa plumpsen und forderte die Polizeibeamtin mit einer fahrigen Geste auf, ihr gegenüber auf dem Sessel Platz zu nehmen. „Hat er das gesagt? Es ist möglich, dass ich die beiden flüchtig kennengelernt habe. Mein verstorbener Mann war in der Staatskanzlei beschäftigt."

Während Verena sich setzte, wanderten ihre Augen suchend durch das Zimmer. Eine Pistole war nirgends zu sehen, auch kein anderer als Tatwerkzeug geeigneter

Gegenstand. Von dieser Frau ging keine Gefahr aus, jedenfalls im Moment nicht.

„Sie sollen die Beamten aufgesucht und darum gebeten haben, sich für ihren Mann einzusetzen, damit er nicht nach Stade versetzt wird."

Der Blick der Frau wurde düster, ihre Augen wanderten unruhig zwischen Verena und der Tür hin und her. Sie wirkte wie ein gehetztes Tier. Wollte sie fliehen? „Das mag sein, ich kann mich nicht erinnern. Es liegt Jahre zurück."

„Der sogenannte Unfall Ihres Mannes war gar kein Unfall, ihr Mann hat sich umgebracht. War es nicht so, Frau Schneider?"

Die Frau knetete die Hände ineinander. Auch ihre Augen waren noch immer in Bewegung. „Selbstmord? Wie kommen Sie denn darauf?"

„Sie selbst haben das damals bei der Polizei ausgesagt und schwere Vorwürfe gegen die Staatskanzlei erhoben."

Das Kneten der Hände wurde schneller, die Augen flackerten jetzt unaufhörlich. Als sie nichts sagte, fuhr Verena fort: „Ihr verstorbener Mann hatte sich dem Personalratsvorsitzenden anvertraut. Der Grund seiner Verzweiflung war keineswegs nur die drohende Strafversetzung, Frau Schneider. Es ging auch um Sie. Ihre Krankheit war erneut ausgebrochen. Sie haben damals sogar Ihren Mann attackiert. Sie hatten einen Rückfall."

Verenas Worte lösten eine unerwartete Veränderung im Verhalten der Frau aus. Sie raufte sich die Haare, sprang auf, um sich gleich wieder hinzusetzen. „Das ist eine Lüge. Ich habe meinen Mann geliebt. Die anderen waren es, die ihn dazu getrieben haben. Sein widerlicher Chef Alexander Heise und der untätige Personalchef, sie haben ihn auf dem Gewissen."

Verena fand es beruhigend, dass sie Wagner nicht erwähnte. Offenbar stand er nicht auf ihrer Abschussliste.

Die nächsten Worte ließen Verena zusammenzucken. „Und der Regierungssprecher, dieser Herr Wagner, der hat ebenfalls nichts getan, obwohl in seiner Abteilung eine Stelle frei war." Das Gesicht hatte die Form einer Grimasse angenommen. Jetzt war es klar zu erkennen, vor ihr saß eine Wahnsinnige.

Verena wollte das Geständnis, jetzt gleich. Wenn sie erst einmal hinter den Mauern einer geschlossenen Anstalt verschwand, würde es sehr schwer werden.

„Ich kann verstehen, dass sie die Männer, die ihrem Mann das angetan haben, hassen, Frau Schneider. Wollen Sie nicht …?"

Maria Schneider fiel ihr ins Wort. „Verstehen? Was verstehen Sie schon. Die meisten Menschen haben keine Ahnung. Sie wissen gar nichts von *Ihnen,* können sie nicht einmal hören. Dabei sind sie ständig unter uns, auch jetzt. Sie hören uns zu, und nicht nur das. Sie können unsere Gedanken lesen, auch Ihre. Wenn ich über sie rede, heißt es, ich sei verrückt. Dabei sind es die anderen, die nicht normal sind. Sie sehen und hören nichts. Sie merken nicht einmal, dass die Welt vor dem Untergang steht. Eine Klimakatastrophe jagt die nächste: Überschwemmungen, Tornados, extreme Trockenheit. Afrika versinkt in Armut und Chaos, überall Hunger, Vertreibungen und Bürgerkriege. Es sind die Außerirdischen, die dafür verantwortlich sind. Sie strafen die Menschen, weil sie ihre Warnungen in den Wind schlagen und ihre Befehle ignorieren. Ich tue das nicht."

„Man hat Ihnen also befohlen, die Männer zu töten?"

Maria Schneider nickte.

„Bernd Wagner auch?"

Die Mimik der Frau änderte sich, ihre Gesichtszüge entspannten sich. „Ich muss mal, bin gleich zurück", sagte sie und stand auf.

Allein gelassen ging Verena zum Fenster, öffnete es und gab ihren Kollegen mit Gesten zu verstehen, dass sie nicht hinaufkommen sollten. Sie wollte das jetzt allein zu Ende bringen, Sie war überzeugt, Maria Schneider in den nächsten Minuten ein Geständnis abzuringen.

„Schließen Sie das Fenster und drehen sich zu mir um!" Sie hatte die Frau nicht kommen hören, ihre Stimme klang ganz anders als noch vor wenigen Sekunden, schneidend und hart. Ihre Augen flackerten nicht mehr. Die Sauer Backup starrte Verena entgegen.

„Geben Sie mir Ihre Dienstwaffe."

Verena spürte, wie ihr Adrenalinspiegel stieg. „Ich habe keine Waffe dabei."

„Lügen Sie mich nicht an. So blöd können Sie gar nicht sein, dass Sie unbewaffnet zu einer Mörderin gehen. Sie halten mich doch für eine Mörderin?"

Verena antwortete nicht. Jedes Wort war eines zu viel.

„Also los, machen Sie endlich!" Verena holte ihre Dienstpistole unter ihrem Anorak hervor und legte sie neben sich auf den Teppichboden."

„Geben Sie ihr einen Schubs in meine Richtung!“, wurde sie aufgefordert.

Ohne Verena aus den Augen zu lassen, griff Maria Schneider nach der Dienstwaffe und legte sie hinter sich auf dem Fußboden ab. Verena versuchte, die auf sie gerichtete Pistole wegzudenken. Jetzt die Nerven zu verlieren, würde in einem Blutbad enden. Maria Schneider kannte keine Skrupel, das hatte sie bewiesen.

„Ich werde den Auftrag noch heute zu Ende bringen. Und Sie werden mich nicht daran hindern.“ Die Stimme der Frau klang entschlossen.

Das Geräusch der Pistole, die in diesem Moment entsichert wurde, ließ Verena zusammenzucken. Das hatte sie klasse hingekriegt. Nicht nur, dass sie den Befehl Ritters missachtet hatte, vor einer Minute hatte sie den Kollegen des MEK 1 bedeutet, draußen zu bleiben. Sie mussten davon ausgehen, dass alles in bester Ordnung war. Nicht einmal eine Schutzweste hatte sie angelegt. Wie eine blutige Anfängerin hatte sie sich benommen.

Als sie in die leeren Augen der Frau schaute, wusste sie auf einmal, was sie zu tun hatte. Es gab noch eine hauchdünne Chance für sie. Ihr war klar, dass alles vorbei war, wenn sie es verpatzte. Bitte, lieber Gott, lass mich jetzt nicht im Stich, lass mich das Richtige tun, betete sie.

80

Das in der Schulenburger Landstraße gelegene Gefängnis Hannover bot bis zu tausend Häftlingen Platz und beschäftigte fast ebenso viele Mitarbeiter, etliche davon ehrenamtlich. Die noch immer in Norddeutschland wütende Grippewelle hatte auch unter den Vollzugsbeamten des mittleren Dienstes Opfer gefordert. Da außerdem viele Bedienstete ihren Weihnachtsurlaub angetreten hatten, oblag der Aufsichtsdienst im Zellentrakt IV an diesem Spätnachmittag dem externen Mitarbeiter Marco Busch.

Marco Busch, Anfang dreißig, suchte seit drei Jahren vergeblich nach einer Anstellung in seinem Beruf als Sozialpädagoge. Um sich über Wasser zu halten, hatte er eine Zusatzqualifikation absolviert, die ihn dazu befähigte, im mittleren Vollzugsdienst zu arbeiten. Der Job war mies bezahlt, aber immer noch besser als Hartz IV.

Die meisten der dreißig Zellen, die er zusammen mit seinem Kollegen betreute, waren doppelt belegt. Nur die Zelle Nummer 123 bildete eine Ausnahme. Die Staatsanwaltschaft hatte aus Marco Busch nicht bekannten Gründen für den deutschen Staatsbürger russischer Herkunft Gregor Mahow Einzelunterbringung angeordnet. Das hieß allerdings keinesfalls, dass Mahow den ganzen Tag allein war. Er nahm an den Mahlzeiten im Speisesaal ebenso teil wie an den Sportaktivitäten und den Veranstaltungen des psychologischen und ehrenamtlichen Betreuungsdienstes. In der Vorweihnachtszeit wurden im kargen Aufenthaltsraum mehrmals wöchentlich Weihnachtsgeschichten vorgelesen und kleinere Weihnachtskonzerte von Ehrenamtlichen, darunter ehemalige Häftlinge, gegeben. Es wunderte Marco Busch, dass ausgerechnet Gregor Mahow an diesem Abend zu der Weihnachtslesestunde nicht erschien, nahm er doch Abwechslungen vom eintönigen Gefängnisalltag gerne wahr.

Das Schlimmste, was einem Vollzugsbeamten widerfahren kann, ist das Auffinden eines Häftlings, der Selbstmord begangen hat. Fast immer wird die Frage der Mitverantwortung des Aufsichtsbeamten in den Raum gestellt und es folgen langwierige, unangenehme Untersuchungen. Dass ausgerechnet Marco Busch, unter den Kollegen gleichermaßen beliebt wie unter den Gefangenen, Gregor Mahow tot in seiner Zelle vorfand, wurde später als ein unglücklicher Zufall gewertet; denn eigentlich hätte Marco Busch an diesem Tag in einem anderen Zellentrakt Dienst haben sollen. Die für die Diensteinsatzpläne zuständige Beamtin hatte in letzter Sekunde Änderungen vorgenommen.

Gregor Mahow hatte sich mit einer Drahtschnur erdrosselt. Wie die Schnur in seine Zelle gekommen war, blieb ein Geheimnis. Für Marco Busch ein schlimmer Schock. Er hatte sich mit dem Gefangenen gut verstanden. Beide einte, dass sie, obwohl in der Stadt von Hannover 96 zu Hause, Fans des legendären Fußballclubs Schalke 04 waren. Mahow hatte auf ihn nicht den Eindruck eines depressiven Gefangenen gemacht. Im Gegenteil, er hatte sich zuversichtlich gegeben, mit einer kurzen Gefängnisstrafe davonzukommen. Immerhin hatte sein

Chef den besten Strafverteidiger weit und breit engagiert und seine Geliebte war, so wurde er nicht müde zu behaupten, unglücklich mit dem Hinterkopf auf einen Glastisch aufgeschlagen. Ein vorsätzliches Tötungsdelikt lag demnach nicht vor.

Marco Busch hatte begründete Zweifel, dass Mahow freiwillig aus dem Leben geschieden war. Auch die Art, wie die Drahtschnur um seinen Hals gewickelt war, machte den Diensthabenden stutzig. Er war überzeugt, dass Fremdeinwirkung vorlag. Pflichtbewusst wie er war, trug er seine Eindrücke dem eilig aus dem Weihnachtsurlaub zurückgeholten Gefängnisleiter vor. Der wollte davon nichts hören. Seine Reaktion fiel ungewohnt harsch aus.

„Ich muss Sie dringend ersuchen, Ihre unsinnigen Gedanken für sich zu behalten, Busch. Ein Mord in meinem Gefängnis, das ist völlig ausgeschlossen. Außerdem, wenn es so wäre, wäre es Ihre Schuld. Oder irre ich mich und hatten Sie keine Aufsicht?“

Als Marco nichts sagte, sondern stumm seine Hände betrachtete, fuhr der noch immer erzürnte Gefängnisleiter fort: „Wenn Sie Ihre Aufsichtspflichten ernst genommen haben, wovon ich ausgehe, kann es überhaupt nicht sein, dass jemand in Mahows Zelle eingedrungen ist. Und noch weniger ist es möglich, dass dieser jemand den Untersuchungshäftling Mahow erdrosselt hat. Außer dem Aufsichtspersonal und dem Seelsorger hatte zum fraglichen Zeitpunkt niemand Zugang zu seiner Zelle. Es sollte mir wirklich leidtun, Marco, wenn Sie sich in Schwierigkeiten bringen. Sie brauchen doch den Job, oder? Und vergessen Sie nicht, dass im nächsten Jahr eine Stelle im gehobenen Verwaltungsdienst frei wird. Wenn ich mich recht erinnere, waren Sie doch scharf auf eine Tätigkeit im sozialen Betreuungsdienst."

Marco Busch hätte dem Direktor sagen können, dass es viele Möglichkeiten gibt, in die Zelle eines Gefangenen einzudringen. Korrupte Vollzugsbeamte, die zum Drogenschmuggel bereit sind, sind auch bereit, einen Zellenschlüssel gegen Cash „auszuleihen". Und gestern hatte Alfred Dienst gehabt. Als Marco Alfred vor einem Jahr beim Heroinschmuggel erwischt und zur Rede gestellt hatte, war er auf dem Nachhauseweg von drei südländisch aussehenden Typen brutal zusammengeschlagen worden. Seitdem machte er um Alfred einen großen Bogen. Niemanden schien es zu wundern, dass der Beamte des mittleren Vollzugsdienstes einen BMW X 1 fuhr und ein Reihenhaus im Zooviertel sein Eigen nannte. Nein, beschloss er für sich, dieses Mal würde er sich klüger verhalten. „Sie haben sicher recht und ich habe mich geirrt", sagte er.

Die Gesichtszüge des Gefängnisdirektors entspannten sich. „Ich sehe, wir verstehen uns, Busch. Also kein Wort mehr über Ihre abenteuerliche Mordtheorie. Gregor Mahow hat schwere Schuldgefühle gehabt und Selbstmord begangen. Nichts anderes will ich lesen und hören. Merken Sie sich das gut für die bevorstehenden Untersuchungen, Busch. Und was den Job im gehobenen Sozialdienst angeht, Sie stehen ganz oben auf der Agenda. Sie können sich auf mich verlassen, so wie ich mich auf Sie verlassen kann."

81

„Das hätte brutal ins Auge gehen können, was hast du dir nur dabei gedacht, Verena?“

Obwohl die Festnahme von Maria Schneider einige Stunden hinter ihnen lag, war Stollmann noch immer auf hundertachtzig. Verena stellte den Becher mit Kaffee beiseite. „Ohne Risikofreude läuft in unserem Job nichts. Du weißt das, Stolli.“

Ihr Kollege war anderer Meinung. „Risiko ja, aber wer spricht von einem Himmelsfahrtkommando!“, empörte er sich.

„Übertreib nicht. Die Frau hat mich bedroht, aber letztlich hatte ich die Lage im Griff.“

„Weil du die Wahnsinnige gegeben hast. Sie hat dir deine Behauptung abgenommen, dass die Stimmen, die sie zu hören glaubt, auch mit dir gesprochen haben. Das hätte schiefgehen können. Dann hätte sie dich abgeknallt, so wie Heise und Niemann!“

„Nun hör schon auf, es ist gut gegangen. Als sie mir gesagt hat, dass sie uns für verrückt hält, weil wir die Stimmen der Außerirdischen nicht hören, wusste ich, was zu tun war. Wären wir zu viert bei ihr aufgeschlagen, hätten wir bestimmt kein Geständnis und müssten uns jetzt mit Strafverteidiger Janssen oder einem seiner Kollegen herumbalgen. Jetzt ist der Fall gelöst. Wir haben ein Geständnis und die Tatwaffe, das war das Risiko wert.“

Sie schenkte sich erneut Kaffee nach. Ihr Blick fiel auf die Uhr auf ihrem Schreibtisch. Es ging auf 22 Uhr zu und sie wollte noch den Bericht über die Festnahme fertig machen.

„Die wievielte Tasse trinkst du eigentlich? Pass auf, dass dein Herz nicht verrückt spielt, Verena. So jung bist du auch nicht mehr, gehst schließlich demnächst auf die fünfzig zu."

„Sehr charmant, danke, Stolli."

Der lachte, ein befreites Lachen. Endlich waren die Staatskanzleimorde aufgeklärt.

„Eins muss ich dir lassen. Du hast eine punktgenaue Landung hingelegt. Am Vorabend vor Heiligabend die Beamtenkillerin zur Strecke zu bringen, da wird selbst der Dauernörgler von Innenminister zufrieden sein. Ich wette mit dir, dass wir ab morgen früh auf allen Kanälen mit Interviews des Ministers beglückt werden. Er wird den Weihnachtsmann geben, der den Menschen im Land frohe Kunde bringt. Dabei hat der Kerl keinen Handschlag gerührt, als es darauf ankam. Etwas mehr Druck von ihm hätte den zugeknöpften Beamten in der Staatskanzlei die Mäuler geöffnet und wir wären vermutlich früher auf die Fährte von Maria Schneider gestoßen."

Die Bürotür wurde aufgerissen und Petra Schramm stürmte herein. „Ich soll Ihnen vom Direktor ausrichten, dass Sie noch nicht nach Hause gehen sollen. Er will noch mit Ihnen sprechen, wenn er vom Minister zurück ist."

Stollmann verdrehte die Augen, während er sich erhob. „Hab ich es nicht gesagt! Der Herr Minister setzt sich den Lorbeerkranz auf. Gut, dass Hirschmann noch krank ist. Der leidet doch nicht weniger an Profilneurose. Wenn du mich fragst, der wäre besser Politiker geworden.

Nun ja, vielleicht wechselt er ja noch ins andere Lager. Wäre ein nicht zu toppendes Weihnachtsgeschenk, wenn der das LKA verlassen würde. Ich will dann mal, will dein Tête-à-Tête mit dem Direktor nicht stören. Meine Handynummer hast du, wenn du mich brauchst."

„Lass die blöden Bemerkungen, Stolli. Ich habe dir schon mal gesagt, da ist nichts."

Petra Schramm unterbrach das Scharmützel. „Es gibt noch mehr Neuigkeiten."

Stollmann wurde sarkastisch. „Klar, der Minister möchte, dass wir in der Versenkung verschwinden oder, besser noch, uns unsichtbar machen. Er will den Erfolg allein für sich einheimsen."

„Nun hör schon auf, Stolli." An ihre Mitarbeiterin gewandt fragte Verena: „Also, was gibt es?"

„Ich habe vor wenigen Minuten einen Anruf erhalten, der eigentlich für Sie bestimmt war. Der Anruf kam von der Schulenburger Landstraße. Gregor Mahow hat sich erhängt."

Stollmann, im Begriff zu gehen, blieb wie zu einer Salzsäule erstarrt im Türrahmen stehen. „Was sagst du da? Gregor Mahow ist tot? Unser Gregor Mahow?"

Petra Schramm rollte ihre Augen und schaute an die Zimmerdecke. „Ich glaube nicht, dass es einen zweiten Mann mit diesem Namen im Gefängnis Hannover gibt."

„Zum Teufel auch, heute Vormittag habe ich vom BKA erfahren, dass Mahow für Boris Milner arbeitet und jetzt ist er tot. Ich fresse einen Besen, wenn der Selbstmord begangen hat. Der Kerl war gefühlskalt, so etwas wie Reue kam in dessen Welt nicht vor. Er hat den Trauerkloß nur gespielt. Vermutlich wäre er sogar mit einer Bewährungsstrafe davongekommen. Die Rekonstruktion des Tathergangs hat nicht ergeben, dass Absicht im Spiel war. Warum sollte er sich also umbringen? Das ist hanebüchener Quatsch!"

Petra Schramm setzte ein beleidigtes Gesicht auf. „Mein Gott, was plustern Sie sich so auf? Ich habe lediglich berichtet, was mir der zuständige Leiter des Strafvollzugs am Telefon gesagt hat. Er hat von Selbstmord gesprochen."

„Natürlich behauptet die Gefängnisleitung, dass Selbstmord vorliegt. Alles andere würde sie in Teufels Küche bringen. Ich sage euch, dieser Milner steckt dahinter. Er hat einen Auftragskiller auf Mahow angesetzt. Vielleicht hatte er Angst, dass Mahow aus der Schule plaudert." Stollmanns Stimme überschlug sich.

Verena wandte sich ihrem Kollegen zu. „Reg dich ab, Stolli. Das sind alles wilde Spekulationen. Selbst wenn du recht hast, wirst du es niemals beweisen können. Falls es in seiner Zelle irgendwelche Spuren gegeben haben sollte, die auf Fremdeinwirkung hinweisen, wurden sie längst beseitigt. Im Übrigen: Welchen Grund sollte Milner gehabt haben, ihn umbringen zu lassen? Hat deine Bekannte vom BKA nicht gesagt, dass er nur saubere Geschäfte in Deutschland abwickelt?"

„Sie ist eine Mitarbeiterin des BKA und nicht der liebe Gott. Was wissen die vom BKA denn schon?"

Petra Schramm warf ihrer Chefin einen entrüsteten Blick zu und tippte sich an die Stirn. „Ich will dann mal, ich bin in meinem Büro, wenn Sie mich noch brauchen."

„Du kannst gehen, aber morgen früh möchte ich dich gerne hier haben. Ich brauche dich für den Abschlussbericht."

Als sie das entsetzte Gesicht ihrer Assistentin sah, fügte Verena hinzu: „Mittags ist auch für uns Schluss. Ich habe nicht vergessen, dass morgen Heiligabend ist."

Nachdem ihre Mitarbeiterin gegangen war, fasste Verena sich unwillkürlich an die Stirn. Die latenten Schmerzen, die sich im Laufe des Abends angekündigt hatten, waren stärker geworden. Sie gab sich noch eine halbe Stunde, dann würden die Kopfschmerzen nicht mehr zu ertragen sein. Zeit, dass sie ins Bett kam. Ihre Kraftreserven waren erschöpft. Sie brauchte Schlaf und frische Luft. Sie wandte sich ihrem Kollegen zu. „Wenn das BKA es nicht weiß, was erwartest du dann von uns? Und tu mir den Gefallen und vergiss unseren Auftrag nicht. Unser Job war es, die Beamtenmörderin zu fassen. Von Boris Milner und seinen Geschäften war nicht die Rede."

Mit ihrer Bemerkung provozierte sie höhnisches Lachen bei ihrem Kollegen. „Unsere gute Verena versteckt sich hinter Zuständigkeitsregeln, der Staatskanzleivirus hat sie erfasst. Die organisierte Verantwortungslosigkeit in den deutschen Amtsstuben schaut zu, wie die organisierte Kriminalität sich in Deutschland ausbreitet. Na toll!"

Verena strich sich erneut über die Stirn. Sie war noch nicht über den Berg. Die Todesangst, der sie noch vor wenigen Stunden ausgesetzt gewesen war, war nur verdrängt, nicht bewältigt. Sie wollte nicht auch noch darüber nachdenken müssen, welche Pläne den Mafiaboss umtrieben. Es war nicht ihr Job. Das war verdammt noch mal der Job der Politiker, der Ministerriege und des Regierungschefs. Hatten sie nicht einen Amtseid abgelegt, Schaden vom deutschen Volk abzuwenden?

Sie wandte Stollmann ihr müdes Gesicht zu. „Was immer der Kerl im Schilde führt, wir wissen es nicht und können es nicht ändern. Wir haben nichts in der Hand gegen ihn. Und nun tu mir den Gefallen, Stolli, und lass mich allein. Ich will noch arbeiten."

Stollmann zuckte die Achseln. „Na dann, frohe Weihnachten."

Als er gegangen war, schaute Verena noch lange aus ihrem Bürofenster in die dunkle Nacht hinaus. In ihre Gedanken hinein platzte der Direktor. Auch er sah müde aus. Er war noch wütender als Stollmann, warf ihr mit schneidender Stimme die Missachtung von Dienstanweisungen vor und brachte Begriffe wie „sträflicher Leichtsinn" und „renitentes Verhalten" ins Spiel. Er redete sich in Rage. So spricht kein Vorgesetzter, so redet ein besorgter Mann, dachte Verena und fühlte sich trotz der Kopfschmerzen wohl wie lange nicht mehr.

82

Potsdam

Boris Milner wollte die Weihnachtstage in seinem Haus in der Rosenstraße in Potsdam verbringen. Er hatte die Villa in bevorzugter Lage günstig aus der Konkursmasse erworben. Der Vorbesitzer, ein Opfer der Finanzkrise, hatte keine Kosten gescheut, um aus der im vorigen Jahrhundert erbauten Villa ein Schmuckstück zu machen. Milner gefiel es hier. Manchmal joggte er in dem angrenzenden Park mit seinen vielen verschlungenen Wegen, der bereits Kaiser Wilhelm den Ersten entzückt und zum Bau eines Sommersitzes bewogen hatte.

Jetzt war er wütend und lief in dem überdimensionierten Wohnzimmer wie ein Tiger in seinem Käfig auf und ab. Er hasste es, zu warten, und er verabscheute Unpünktlichkeit. Es gab fast nichts, was er bei den Deutschen mochte. Mit ihrem besserwisserisches Gehabe und der moralischen Keule, die sie bei jeder passenden und unpassenden Gelegenheit hervorholten, gingen sie ihm und dem Rest der Welt gehörig auf den Senkel. Die einzige Eigenschaft, die Milners uneingeschränkte Zustimmung fand, war ihre Pünktlichkeit. Wäre die Frau, auf die er wartete, von Geburt aus Deutsche, wäre sie sicherlich pünktlich gewesen. Sie war es nicht. Zwar besaß Jana einen deutschen Pass, aber das machte sie in Milners Augen noch lange nicht zu einer Deutschen. Sie war in Bukarest geboren, hatte sich als Nutte zum Callgirl für besonders brisante Einsätze und zu einer seiner Vertrauten hochgearbeitet.

Endlich hörte er den Summer der Wohnungstür und kurz darauf die raue Stimme seines zweiten Bodyguards. Die Nummer eins hielt sich in Hannover auf. Die Angelegenheit Hollmann duldete keinen Aufschub mehr. Milner hatte keinen Zweifel, dass er seinen Job gut machen würde, im Gegensatz zum Heißsporn Mahow.

Kurz darauf stand seine Besucherin vor ihm. Die Begrüßung fiel aus, stattdessen motzte er sie an. „Wo bleibst du, ich habe meine Zeit nicht gestohlen!"

„Tut mir leid, eine Straßensperre in Berlin, irgendein hoher Staatsgast."

Sie stolzierte auf ihren hochhackigen Stiefeln zur Bar. „Darf ich mir einen Sherry einschenken? Mir ist flau im Magen."

„Wenn es sein muss, und dann rede endlich. Wie ist es mit Wagner gelaufen? Weiß er etwas?"

Sie schenkte sich das Glas halb voll und ging zu dem Sofa, auf das er sich breitbeinig hingeflätzt hatte. Als sie sich neben ihn setzte, rückte er ein Stück von ihr weg. Körperlich stießen alte Frauen ihn ab. Er ekelte sich vor ihnen und für ihn zählten Frauen ab fünfundzwanzig zu den Alten. Marja, seine derzeitige Freundin, war fünfzehn, hatte ihr Freier jedenfalls behauptet. Vermutlich war sie erst dreizehn. Jetzt lebte sie bei ihm, vorerst jedenfalls. Meistens hatte er nach wenigen Wochen die Nase voll und sie langweilten ihn. Die Kleine würde nicht mehr lange bei ihm bleiben, dann hieß es zurück zu ihrem Freier, einem ungehobelten Albaner mit faulen

Zähnen und Mundgeruch. Vermutlich würde der sie in eines seiner schmierigen Bordelle stecken.

„Nun sauf hier nicht rum, sondern rede endlich", forderte er die Frau erneut auf. Sie stellte das Glas auf den Tisch vor sich und sah ihn an. „Viel zu erzählen gibt es nicht. Ich habe ihn angemacht, nachdem ihr Hollmann aus der Bar gelockt habt. Der wird sich gewundert haben, als er in seine Redaktion kam und niemand etwas von dem Anruf wusste. Sag mal, woher wusstet ihr eigentlich, dass die beiden in die Bar vom Maritim Stadthotel kommen würden?"

Milner ignorierte ihre Frage. „Lass Hollmann aus dem Spiel, den Kerl haben wir uns vorgeknöpft. Von dem haben wir nichts mehr zu befürchten", knurrte er.

Mit weit aufgerissenen Augen starrte sie ihn an. „Ihr habt den Journalisten doch nicht kaltgemacht?"

„Und wenn, was geht dich das an? Halt dich aus meinen Geschäften raus und erzähl endlich."

Sie stellte das leer getrunkene Glas ab. „Ich habe ihn überredet, mich nach Hause zu bringen. Habe eigens ein Appartement gemietet. Selbst in seinem alkoholisierten Zustand wäre ein Hotelzimmer ihm wahrscheinlich komisch vorgekommen. Er hat sich übrigens ziemlich geziert, war gar nicht so einfach, ihn rumzukriegen. Erst nach mehreren Drinks hatte ich ihn so weit, dass er mitgekommen ist."

„Du wirst alt, Jana." Aus seiner Stimme klang Verachtung.

„Ich bin sechsunddreißig."

„Sag ich doch, uralt. Lange wirst du deinen Job nicht mehr machen können.“

„Nicht alle Männer sind wie du, Boris. Meine Kunden sind zufrieden mit mir. Wagner war ziemlich betrunken, aber immer noch nüchtern genug, um meine Fragen zu beantworten. Deinen Namen kannte er. Auch dass du in Niedersachsen als Investor groß im Geschäft bist, wusste er. Mehr nicht, nur das.“

„Wirklich nur das, hast du ihm auf den Zahn gefühlt?“

„Was denkst du, was ich getan habe? Abgesehen von den Firmenbeteiligungen weiß er nichts. Nachdem ich ihn ausgequetscht hatte, habe ich K.-o.-Tropfen in den Rotwein gegeben. Am nächsten Morgen war er total durch den Wind, konnte sich an nichts erinnern.“

Boris Milner fixierte sie. Mit dem Blick, der auch Hartgesottenen Angst machte. Sie wusste, dass sie sich keinen Fehler erlauben durfte. Und sie wusste auch, dass sie ihm ihre Angst niemals zeigen durfte. Boris roch Angst meilenweit gegen den Wind. Ängstliche Menschen waren ihm suspekt, gerieten nur zu schnell auf seine Abschussliste.“

„Du bist also ganz sicher, dass die Landesregierung von dem Klinikprojekt nichts weiß?“

Sie stellte das leere Glas auf den Tisch vor sich. „Ich sage es noch einmal: Sie wissen nur, dass du dich in Niedersachsen überall einkaufst, mehr nicht.“

Also hatte die Beamtin die Wahrheit gesagt, dachte er. „Ich hoffe, dass du recht hast“, knurrte er. „Täte mir echt leid, wenn es nicht so wäre.“

„Was ist eigentlich mit Mahow? Wird Janssen ihn raushauen?"

Er warf ihr einen verächtlichen Blick zu. „Warum fragst du? Er hat Mist gebaut, hat sein Testosteron nicht im Griff. Meine Leute müssen funktionieren, dafür bezahle ich sie. Wenn nicht …" Der Satz wurde nicht zu Ende gesprochen.

Aus weit aufgerissenen Augen starrte sie ihn an. „Was meinst du damit? Hast du ihn etwa …?"

„Halt dich da raus!", fiel er ihr ins Wort. „Kümmere dich um deinen eigenen Scheiß! Und jetzt verschwinde."

„Gerne, wenn ich das Geld habe. Fünftausend waren vereinbart."

Mit den Worten „Ich habe es nicht vergessen" erhob er sich und ging zum Sekretär. Aus der oberen Schublade entnahm er ein Bündel Geldscheine, die er in ihren Schoß warf.

Sie griff nach dem Geld. Nachzählen musste sie nicht. Wenn es um die Bezahlung ging, war Boris Milner korrekt. Als sie aufstehen wollte, stieß er sie zurück. Sein Gesicht näherte sich ihrem. Sein Parfüm roch aufdringlich. „Du weißt, was dir blüht, wenn du mich bescheißt", sagte er.

Sie zwang sich, ihre Angst zu unterdrücken. Ihre Stimme klang fest. „Warum sollte ich das tun? Mein Auftrag lautete, Wagner auszuhorchen. Das habe ich getan. Ich sage noch mal: Er weiß nichts. Vermutlich halten sie dich für einen Russen, der sein Geld waschen und auf dem europäischen Markt Fuß fassen will. Von der Klinik wissen sie nichts."

„Dein Wort in Gottes Ohr.“ Der Blick, mit dem er sie taxierte, war drohend. Hastig stopfte sie die Geldscheine in ihre Handtasche und verabschiedete sich von ihm.

„Blöde Nutte“, schimpfte er hinter ihr her. Dann ging er zum Telefon und wählte eine Handynummer. Obwohl es bereits auf Mitternacht zuging, meldete Baumgart sich nach dem ersten Läuten.

Die Nummer kannte außer ihm niemand. Auf eine Begrüßung verzichtete Milner daher. „Du hattest recht, die Landesregierung hat keine Ahnung. Unser politischer Freund hat dichtgehalten. Du kannst die Immobilie erwerben.“

„Okay, ich kümmere mich darum. Sie ist ein Glücksfall für uns. Zwei Millionen sind bei der Größe des Grundstücks ein Schnäppchen. Wir können die Umbauten angehen, ohne dass jemand lästige Fragen stellt. Der Bürgermeister wird froh sein, dass er die Bruchbude endlich losgeworden ist.“

Der Scheißkerl belog ihn. Milner wusste längst Bescheid, dass der Eigentümer auf anderthalb Millionen runtergehandelt war. Er hatte eigene Zuträger in Hannover, von denen Baumgart nichts wusste. „Wie lange braucht Ihr?“

„Mit Kaufvertrag, Entkernung und Sanierung? Ich schätze ein Dreivierteljahr. Im Oktober nächsten Jahres kann der Betrieb aufgenommen werden.“

Mit den Worten „Gut zu wissen“ wollte Milner das Telefonat beenden.

Baumgart hatte jedoch Neuigkeiten. „Übrigens, die Staatskanzleimorde sind aufgeklärt. Die Mörderin ist heute am frühen Abend gefasst worden. Eine Verrückte. Mein Informant vom LKA hat mit gesteckt, dass sie es auch auf den Regierungssprecher abgesehen hatte. Seit zehn Minuten läuft die Neuigkeit über die Sender."

„Tatsächlich? Gut, dass die Sache zu Ende ist. Ermittlungen sind immer lästig. Um Hollmann haben sich meine Leute gekümmert. Er wird dich nicht mehr behelligen."

„Einzelheiten will ich nicht wissen."

Am anderen Ende wurde grußlos aufgelegt.

„Scheißdeutsche!", fluchte Milner. „Für die Drecksarbeiten sind sie sich zu fein."

Er wählte erneut eine Handynummer. Eigentlich konnte er Italiener noch weniger leiden als die Deutschen. In seinen Augen waren sie ein durch und durch dekadentes Volk. Nun war er auf sie angewiesen. Die Cosa Nostra hatte ihre Aktivitäten im Menschenhandel mit Schwerpunkt Nordafrika in den letzten Jahren ausgebaut. Die Zahl der Nordafrikaner, die sich in Europa ein besseres Leben erhofften, stieg unaufhörlich.

Die meisten Flüchtlinge waren jung und, wichtiger noch, sie waren gesund. Und der Bedarf an gesunden Organen in Europa war riesig. Allein in Deutschland warteten fast 10 000 Menschen auf eine neue Niere. Gut betuchte Kranke legten bis zu 150 000 Euro für eine neue Niere auf den Tisch, für ein neues Herz sogar noch mehr. Und auch Leber, Bauchspeicheldrüse und Lunge lagen hoch im Kurs.

Die Rendite, die auf ihn wartete, war spektakulär. Mit den Spaghettifressern waren 8000 Euro für jeden

Illegalen, den sie in der Klinik ablieferten, vereinbart. Ihre Ausschlachtung würde unter Berücksichtigung der Kosten für den Klinikbetrieb und den aufwendigen Transport der Organe einen Nettogewinn in sechsstelliger Höhe einbringen. Und das Risiko war überschaubar. Niemand würde die Menschen vermissen. Ihre Pässe würden ihnen noch während der Überfahrt abgenommen werden. Und in Deutschland waren sie nicht gemeldet.

Die Stimme am anderen Ende klang heiser. Die Spaghettifresser waren noch verweichlichter als die Deutschen. Ständig jammerten sie über den kalten Winter. Milner informierte den Mann in knappen Worten, dass die Klinik ihren Betrieb im Oktober nächsten Jahres aufnehmen werde. Fünf bis sieben Organentnahmen pro Woche waren geplant. Es sei kein Problem, das Menschenmaterial zu beschaffen, bestätigte der andere. Der Strom von Afrikaflüchtlingen in Richtung Europa steige unaufhaltsam.

Das Telefonat hatte Milners Stimmung verbessert. Sein Plan war genial. Das kommende Jahr würde ihn noch reicher machen. Dann ging er zurück zum Schreibtisch, entnahm ihm zwei Fünfhundert-Euro-Scheine. Die Kleine sollte sich etwas Nettes zum Anziehen kaufen. Gleich nach Weihnachten würde er sie zurückschicken. Doch vorher sollte die Kleine sich ihr Geld verdienen. Er ging zur Tür, die in das angrenzende Zimmer führte. Das Mädchen schlief, er weckte es unsanft.

83

Hannover

Hans Baumgart saß hinterm Schreibtisch im Arbeitszimmer seiner Villa in Kirchrode und strich sich über seine Beine. Sie waren schwer wie Blei. Auch seine Füße brannten wie Feuer. Er zog seine Schuhe aus, Erleichterung verschaffte es ihm nicht. Sieben Stunden war er unterwegs gewesen. Wie jedes Jahr Heiligabend hatte er bei der Buchhandlung in Kirchrode drei Kisten mit Kinderbüchern und CDs abgeholt, jedes einzelne Teil liebevoll ausgesucht und in Geschenkpapier verpackt.

Danach hatte sein Fahrer ihn in das Kinderkrankenhaus an der Bult gefahren. Fünfzig kleine Patienten, die meisten schwer krank, hatten sie besucht, im Anschluss daran die Kinderstation in der Medizinischen Hochschule. Obwohl die Besuchstour anstrengend war, wollte er sie nicht missen. Die erwartungsvollen Augen der Kinder, die Freude, wenn sie die Geschenke auspackten, ihre unbefangene Dankbarkeit waren die Mühe wert. Manche Kinder waren zu schwach, um die mitgebrachten Pakete auszupacken. Der Krebs hatte ihre Körper zerstört. Wie unbarmherzig konnte das Leben sein. Was hatten diese Kinder getan, dass sie so früh von dieser Welt gehen mussten? Oder verhielt es sich ganz anders? Waren sie in Wirklichkeit glücklich dran, weil sie im Jenseits ein besseres Leben erwartete, als das Diesseits es ihnen zu bieten vermochte?

Baumgart war ein gläubiger Mensch. Er war felsenfest überzeugt, dass es ein Leben nach dem Tod gab. In seine Gedanken hinein klingelte sein Handy. Beim Blick auf das Display wurde er ärgerlich. Konnte der ungehobelte Schurke ihn nicht einmal Weihnachten in Ruhe lassen? Hatten sie nicht erst gestern Abend miteinander telefoniert? Er lauschte den Worten seines Anrufers, gab die gewünschte Auskunft.

Nach dem Telefonat fühlte er sich noch deprimierter als vorher. Was war das für eine beschissene Welt, die Sadisten wie Milner nach oben spülte? Aber vielleicht war es der Lauf der Welt und Verbrecher wie dieser Russe waren der Anfang vom Ende. Irgendwann, davon war er überzeugt, würde die Welt im Chaos versinken oder durch einen Meteoriteneinschlag mit einem riesigen Knall untergehen.

Ihm graute vor dem Tag, an dem er vor dem Jüngsten Gericht erscheinen musste. Seine vielfältigen sozialen Engagements würden ihm zugutegehalten. Mit seinen Geschäften hingegen hatte er nicht wenige Menschen ins Unglück gestürzt. Noch hatte er die Chance, das grausame Klinikprojekt zu Fall zu bringen. Ohne ihn würde Milner um Jahre zurückgeworfen, müsste eine neue Immobilie suchen und einen anderen politischen Gewährsmann finden. Den jungen Männern, die jetzt irgendwo in Nordafrika auf die Überfahrt ins Gelobte Europa warteten, würde eine Schonfrist eingeräumt.

In Momenten wie diesem glaubte er an der Scham, die er über sein eigenes Tun empfand, ersticken zu müssen. Doch da war die andere Seite in ihm. Sein Machtwille und sein Ehrgeiz waren stärker als sein Mitgefühl. Und Macht erlangte man in diesem Land über Geld. Außer man entschied sich für die Ochsentour durch die Parteiinstanzen. Dazu war er nicht bereit gewesen. Und inzwischen war er in der komfortablen Lage, sich Politiker kaufen zu können.

Er ging zu seinem Schreibtisch und zog die obere Schublade auf. Die Pistole glänzte. Vorsichtig nahm er sie in die Hand. Was, wenn er dem Ganzen ein Ende machte? Keine krummen Geschäfte mehr, keine Deals mit geldgierigen Politikern und korrupten Beamten und kein Projekt mit Lizenz zum Töten gutgläubiger Flüchtlinge. Er könnte es tun, jetzt gleich. Hinter ihm wurde die Tür geöffnet. „Papa, wo bleibst du denn? Oma ist auch schon da. Wir wollen mit der Bescherung anfangen."

Seine Tochter, sein ganzer Stolz. Für sie tat er das alles. Für sie wollte er Milliardär werden. „Ich komme gleich", sagte er und legte die Pistole zurück. Während er sich herunterbeugte, um die Schuhe zuzuschnüren, wurde ihm mit erschreckender Deutlichkeit bewusst, dass er sich etwas vormachte. Der einzige Mensch, für den er die kriminellen Geschäfte durchzog, war er selbst. Der Drang, die Milliarde zu knacken, wog stärker als alles andere.

Er stand auf und ging ins angrenzende Wohnzimmer. Stimmengewirr schlug ihm entgegen. Seine Familie hatte sich unterm festlich geschmückten Tannenbaum versammelt. Das strahlende Lächeln seiner Tochter vertrieb die trüben Gedanken. Er ging auf sie zu und umarmte sie.

84

Bernd Wagner erreichte den IC nach Wilhelmshaven in letzter Minute. Im Bahnhof herrschte dichtes Gedränge: Rentner, Studenten, alleinstehende Männer und Frauen aller Altersklassen, die der Wunsch einte, Heiligabend nicht allein zu verbringen.

Bis auf die Saphirohrringe für Monika, die er gestern bei einem renommierten Juwelier in der Georgstraße, der Prachtmeile der niedersächsischen Landeshauptstadt, zum Preis von einem halben Monatsgehalt erstanden hatte, waren seine anderen Vorhaben grandios gescheitert. In seiner Wohnung sah es noch immer aus wie bei Hempels unterm Sofa, nicht einmal das Bett war frisch bezogen, vom Saugen und Aufräumen ganz zu schweigen. Die Ereignisse am Vortag hatten sich überstürzt. Als er am frühen Abend nach Hause gekommen war, hatte seine völlig aufgelöste Sekretärin ihn vor der Haustür erwartet und wirres Zeug geredet. Dass er in höchster Gefahr schwebe und die Beamtenkillerin hinter ihm her sei. Dann tauchten auch noch zwei Polizisten auf. In das Durcheinander platzte ein Anruf des Innenministers. Die Mörderin war gefasst worden.

Wagner hatte nur vage Erinnerungen an Maria Schneider. Kurz nachdem er Regierungssprecher geworden war, hatte ihr Mann bei ihm vorgesprochen, sich um eine Stelle in der Pressestelle beworben. Sie selbst hatte er als spindeldürre, nervöse Frau in Erinnerung. Einmal hatte sie ihn auf dem Parkplatz der Staatskanzlei abgefangen, ihn wegen ihres Mannes bedrängt. Er hatte nicht helfen können, die vakante Stelle in seiner Abteilung war vergeben. Kaum vorstellbar, dass diese zierliche, nichtssagende Person eine Doppelmörderin war.

Der Innenminister hatte die Lage dramatisch dargestellt. Von einem Anschlag auf ihn, der in letzter Minute durch das LKA vereitelt worden war, war die Rede. Also hatte er doch nicht an Paranoia gelitten. Er war tatsächlich beobachtet worden.

Minister Krause war zu sehr Politprofi, um die Chance nicht zu nutzen, die sich ihm mit der Festnahme der Staatskanzleimörderin bot. Er verlangte vom Regierungssprecher Begleitung ins Fernsehstudio und anschließend in die eilig einberufene Landespressekonferenz. Ein Terminmarathon begann. Auch die Rundfunkanstalten wollten bedient sein und es war Mitternacht, als Wagner am Ende seiner physischen und psychischen Kräfte endlich in seine Wohnung konnte.

Doch damit nicht genug, gegen drei Uhr in der Nacht tauchte ein völlig aufgelöster Hollmann bei ihm auf. Sein Freund war durch den Wind. So hektisch hatte Wagner ihn noch nie zuvor erlebt. Das Pflaster auf seiner rechten Wange war nicht zu übersehen. War Hollmann in eine Schlägerei verwickelt worden?

„Ich bin auf dem Weg zum Flughafen. Ich fliege in zwei Stunden nach Malaga und wollte dir Auf Wiedersehen sagen. Ich komme vorerst nicht wieder", begründete er seinen nächtlichen Besuch.

Was war das denn? Wieso fiel seinem Freund mitten in der Nacht ein, nach Spanien zu fliegen? Hollmann schob eine Erklärung nach. Er würde seine Zelte in Deutschland abbrechen und seinen geliebten Job bei der *Allgemeinen Niedersachsenzeitung* an den Nagel hängen. Er wollte für eine Zeit lang verschwinden. Er werde bedroht.

Wagner wusste nicht, was er davon halten sollte. Seinen Fragen wich Hollmann aus. Er schob Eile vor. Eine flüchtige Umarmung zum Abschied und weg war sein Freund. Normalerweise hätte Wagner sich mit den merkwürdigen Andeutungen nicht abgefunden und ihn ohne eine plausible Erklärung nicht gehen lassen. Jetzt aber war er übermüdet und durcheinander. Die Ereignisse der letzten Wochen forderten ihren Tribut. Außerdem befand sich sein Gefühlsleben im Ausnahmezustand. Er musste ständig an Monika denken, alles andere rückte in den Hintergrund.

Nach zwei Stunden Schlaf war es für den Pressesprecher im rasanten Tempo weitergegangen. Um sechs Uhr stand das erste Interview des Innenministers beim Frühstücksfernsehen an, weitere Interviews mit Privatsendern folgten. Krause verkaufte sich gut. Den obersten Ordnungshüter und kompetenten Polizeiminister nahm ihm jeder ab. Geschickt nutzte er die Gelegenheit, um für seine konservativ geprägte Innenpolitik zu werben. Ein Plädoyer für den konsequenten Ausbau geschlossener Anstalten wurde eingeflochten, garniert mit Kritik an der Opposition. Die hatte solche Pläne stets abgelehnt. Worte wie blauäugig und verantwortungslos fielen.

Nur einmal, als die Redakteurin vom niedersächsischen Fernsehen im Zusammenhang mit der schwer verletzten Britta König den Selbstmord von Gregor Mahow ins Spiel brachte und wissen wollte, ob es einen Zusammenhang mit den Staatskanzleimorden gab, verlor der Minister kurzzeitig die Fassung. Er fing sich allerdings schnell wieder. Der bedauerliche Selbstmord des eifersüchtigen Gewalttäters hätte mit den Staatskanzleimorden nicht das Geringste zu tun, versicherte der Politiker.

Später, im gepanzerten Dienstwagen, führte der Minister hektische Telefonate, denen Wagner entnahm, dass es Verbindungen zwischen dem russischen Großinvestor Milner und Gregor Mahow gab. Wagner fragte sich, ob es vielleicht doch kein Zufall war, dass seine Kollegin Britta König nach ihrer Dienstreise nach Berlin zusammengeschlagen worden war. In der Hektik des Medienrummels kam er jedoch nicht mehr dazu, den im Dauerintervieweinsatz befindlichen Innenminister darauf anzusprechen. Außerdem wollte er seine Dienstgeschäfte endlich hinter sich bringen und zu seinen Eltern fahren. Nach den turbulenten Wochen hatte er sich ein ruhiges Weihnachtsfest verdient.

Der IC würde um 15.22 Uhr in Wilhelmshaven ankommen. Seine Eltern würden ihn wie jedes Jahr am Bahnhof erwarten. Seine Mutter würde vor Freude einige Tränen vergießen und sein Vater ihm mit den Worten „Gut, dass du da bist, mein Junge“ auf die Schultern klopfen. Für einige Tage würde er die Politik hinter sich lassen und nur noch Sohn sein.

In ihrem behaglichen Backsteinhaus mit dem tief heruntergezogenen Dach angekommen, würden sie Friesentee mit Kandis und Sahne trinken. Dazu würde es selbst gebackene Friesentorte geben. In ihren Gesprächen würde es nicht um Politik gehen. Seine Eltern waren überzeugte Nichtwähler. Fragen des täglichen Lebens in der Provinzstadt in der äußerten Ecke Deutschlands würden ihre Unterhaltung bestimmen: Deichschutz, der Hafenausbau und der rückläufige Fischfang. Auch der Klatsch würde nicht zu kurz kommen. Belangloses Zeugs, aber irgendwie unterhaltsam und wohltuend anders als der Politikbetrieb. Das Gefühl, in einer vermeintlich heilen Welt zu leben, würde ihm guttun.

Wagner war kein Narr. Ihm war sehr wohl bewusst, dass es längst auch hinter der Fassade der ländlichen Provinzstädte bröckelte. Die Alterung der Bevölkerung, die wachsende Kluft zwischen wohlhabenden Bürgervierteln und Wohnquartieren mit hohem Anteil an Arbeitslosen und Migranten, die zunehmende Kriminalität und die Überschuldung der kommunalen Haushalte, diese und andere Probleme hatten längst auch die Klein- und Mittelstädte in Deutschland erreicht. Doch daran wollte er jetzt nicht denken. Er würde die wenigen Tage nutzen, um aufzutanken. Während er aus dem Fenster schaute und die weiß gepuderte norddeutsche Tiefebene an sich vorbeiziehen ließ, malte er sich in Gedanken seine Zukunft mit Monika aus.

85

Osnabrück

Verena sah dem Weihnachtsfest mit gemischten Gefühlen entgegen. Auch wenn die Staatskanzleimorde aufgeklärt waren, war ein ungutes Gefühl zurückgeblieben. Maria Schneider tat ihr leid. Sie lebte in einer Welt, zu der normale Menschen keinen Zugang hatten. So wie es aussah, würde sie die geschlossene Anstalt für lange Zeit nicht mehr verlassen, vielleicht sogar nie wieder.

Für ihren Geschmack hatte der Fall zu viele Fragen offen gelassen. Stollis Vermutung, dass Milner für Mahows Tod verantwortlich war, war nicht von der Hand zu weisen. Und falls es so war, war nicht auszuschließen, dass Milner zuvor Mahow auf Ministerialrätin Britta König angesetzt hatte. Hatte nicht der Zufall die beiden zusammengeführt, sondern war es Kalkül gewesen? Merkwürdig war es schon, dass die Ministerialbeamtin unmittelbar nach ihrem Gespräch mit Milner zum Krüppel geschlagen worden war.

Und auch die Akte Baumgart hatte sie nicht aus Überzeugung geschlossen, sondern weil es verlangt worden war. Sie hätte gerne Antworten auf ihre Fragen gehabt. Es ärgerte sie, dass sie diese Antworten vermutlich niemals bekommen würde.

Jetzt, am frühen Nachmittag des Heiligabends, saß sie im Auto. Auch für sie hatten die Weihnachtsfeiertage endlich begonnen. Die Autobahn war ungewöhnlich leer und sie brauchte weniger als zwei Stunden bis zur elterlichen Wohnung in der Osnabrücker Altstadt.

Als sie in die Bierstraße einbog, überkam sie ein Gefühl der Wehmut. Sie liebte diese anheimelnde Straße und das alte Fachwerkhaus, in dem sie ihre Kindheit und Jugend verbracht hatte. In den schmalen Gassen der Altstadt hatten sie als Kinder Verstecken gespielt, unweit des Doms war sie zum ersten Mal von einem Jungen aus der Parallelklasse geküsst worden. Auch wenn sie schon viele Jahre in Hannover lebte, hatte sie die als Bischofssitz von Karl dem Großen gegründete Stadt stets als ihre Heimat empfunden. Mit dem anstehenden Verkauf der elterlichen Eigentumswohnung würde sie ihre Heimat verlieren. Der Gedanke stimmte sie traurig.

Ihre Mutter stand in der Küche, vor sich einen Topf mit geschälten Kartoffeln. Sie schien nicht besonders froh, ihre Tochter zu sehen. Ihr Gesicht war sorgenvoll und in ihren Augen stand Verzweiflung. „Ich wollte Kartoffelsalat machen, den essen wir doch Heiligabend immer. Ich weiß nicht mehr, wie man den macht."

Wie unbarmherzig das Schicksal zuschlug, indem es eine ehemals intelligente, unternehmungslustige Frau zu einem geistigen Krüppel machte. Verena nahm ihre Mutter in ihre Arme, drückte sie fest an sich. „Zerbrich dir darüber nicht den Kopf, Mama, ich mach das schon. Leg dich noch ein bisschen hin, ich weck dich dann."

Während Verena die Kartoffeln kochen ließ und die Sauce zubereitete, ging ihr durch den Kopf, dass dies unwiderruflich das letzte Weihnachtsfest in dem Haus sein würde, das seit Kindestagen ihr Zuhause gewesen war. Es führte kein Weg daran vorbei, die Entscheidung ließ sich nicht länger hinausschieben. Ihre Mutter gehörte in ein Pflegeheim. Die Rente würde nicht reichen, um die Kosten zu decken. Der Verkauf der elterlichen Eigentumswohnung war unabwendbar.

Was das nächste Jahr wohl sonst noch für sie bereithalten würde? Das Gesicht von Jürgen Ritter erschien vor ihren Augen. Würden sie sich trotz der anfänglichen Schwierigkeiten näher kommen? Sie wünschte es sich mehr als alles andere.

Ihr Job im LKA machte ihr Spaß, doch mit einem Mordfall, der sie mitten ins Zentrum der politischen Macht führte, wollte sie niemals wieder betraut werden. Die Abgründe, die sich ihr aufgetan hatten, hätte sie sich gerne erspart: die Korruption durch den Spitzenbeamten Heise, das undurchschaubare Netzwerk zwischen der Politik und Baumgart, den vertuschten Selbstmord und die Mauer des Schweigens in der Staatskanzlei. Auch an Jürgen Ritter hatte sie Seiten kennengelernt, die ihr nicht gefallen hatten. Und dennoch, gestand sie sich ein, war sie in ihn verliebt. Nach Franz war er der erste Mann, für den sie tiefere Gefühle verspürte.

Dann dachte sie: Heute ist Heiligabend, ich habe einen Wunsch frei. Nein, korrigierte sie sich in Gedanken. Sie hatte sich zwei Wünsche verdient. Nie wieder einen Mordfall in der Politik, war der erste Wunsch. Aber noch mehr hoffte sie darauf, dass aus Jürgen Ritter und ihr ein Paar würde. Dann ging die Küchentür auf und ihre Mutter erschien. Sie verlangte nach Kaffee und Stollen.